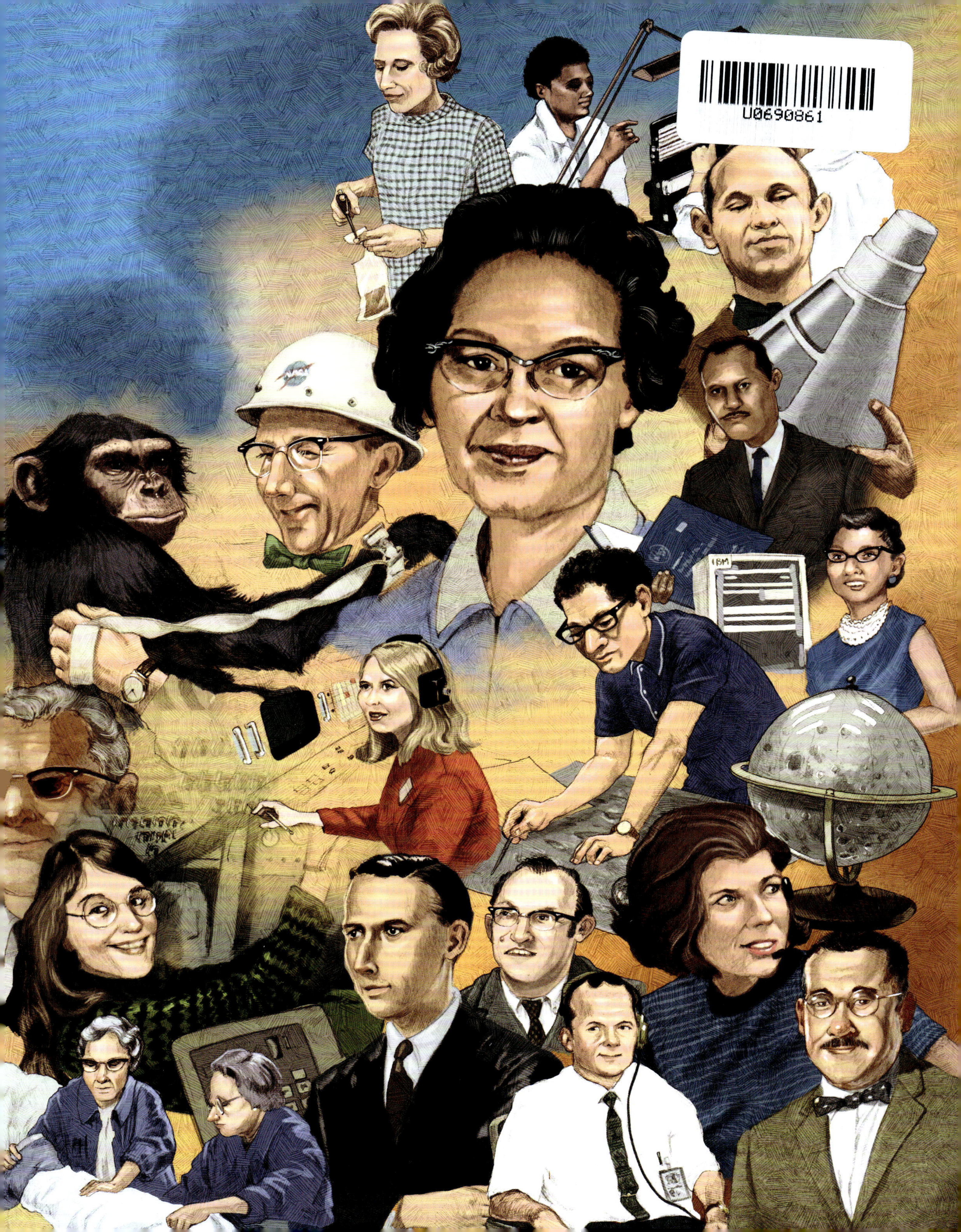
IBM

人类是如何登上月球的

人类最伟大探险背后的人、技术以及大胆的科学壮举

[美] 约翰·罗科◎著绘

安吉拉◎译

北京联合出版公司
Beijing United Publishing Co.,Ltd.

从发射到溅落，

这本书的全部内容，

献给海莉。

图书在版编目（CIP）数据

人类是如何登上月球的 /（美）约翰·罗科著绘；
安吉拉译 . -- 北京：北京联合出版公司 , 2024.7.
ISBN 978-7-5596-7634-4

Ⅰ . I712.85

中国国家版本馆 CIP 数据核字第 2024ZT7993 号

审图号：GS 京（2024）0839 号

人类是如何登上月球的

作　　者：[美] 约翰·罗科
译　　者：安吉拉
出 品 人：赵红仕
选题策划：北京天略图书有限公司
责任编辑：高霁月
特约编辑：钱凯悦
责任校对：高　英
美术编辑：刘晓红

北京联合出版公司出版
（北京市西城区德外大街 83 号楼 9 层　100088）
北京联合天畅文化传播公司发行
北京盛通印刷股份有限公司印刷　新华书店经销
字数 100 千字　889 毫米 ×1194 毫米　1/16　16.25 印张
2024 年 7 月第 1 版　2024 年 7 月第 1 次印刷
ISBN 978-7-5596-7634-4
定价：118.00 元

目录

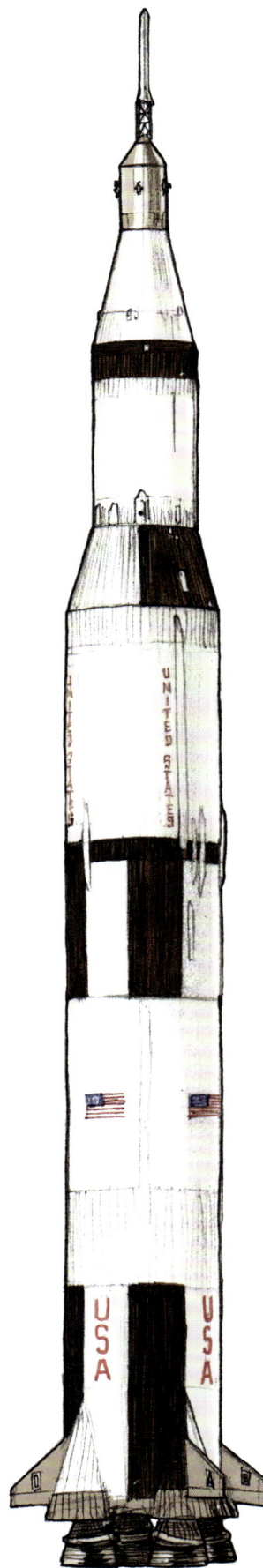

"这不是什么奇迹，是我们决定要这么做。"

——吉姆·洛弗尔，宇航员

1968年到1972年间，我们通过巨型火箭飞船把人送上月球进行探索，这个项目被称为"阿波罗计划"。这是人类有史以来第一次离开地球，前往另一个天体。这项工作被认为是全人类最伟大的科技成就之一。当时，我们没有手机，没有微电脑，也没有互联网。我们有的只是一个目标：把人送上月球，再安全地送回来。

在月球的尘埃里踩出一个脚印成了当时美国和苏联两个超级大国之间竞赛的终点线。全美国上上下下的各个公司里，整整四十万人没日没夜地工作，为实现这个目标贡献力量。对于参与阿波罗计划的人们而言，这不仅是探索一个叫作"太空"的新领域，更是一场事关生死存亡的竞赛。"美国的生活方式"到了最危险的关头。

接下来，这本书会告诉你我们是如何做到的，我们全程遇到了什么挑战，以及我们想出什么巧妙的解决办法最终实现了这个目标。整个阿波罗计划的工程看上去可能复杂得不可思议，但我向你保证，其中每一个小部分都可以归结为最基础的科学和数学原理。

在这个过程中，你会认识许许多多的人，尽管这些人也只是参与阿波罗计划的全员当中很小的一部分。他们中有些人很出名，有些则默默无闻，但他们每一个都为这场伟大的探险贡献了重要力量。

这就是我们登月的故事。

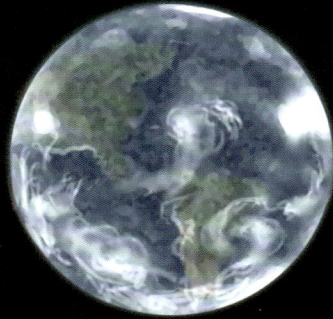

"孩子们受到激动人心的航天事业的鼓舞，已经开始学会欣赏科学的奇迹、数学的美丽和工程学的精准。我们国家乃至全世界的年轻人现在相信，他们可以做成伟大的事情，只要他们能像40年前参与阿波罗计划的人们那样拼尽全力，他们就可以。"

——阿波罗11号指令长尼尔·阿姆斯特朗在首次登月40周年纪念活动上的讲话

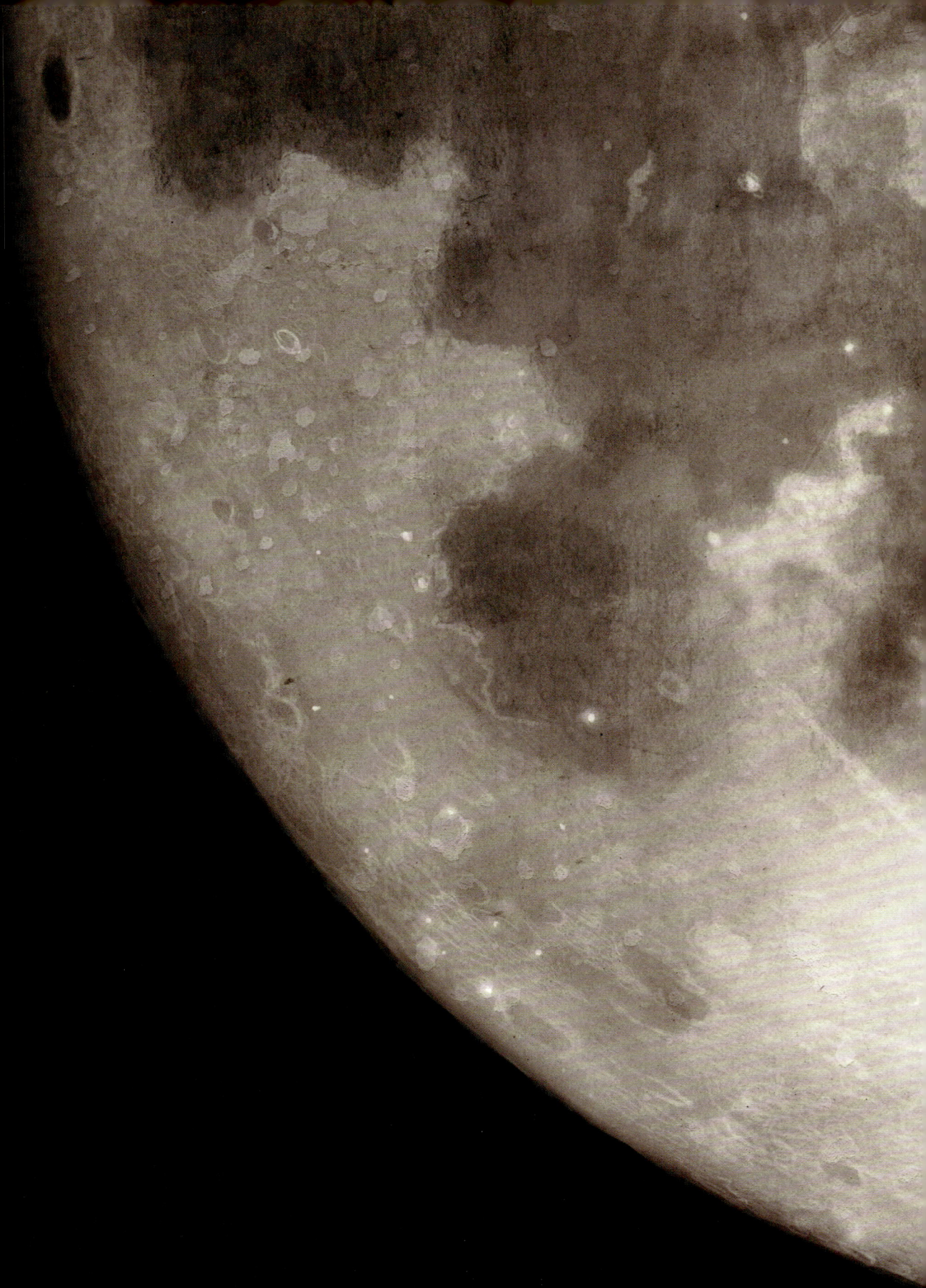

第一部分

一场登月竞赛

"我们决定在这十年间登上月球并实现更多梦想，
并非因为它们轻而易举，而是因为它们困难重重。"

——约翰·F.肯尼迪总统1962年在得克萨斯州休斯敦莱斯大学的讲话

要了解人类是如何登上月球的，以及为什么要登月，首先要回到过去：故事从1957年开始，也就是第二次世界大战结束12年后。当时，共产主义的苏联和民主主义的美国崛起，成为两个超级大国。双方都想向自己潜在的盟友以及全世界证明自己的想法、政治、军事和生活方式更胜一筹。

双方都拥有能将整座城市夷为平地的核弹。他们都清楚这些核弹可以毁灭全人类，也都知道核弹能给他们带来权力，所以双方都在不断地开发更大规模、更可怕的武器。这两个国家的斗争不是在枪林弹雨的战场，而是以相互威慑和技术成就为武器，后来我们称之为"冷战"。

作为冷战的一部分，两国都在开发强大的新型火箭。这种火箭最初由德国科学家构思，可以搭载武器，把武器发射得更高、更快、更远。

随后，这演变成了一场证明自己技术优越性和全球主导地位的竞赛。这场竞赛的发展速度之快令人炫目，惊心动魄，其中所有的豪言壮语和相互威胁，最终化作了一个沙滩球大小的金属球体。

5

切都始于一段"嘟——嘟——嘟"的声音，全世界都收到了这段微弱的短波无线电信号。美国人听着这段信号，既着迷，又恐慌。

这段声音来自一个直径不到60厘米的银色球体。这是世界上第一颗人造卫星，苏联人将它发射到了太空这一新领地。他们叫它"斯普特尼克"。在俄语中是"同行者"的意思。在这里就是指"地球的伴侣"。斯普特尼克每90分钟就会绕地球一周，持续几个星期。突然间，苏联有了能够把东西送上太空的火箭，美国却没有。美国人恐慌起来，生怕苏联人开始把别的东西也送上太空，比如间谍卫星，甚至原子弹。

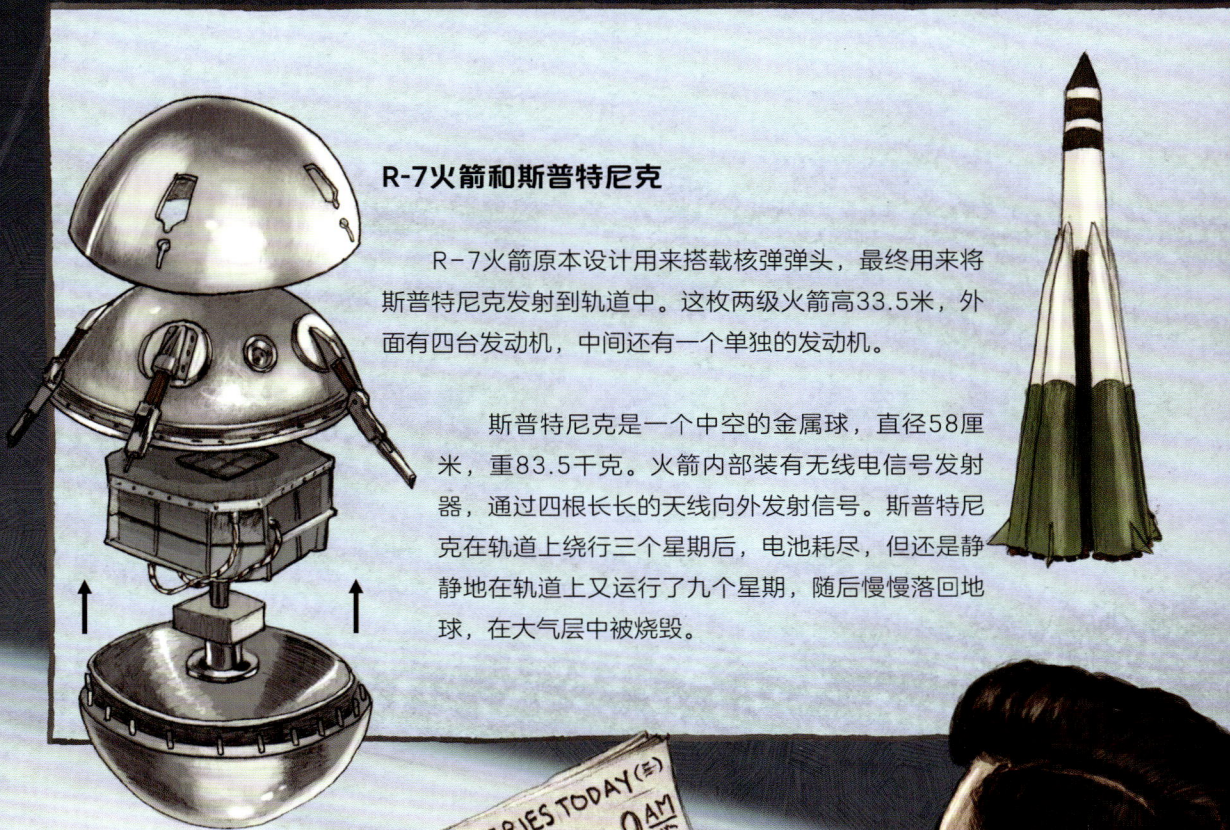

R-7火箭和斯普特尼克

R-7火箭原本设计用来搭载核弹弹头，最终用来将斯普特尼克发射到轨道中。这枚两级火箭高33.5米，外面有四台发动机，中间还有一个单独的发动机。

斯普特尼克是一个中空的金属球，直径58厘米，重83.5千克。火箭内部装有无线电信号发射器，通过四根长长的天线向外发射信号。斯普特尼克在轨道上绕行三个星期后，电池耗尽，但还是静静地在轨道上又运行了九个星期，随后慢慢落回地球，在大气层中被烧毁。

第一枚可以到达太空的火箭

二战期间，德国科学家在沃纳·冯·布劳恩的带领下研发了一枚A-4火箭，动力强大到可以到达太空。德国军方领导人意识到，可以用A-4把炸弹发射到几百千米之外的敌军所在地，于是立即下令制造上千枚这样的火箭，并将A-4火箭重新命名为V-2火箭（V指德文单词"复仇武器，vergeltung"）。

但设计火箭的科学家们对于火箭的用途有着不同的想法。他们认为火箭不该用于搭载炸弹，而是可以带着人类前往外太空，甚至有一天把人送上月球。

当时，苏联和美国都疯狂想得到这种火箭技术用于自己的军事。当德国明显要战败时，美国和苏联都采取了行动，争取得到这项技术以及它背后的科学家们。

一枚V-2火箭在"梅勒瓦根"拖车发射台上

V-2 火箭

V-2火箭的强大之处在于，除了可以携带一吨重的炸药飞行很远的距离，它还有一个内部制导系统，让火箭可以控制自己的飞行方向。虽然V-2火箭被认为是载着宇航员飞往月球的土星五号运载火箭的先驱，但它有一段残酷的历史：二战期间，德国向伦敦和其他欧洲城市发射了3200枚火箭导弹，导致8000多人死亡。更糟糕的是，有超过20000名集中营里的苦工在制造火箭期间死于虐待、疾病和体力透支。

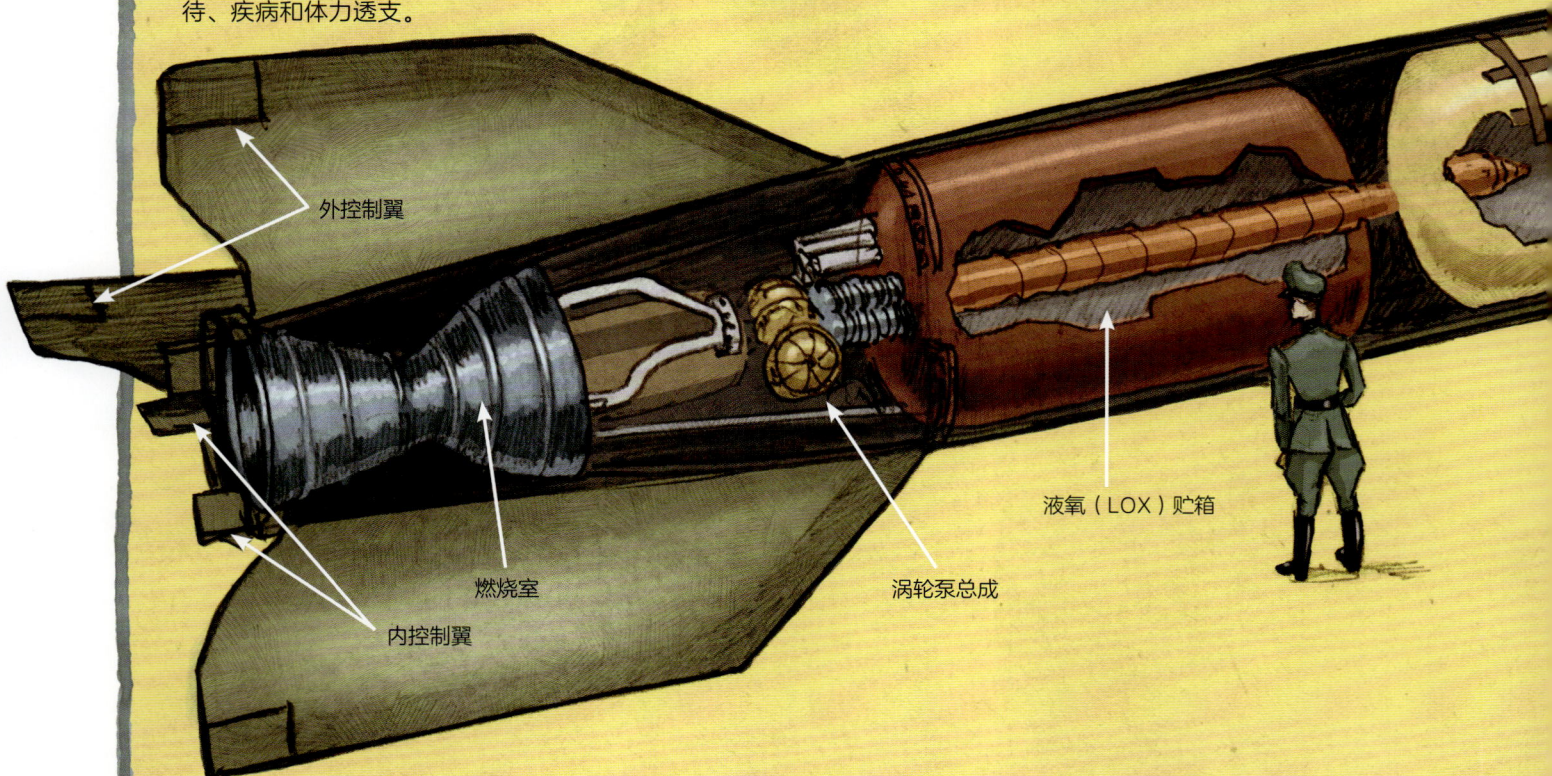

外控制翼

内控制翼

燃烧室

涡轮泵总成

液氧（LOX）贮箱

德国火箭科学家赫尔曼·奥伯特（右三）和
沃纳·冯·布劳恩（右二）1930年于柏林

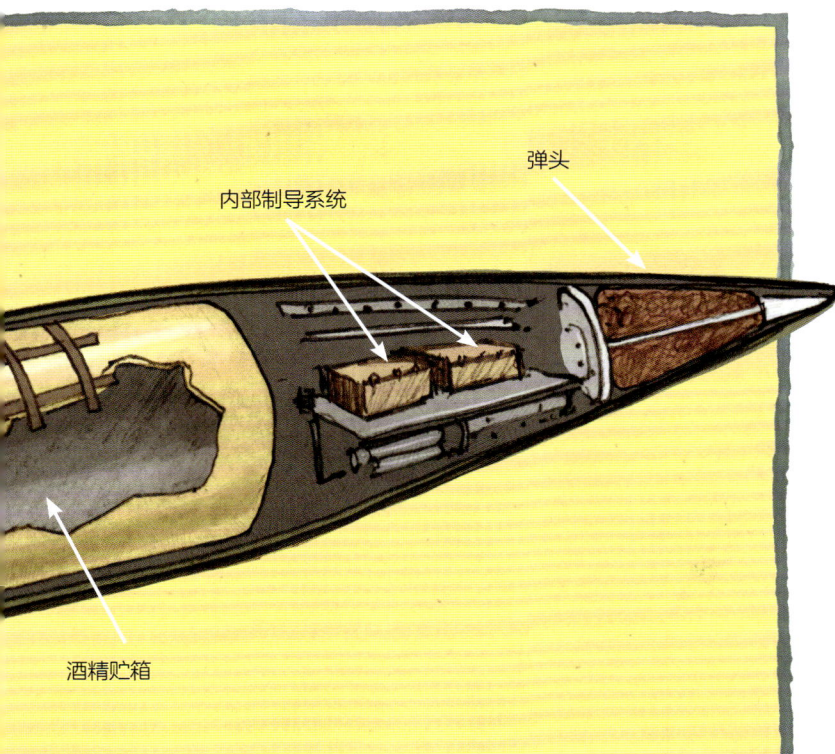

内部制导系统

弹头

酒精贮箱

V-2火箭相关数据

长度	14m
直径	1.65m
质量	13t
有效载荷	998kg
最大飞行高度	206km
最大射程	322km
最高速度	5761km/h

　　在一次名为"回形针行动"的任务中，美国成功俘获了沃纳·冯·布劳恩——V-2火箭背后的最强大脑，以及其他上百名参与其中的德国科学家。他们被带回美国继续研发用于军事的火箭技术。冯·布劳恩再一次争取将火箭用于太空探索。但和在德国时一样，军方对此一点兴趣都没有。他和其他科学家最终被转移到亚拉巴马州的亨茨维尔小镇，一边继续为军方制造武器，一边等待时机，打造可以把人送入太空的火箭。

　　与此同时，苏联也有一颗制造火箭的最强大脑：谢尔盖·科罗廖夫。与冯·布劳恩一样，科罗廖夫最感兴趣的是将火箭用于太空探索，但也受命制造用于搭载炸弹的火箭。经过多年研究设计，科罗廖夫终于说服苏联领导人让他把一颗小型卫星发射到地球轨道，以此来展现苏联优越的技术水平。这颗卫星就是斯普特尼克。它的发射打响了太空竞赛的第一枪。

沃纳·冯·布劳恩（1912—1977）
太空旅行的先驱

　　小时候，沃纳·冯·布劳恩在读了儒勒·凡尔纳（1828—1950）的科幻小说《从地球到月球》之后，就开始对太空探索非常着迷。不久，他又读了物理学家赫尔曼·奥伯特的《飞往星际空间的火箭》，更进一步激励他学习微积分和三角学，掌握太空飞行的物理原理。

　　18岁，冯·布劳恩加入了德国太空旅行学会。为了进一步追求自己的宏大目标，他开始为德国军方工作，研发液体燃料火箭。30岁，他的团队已经研发出了A-4火箭（后来被德国军方改名为V-2火箭）。

　　1944年9月，第一枚V-2火箭搭载着一吨重的弹头向英国发射。冯·布劳恩在听到火箭发射成功的消息后感叹："这枚火箭运行完美，只是降落在了错误的星球上。"

　　1945年5月2日，冯·布劳恩及其团队的科学家和工程师们向美国投诚，因为他们相信去美国可以让他们继续研究火箭，实现太空旅行的目标。

　　刚到美国，冯·布劳恩就开始在美国主流杂志上发表他的想法和概念。他甚至还和华特·迪士尼合作制作了一系列电影，阐释他对月球和火星旅行的想法。

　　后来，冯·布劳恩成了美国国家航空航天局（NASA）马歇尔太空飞行中心的总指挥，并担任土星五号运载火箭的总设计师。

太空竞赛

斯普特尼克的成功显然是苏联人向全世界发出的宣言，美国也迫切地想要回应。1957年12月6日，美国海军准备把一颗柚子大小的卫星搭载在"先锋号"火箭上发往太空。与悄悄行动的苏联人不同，美国人对发射进行了电视直播，让全世界都能看到。随着倒计时开始，观众满是敬畏和期待。美国终于要跨过起跑线了！

庞大的火箭点火后开始升空，喷射出一团团云朵般的烟雾和火光。但火箭升离地面仅1.2米后，就在一团火球中落回了发射台。美国的火箭发射宣告失败。报纸媒体称之为"扑街特尼克"或"原地不动特尼克"。

随着第二枚"先锋号"火箭在发射不到一分钟后再次爆炸，美国似乎永远都迈不出这一步了。终于，1958年1月31日，由冯·布劳恩团队研发的红石运载火箭成功发射了轨道卫星"探险者1号"。但好景不长，这时苏联又宣布，两个月前，他们成功地让一只名叫莱卡的小狗乘坐着"斯普特尼克2号"进入了轨道。

探险者1号

1958年发射的第一颗卫星"探险者1号"是首个为我们提供科学的太空数据的轨道运行物体。这颗卫星由物理学家威廉·H. 皮克林和他的团队在加利福尼亚州的美国喷气推进实验室（JPL）打造，载着好几套测量辐射、温度和微陨石的实验装置。发射后将近四个月一直持续发回数据。直到1970年之前，它还一直留在地球轨道中。

"探险者1号"相关数据	
长度	2m
直径	15.24cm
质量	14kg

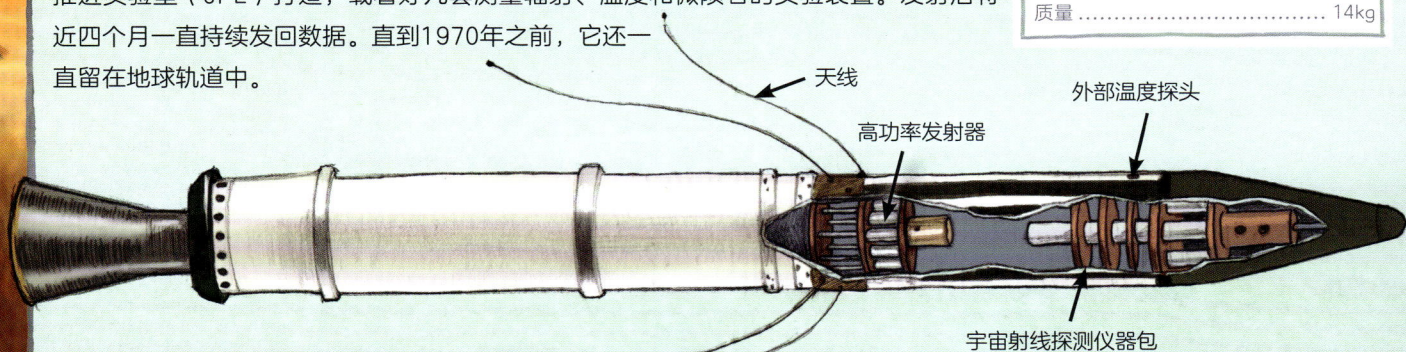

天线

外部温度探头

高功率发射器

宇宙射线探测仪器包

NASA的诞生

1958年

对于到目前为止一直在太空竞赛中落后苏联的事实，美国人民既焦虑又愤怒。总统德怀特·D.艾森豪威尔必须得做点什么。他认为所有与太空活动有关的工作必须统一到一个机构。因此，1958年7月29日，国会成立了美国国家航空航天局，将整合国内各大致力于航空航天技术的组织机构，其中就包括亨茨维尔的沃纳·冯·布劳恩和他的团队。

艾森豪威尔还认为，为了赢得这场竞赛，美国需要更多人才。1958年9月2日，他签署了《国防教育法》（NDEA），为美国的学校提供资金，增加学校里的科学和数学课程。

水星计划
1958—1963年

美国知道苏联人正在计划把人送往太空，因此NASA的首要工作就是找到适合太空飞行的美国候选人。这个项目被命名为"水星计划"，目标是把一个人类送进地球轨道，再让他安全返回。但怎样的人才具备太空飞行所需的素质呢？登山运动员、深海潜水运动员、赛车手，甚至马戏团演员等许多职业都在候选之列。最终，军队试飞员被确定为最佳人选，因为他们有着丰富的操纵先进飞机、应对未知危机状况的经验。太空舱的大小意味着宇航员身高不能超过180.4厘米。他们的年龄也不能超过40岁，要处于最佳的体能状态。

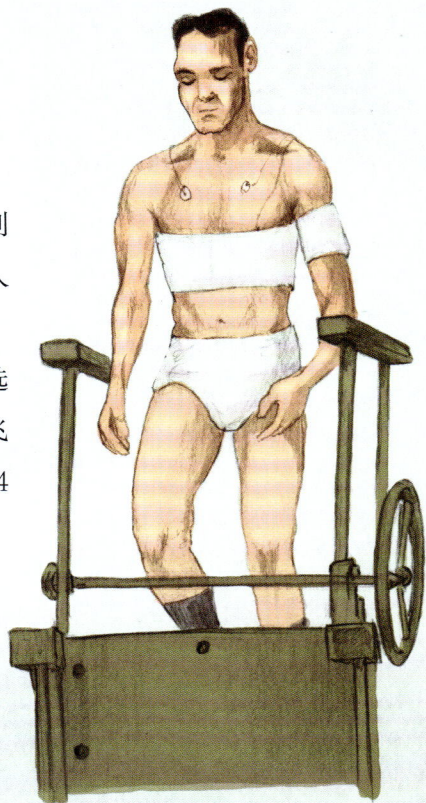

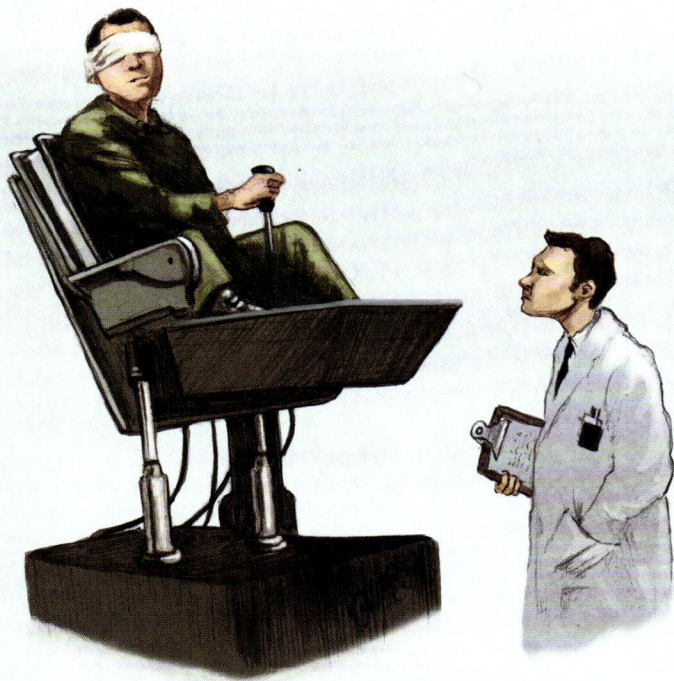

在508名接受筛选的军队试飞员中，有36名受到了邀请，前往新墨西哥州阿尔伯克基的洛夫莱斯诊所，接受一系列严苛的心理测试和体检。在完成测试并且得分最高的18人中，只有7人被选中。

威廉·R."兰迪"·洛夫莱斯二世（1907—1965）
医生

兰迪·洛夫莱斯多年来一直与美国陆军航空兵团共同致力于研究极端海拔高度对驾驶员的影响，许多次甚至不惜把自己当作实验对象。1958年，他受雇于NASA，帮助水星计划选拔未来的宇航员。1964年，洛夫莱斯被任命为NASA航空医学部门的主管。但不到一年，他和妻子就在科罗拉多州阿斯彭市附近的一场私人飞机空难中不幸丧生。

水星七杰

1959年4月9日的一场新闻发布会上，NASA向全世界介绍了入选水星计划的七个人。他们被称为"宇航员（astronaut）"。这个词源于希腊语中的"星星（astron）"和"远航者（nautes）"。这七位"星际远航者"登上了《生活》杂志的封面，并迅速成为美国的国民英雄，尽管这时候离载人进入太空还有两年的时间。同时，他们每一个人都将参与水星计划某一具体部分的设计和规划。

接下来的几个月，水星计划开始测试各种不同的火箭。尽管有几枚爆炸了，每个宇航员还是非常渴望成为第一个进入太空的美国人。但让他们失望的是，1961年1月31日，一只名叫汉姆的黑猩猩先他们一步踏上了首次太空之旅。

"水星七杰"：前排（从左到右）：小沃尔特·M."沃利"·希拉、唐纳德·K."德凯"·斯莱顿、小约翰·H.格伦、M.斯科特·卡彭特。后排：小艾伦·B.谢泼德、维吉尔·I."格斯"·格里索姆、小L.戈登·"戈尔多"·库珀

汉姆（1957—1983）
第一只进入太空的黑猩猩

NASA不确定人类是否能在太空中执行任务，就先送了一只黑猩猩做测试。在16分钟的航程中，黑猩猩汉姆需要完成一个任务：每次看到蓝光闪烁，就撬动一下杠杆。如果它做对了，就能得到一颗香蕉丸。如果做错了，脚上就会受到一次轻微的电击。尽管汉姆很害怕，但还是很好地完成了任务，并且在这次太空航行中活了下来，只是鼻子上有些轻微的擦伤。

这次飞行过后，汉姆就从NASA退役，在华盛顿特区的国家动物园生活，最后死于1983年1月，葬在新墨西哥州的太空历史博物馆。

德裔火箭科学家冈特·温特在汉姆出发前抱着它

女驾驶员杰拉丁妮·"杰丽"·科布在环架装置上训练，该装置用于训练宇航员控制翻滚中的飞船。

洛夫莱斯的"女性航天计划"

兰迪·洛夫莱斯设计了用于选拔"水星七杰"的一系列测试。他认为，女性也应该有机会成为宇航员。他的信念非常强烈。1960年到1962年，他发起了一项私人出资的项目——"女性航天计划"。19位经验丰富的女驾驶员接受和所有男性候选人一样的测试，最终不仅有13位女性通过了测试，有不少甚至比男性的得分更高。洛夫莱斯把测试结果递交给NASA，但NASA拒绝让女性参与航天项目。NASA称，所有候选人必须是军队试飞员，而当时女性是无法成为军队试飞员的。一直到16年后，NASA才开始招募女性宇航员。

15

苏联创下的纪录

当 "水星七杰" 还在眼睁睁地看着NASA的火箭一次次在发射台上空爆炸时，苏联则持续领跑着这场太空竞赛。

1957年10月4日：第一颗人造卫星（斯普特尼克）成功发射。

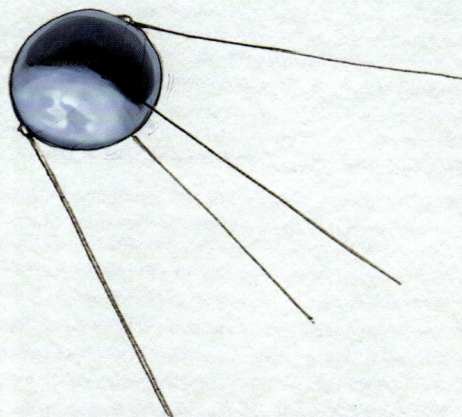

1957年11月7日：一只名叫莱卡的小狗成为第一只太空旅行的动物（莱卡最终在返回大气层前死于热应激）。

1959年9月14日："月球2号"探测器降落月球，是第一艘到达月球表面的飞船。

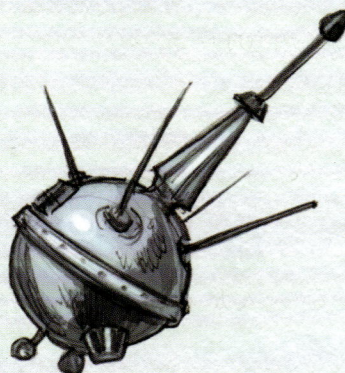

1960年8月19日：又有两只小狗，贝尔卡和斯特热尔卡（加上一只兔子、42只小鼠和两只大鼠）进入地球轨道，度过了24小时。所有动物都活着返回。

1961年4月12日：尤里·加加林成为第一个进入太空的人类。

太空第一人
尤里·加加林（1934—1968）

"在飞船环绕地球轨道的时候，我看到了我们的星球有多么美丽。人类啊，让我们保护我们的星球，让她变得更加美丽吧，而不是摧毁她！"

童年时代，尤里·加加林就梦想着要开飞机。1961年4月12日，加加林作为一名航天员（苏联对"宇航员"的称呼）成为第一个进行太空旅行的人类。他驾驶的飞船"东方1号"在将近两个小时里环绕了地球一周。"东方号"在设计之初就没有计划要安全着陆，因此加加林需要在地球上空6.5千米处从飞船中弹射出来，打开降落伞完成着陆。加加林降落在了一大片田野上，一落地就遇到一位妇人和一个孩子，他们大吃一惊，还以为遇到了"天外来客"。没错，加加林正是"天外来客"！

瓦莲京娜·捷列什科娃（生于1937年）

"只有一只翅膀的鸟儿是飞不起来的，没有女性积极参与的人类太空飞行也是发展不起来的。"

1963年6月16日，26岁的瓦莲京娜·捷列什科娃乘坐"东方6号"飞船进入太空，同时也被载入史册。她成为第一个进入太空的女性，也是历史上第一个进入太空的平民，以及唯一单独完成太空飞行任务的女性。捷列什科娃在为期三天的任务中绕地球轨道48周，在太空停留的时间超过了当时所有美国宇航员加起来的时间。整整20年后，NASA才通过"挑战者号"航天飞机将美国第一位女性宇航员萨莉·赖德送入太空。2013年，捷列什科娃还提出，如果有机会，她愿意去一次火星，即使有去无回。

东方1号

小艾伦·B.谢泼德（1923—1998）
第一个进入太空的美国人

小艾伦·谢泼德是水星计划中被选中进行首次载人航天任务的宇航员。跟尤里·加加林的绕地飞行相比，谢泼德的飞行要简单得多：起飞进入太空，然后回到地球。

1961年5月5日凌晨5：15，谢泼德被塞进了水星计划中由他命名的迷你太空舱"自由7号"。由于云层覆盖和技术上的问题，发射不断延迟，谢泼德在太空舱里仰卧着等了三个多小时。接着，又出了一个问题：他急着方便。发射团队没有预料到这一点。整场飞行本来只有20分钟，所以太空舱里没有配备尿液收集装置。如果把谢泼德从太空舱里拖出来让他去洗手间，发射就要延迟到更晚。最后，大家一致决定让他直接在宇航服里解决。

上午9：34，谢泼德方便完之后，发射继续。当时预计有4500万美国人在电视机前观看直播。尽管这次载人航天比加加林那次晚了三个星期，但怎么说这都是美国在航天领域的首次成功，谢泼德也成了美国的国民英雄。

水星计划

水星计划的任务

接 下来两年，水星计划的其他几位宇航员乘坐着在军用导弹基础上改造的迷你太空舱，继续一往无前地飞向太空。虽然美方也获得了成功，但还没有超越苏联在载人航天上的成就。

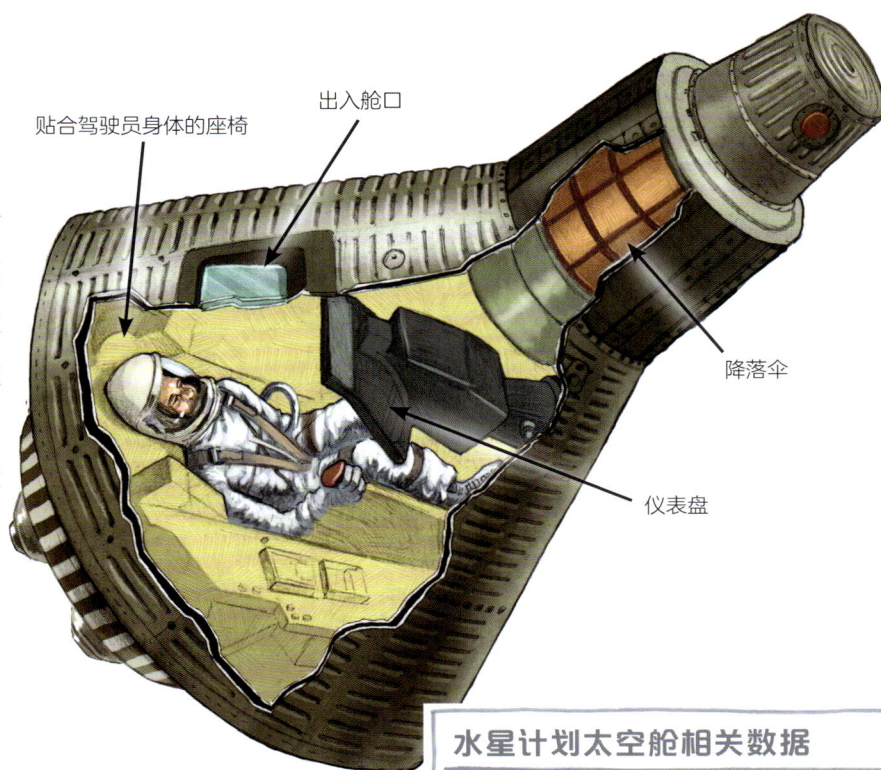

贴合驾驶员身体的座椅

出入舱口

降落伞

仪表盘

水星计划太空舱相关数据

高度	2.08m
直径	1.9m
质量	1361kg

自由钟7号，1961年7月21日
宇航员：维吉尔·I."格斯"·格里索姆
任务目标：第二次亚轨道飞行
飞行时长：15分37秒
任务中发生的事故：太空舱在回收时沉入深海。

友谊7号，1962年2月20日
宇航员：小约翰·H. 格伦
任务目标：将第一个美国人送入地球轨道
飞行时长：4小时55分23秒
任务中发生的事故：提示隔热罩松动的错误警报导致任务时长在绕轨道三周后被迫缩短。

曙光7号，1962年5月24日
宇航员：M. 斯科特·卡彭特
任务目标：再执行一次小约翰·格伦的任务
飞行时长：4小时56分5秒
任务中发生的事故：一次通信故障使得卡彭特降落在回收区402千米之外，导致救援有所延迟。

西格玛7号，1962年10月3日
宇航员：小沃尔特·M."沃利"·希拉
任务目标：绕地球轨道六周，进行工程测试
飞行时长：9小时13分钟11秒

信仰7号，1963年5月15日
宇航员：小L. 戈登·"戈尔多"·库珀
任务目标：评估在太空中停留一整天的影响
飞行时长：34小时19分49秒

1962年，"水星七杰"中的第七位宇航员**唐纳德·K."德凯"·斯莱顿**由于心脏问题在起飞前被停飞。但他没有离开宇航员团队，而是转到了飞行任务成员部门，并于1966年担任飞行任务成员办公室主任。他的职责包括为未来的航空飞行任务选拔成员。1971年，他恢复了飞行状态，于1975年执行了阿波罗—联盟测试计划中的飞行任务，得以进入太空。

太空的起点

很难说"太空"的起点到底在哪里，因为地球的大气层也没有一个确定的终点。离地越远，大气就越稀薄。但就算远到月球，还是可以发现地球大气层的痕迹。

尽管如此，但国际宇航联合会定义的卡门线（海拔100千米）可以算是官方定义的太空起点。

工程师、物理学家西奥多·冯·卡门第一个计算出，在这个高度大气已经太过稀薄，无法为飞机提供升力（见第28页）。

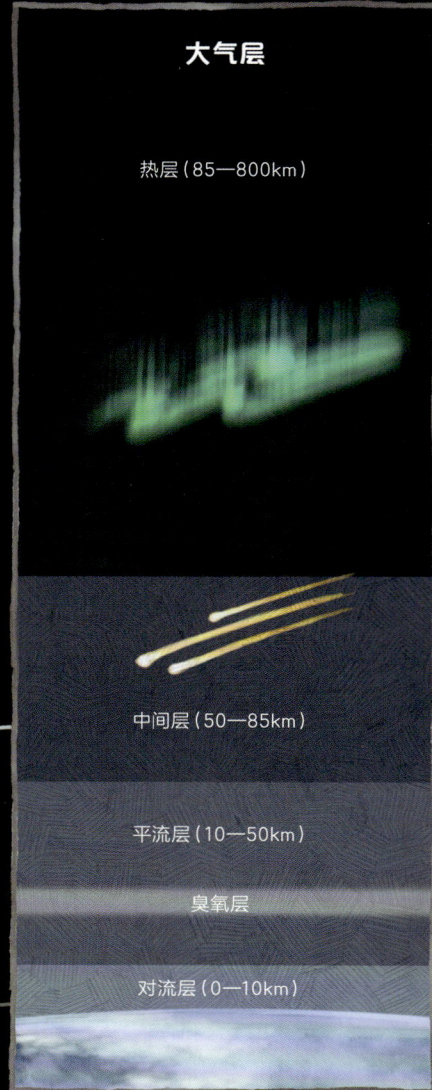

大气层

热层（85—800km）

中间层（50—85km）

平流层（10—50km）

臭氧层

对流层（0—10km）

国际空间站·409km

小艾伦·谢泼德乘坐自由7号·187km

卡门线·100km

飞机·10km

哈勃空间望远镜·541km

尤里·加加林乘坐东方1号·327km

斯普特尼克·216km

小约翰·格伦乘坐友谊7号·248km

大胆的一步

1961年4月20日

上任仅四个月，约翰·F.肯尼迪总统就做出了一系列大胆的决策。就在尤里·加加林成为太空第一人几天后，肯尼迪问副总统林登·B.约翰逊，美国和只有三年历史的NASA能做些什么来赶上苏联？他在一张便条中这样写道：

白宫

华盛顿

1961年4月20日

写给：

副总统

根据我们的对话，我希望你出任航天委员会主席，负责对我们在航天领域所处的位置做一次全盘考察。

1. 我们是否有可能在太空建造一个实验室？或者进行一次绕月飞行？或者发射一枚到月球的火箭？或是进行载人登月，以此超越苏联？还有哪些成果华丽的太空项目是我们可以领先的？

2. 这会产生多少额外花费？

3. 我们现在是否在24小时不间断地全力推进这些项目？如果没有的话，为什么？如果没有的话，你能否向我建议如何加速我们的工作？

4. 在研制助推器方面，我们应该把重点放在核燃料、化学燃料还是液体燃料？或是三者结合？

5. 我们是否已经尽到最大的努力？是否取得了应有的成果？

我已经请吉姆·韦布、威斯纳博士、麦克纳马拉部长和其他相关负责官员全力配合你。如果我能尽快看到一份这方面的报告，将不胜感激。

约翰逊会见了沃纳·冯·布劳恩以及NASA、陆军和海军的高级官员，第二周就答复了肯尼迪。但一切还没有板上钉钉。

1961年5月6日

在华盛顿特区老行政办公楼后面的停车场，当时的NASA局长吉姆·韦布问副局长小罗伯特·希曼斯，觉得美国能不能用十年的时间把人送上月球。希曼斯思考了一分钟，然后给出了肯定的答案。

1961年5月25日

肯尼迪在国会发表演讲

"我认为这个国家应该致力于在这个十年结束之前，实现人类登上月球并安全返回地球的目标。在这个时期，没有任何太空计划会比这个项目给人类留下更深刻的印象，或于长期探索太空而言更重要；更没有一个项目是如此困难或昂贵。"

约翰·F. 肯尼迪一下子把这场太空竞赛的终点线往前推了一步，不再是占领近地轨道，或是建立空间站，或是任何苏联人显而易见可以摘得桂冠的项目。肯尼迪希望美国能够在1969年12月31日之前把一个人类送上月球，并让他安全返回地球。NASA还有八年半的时间来实现这个目标。

于是，阿波罗计划诞生了。

ENGINE LOX FEEDLINE 5 PLACES

S-II STA
X_s 158.75

THRUST CONE

LOX TANK
SUMP

LIGHT
RATION
-II STA
196.00

S-II STA
X_s 12.00

STA
1521.805
LOX VENT

STA 1511.75

CENTER ENGINE
SHIELD

NK

BASE HEAT SHIELD

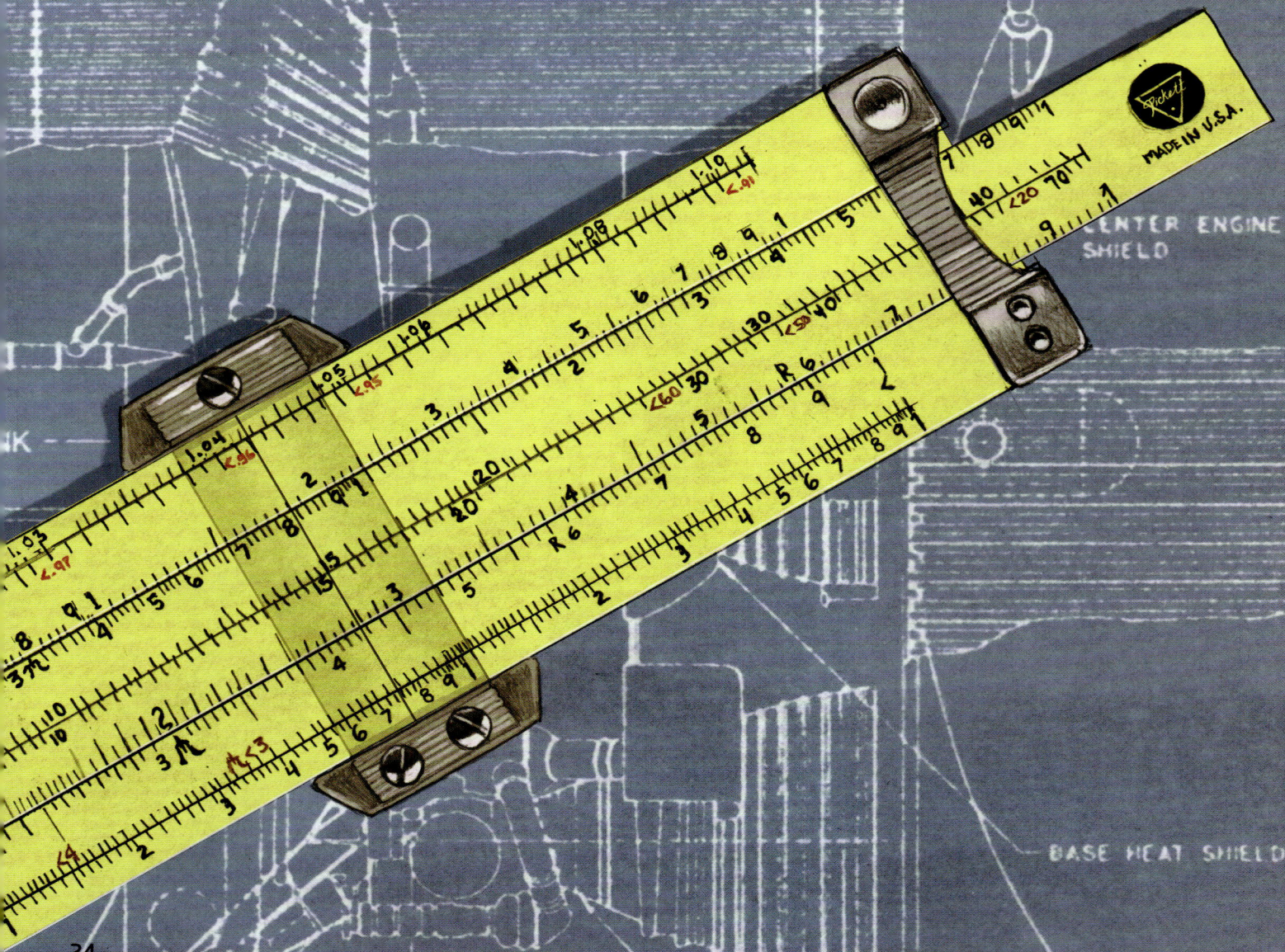

24

第二部分

设计一枚飞往月球的火箭

"昨天的幻想，即是今天的希望，明天的现实。"

——罗伯特·H.戈达德，火箭技术先驱

目标已经定下，时间期限也已公之于众。现在我们只需弄明白该如何实现目标。

从有史以来，人类对月球的想象就没有停止过。有些人，比如儒勒·凡尔纳，创作了关于月球旅行和登陆月球的故事。而像沃纳·冯·布劳恩、谢尔盖·科罗廖夫这样的科学家在读了这些故事之后，耗费了大半生的时间思考如何把它们变成现实。

要把人类送上月球一点也不容易。要考虑的因素非常多，要计算的问题也非常多，还要做很多工作来保障安全。我们需要发明过去从不存在的东西，尝试前人从未做过的事情，并且保证一切都能完美运行。

NASA受命

NASA的领导们兴奋不已。多有挑战的一项任务啊！他们要想办法把一个人送到386243千米以外的月球，让他登上月球表面，再把他安全地带回来。他们需要什么样的飞船？什么样的火箭才能飞那么远？它怎么运行？宇航员能在太空中存活那么久吗？问题接踵而来。而留给NASA解答问题的时间又那么短。时间在一分一秒地流逝，而整个任务的影响之大，更是难以想象。

如果我们不能率先登上月球，苏联人就会抢先一步。

这样一个牵扯众多的复杂问题只有靠许许多多杰出的人才一起合作才能解决。NASA开始大量招募工程师。大多数人刚大学毕业，他们完全不知道该如何把人送上月球，但是他们都懂牛顿运动定律，而这就是火箭的基础原理。

牛顿运动定律

艾萨克·牛顿在他1687年出版的《自然哲学的数学原理》一书中描述了运动三大定律，奠定了现代物理学的基础。

第一运动定律

任何物体都要保持匀速直线运动或静止状态，直到外力迫使它改变运动状态。

如果一颗弹珠在滚动，且没有地面的摩擦力或另一个外力使它减速，那它就会永远这样滚动下去。只有当弹珠受到外力作用时，这种状态才会改变。

力

第二运动定律

外力等于质量乘以加速度。

质量就是物体中所含物质的量，通常用重量来衡量。如果你对不同质量的两个物体施加相同的外力，就会得到不同的加速度。质量越小，加速度越大。用大拇指弹一下弹珠会让弹珠在地面上产生巨大的加速度。但是用大拇指弹一下保龄球，保龄球获得的加速度就要小得多，这是因为保龄球的质量要大得多。

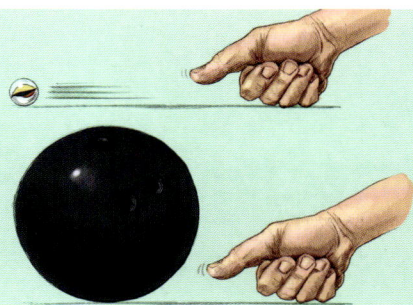

第三运动定律

每一个作用力都会产生一个大小相等、方向相反的反作用力。

当一颗炮弹以特定的力从大炮里发射出来，它会对大炮产生同样大小的力，把大炮往反方向推。但是大炮不会飞得像炮弹那么远，因为大炮的质量要远远大于炮弹。

反作用力　　作用力

希罗的反作用力发动机

作用力　反作用力

蒸气

大约2000年以前，一位名叫"亚历山大里亚的希罗"的工程师和数学家发明了一台机器，使用的物理定律和今天的火箭一模一样。他的机器叫作"气转球"，非常简单。在密封的锅里盛上水，放到火上加热。蒸气膨胀，就会通过两根管子进入上面的球体中，球体上有两个L形的开口。蒸气装满了球体，就会通过开口往外扩散，导致球体旋转起来。尽管这台机器展现了基本的力学原理，但它没有什么实际作用，更像是一种出于好奇或是用于娱乐的玩具。

水

火

飞机的飞行原理

1958年，在刚刚成立的NASA内部，大多数有经验的工程师都曾经在造飞机的公司工作过，宇航员以前也都是驾驶员。这两群人都很清楚一个东西在我们的大气中飞行受到的各种力。

飞机的翅膀（机翼）是为了产生升力，从而克服飞机的重力。发动机是为了产生推力，从而克服阻力，让飞机可以向前。

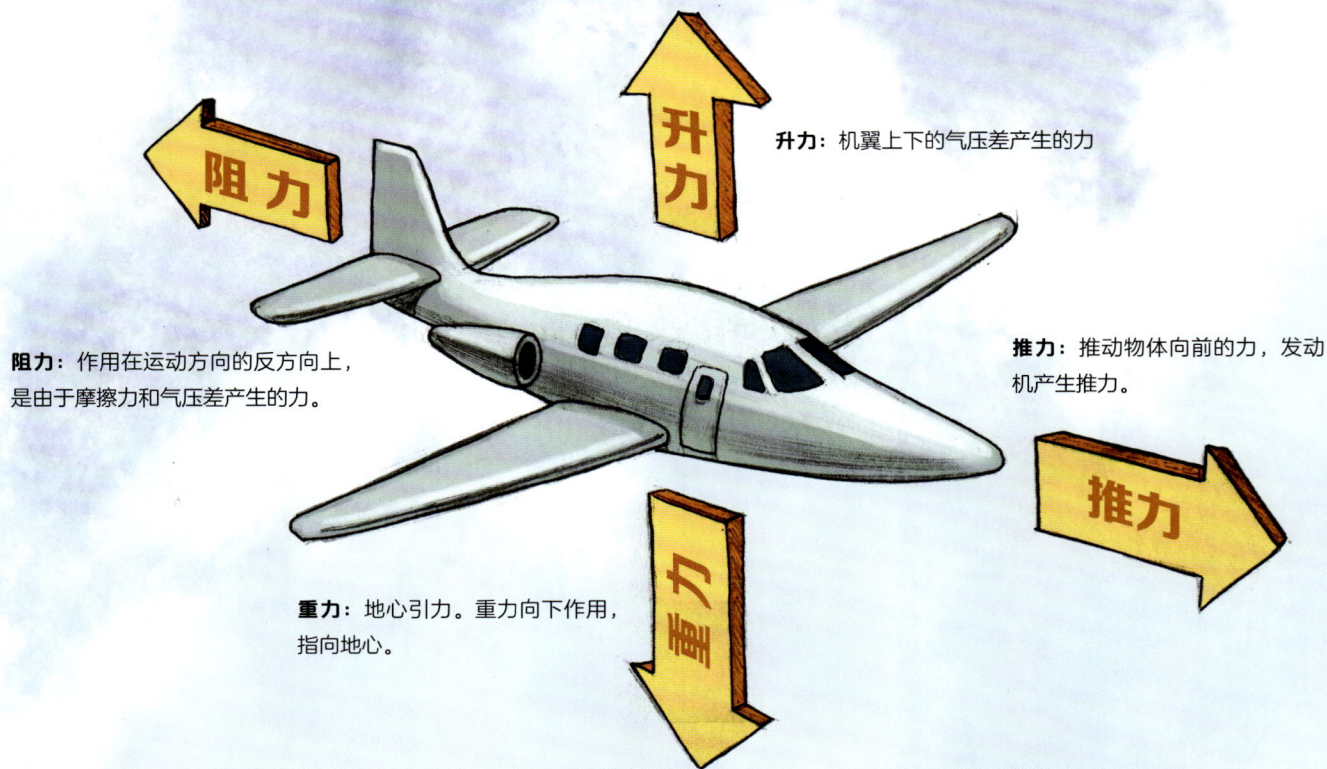

阻力

升力：机翼上下的气压差产生的力

阻力：作用在运动方向的反方向上，是由于摩擦力和气压差产生的力。

推力：推动物体向前的力，发动机产生推力。

推力

重力：地心引力。重力向下作用，指向地心。

重力

机翼如何产生升力

机翼的形状和倾斜角度导致它上方的空气流动得比下方快。这样机翼上方的气压更低，下方的气压更高，导致机翼受到一股向上的力。

你在行进着的车上把手伸出窗外时可能感受过这种力。如果你把手倾斜一点，就会感到有一股力在把你的手向上推。这就是升力。

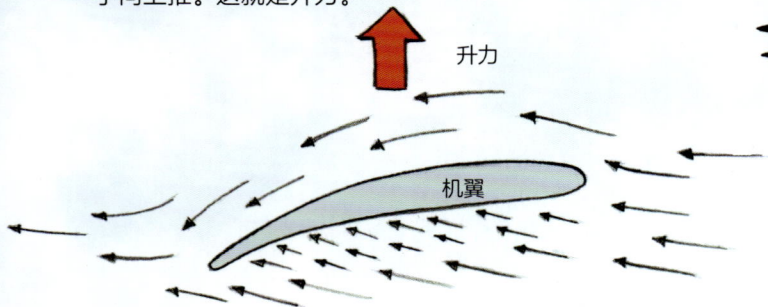

升力

机翼

喷气发动机如何产生推力

喷气发动机吸入冷空气，压缩空气的同时加入燃料。高度压缩的气体迅速膨胀，从发动机尾部喷出，从而产生向前的推力。

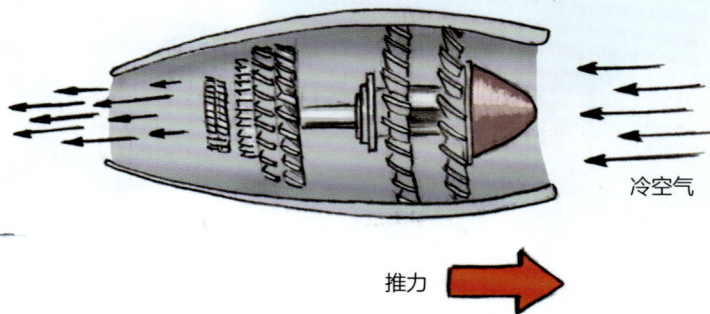

冷空气

推力

火箭的飞行原理

但要设计一枚能在太空的真空环境中飞行的火箭，NASA的工程师们必须重新调整思路。太空中没有空气，也就不会有升力，所以机翼就没用了。火箭只会在刚起飞时，离开大气层前的那几分钟遇到阻力。那么就只剩下两个变量需要考虑：重力和推力。

喷气式飞机和火箭都是通过发动机来产生推力。发动机的燃烧需要燃料和氧气。喷气发动机可以利用大气中现成的氧气和飞机燃料混合来发生燃烧。而要在太空的真空环境中发生燃烧，火箭发动机就需要自带氧气。

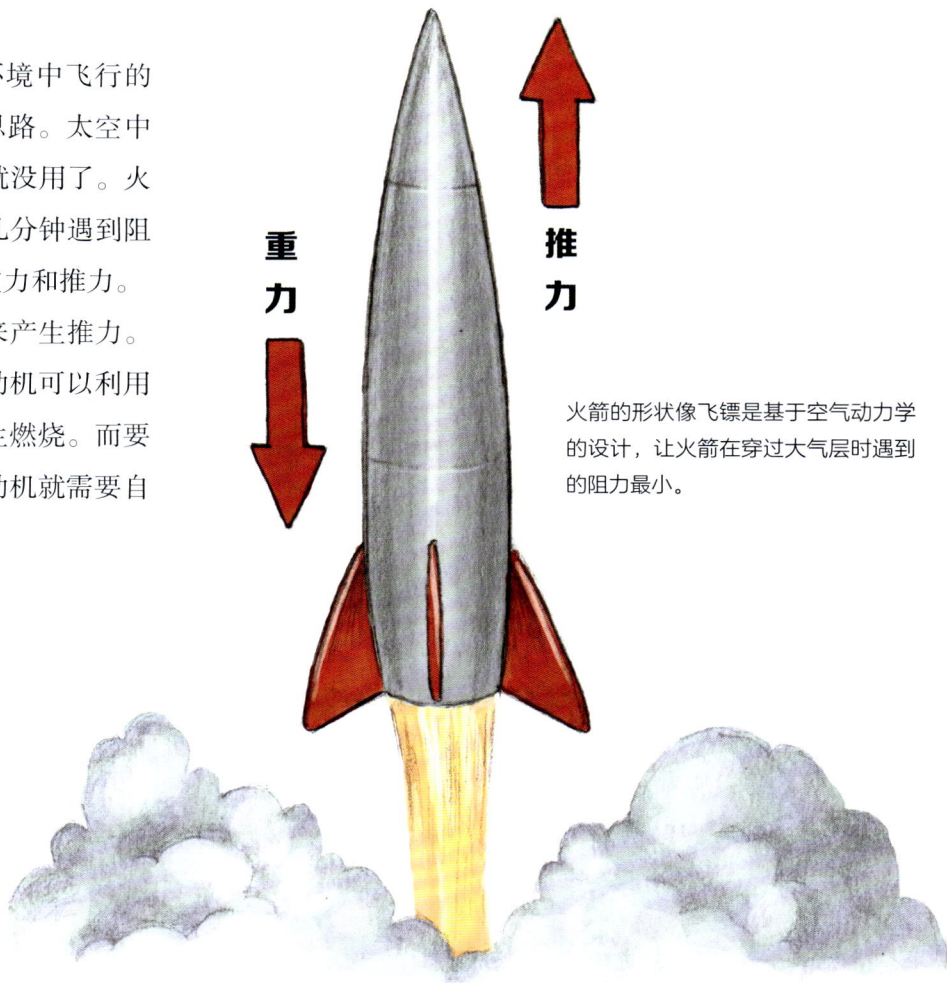

重力

推力

火箭的形状像飞镖是基于空气动力学的设计，让火箭在穿过大气层时遇到的阻力最小。

火箭的尾翼是为了让火箭穿过大气层时飞行更稳定。一旦到达太空，尾翼就用不到了。

从推力到重力

推力由火箭发动机产生，用吨①来衡量。一吨重的火箭需要产生一吨的推力，才能平衡把它拉回地球的重力。为了飞离地球，火箭必须产生比自身重量更大的推力。右图的示例中，随着燃料燃烧，火箭的重量越来越小，加速度就会越来越大。

这就是牛顿第二运动定律在实际中的应用：外力=质量×加速度（$F = ma$）。

①推力的标准单位为牛顿（N），但火箭的推力常用吨力来表示，即每吨物体产生的重力。——编者注

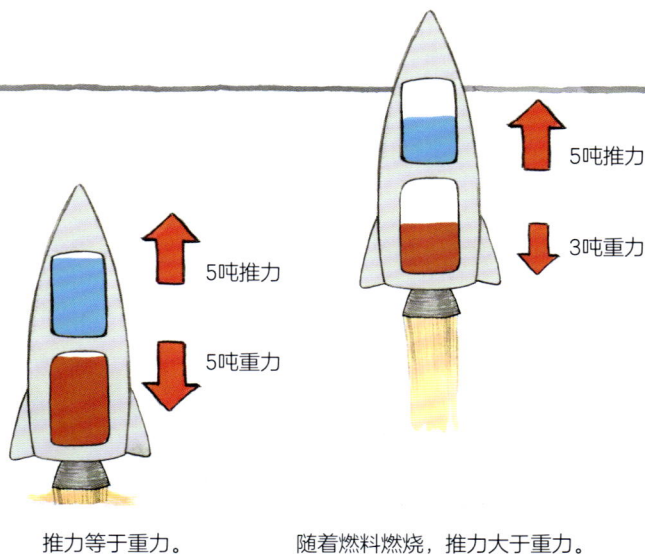

5吨推力

5吨重力

5吨推力

3吨重力

推力等于重力。

随着燃料燃烧，推力大于重力。

罗伯特·H. 戈达德（1882—1945）

现代火箭之父

罗伯特·戈达德十七岁的时候就已经明确了他将毕生奋斗的梦想。当时，他正在一棵樱桃树上，一边修剪树枝，一边思考着他一直在读的赫伯特·乔治·威尔斯的《世界大战》。突然，有一个想法击中了他的大脑：如果他能发明一种可以飞到火星上的机器，会怎么样？

后来，他写道："当时我眺望着东边的田野，想象如果可以造一台能飞到火星那么远的机器，该多棒啊！我想象着，如果它从我脚下的这片草地发射出去，看上去会有多小……我从树上下来的时候，跟爬上去之前相比已经脱胎换骨，因为我的存在似乎终于有了目标。"

接下来，罗伯特·戈达德开始学习数学和物理，不断追求造一枚可以飞往太空的火箭的目标。1919年，经过多年的研究和实验，戈达德发表了火箭学领域最重要的论文之一：《达到极限高度的方法》。

《纽约时报》的一篇社论狠狠批评了戈达德和他的论文。这篇社论称，火箭在太空的真空环境中根本无法运行，因为太空中根本没有与之对抗的阻力，还说戈达德连中学课堂教的知识都不懂。

这样的评论让戈达德很伤心，但他选择无视，继续自己的研究。为了证明他们是错的，戈达德把一个空弹壳手枪装到一根轴上，放在一个密封的钟形罐子里，然后抽掉里面的空气，创造了一个真空环境。他用电控制手枪开枪，结果手枪绕着这根轴不停振动旋转。这无疑证明了推进发动机是可以在太空的真空环境中运作的。

接着，在1926年一个寒冷的三月，戈达德站在亚拉巴马州奥本市埃菲阿姨家农场的一片雪地上，发射了第一枚液体燃料火箭。这枚火箭飞了2.5秒，只达到了12.5米的高度，却永远地改变了火箭学。

阿波罗11号飞往月球时，《纽约时报》刊登了一封道歉信："进一步的研究和实验确认，17世纪艾萨克·牛顿的发现绝对是成立的。火箭在真空中的确可以和在大气层中一样运作。《纽约时报》对这个错误表示歉意。"

作用力

反作用力

模拟太空中真空环境的密封钟形罐。开枪导致手枪往反方向运动，从而在轴上转动起来。

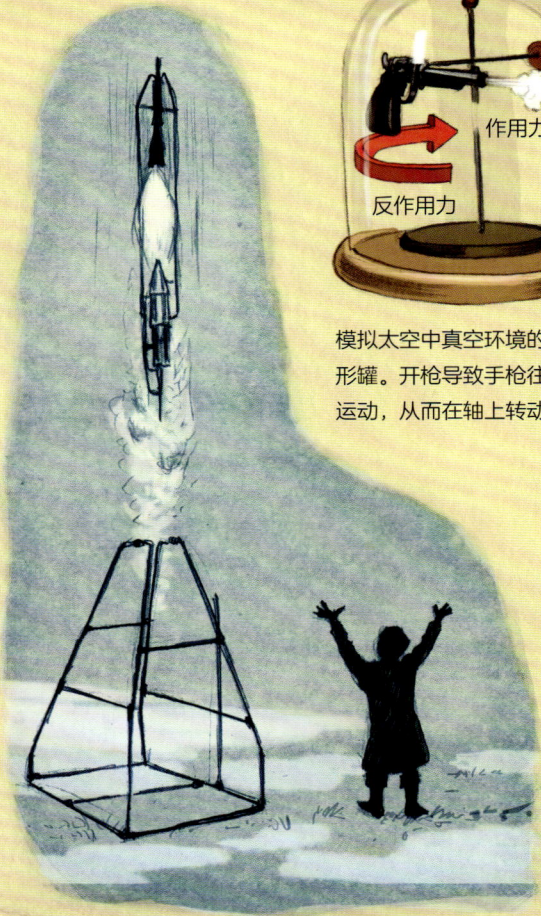

火箭发动机的工作原理

每一个作用力都会产生一个大小相等、方向相反的反作用力。

火箭背后的基本原理就是牛顿第三运动定律。

火箭的燃料燃烧产生高温，导致气体膨胀，以极快的速度喷出火箭开口端，也就是喷管，从而产生推力。这会使火箭往反方向运动。

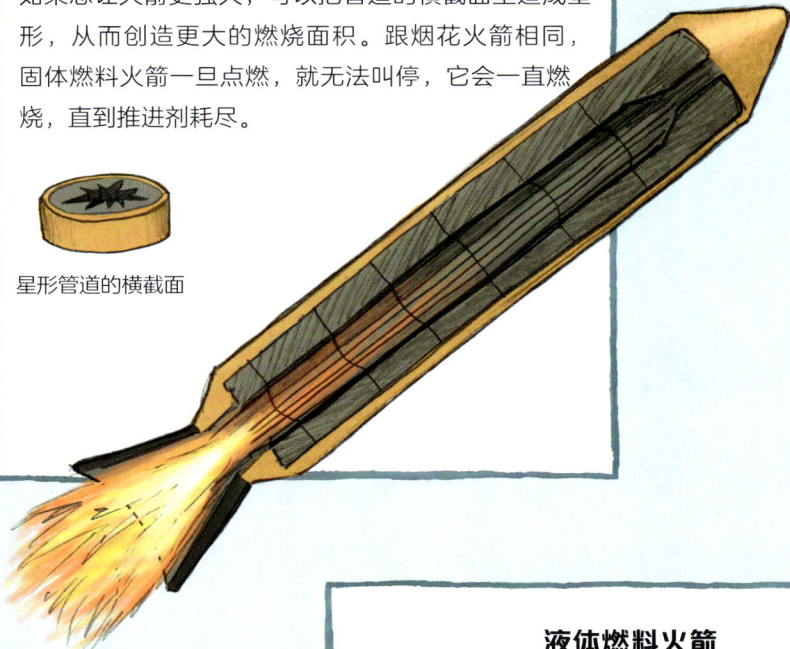

推进剂

导火线

导杆

烟花火箭

大约公元1000年，在中国，有人发现如果点燃的烟花尾端开着口，烟花就会朝火焰相反的方向起飞。后来，人们又增加了一根导杆来控制烟花的飞行。这就是最早的真正意义上的火箭。

这种火箭通过点燃一种叫作推进剂的物质来工作。推进剂装在一根中间挖空的管子里。燃烧推进剂产生的高温气体会从开口端喷射出来。

固体燃料火箭

固体燃料火箭的原理跟烟花火箭是一样的，但中空的火箭核心（也叫作"管道"）可作为燃料室。如果想让火箭更强大，可以把管道的横截面塑造成星形，从而创造更大的燃烧面积。跟烟花火箭相同，固体燃料火箭一旦点燃，就无法叫停，它会一直燃烧，直到推进剂耗尽。

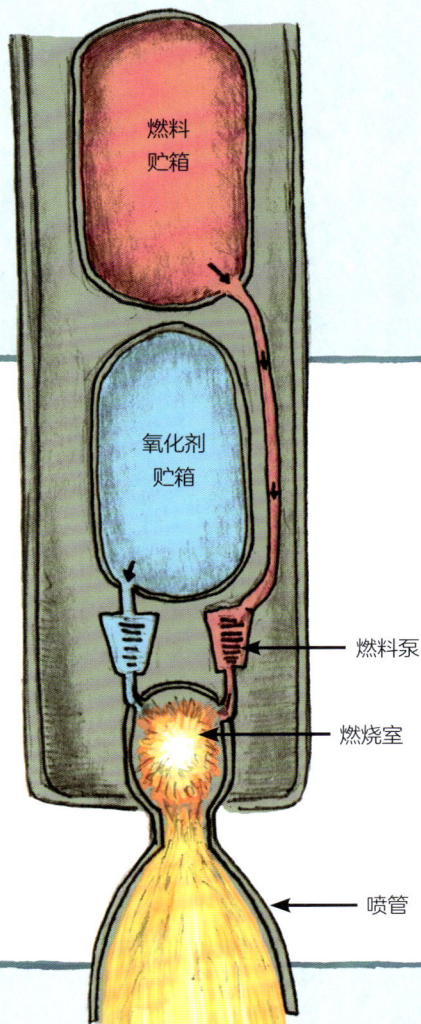

星形管道的横截面

液体燃料火箭

至于液体燃料火箭，燃料泵会把两种推进剂送进燃烧室，然后点燃、膨胀，通过喷管喷射出高温气流火焰从而产生推力。火箭的发动机越大，产生的推力也就越强。

跟烟花火箭和固体燃料火箭不同的是，液体燃料火箭只要切断燃料供给，就能关停。

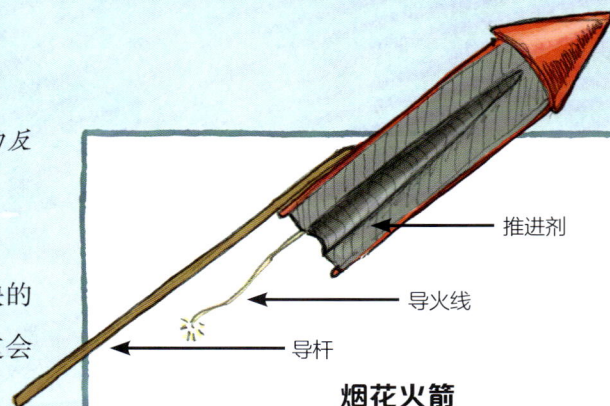

燃料贮箱

氧化剂贮箱

燃料泵

燃烧室

喷管

计算尺：带我们登上月球的工具

大量的计算。这就是NASA工程师在研究怎样送飞船上月球时面临的难题。需要多少燃料？飞船有多重？这些指标随着时间推移又会如何变化？质量、推力、地球的引力、月球的引力都要考虑在内。除了地球的自转，还要考虑目标（也就是月球）绕地球的公转，计算就更复杂了。要想弄清楚如何到达目的地，就要进行成千上万的计算。

当时离发明可以在几秒内就解出这些方程的台式计算机还有好几十年。甚至便携式计算器也是1972年才面世的。

工程师有的只是一把计算尺，也叫"滑尺"——一种机械式的模拟计算机。看上去就是一把由三根木条或者塑料条制成的复杂的尺子。中间这根可以来回滑动，上面还有一个游标可以定位，帮助找到对应的数字。有了这个工具，科学家或工程师就可以快速地做乘法、除法，并且计算复杂的方程了。

计算尺的工作原理

图A. 在计算尺的左手边，你可以看到几个指示刻度的字母。另外还有一个可以滑动的透明塑料滑块，中间有一条线，这条线叫作游标。

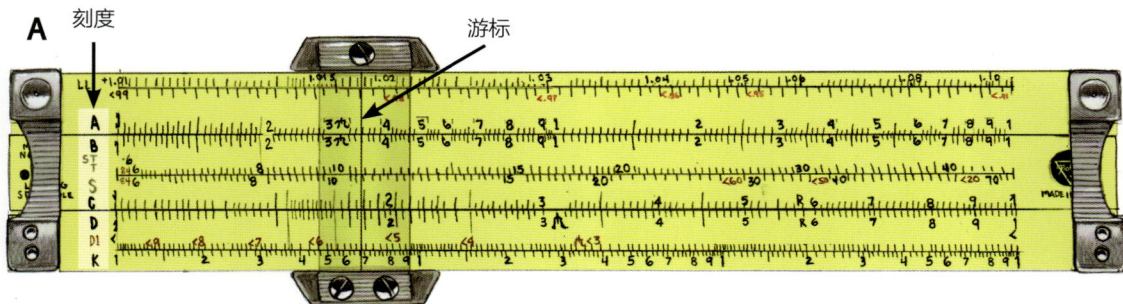

图B. 这里举一个例子来说明如何使用计算尺来解一道非常简单的数学题：3×2.5等于几？将C刻度上的1和D刻度上的3对齐。然后借助游标，找到C刻度上的2.5，答案（7.5）就会出现在D刻度上游标线所指的位置。

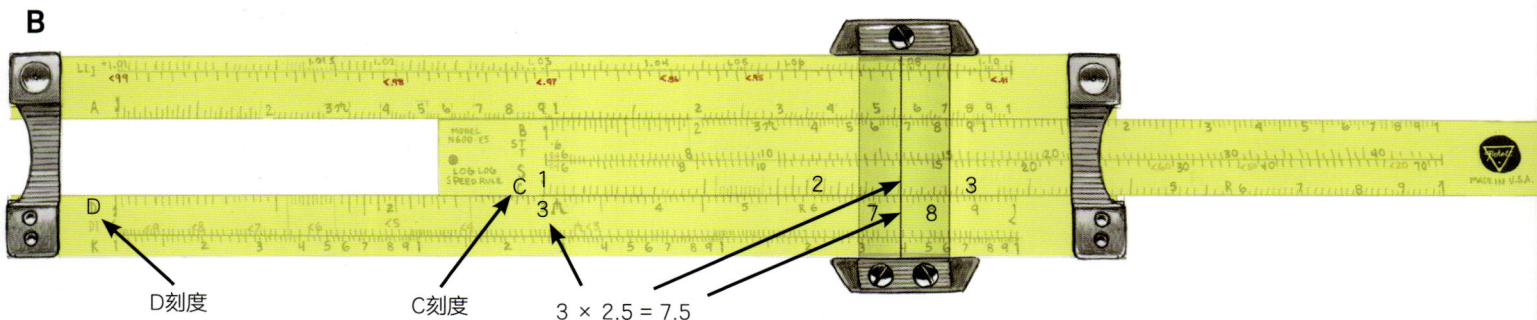

3 × 2.5 = 7.5

你可能会觉得这种方法极其烦琐，但经过耐心的练习，这把计算尺帮工程师精准地算出了那些带我们登上月球的复杂方程。

今天，计算器和计算机已经取代了计算尺，但在1972年之前，它是一种很常见的工具。

人力计算机

在20世纪60年代初走过NASA的办公大厅时，你经常会听到有工程师在叫"计算员（computer）"。当时没有计算机，所以NASA雇了很多员工来完成计算工作。而且不是普通的员工，而是好几百位才智出众的女性，负责这些枯燥却又无比重要的工作——计算太空探索所需的大型复杂方程。

早在二战之前，兰利研究中心（如今是NASA的一部分）就开始雇用大量女性数学家。不过因为当时性别不平等，女性要研究工程学并以此为职业几乎是不可能的。相反，她们只能充当计算员，即使她们中的许多人比男性工程师的能力更出众。计算员用铅笔、计算尺和小型行李箱大小的原始计算器来工作。

非裔计算员还被歧视性地称为"有色计算员"，她们的处境最为糟糕。她们要和白人计算员分开工作，晋升的机会几乎不存在。但是，她们中有些人，比如凯瑟琳·约翰逊（见第34页），将会证明自己具有无与伦比的价值，能够突破身份限制，承担NASA最重要的一些工作，包括帮助计算阿波罗11号登月任务的发射和着陆轨迹。

弗里登STW-10计算器

阿波罗计划时期，这种机电式计算器可以辅助计算员处理复杂的计算。这种机器从20世纪30年代开始使用，跟一次只能解一道题的计算尺不同，STW-10可以连续进行多次计算。不过，它与计算尺的另一个区别就是它有18千克重，也无法放进口袋里。

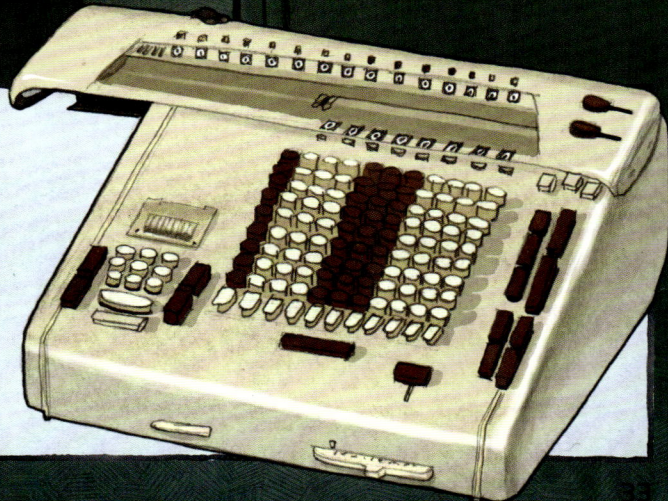

凯瑟琳·约翰逊（1918—2020）

NASA数学家

"我不觉得自己低人一等，从来没有这么觉得。我和其他人一样棒，但也没有高人一等。"

1962年2月20日，宇航员小约翰·格伦正要爬进一个固定在弹道导弹顶部的太空舱中。如果任务按计划进行，他将会成为第一个环绕地球轨道的美国人。一切准备工作就绪。一台由IBM制造的全新的计算机已经算好了他的轨道和降落数据。格伦做好了（以自己的生命为赌注的）准备。但是就在任务前几周，他提出一个重要请求。他想让凯瑟琳·约翰逊再手算一下这些数字，确保准确性。凯瑟琳几乎算了两天——不过她算完之后，格伦也得到了他想要的最终确认。

凯瑟琳·约翰逊出生于西弗吉尼亚州。还是个小女孩的时候，她就爱上了数字，并发现了数学的美。她会数自己上学、去教堂走了多少步，还会数洗碗槽里有多少盘子。"只要能数的东西，我都会去数。"她后来说道。18岁大学毕业之后，约翰逊成为一名教师。1953年，位于弗吉尼亚州汉普顿的美国国家航空咨询委员会（NACA）对她开放了一个难得的机会。委员会要招一名非裔女性计算员来服务太空研究。约翰逊迫不及待地接受了这次机会。

她的工作非常出色——计算又快又准确。在国家航空咨询委员会成为NASA后，她被派到航天特遣大队工作。她的计算让小艾伦·谢泼德成为第一个进入太空的美国人。同时她还参与了水星计划、双子星座计划和阿波罗计划等任务的许多工作，其中也包括阿波罗11号。

约翰逊一直在NASA效力到1986年。2015年，她被巴拉克·奥巴马总统授予总统自由勋章。2017年，在她99岁的时候，NASA以她的名字命名了一座研究大楼。

凯瑟琳·约翰逊对数学的热爱，以及她自身的坚毅，帮助她在一个由白人男性主导的职业中，跨越了那个时代的种族隔离和性别歧视。她计算的数字帮助我们登上了月球。

引力问题

引力无处不在，你根本逃脱不了。

引力是两个物体之间相互吸引的力。物体的质量越大，引力就越大。地球通过地心引力让月球环绕在地球的轨道上，就像太阳也是通过引力让地球环绕在太阳的轨道上。地球对你也有引力。正因如此，你才不会飘起来飞走。

由于月球的质量远远小于地球，所以站在月球表面上，你感受到的引力跟在地球上是不一样的。月球引力只有地球的六分之一。举个例子，如果你在地球上的体重[①]是54千克，那你在月球上的重量大约只有9千克。

宇航员在近地轨道，或是飞往月球时在更外圈的轨道上可能会产生微重力（也就是失重）的错觉。但他们真正感受到的是自己正在不断下落，其实这也是他们正在经历的。轨道中的飞船速度已经快到足以完美平衡水平方向上的运动和落回地球的运动。

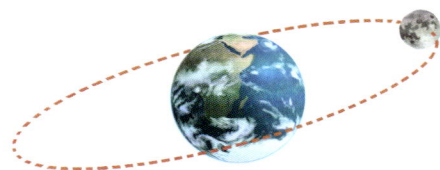

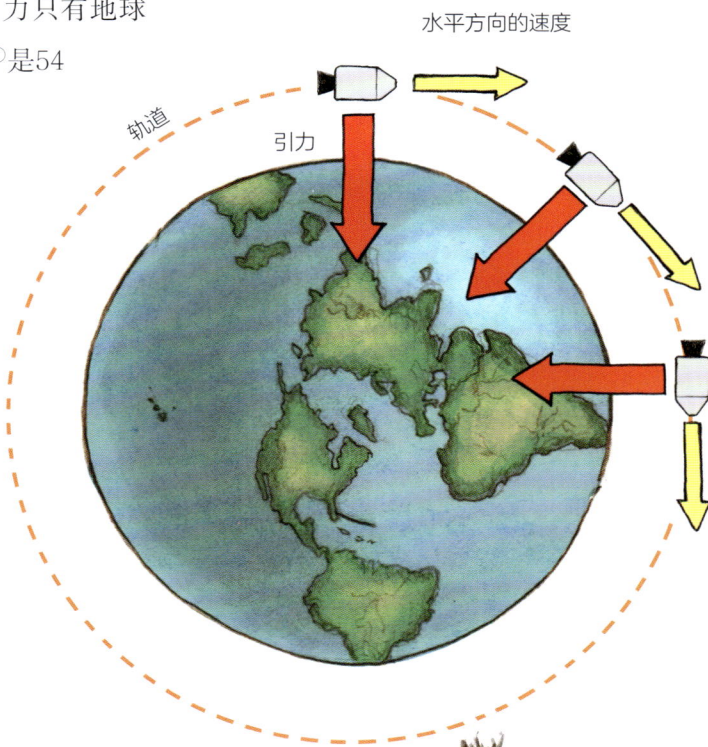

水平方向的速度

轨道

引力

[①]这里的体重指的是称重器显示的视重，人体的质量不会改变。——编者注

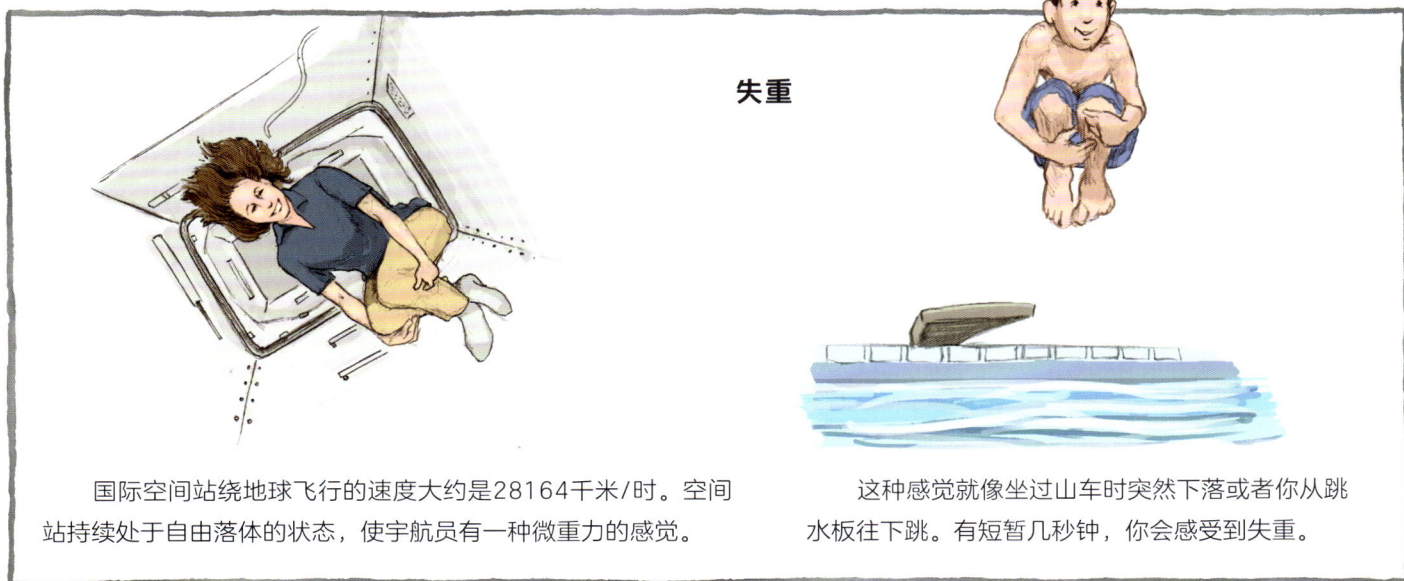

失重

国际空间站绕地球飞行的速度大约是28164千米/时。空间站持续处于自由落体的状态，使宇航员有一种微重力的感觉。

这种感觉就像坐过山车时突然下落或者你从跳水板往下跳。有短暂几秒钟，你会感受到失重。

月球究竟有多远？

水星计划之后，NASA的工程师们非常自信，觉得他们已经清楚如何把一名宇航员送入地球轨道了。现在，是时候思考如何把宇航员一路继续送往月球了。

要了解这个问题的复杂性，我们必须看一下月球到底有多远。

水星计划需要飞离地球大概201千米。如果开车的话，大概需要2小时多一点。而从地球到月球平均384000千米的距离，需要连续开车6个月。

我们常常看到很多书上的示意图会把地球和月球描绘得非常近，但经常被我们忽略的是，这些示意图不是按比例画的。大多数地月系统或太阳系的示意图都没办法按比例绘制，因为这些星球相距得太远了，根本不可能画在同一页上，也根本画不出任何细节。

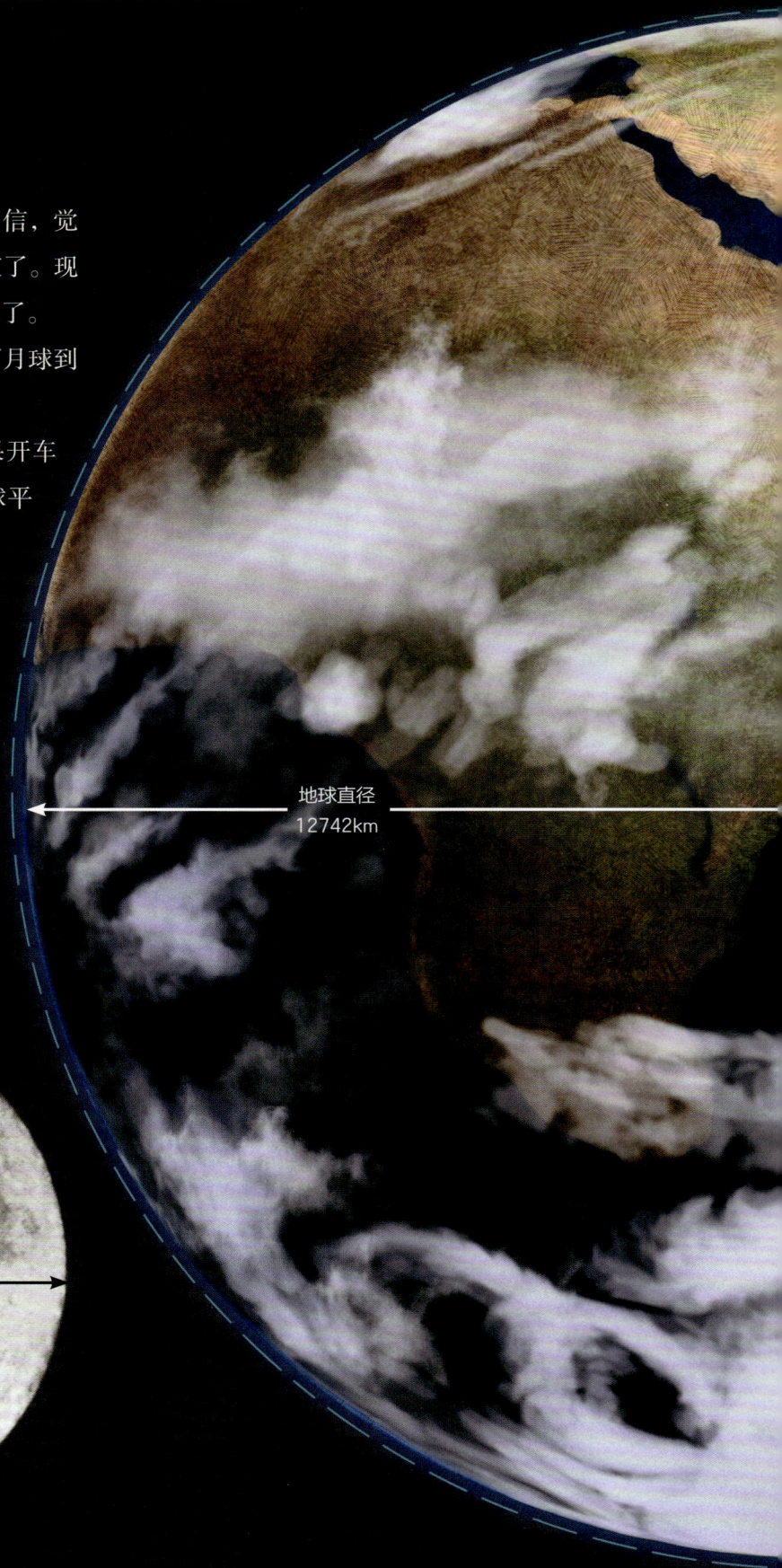

地球直径
12742km

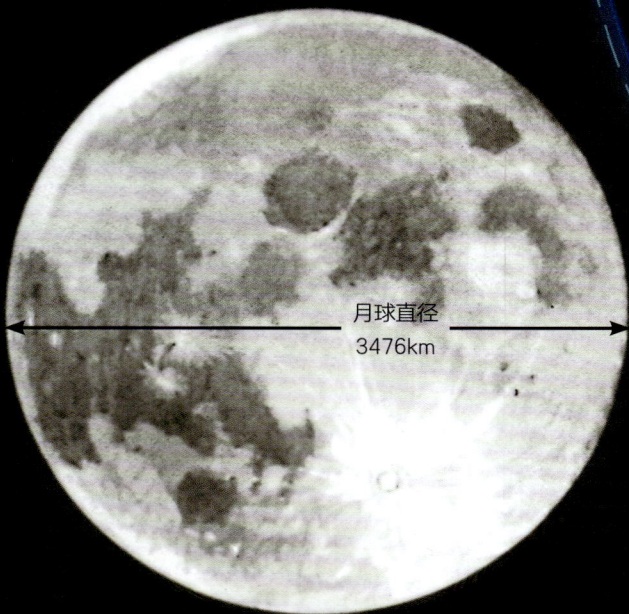

月球直径
3476km

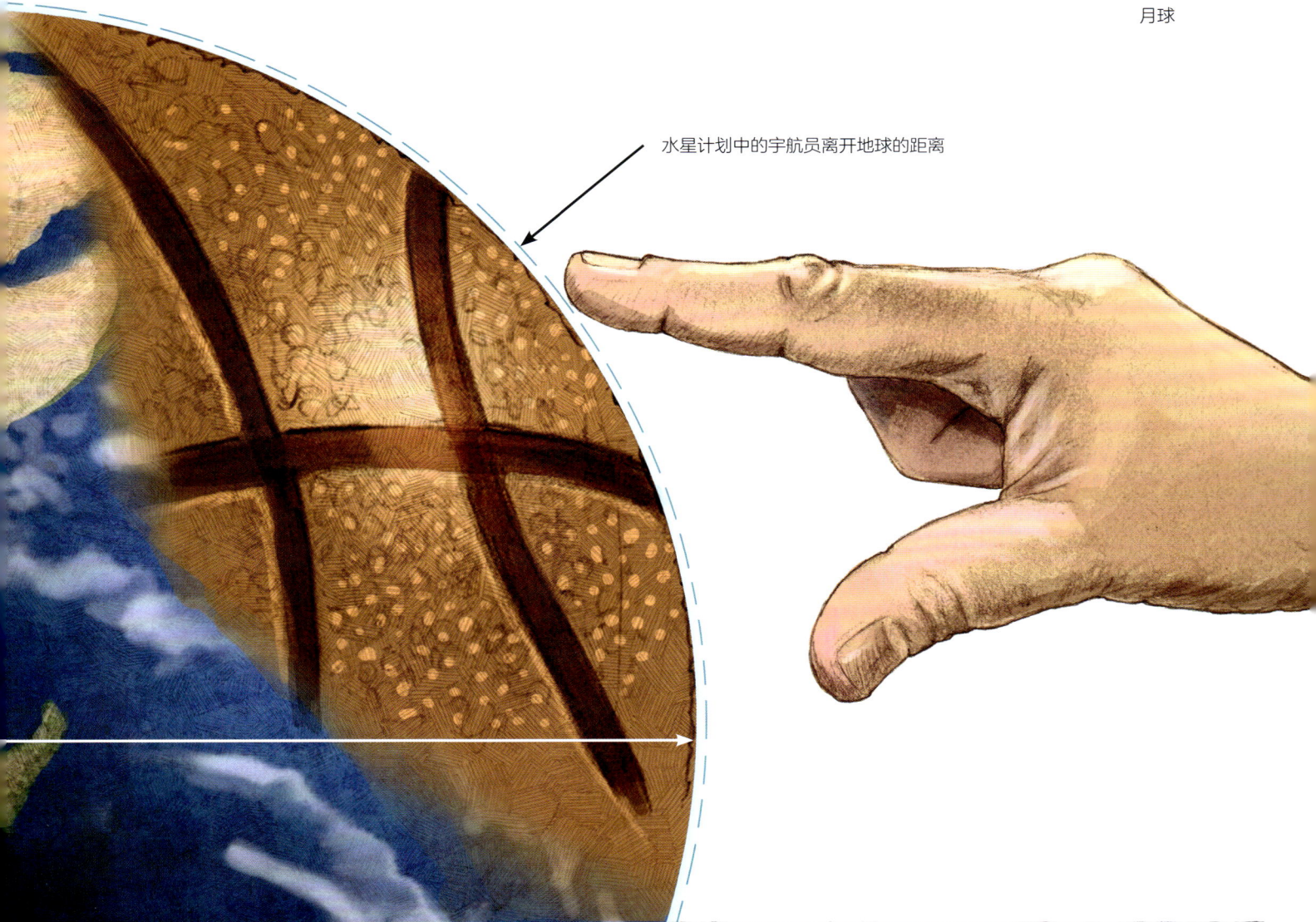

水星计划中的宇航员离开地球的距离

地球和月球的比例

　　如果地球像一颗篮球那么大的话，月球就只有一颗网球那么大。如果你在篮球场三分线的位置举着篮球大小的地球，那么月球就应该在篮筐正下方。而水星计划中的宇航员离开地球的距离，放在这颗篮球大小的地球上看，还不及你手指的厚度——而现在，我们必须把宇航员送到离篮球7.2米远的那颗网球上去。

　　在同样的比例下，太阳距离这颗篮球大小的地球大概有3.2千米，并且太阳直径有8层楼那么高。

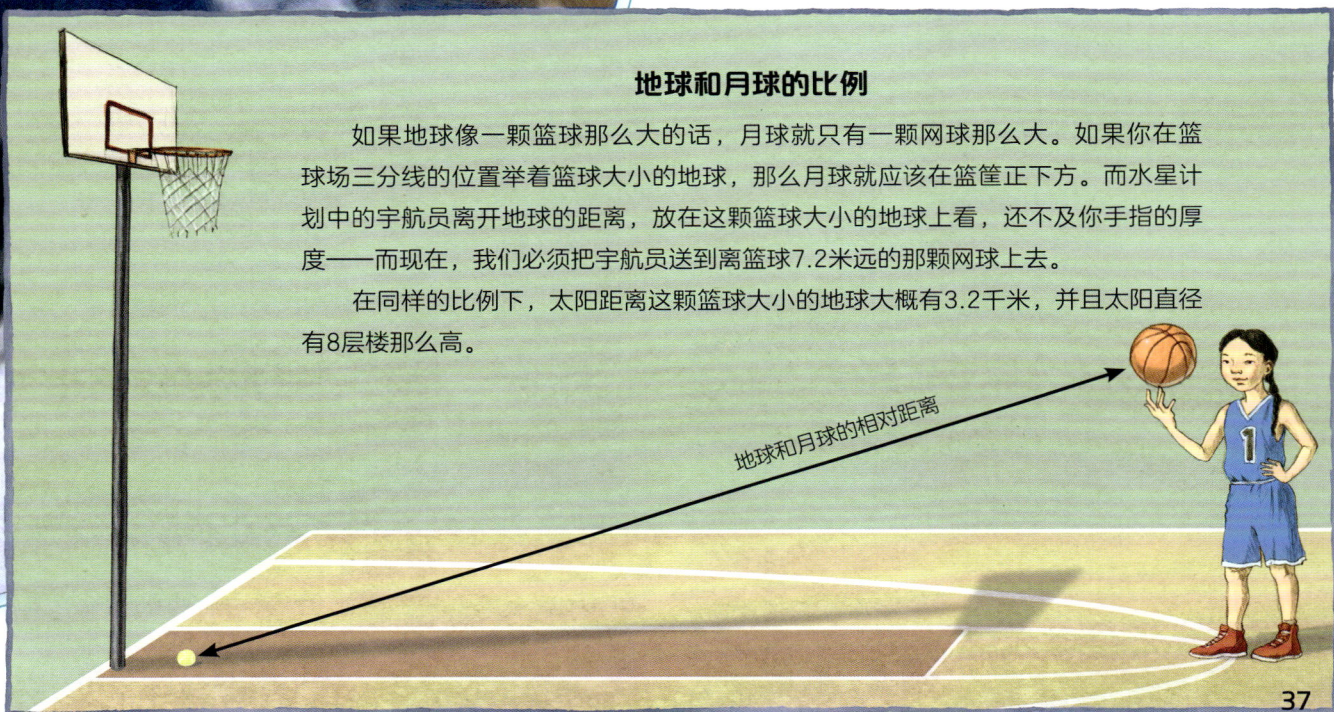

地球和月球的相对距离

37

进入轨道，前往月球

现在，摆在NASA工程师面前的问题就是要把一艘装备齐全的载人飞船送到地球轨道之外，前往月球，再返回地球。

地球轨道速度

计算员计算得出，火箭必须达到7.9千米/秒的速度（约28440千米/时）才能进入地球轨道。这个速度也被称为近地轨道速度。达到这个速度时，火箭才足以克服重力，在落回地球和前往太空的两种力之间达到平衡，这种平衡会形成一条围绕地球的轨道（见第35页）。只要低于7.9千米/秒，火箭就会落回地球。

地球逃逸速度

为了挣脱地球轨道，飞船要么减速，要么加速。如果飞船发动机朝着运动方向点火发力，飞船就会减速，地球引力最终会把它拉回地面。如果飞船发动机朝着运动的反方向点火发力，飞船就会加速，它的运动轨道就会向外扩展。轨道的最低点叫作近地点，最高点叫作远地点。

如果飞船在恰好的时间点加速到11.2千米/秒（40320千米/时），就可以把远地点扩展到月球引力的作用范围内，月球引力就会开始把飞船拉往月球。这个速度叫作逃逸速度。当飞船接近月球时，这个速度会让它猛地绕过月球，再从遥远的月球慢慢落回地球。

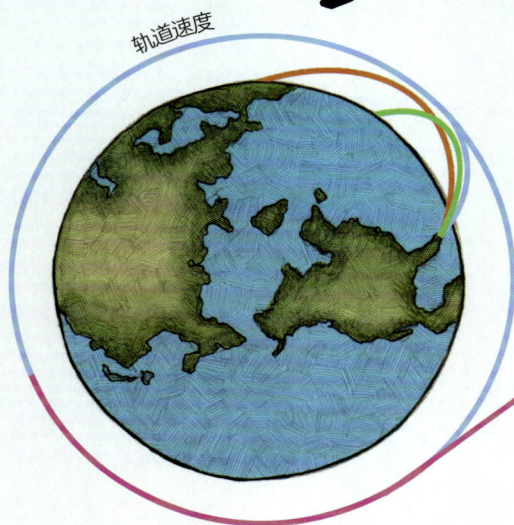

远地点

近地点

轨道速度

逃逸速度

= 4.8km/s

= 5.6km/s

= 7.9km/s

= 11.2km/s

月球轨道速度

然而，工程师们计算得出，如果飞船在月球背面运行时把速度降到1.6千米/秒（5760千米/时），它就会进入月球轨道。只要飞船发动机朝着运动方向点火发力就能实现。工程师把这一步称为"进入月球轨道（LOI）"。

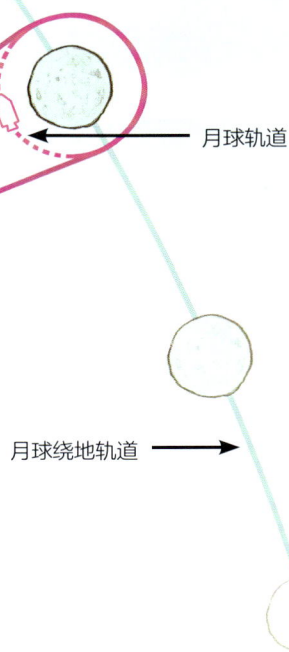

月球轨道

月球绕地轨道 →

重力井

这个问题还有另外一种思考方式。你可以把宇宙想象成一张巨大的、有弹力的床单。任何物体，比如地球，放在上面就会下陷出一个像漏斗一样的形状。这就是重力井。地球产生的凹陷就是地球的重力井。月球也有重力井，只不过因为月球的质量比地球小得多，所以月球的重力井更浅。

现在，我们想象地球的重力井附近有一颗滚动的弹珠，就好比一艘飞船。这颗弹珠会绕着地球的重力井打转，然后慢慢陷进去。但是如果弹珠的速度足够快，它打转的轨道就会向外扩展，直到进入月球重力井的范围。这时它的速度其实已经过快，不会绕着月球打转，而是绕过月球，猛地转向，再次绕着地球打转。

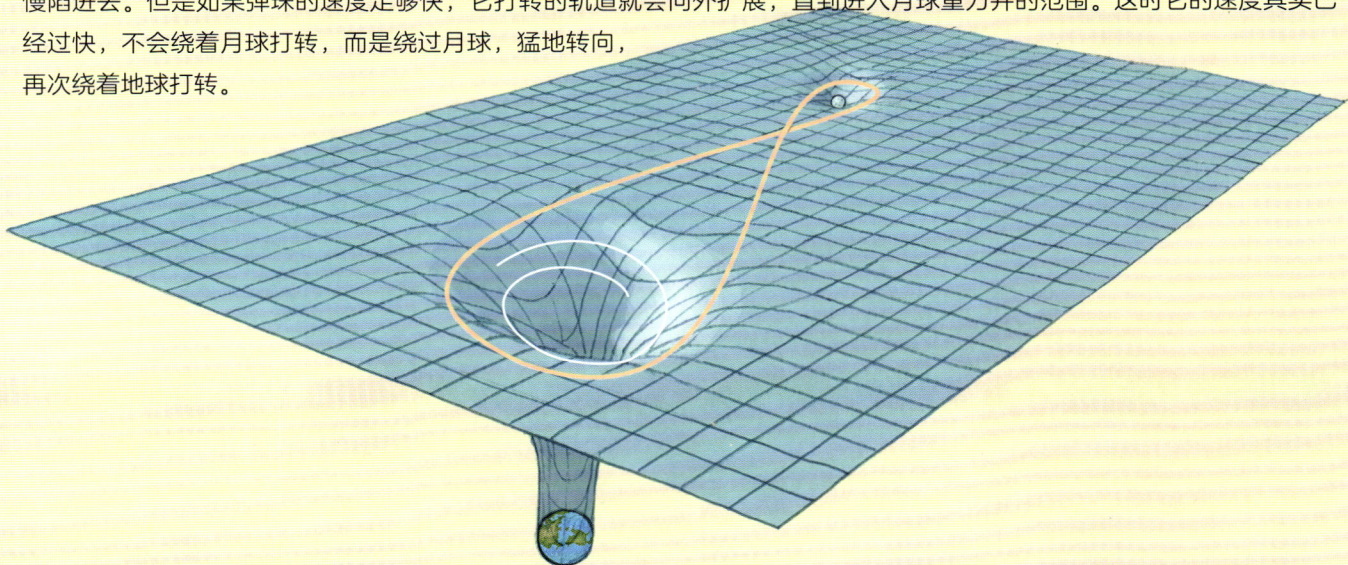

问题，问题，接连不断的问题

在造出一艘能降落月球的飞船之前，NASA的工程师们还需要更了解月球。他们不知道的东西数不胜数：月球上会不会有很多岩石和坑，根本不能降落？飞船的发动机会不会像火药一样引爆月球表面？月球上的重力是什么样的？ NASA的一位顾问，出生于奥地利的科学家托马斯·戈尔德猜想月球表面覆盖着一层厚厚的尘埃。NASA的理解是，飞船降落的时候会消失在视线之外。

光是通过一台望远镜盯着月球看或者猜是得不出答案的。我们需要送点东西上去——可以拍照、可以在月球降落、探测月球表面、还能发回信息的东西。

NASA的喷气推进实验室打造了几个不同的机器人飞船来帮助收集信息，回答这些问题。

月球特写

徘徊者计划（1961—1965）

"徘徊者"的任务是发回近距离拍摄的月球表面的照片。

前六台徘徊者探测器要么在发射台上就爆炸了，连月球的边都没沾到，要么就是设备出现了故障。终于，在1964年7月，徘徊者7号传回了4000多张照片，工程师们终于可以看到月球表面的近照。徘徊者8号和徘徊者9号传回了更多信息。

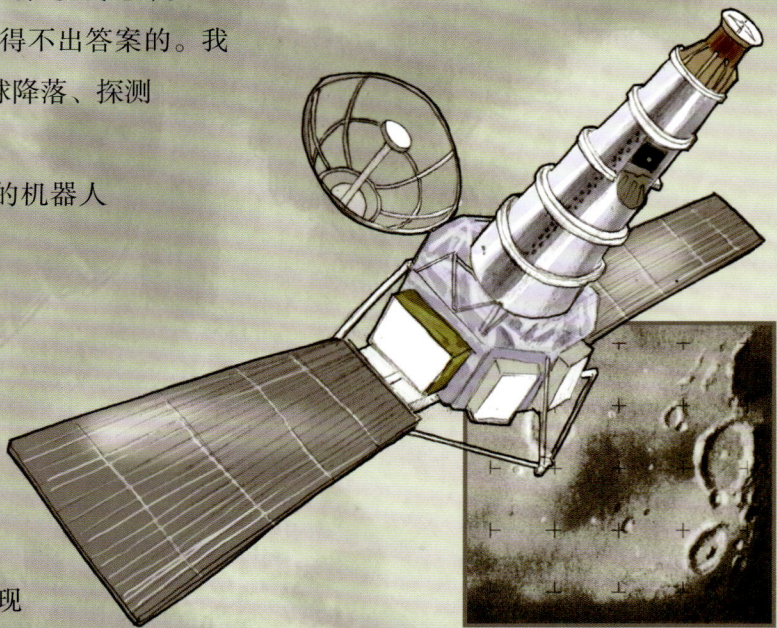

研究月球表面

勘测者计划（1966—1968）

勘测者系列的机器人飞船则是为了研究在月球表面实现软着陆，而非强行着陆的可能性。七台勘测者中有五台成功着陆。

勘测者探测器拍摄的着陆支架和机械铲的照片让工程师们相信，月球表面非常适合载人的阿波罗飞船着陆。

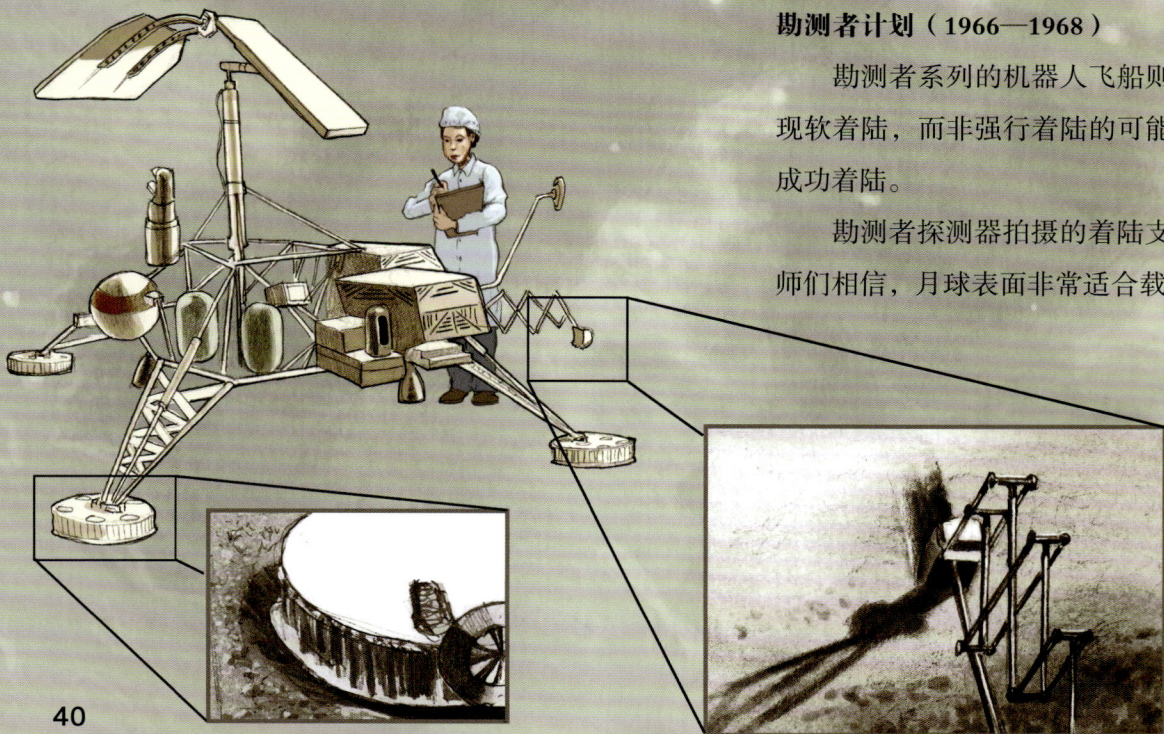

选择着陆场

月球轨道计划（1966—1967）

五台月球轨道器在绕月过程中成功拍摄了将近2000张月球表面的照片。

我们发现月球上布满了汽车大小的巨石、科罗拉多大峡谷两倍那么深的坑，以及比美国本土任何山都要高的大山。有了这些照片，地质学家法鲁克·埃尔-巴兹就可以帮NASA选择一个着陆场。找一个平坦、安全的地方让宇航员降落，这一点至关重要。

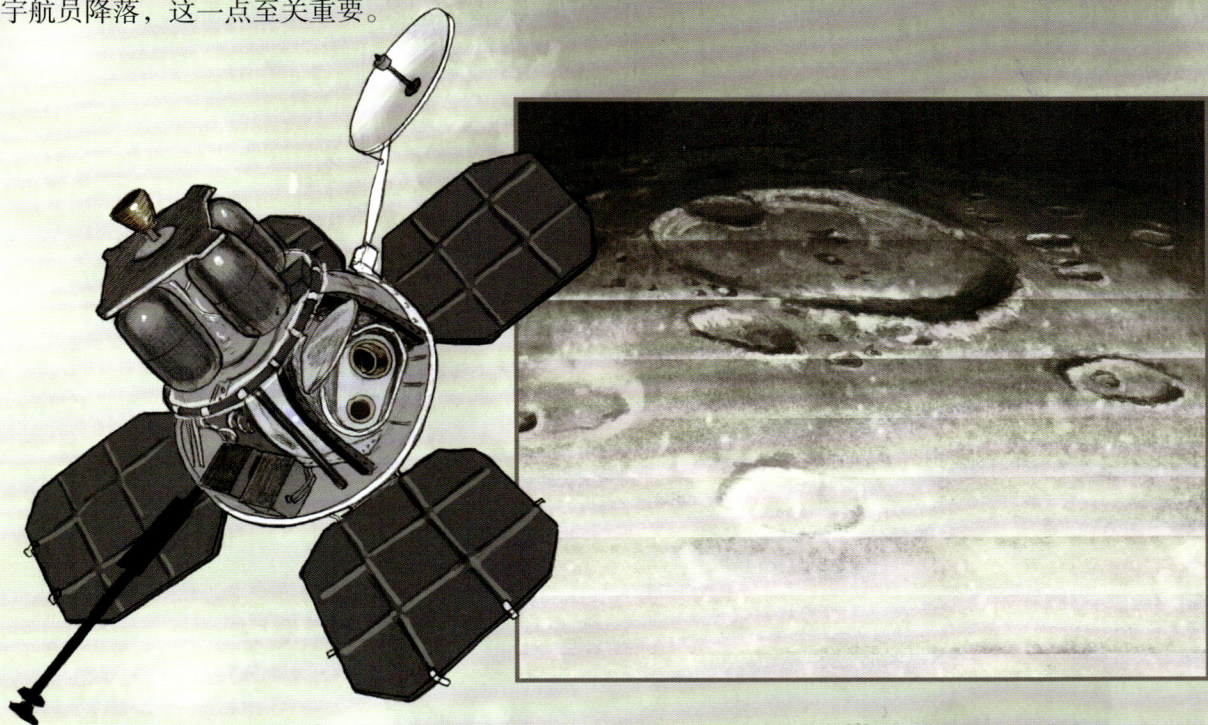

法鲁克·埃尔-巴兹（生于1938年）

地质学家

在仔细研究了上千张照片里的每一座山、每一个坑、每一块巨石和岩石之后，没有人比法鲁克·埃尔-巴兹更了解月球。埃尔-巴兹在埃及出生并长大。小时候在开罗东部参加童子军露营时就爱上了地质学。1967年，埃尔-巴兹在美国电话电报公司（AT&T）旗下的贝尔通信公司工作。当时，他不仅帮宇航员们找到了月球上着陆的地点，还训练宇航员进行观察和摄影。1987年到1994年播出的流行剧集《星际迷航：下一代》中还有一艘以埃尔-巴兹命名的宇宙飞船。

双子星座计划

1961—1966

随着水星计划临近尾声，NASA还在继续努力追赶并超越苏联。沃纳·冯·布劳恩和他的团队一直在打造一枚叫作"土星号"的巨型火箭，这枚火箭将把载人飞船送上月球。但这项工作一直没有完成，而且还需要好几年的时间。

在研制"土星号"的同时，NASA还在发展"双子星座计划"——一系列近地轨道中的双人任务——从而掌握解决在登月过程中一定会遇到的其他挑战的方法。

双子星座计划的重点是：演练太空行走的技巧、让两艘飞船在轨道中交会并对接。

在整个计划的10次载人任务中，NASA不仅完成了上述目标，还成功在好几个里程碑式的任务中打败了苏联，包括打破航天任务在宇宙中停留的最长时间纪录，并且第一次实现两艘飞船的对接。

双子星4号：第一次太空行走
发射日期：1965年6月3日
指令驾驶员：詹姆斯·A.麦克迪维特
驾驶员：爱德华·H."埃德"·怀特
飞行时长：4天1小时56分钟
埃德·怀特成为第一个完成"太空行走"的美国人。他说回到太空舱里的时候是他一生中最悲伤的时刻。

双子星6A号：第一次交会
发射日期：1965年12月15日
指令驾驶员：小沃尔特·M."沃利"·希拉
驾驶员：托马斯·P."汤姆"·斯塔福德
飞行时长：1天1小时51分钟
双子星6A号第一次完成了载人飞船与另一艘飞船（双子星7号）的交会。两艘飞船以28164千米/时的速度航行到与对方相距仅30厘米。

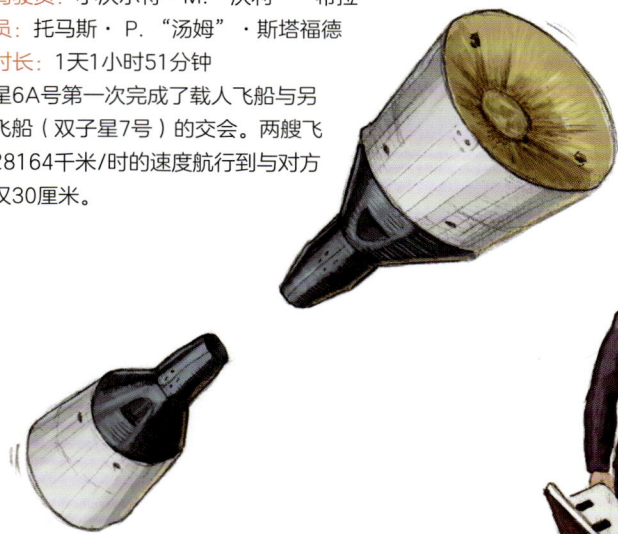

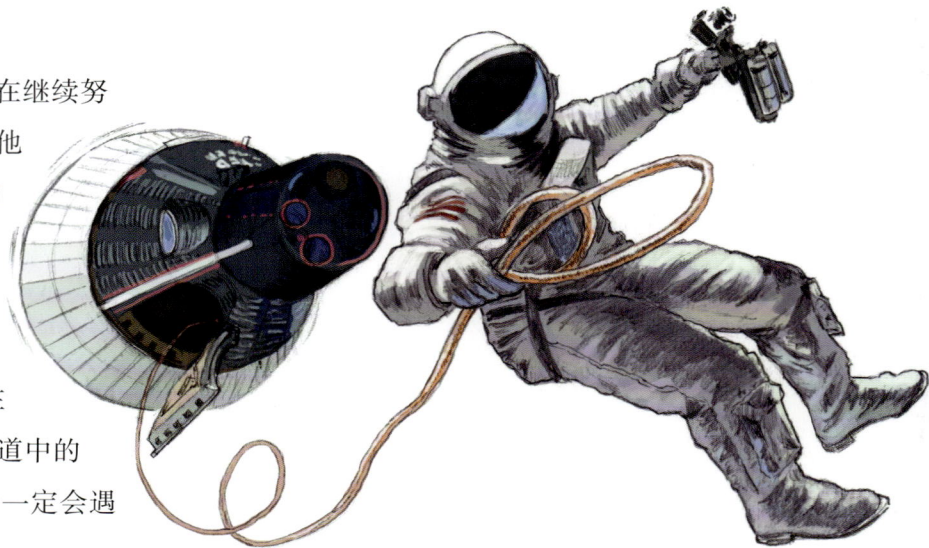

双子星7号：时间最长的任务
发射日期：1965年12月4日
指令驾驶员：弗兰克·博尔曼
驾驶员：小詹姆斯·"吉姆"·A.洛弗尔
飞行时长：13天18个小时35分钟
双子星7号证明，人类可以在宇宙中持续工作长达两周。要让两个人在这么狭窄的空间里待上330多个小时不是一件容易的事，但这次任务也帮助改善了阿波罗号的指挥舱设计。

双子星8号：第一次成功对接

发射日期：1966年3月16日

指令驾驶员：尼尔·A. 阿姆斯特朗

驾驶员：大卫·R. 斯科特

飞行时长：10小时41分钟

双子星8号第一次成功执行了两艘飞船之间的对接。但推进器的一个故障导致了足以致命的惊险一刻：两艘飞船失去控制，开始以每秒一圈的速度翻滚。就在即将因为旋转产生的重力（也称为G）晕过去之前，阿姆斯特朗及时修正了这个问题。如果他没能及时采取行动，他和斯科特都将葬身太空。

双子星12号：完成双子星座计划的全部目标

发射日期：1966年11月11日

指令驾驶员：小詹姆斯·"吉姆"·A. 洛弗尔

驾驶员：埃德温·E. "巴兹"·奥尔德林

飞行时长：3天22小时34分钟

双子星12号成功完成了双子星座计划的全部目标，包括交会、对接，以及5小时30分钟的"太空行走"新纪录。

宇航员巴兹·奥尔德林在飞船外给自己拍了一张照片。这是第一张在太空中的自拍！

登陆月球的方法

双子星座计划的重点是飞船的交会、对接以及宇航员出舱活动（EVA，"太空行走"的另一种说法），但真正怎么到达并登陆月球，还是存在很多争论。阿波罗飞船的设计将完全取决于采取哪种方式登月。与此同时，"在这十年间登上月球"的期限也越来越近，我们必须快速做出决定。

直接起飞

我们的第一个想法是让装满燃料的巨型火箭直接从地球飞往月球，火箭底朝下着陆。随后，宇航员爬出太空舱，完成对月球表面的探索之后，再次点燃火箭发动机返回地球。这种方式叫作"直接起飞"。作家、艺术家和科学家探索这种方法已经几百年了。它听上去很合理……直到工程师算了一下。

问题在于，一枚装满燃料，足以逃离地球引力、飞往月球、着陆、再返回的火箭，一定硕大无比。当工程师计算出完成这项任务所需的燃料总量之后，他们意识到这枚火箭的高度一定会超过18米。让一枚这么大的火箭底朝下在月球着陆，还要让宇航员爬下来，难度实在太大了。

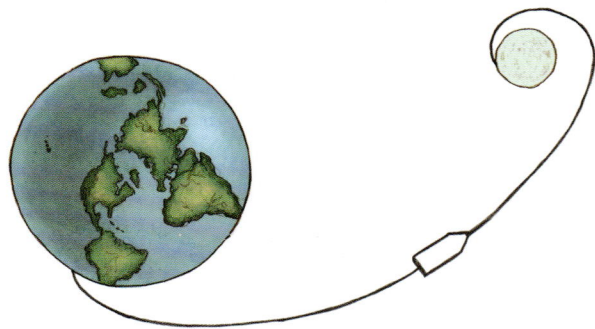

*根据太空艺术家切斯利·博尼斯泰尔（1888—1986）的作品所绘

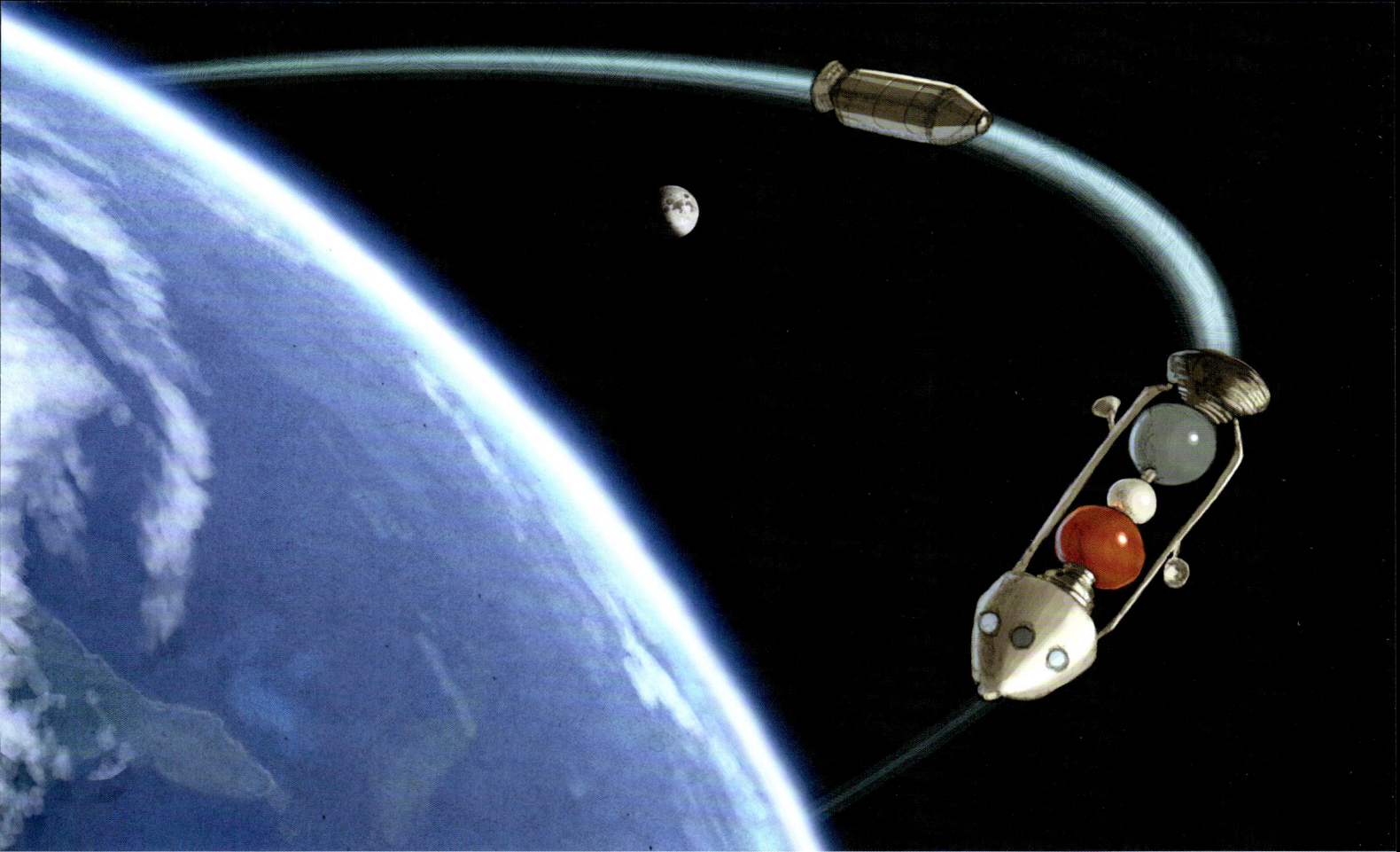

地球轨道交会

第二个想法是沃纳·冯·布劳恩提出的，叫作"地球轨道交会（EOR）"。我们先把两枚或者两枚以上的火箭送进地球轨道，火箭搭载的零部件可以建成一艘飞船，再让飞船飞往月球。这种想法理论上是可行的，因为这艘"奔月飞船"不必承载逃离地球重力所需的所有燃料，也就是说，它的体形要小得多。

但"地球轨道交会"的问题是：需要进行多次发射，把火箭送入地球轨道后才能搭建飞船。这不仅耗资巨大，而且飞船也得足够大，能带上足以让它返回地球的燃料。

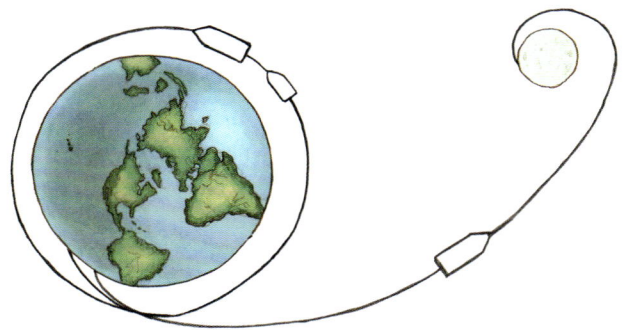

第三种方案

NASA在"直接起飞"和"地球轨道交会"两个方案之间持续进行着辩论。两种方案都要求有一艘巨大的飞船来登陆月球，同时需要搭载足够多的燃料用于再一次从月球表面起飞并返回地球。工程师以及NASA的管理层也有过其他想法，但那些想法风险太大，没人觉得有任何实际的可行性。比如，先把宇航员送上月球，然后让他们在那儿等着，直到我们想出带他们回家的方法！

沃特航空航天公司的工程师汤姆·杜伦开始以另一种方式思考这个问题。他想到可以用两艘相连的飞船：一艘带着宇航员飞往月球，进入月球轨道，而另一艘小一点的飞船将自己从大飞船里脱离出来，独自向下降落到月球表面。宇航员完成月球表面的勘探后，再乘着小飞船飞回去和主飞船会合。小飞船可以很轻，而且用完可丢弃，这能减少不少重量。杜伦把这个方案称为"载人月球登陆和返回（MALLAR）"。

但当杜伦把这个想法讲给领导听的时候，立即被否决了。领导的评价是"太冒险了"。这是因为当时NASA连"地球轨道交会"的方案都还没完善，让两艘飞船从近40万千米的距离实现交会几乎是不可能的，更别提有多危险了。

尤里·康德拉图克（1897—1942）
富有远见的工程师

一战期间在苏联军队服役时，尤里·康德拉图克就第一个提出了"月球轨道交会"的想法：把一艘组合式飞船送抵月球，其中一部分留在月球轨道，剩下的下降到月球表面再返回。而且这只是他绝妙想法中的一种。汤姆·杜伦或是约翰·霍博特（见第47页）到底知不知道尤里早在美国航天计划开始前40年就已经记录下来的工作成果，我们不得而知。

沮丧的杜伦放弃了"载人月球登陆和返回"的想法。这个想法几乎快要被人遗忘了，直到有一天，这个方案出现在了一位安静，甚至有些沉默寡言的NASA工程师约翰·C. 霍博特的桌上。霍博特被这个想法深深吸引。他对方案进行了计算、模拟和分析，最后确信这不仅是把人送上月球再送回来的最佳方法，也是唯一的方法。

　　他将这个想法重新命名为"月球轨道交会（LOR）"，并向航天计划的领导介绍这个方案。领导们都说霍博特疯了，然后把他打发走。但是霍博特非常坚定。他坚持了两年，甚至冒着丢掉工作的风险，努力介绍"月球轨道交会"方案。

　　最后，他做到了。1962年6月，在一次长达六小时的会议上，沃纳·冯·布劳恩终于同意了。由约翰·霍博特倡导的"月球轨道交会"将成为载人月球登陆和返回的首选方案。

　　1969年7月20日，尼尔·阿姆斯特朗和巴兹·奥尔德林到达月球表面。霍博特也收获了他心目中职业生涯最大的奖励。在休斯敦的地面控制中心，冯·布劳恩坐在霍博特前面。他回过头来对霍博特说："谢谢你，约翰。"

月球轨道交会

"月球轨道交会"方案的绝美之处在于它的高效。每一步,火箭和飞船都会卸下不再需要的部分,相应的重量也得以减轻。整个装置会越来越小,越来越轻,完成任务需要的燃料也越来越少。

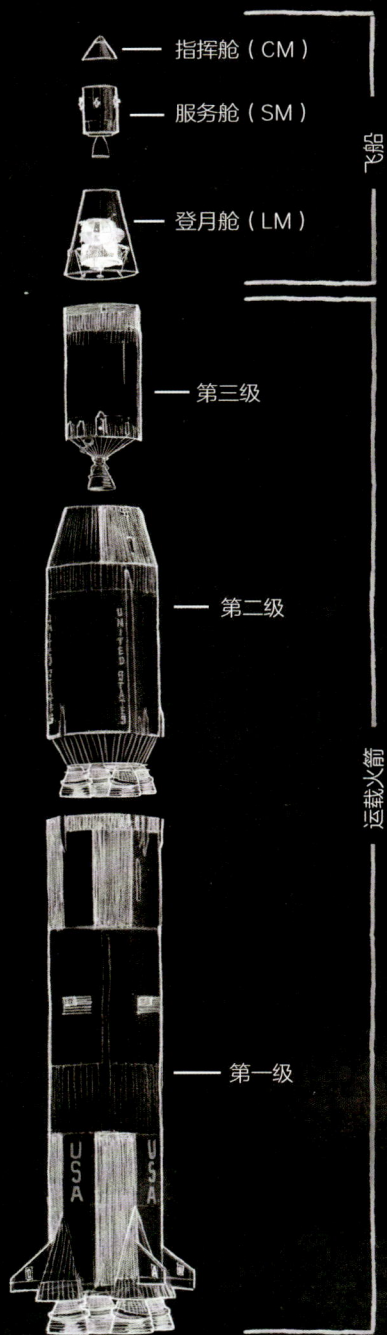

指挥舱(CM)

服务舱(SM)

登月舱(LM)

飞船

第三级

第二级

第一级

运载火箭

USA

1. 火箭发射。

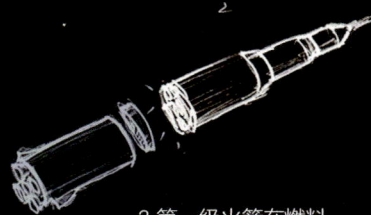

2. 第一级火箭在燃料耗尽后丢弃。

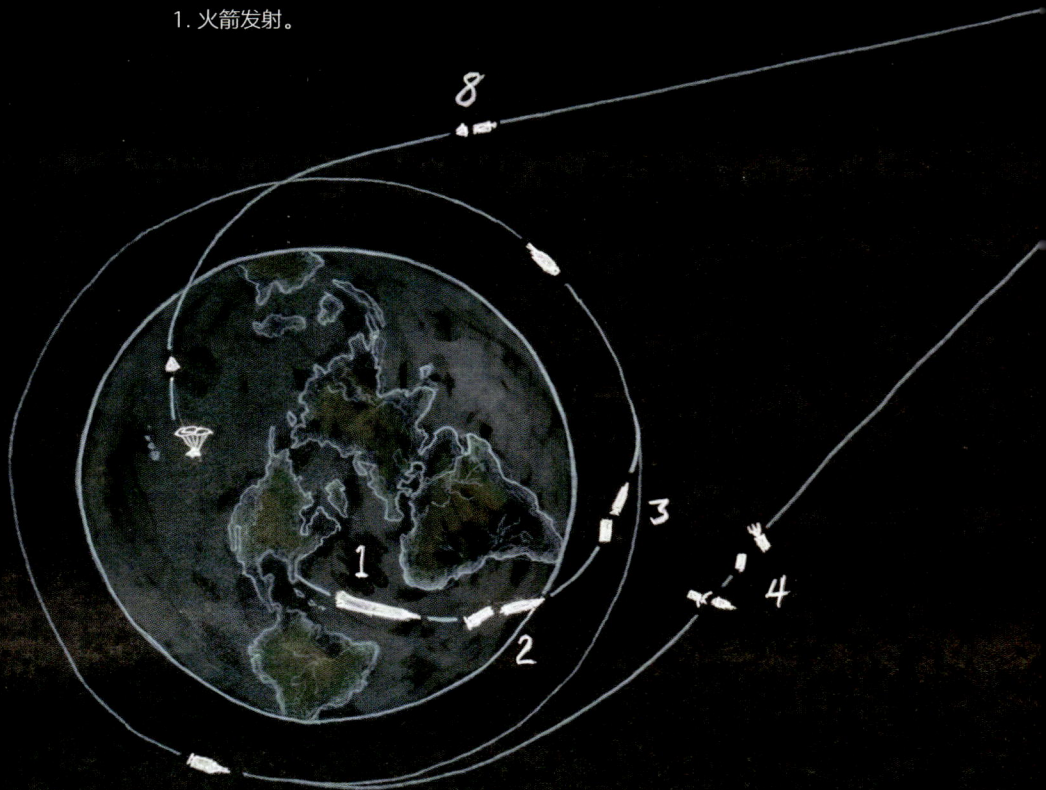

未按比例绘制的地月距离

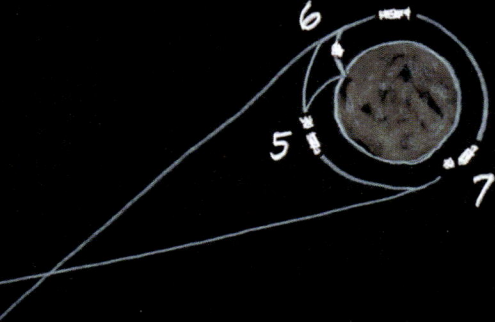

6. 登月舱的上升级回到绕月的指挥服务舱，而下降级就留在月球表面。

7. 宇航员回到指挥服务舱后，丢弃登月舱的上升级。

8. 在重新进入大气层之前，服务舱也会被丢弃，只剩下指挥舱回到地球。

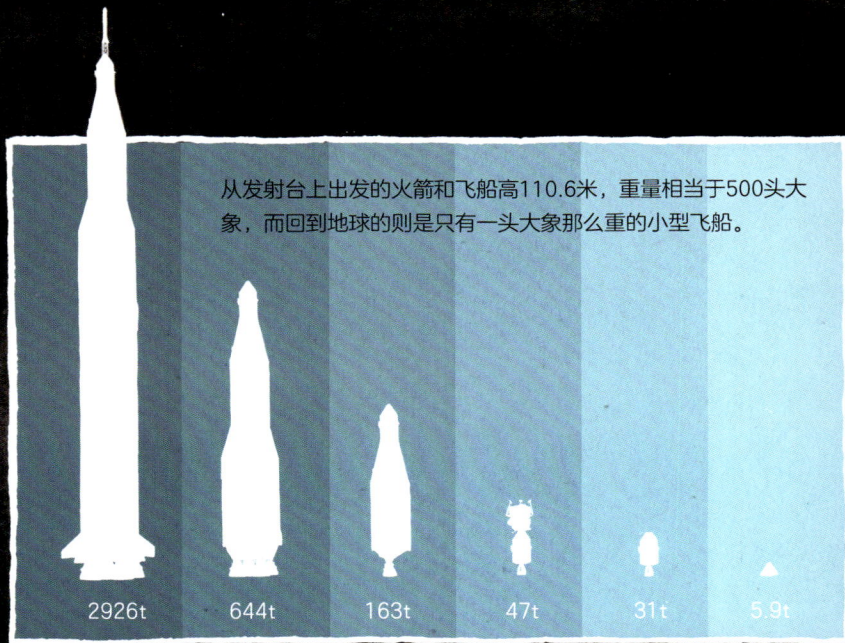

从发射台上出发的火箭和飞船高110.6米，重量相当于500头大象，而回到地球的则是只有一头大象那么重的小型飞船。

| 2926t | 644t | 163t | 47t | 31t | 5.9t |

49

有效载荷问题

有效载荷是指火箭（或称为运载火箭）推进到太空中的所有东西的总和。有效载荷越高，火箭就越大。

水星计划期间，NASA用一枚红石火箭把太空舱里的小艾伦·谢泼德推向了187千米的高度。后几次水星计划，工程师又用一枚更大的宇宙神火箭把小约翰·格伦推进了地球轨道。双子星座计划中，两名宇航员在地球轨道上待了两周之久，他们用的是大力神二号火箭。

如今，冯·布劳恩和他的团队已经完全投入"月球轨道交会"的方案中。很显然，这个方案需要三名宇航员来完成所有登月任务。最大的问题还是重量。

一切都取决于重量——从宇航员自身的重量开始。他们必须携带在严苛的太空环境中生存所需的一切物资：氧气、水、食物、宇航服以及各种工具。他们需要更多燃料来挣脱地球重力、踏上奔月之旅。除此以外，进入月球轨道、登陆月球、从月球再次起飞返航都需要燃料。

NASA的工程师们很清楚，火箭顶部（也就是飞船所在的位置）加的重量越大，发射火箭需要的燃料就越多。有效载荷每增加一吨，就意味着运载火箭发动机的推力要增加80吨。这样算下来，火箭会变得越来越大。

水星计划：红石火箭
高度 25m
直径 1.8m
质量 30t
有效载荷 1814kg

任务：亚轨道飞行
1名宇航员
时长：15分钟

水星计划：宇宙神D型火箭
高度 29m
直径 3m
质量 118t
有效载荷 1361kg

任务：地球轨道飞行
1名宇航员
时长：34小时

双子星座计划：大力神二号火箭
高度 33m
直径 3m
质量 154t
有效载荷 3583kg

任务：地球轨道飞行
2名宇航员
时长：2周

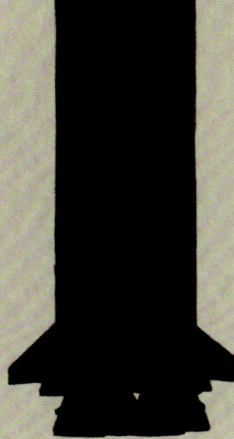

阿波罗计划：土星五号火箭
高度 110.6m
直径 10m
质量 2926t
有效载荷 47t

任务：登陆月球
3名宇航员
时长：长达2周

SATURN V ROCKET (LAUNCH VEHICLE)　　LAUNCH VEHICLE　　SPACECRAFT

3RD STAGE

2ND STAGE

1ST STAGE

SCALE

0　10　20　30　40　50

土星五号运载火箭

在对任务进行仔细考量后，冯·布劳恩和他的团队计算出，需要一枚巨型三级火箭来推进飞船，把宇航员送上前往月球的旅程。这将是有史以来最大的一台飞行器。运载火箭本身由三部分（或者说三级）组成，这三部分将按顺序工作，把飞船送入轨道，让它前往月球。

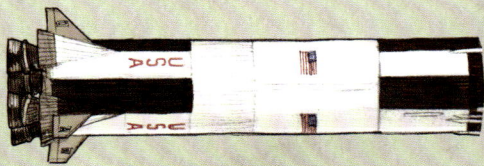

第一级火箭由两个巨大的燃料贮箱和五台史上最强的发动机组成。它的任务是产生3402吨的推力，让整枚火箭从发射台起飞，在2分30秒内到达56千米的高度，随后燃料耗尽，落入大海。

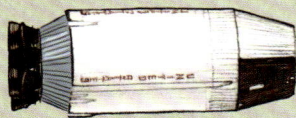

第二级火箭也有两个大型燃料贮箱和五台发动机。它会以6.5千米/秒的速度把剩下的火箭推到约185千米的高度，同样在燃料耗尽后落入大海。

第三级火箭有一台发动机。它有两项任务。第一，以28164千米/时的速度把剩下的部分（也就是阿波罗飞船）推入轨道。第二，在飞船绕地球轨道一周半后，第三级火箭再次点火，把速度提高到令人难以置信的40234千米/时。这就是科学家算出来的要把飞船轨道向外延伸到能够进入地月转移轨道（TLI）需要达到的速度。

阿波罗飞船：有效载荷问题

到了要设计阿波罗飞船的时候，NASA主要仰仗他们最有才华的一位设计师马克西姆·A. "麦克斯"·费吉特（见第97页）。他沉默寡言，有些古怪，还很喜欢戴领结。他负责设计了水星计划的太空舱。现在，他要协助设计一艘飞船，把三个人送上太空，让其中两个降落，还要把这三个人再安全地送回地球。

费吉特和他多年的好伙伴卡德维尔·约翰逊并肩作战，把他的想法化为草图和模型。童年时，约翰逊最喜欢的就是搭建精巧的飞机模型。他精致的设计还有对细节的关注使他18岁就进入了美国国家航空咨询委员会工作。到阿波罗计划成形时，他已经是NASA不可或缺的一名飞船设计师。

根据费吉特和卡德维尔的构想，阿波罗飞船应该是一个组合式系统。这意味着每一部分都可以在任务中起到特定的作用。一旦这个部分的任务完成，就可以被丢弃，让整艘飞船越来越小，越来越轻。

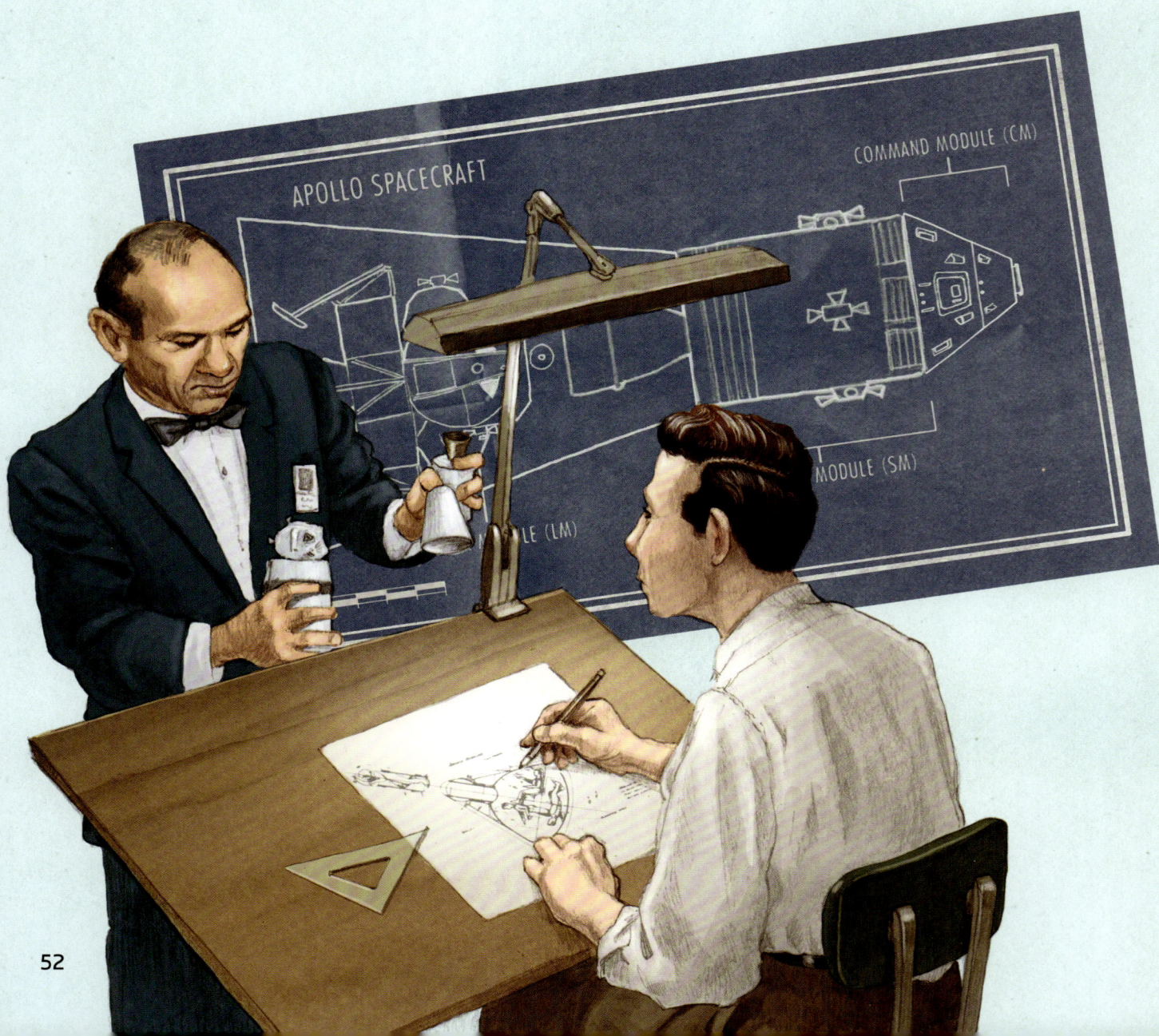

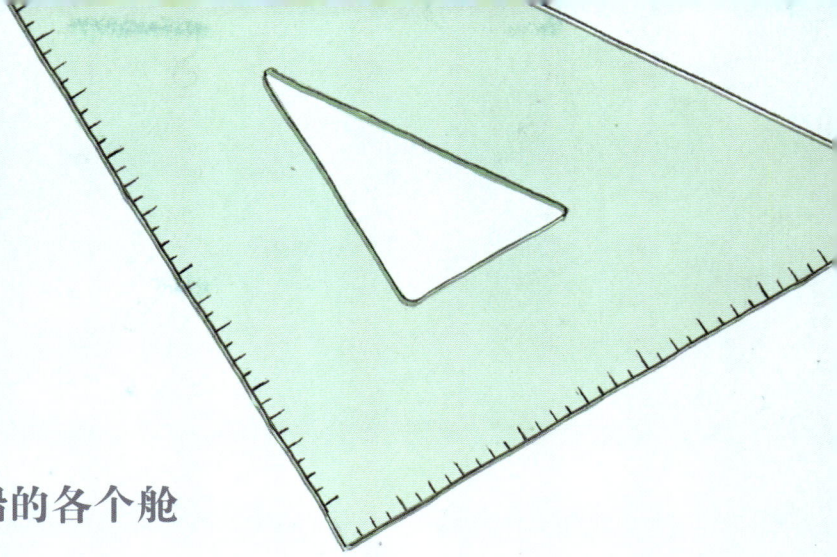

阿波罗飞船的各个舱

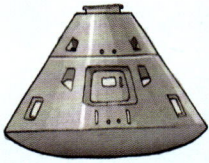

指挥舱将是前往月球和返回地球旅途中的宇航员乘组舱。指挥舱圆锥形的设计考虑到了返回地球时的需要。钝的那端有一层厚厚的隔热罩，可以保护宇航员在重返地球大气层时不会被不断急遽升高的温度灼伤。这也是整艘飞船唯一会返回地球的部分。

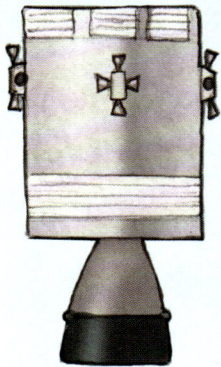

服务舱和指挥舱构成了飞船的主体。两者合称为指挥服务舱。在这两周的旅途中，宇航员需要的所有东西并不一定都要返回地球，所以服务舱就像是一台提供支持的房车，上面载着电力、燃料、空气，还有许多其他必要的物资供给。返回地球大气层之前，服务舱可以被丢弃，让飞船变得更轻、更小，最重要的是，也更安全。

登月舱是一个轻型的飞行器，载着其中两名宇航员从月球轨道降落到月球表面。它由两部分组成，一个是下降级，装着登陆月球所需的发动机和燃料；一个是上升级，最终会脱离下降级，带着宇航员回到月球轨道和指挥服务舱再一次对接。

麻省理工学院（MIT）的哈尔·兰宁帮助设计了阿波罗制导计算机的软件。

6000多名建筑工人建起了肯尼迪航天中心（KSC）。

多萝西·沃恩负责教授计算员使用全新的数字计算机语言。

IBM的工程师组装了土星号运载火箭的数字计算机。

阿波罗团队

计划已经有了。现在我们知道该如何登上月球了。

这个计划如此宏大，绘制了数千份蓝图，写下了数不清的文件、流程和设计细节。1962年，NASA开始招聘真正执行这份计划需要的帮手。

要建造运载火箭和飞船的各个不同部分，需要一个庞大的团队。我们需要建一个可以测试它们的场所；还要造一个能把所有部件组装到一起的设施；我们需要一个发射台和一个控制中心；需要宇航服；需要生命保障系统；还需要宇航员的训练设施……简直不胜枚举。

法兰斯·"波比"·诺斯卡特在休斯敦进行任务规划和分析。

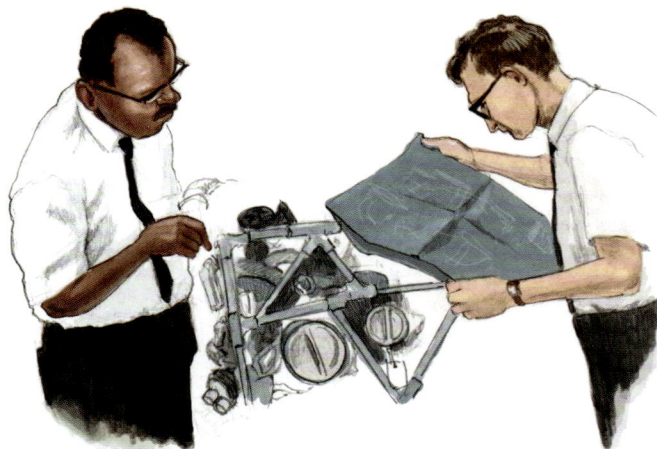

汉密尔顿标准公司的工程师设计了生命保障系统。

北美航空公司的上千名工程师打造了阿波罗飞船。

多蒂·李帮助设计了阿波罗飞船指挥舱的隔热罩。

接下来几年，阿波罗计划将会聘请来自数千家公司的40多万人，帮助建造和测试登月任务需要的一切。

尽管他们中绝大多数是白人男性，但却是女性执行了阿波罗计划中最需要精工细作的部分。NASA也深刻意识到自己有责任引领种族平等，也付出了努力，在项目中聘请一些有色人种。但这并非易事，因为NASA的许多设备场地都位于美国南部，那里的种族隔离和种族歧视非常普遍。

整个阿波罗团队的成员来自全国各地。工程师、数学家、科学家、建筑工人、焊工、缝纫女工、程序员、机修工、电工等等，都在为实现肯尼迪总统"在这个十年结束之前实现人类登月"的目标贡献着自己的力量。

查尔斯·斯穆特招募了许多非裔工科学生来NASA工作。

缝纫女工们不知疲倦地缝制着驾驶舱的降落伞。

波音公司的上千名工人建造了土星五号的第一级火箭。

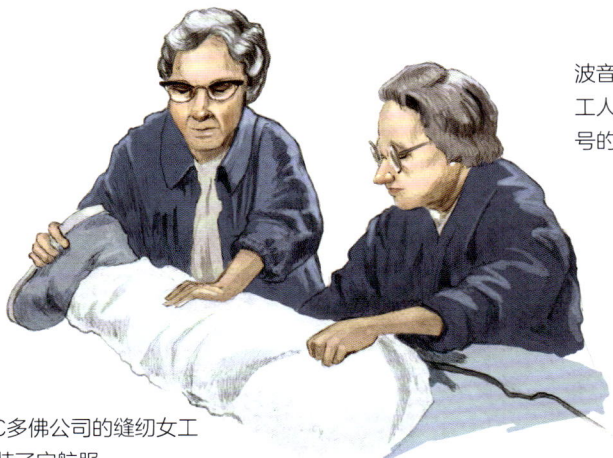

ILC多佛公司的缝纫女工组装了宇航服。

道格拉斯飞行器公司的焊工打造了土星五号第三级火箭上的贮箱。

第三部分

建造一枚运载火箭

"要犯六万五千次错误，你才能造出一枚火箭。"

——沃纳·冯·布劳恩，NASA马歇尔太空飞行中心主任

能把阿波罗飞船送上月球的火箭比自由女神像还高，里面装的推进剂足以填满十辆油罐车。它必须足够强劲，能承受住有史以来最大的火箭发动机产生的强大动力，但又要足够轻，能挣脱地球引力。它必须能在零下几百度的低温存储推进剂，然后再以接近太阳表面的温度发射出去。这枚火箭需要一个特殊的系统让它保持在轨道上飞行，还要能在发生故障的时候保障所有人的安全。

这枚火箭叫作土星五号，它将是一台充满原始力量的完美机器。它只有一次机会，只许成功，不许失败。而它一旦完成任务，就会功成身退……

土星五号第一级（S-IC）以及强大的F-1发动机

1961年12月，建造土星五号第一级火箭的任务交给了波音公司——一家从1916年起就专注于制造飞机的企业。在波音位于新奥尔良的米丘德装配厂（世界上最大的制造工厂之一），乔治·H.斯通纳负责监督S-IC的开发。

S-IC主要由两个堆叠在一起的大贮箱构成，中间有一个起间隔作用的裙环。S-IC的底座是五台由洛克达因公司制造的发动机，能燃烧212万升推进剂，把2948吨重的火箭以8530千米/时的速度推升到56千米的高度。建造S-IC要花费近六年的时间——而它完成任务只需150秒。

土星五号S-IC相关数据

高度	42m
直径	10m
质量（满载燃料时）	2278t
质量（空载时）	130t
制造商	波音

RP-1燃料贮箱
容量：794937L
燃料温度：18.3˚C

尾翼
尾翼表面涂了钛，可以承受超过1093˚C的高温。

五台F-1发动机
可以产生3402吨的推力。

液氧回气管
五根管道通过RP-1燃料贮箱把液氧输送给发动机。

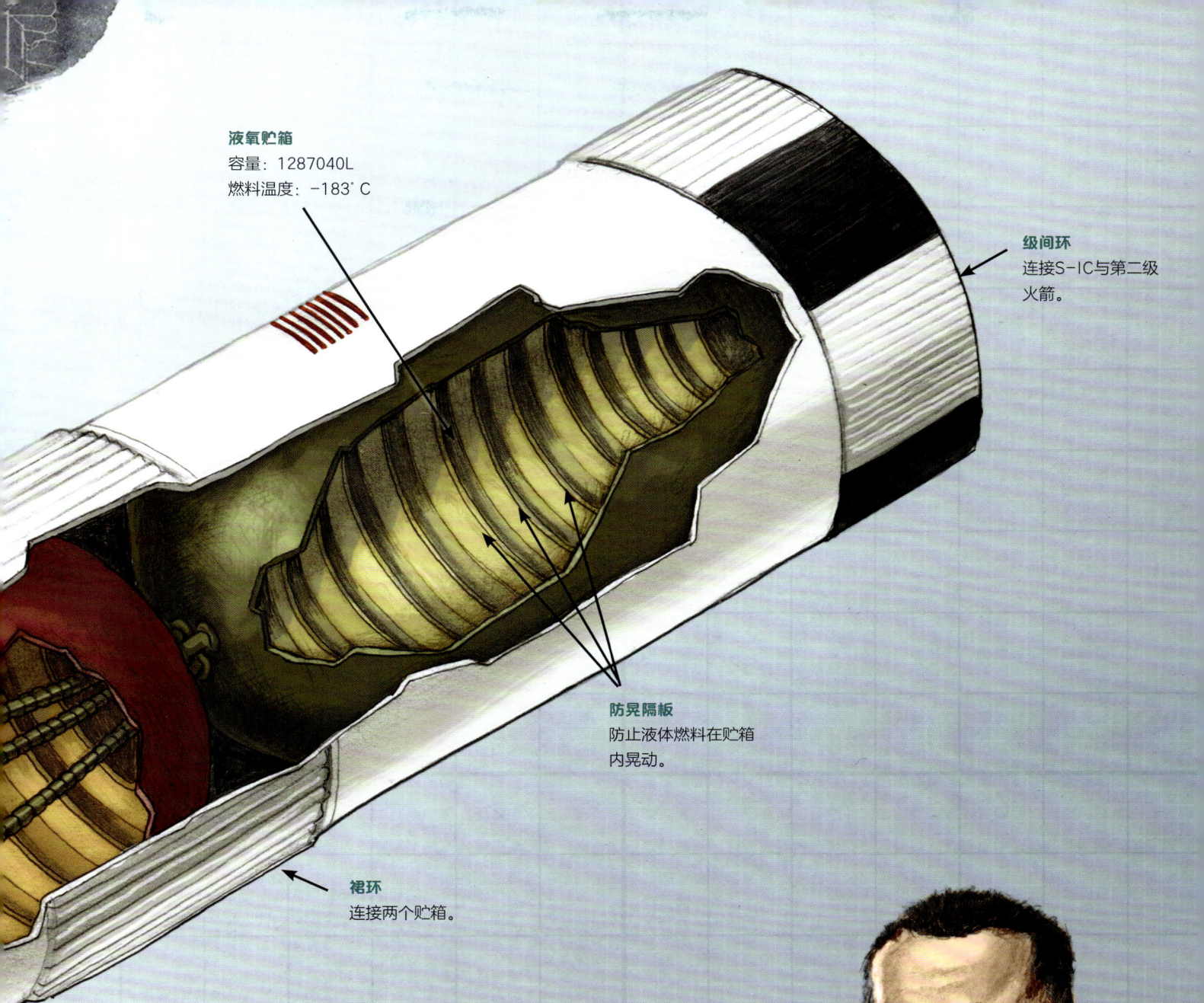

液氧贮箱
容量: 1287040L
燃料温度: −183°C

级间环
连接S−IC与第二级
火箭。

防晃隔板
防止液体燃料在贮箱
内晃动。

裙环
连接两个贮箱。

　　斯通纳被认为是当时航空工程领域的顶级权威之一。他将负责
S−IC的生产、测试和按时交付。他最大的一个挑战就是各个参与方之
间的沟通问题。S−IC将在路易斯安那州建造，当它被运到位于佛罗里
达州的肯尼迪航天中心时，它需要能够与位于加利福尼亚州海豹滩的北
美航空公司制造的第二级火箭完美匹配。除此以外，S−IC的设计在亚拉
巴马州的亨茨维尔小镇进行，项目的总负责机构NASA又在华盛顿
特区。整个项目的组织工作就是一场噩梦——而斯通纳要
靠一部电话和一台整个房间那么大的IBM计算机来跟进这
一切。他用这台计算机开发了一个革命性的通信系统（他
称之为"蓝色网络"），最多可以允许全国各地160多
位管理人员同时讨论和解决工程问题。

巨大的液氧贮箱里，工人们正站在防晃隔板和四个大型氦气罐中间。他们必须小心，一点指纹都不能留下，因为在内表面留下任何一点瑕疵、碎片或者水分都可能导致灾难。

贮箱

S-IC90%的重量来自巨大的贮箱携带的推进剂。

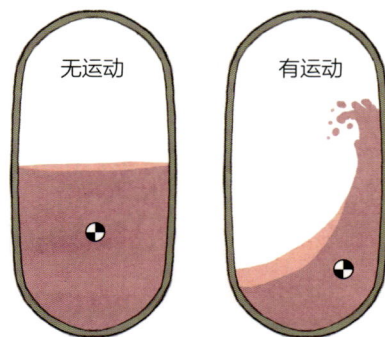

无运动　　有运动

⊕ 重心

问题！ 晃动

波音团队要解决的问题之一就是推进剂会在贮箱里晃动。所谓晃动是指运动导致液体在容器里产生不规则移动。当你端着满满一杯水穿过房间时水就会晃动，即使稍微动一下，水也可能洒出来。

而2000多吨的液体燃料在运动的火箭里晃动会改变整个火箭的重心，导致不稳定，甚至让火箭完全毁灭。

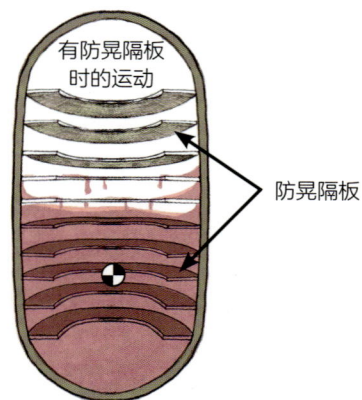

有防晃隔板时的运动

防晃隔板

解决方案！ 防晃隔板

幸运的是，多年来，人们已经在其他携带液体的大型交通工具上解决了这个问题，比如轮船、火车、油罐车还有飞机。在这些早先设计的基础上，波音的工程师在贮箱内部装了一些环形金属隔板，叫作防晃隔板。它的原理就是通过限制液体的流动来减少晃动，从而保持重心稳定。

实验

找一个1.5升容量的空饮料瓶，装上三分之一的水，然后盖上盖子。在一个平面上快速来回移动瓶子，然后松手。四处晃动的水会导致瓶子持续运动，因为瓶子的重心一直在变，甚至还可能让瓶子整个倒下。

问题！ 维持贮箱的加压状态

因为给发动机供应燃料的贮箱是一个完全密封的系统，所以波音的工程师们要想办法填充推进剂消耗后空出的空间，来维持合适的压强水平。不然就会产生真空，大大降低燃料的流速，还可能导致燃料贮箱——乃至整个火箭——往内部塌陷。

当你喝掉塑料瓶里的水，同时又不让空气进入瓶子替代你喝掉的水时，可能就见过类似的情况：瓶子会瘪掉。

解决方案！ 用氧气和氦气加压

工程师们可以让少量的超冷液氧通过发动机里的热交换器。在交换器里，液氧膨胀，变成气态氧，再回到贮箱顶部填充空掉的空间。

但对于RP-1燃料来说这么做就太危险了，因为RP-1有可能被点燃。于是，工程师让储存在超冷液氧贮箱里的氦通过热交换器。随后气态氦被输送到燃料贮箱里，填充空掉的空间。

实验

还是那个饮料瓶，慢慢地倾斜瓶身把水倒出来，这时空气会进入瓶内替代水原来所占的空间。但是如果你把瓶子完全倒过来，水流出来的速度会变慢，因为这时空气就要强行挤进瓶子去替代原来水所占的空间。你可以就着洗手池做一下这个实验。

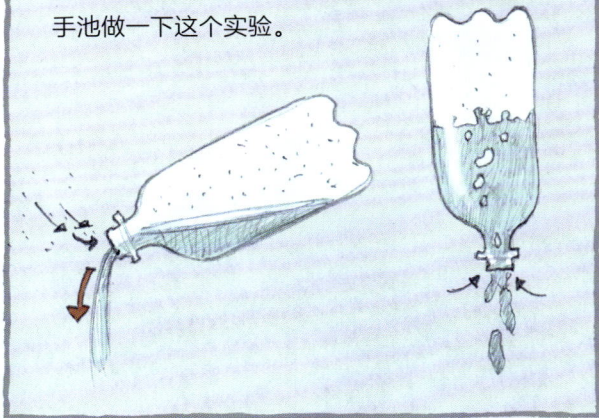

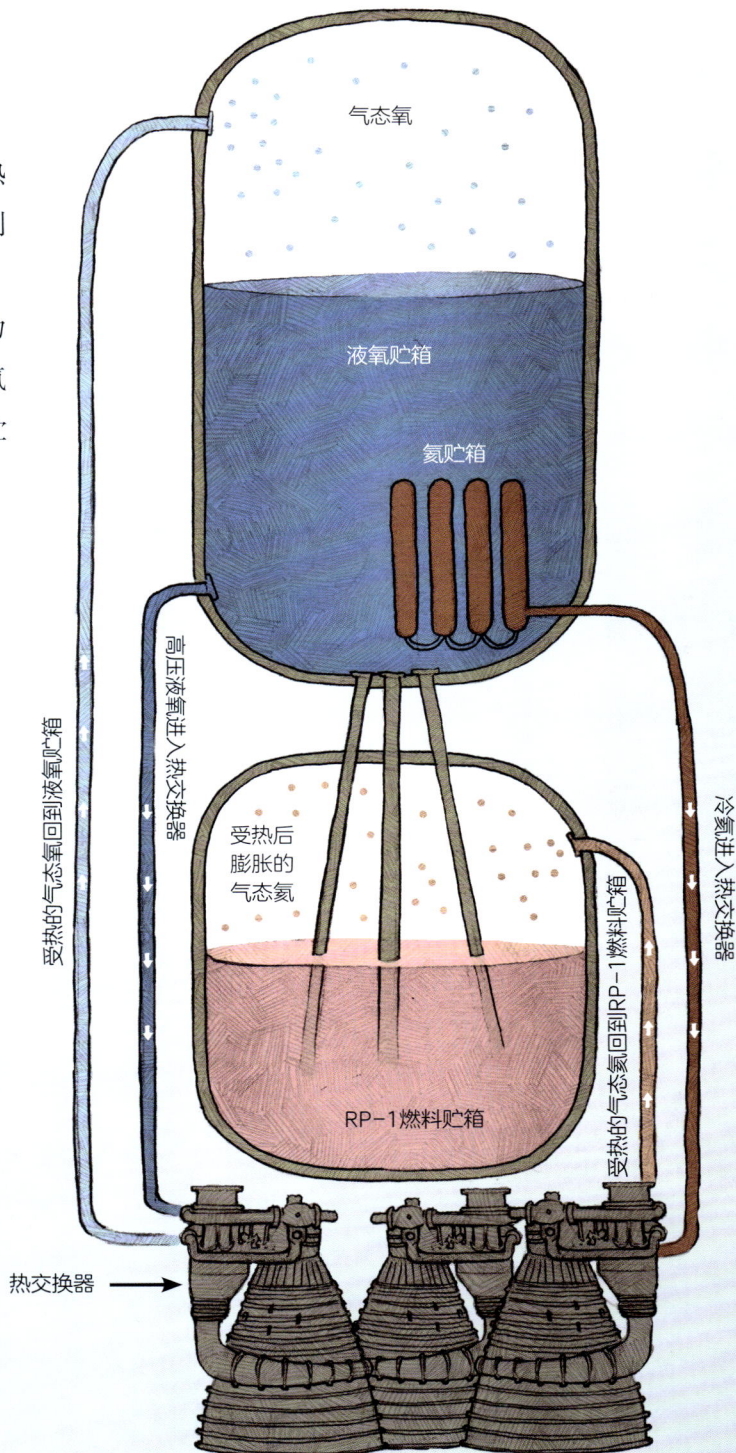

气态氧

液氧贮箱

氦贮箱

受热的气态氧回到液氧贮箱

高压液氧进入热交换器

受热后膨胀的气态氦

冷氦进入热交换器

受热的气态氦回到RP-1燃料贮箱

RP-1燃料贮箱

热交换器 ➡

F-1发动机

沃纳·冯·布劳恩需要一个他信得过的人,一个有能力监督设计和建造这枚有史以来最大火箭的发动机的人,一个了解管理这项工作会遇到什么挑战的人。

28岁的工程师桑尼·莫里亚就是最好的人选。

莫里亚已经在冯·布劳恩的团队里工作了五年。他清楚这台发动机需要承受的压力和温度。它产生的极高温气体会以几乎十倍于声速的速度从喷管里喷射出来。设计和建造这样一台巨大的发动机会遇到的一个最大的挑战就是,它需要能驾驭极大的力量,同时还不能把自己给炸了。

只在之前的火箭发动机的设计基础上扩大规模是不够的,还需要开发新的焊接技术,新的可以处理大量推进剂的泵。此外,还要找到绝妙的冷却发动机的方法。莫里亚知道,如果搞不定发动机,整个阿波罗计划就只能原地踏步。

F-1发动机相关数据

长度	5.6m
直径	3.6m
质量	8165kg
最大推力	690t
推进剂	液氧和RP-1
制造商	洛克达因

F-1发动机的工作原理

F-1发动机会经历一系列复杂的运作，不仅是为了产生巨大的推力，还要在燃烧的过程中保持稳定。

1 少量推进剂先在燃气发生器中点燃，燃烧产生的热气转动涡轮。随后，剩下的尾气通过热交换器，加热给贮箱加压的液氧和氦。

2 在涡轮的推动下，液氧泵和燃料泵把推进剂从贮箱中抽出来，泵入喷注器面板。

3 推进剂通过喷注器面板被高速喷进燃烧室，在这里混合并点燃，产生的热气在推力室中爆炸并喷射出来。

4 刚刚通过热交换器，现在已经冷却了的尾气进入涡轮排气歧管，在喷管延伸段内形成一道障碍（具体见64页）。

5 喷管延伸段可以控制燃烧室内火焰和尾气的方向，从而提升发动机的效率。

推进剂： 液体燃料火箭的发动机需要一种燃料加上一种氧化剂才能燃烧。用作为"饥渴"的F-1发动机提供能量的两种化学物质分别是RP-1（燃料）和液氧（氧化剂）。

RP-1是一种和喷气式飞机的燃料相似的煤油。它非常稳定，可以在室温下储存。

液氧的密度大于水，必须在极低温下储存。

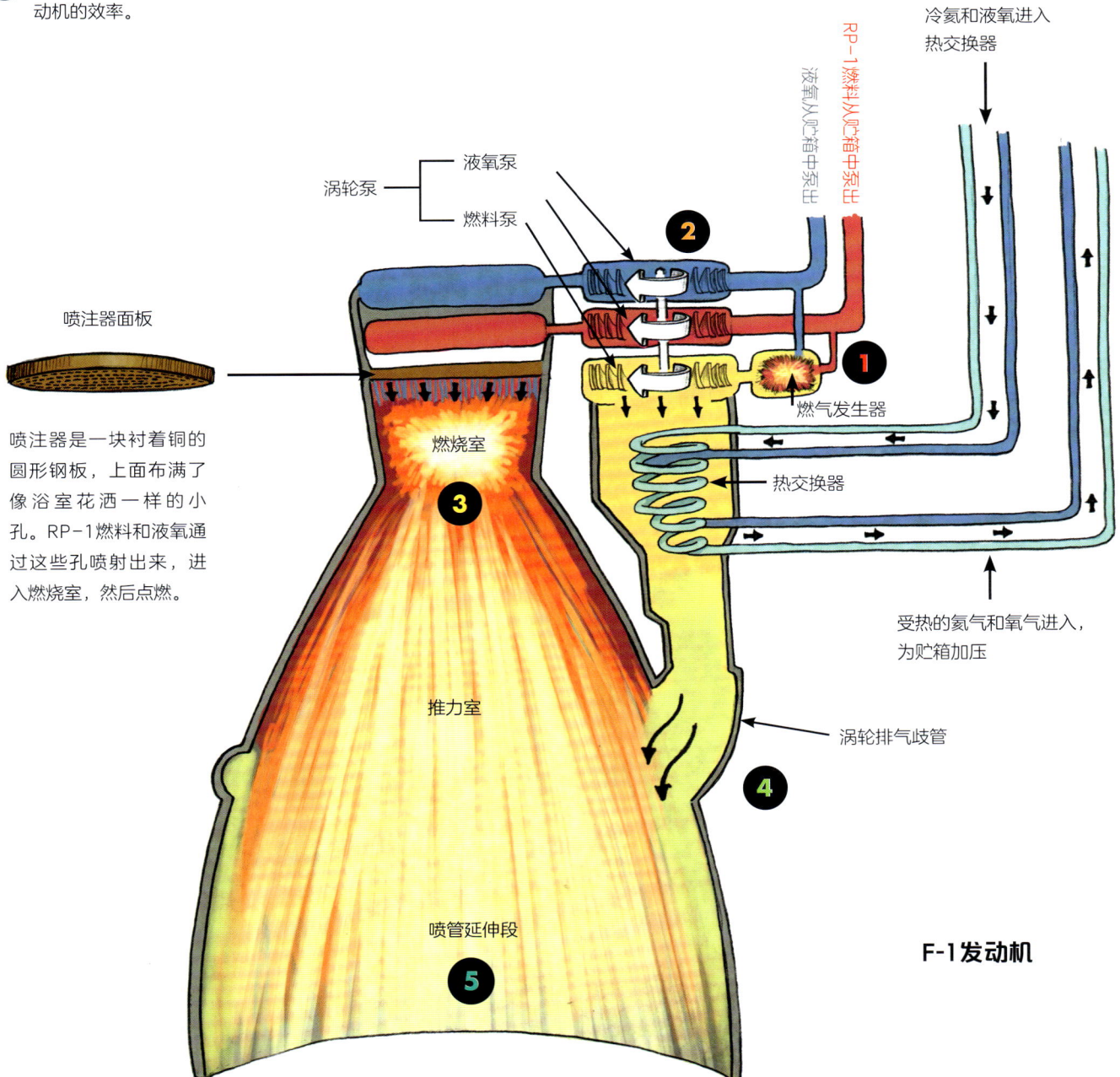

喷注器面板

喷注器是一块衬着铜的圆形钢板，上面布满了像浴室花洒一样的小孔。RP-1燃料和液氧通过这些孔喷射出来，进入燃烧室，然后点燃。

涡轮泵 — 液氧泵 / 燃料泵

冷氦和液氧进入热交换器

液氧从贮箱中泵出

RP-1燃料从贮箱中泵出

燃气发生器

热交换器

燃烧室

推力室

喷管延伸段

受热的氦气和氧气进入，为贮箱加压

涡轮排气歧管

F-1发动机

63

冷却F-1发动机

说F-1发动机运行时会发热，远远不足以形容问题的严重性。燃烧室里的温度会超过2760°C。所有金属在这个温度下都会熔化！洛克达因的工程师必须找到一种方法，在发动机运行时让发动机结构保持冷却。

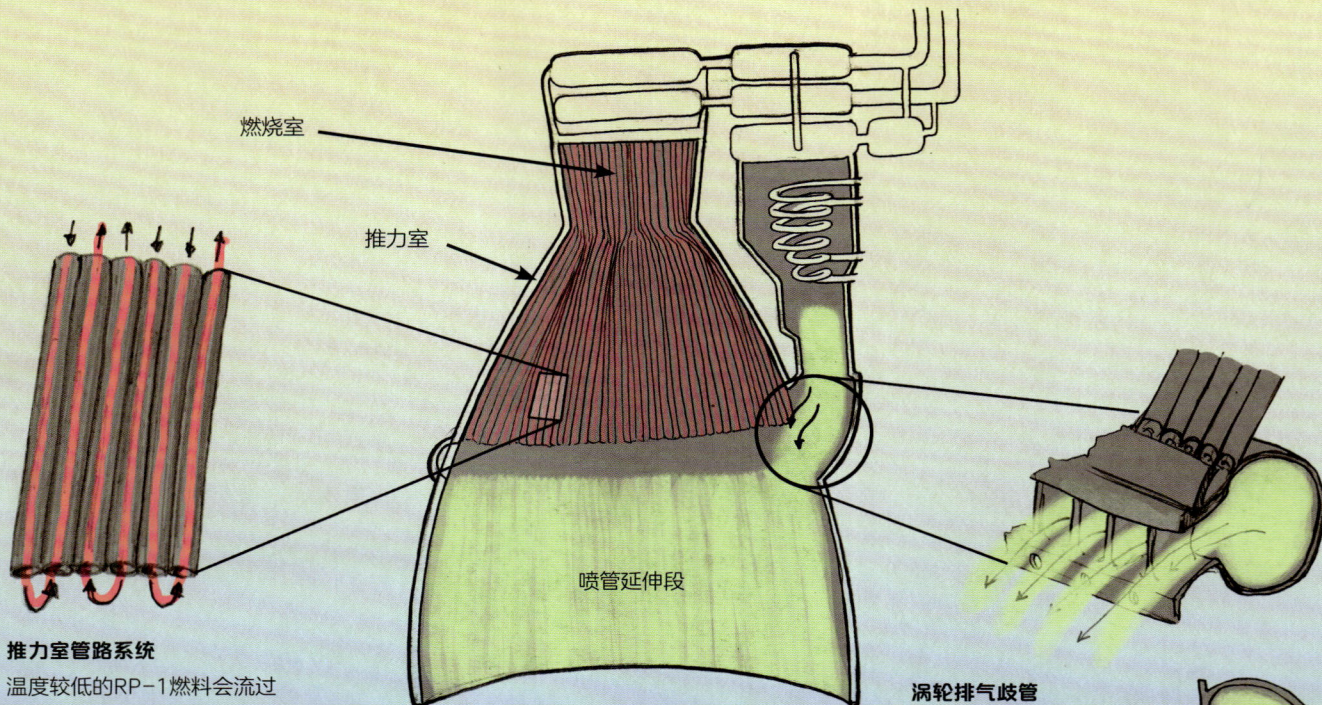

燃烧室

推力室

喷管延伸段

推力室管路系统
温度较低的RP-1燃料会流过一个管路网络，这些管路构成了燃烧室和推力室。

涡轮排气歧管
冷却的气体通过涡轮排气歧管中与喷管延伸段相连的排气口释放出来。

金属的熔点

铅	327°C
铝	660°C
黄铜	932°C
铜	1084°C
镍	1453°C
铁	1538°C
钢	1538°C
钛	1671°C

解决方案！ 热传递

工程师们用一系列镍合金制成的管路打造了燃烧室和推力室。发动机点火时，70%的高压RP-1燃料在进入喷注器面板之前会先流入这些管路，通过一个叫作"热传递"（见第73页）的过程把金属上的热带走。

为了保持喷管延伸段冷却，之前通过热交换器冷却的尾气会从涡轮排气歧管周围的排气口释放出来，在发动机尾气和金属之间形成一层冷气屏障，保护喷管延伸段。

萨韦里奥·F. "桑尼"·莫里亚（生于1932年）

F-1、J-2发动机及月球车项目经理

桑尼·莫里亚小时候住在纽约皇后区。还是个小男孩的他就痴迷于飞行。14岁第一次坐飞机的时候，他就明确了自己想要成为一名驾驶员。因为飞行课程非常昂贵，他每隔一周的周六就会去工地打工，赚取飞行课的学费。17岁，他就获得了驾驶员执照，当时他还是布鲁克林技术高中的三年级学生。

在纽约城市大学获得了机械工程学学位之后，他开始了在飞机上工作的职业生涯，后来又进入了军队。23岁时，他被分配到亚拉巴马州的亨茨维尔小镇，与沃纳·冯·布劳恩和他的火箭科学家团队一起工作。莫里亚对项目管理非常在行。五年后，他受命负责监督F-1发动机的开发。

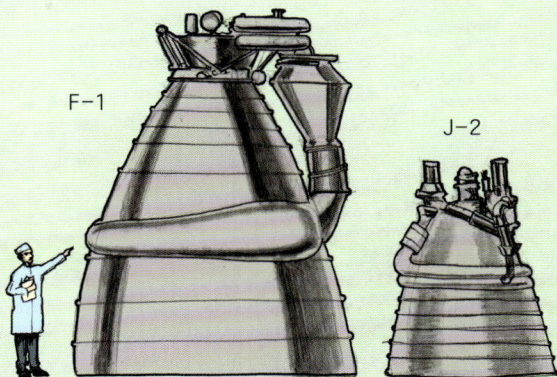

F-1

J-2

接下来，莫里亚又成为土星五号第二级和第三级火箭的J-2发动机的项目经理。他在阿波罗计划中的最后一个任务是负责开发一种宇航员可以在月球上驾驶的汽车。这种阿波罗月球巡回车（LRV），或者叫月球车，在阿波罗15号、16号和17号任务中都有使用。

后来，从NASA退休之后，桑尼·莫里亚又回到了他最热爱的航天飞行行业，成了一名飞行教练，和他的学员们分享他对飞行的热爱。

阿波罗月球巡回车

早在登上月球之前，NASA就一直在思考探索月球表面的新方法。宇航员单靠走路只能探索飞船附近很短的一段距离，因此，有一辆车就可以让他们去更远的地方。这样的想法最终促成了阿波罗月球巡回车（也就是月球车）的开发，用于阿波罗计划最后的三次任务。由于月球车太大太重，宇航员没法儿把它们带回来。所以，下一次你仰望月亮的时候，就知道上面还停着三辆车呢。

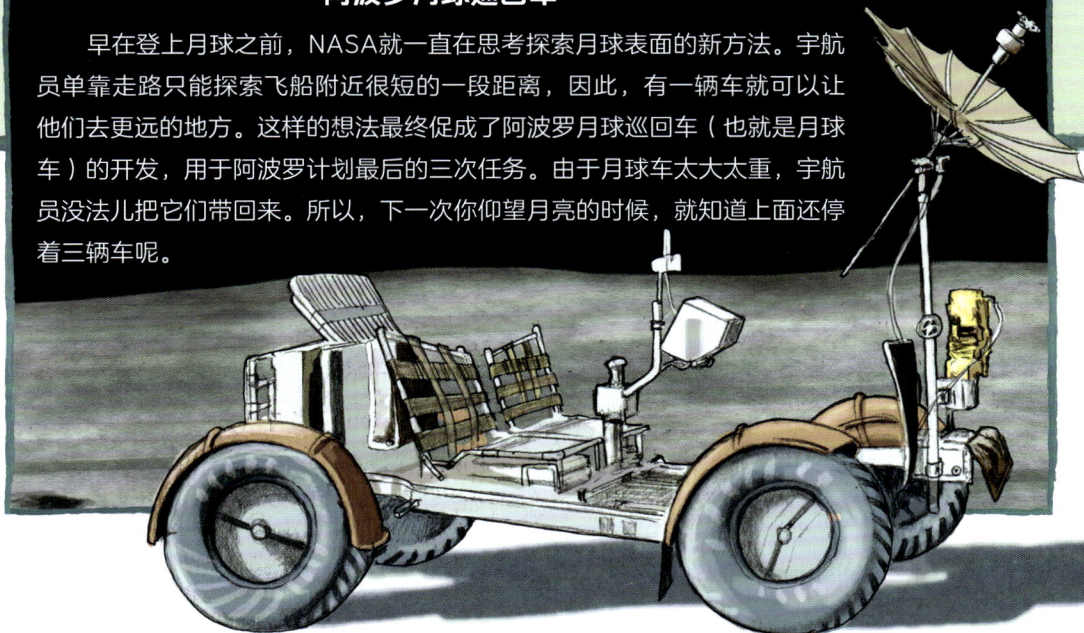

亚拉巴马州亨茨维尔小镇的土星五号试验台

土星五号试验台

和土星五号上其他数百万个部件一样，强大的F-1发动机也需要接受测试。工程师们在亚拉巴马州的亨茨维尔小镇设计了一个试验台。这个试验台硕大无比，由钢筋水泥筑成，足足有91米高，可以承受土星五号第一级产生的3402吨推力。

发动机产生的尾气需要导向远离地面的方向，防止试验台被F-1发动机产生的极端推力所摧毁。为了解决这个问题，工程师们设计了一个火焰折向斗，或者叫火焰导流板。它就像一个巨大的勺，能把气体"舀"出去。

第一次测试时，F-1发动机产生的冲击波大到能将8千米外亨茨维尔小镇中心的窗户震碎。

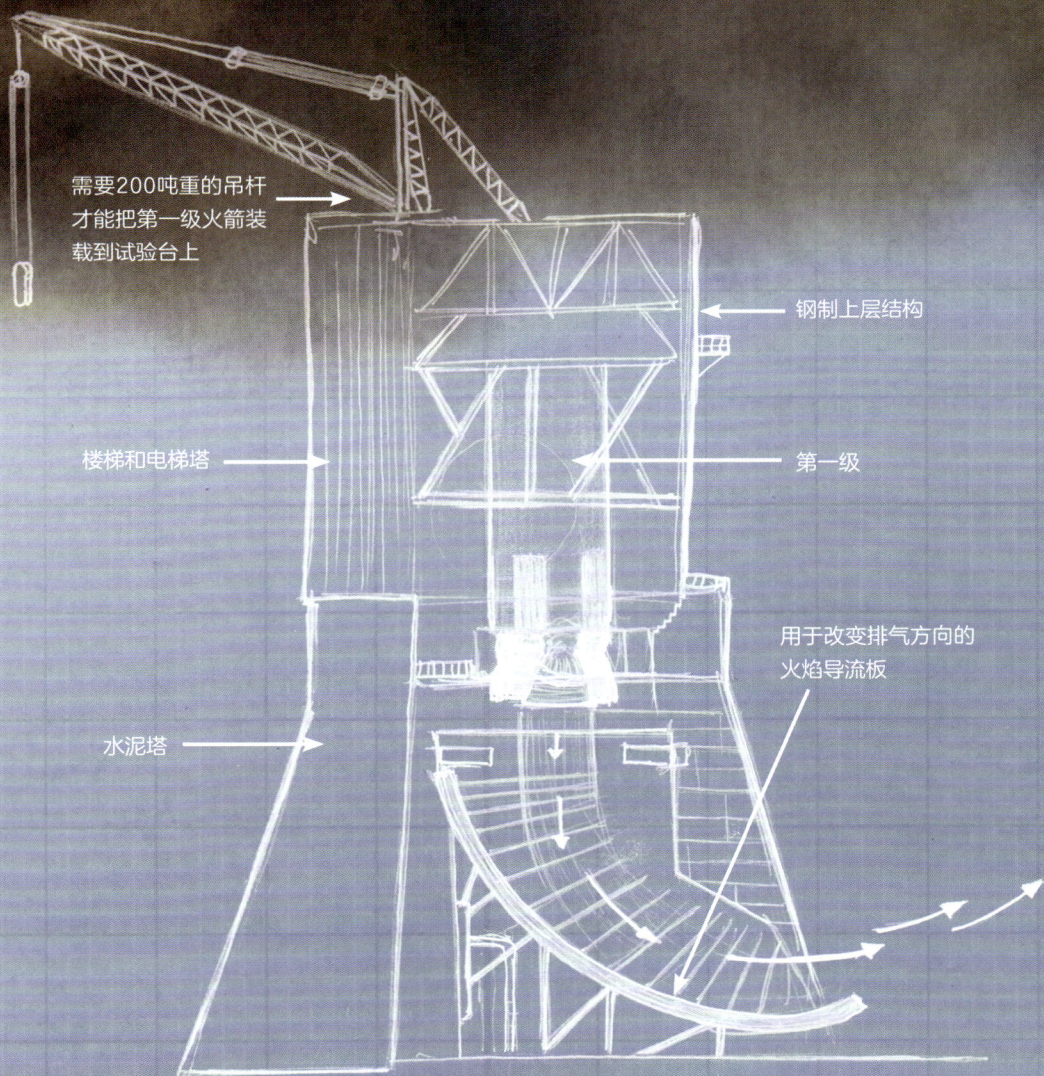

需要200吨重的吊杆
才能把第一级火箭装
载到试验台上

钢制上层结构

楼梯和电梯塔

第一级

用于改变排气方向的
火焰导流板

水泥塔

问题！ 燃烧不稳定

点火开始之后，桑尼·莫里亚惊恐地得知，F-1发动机的某个地方爆炸了。莫里亚和洛克达因的工程师保罗·卡斯滕霍茨发现，这是由穿过喷注器面板的压力波导致的燃烧不稳定，火焰会像烛火一样来回摇曳。压力波会导致直径3.7米的火焰以每秒2000转的速度旋转，最终毁掉整个发动机。

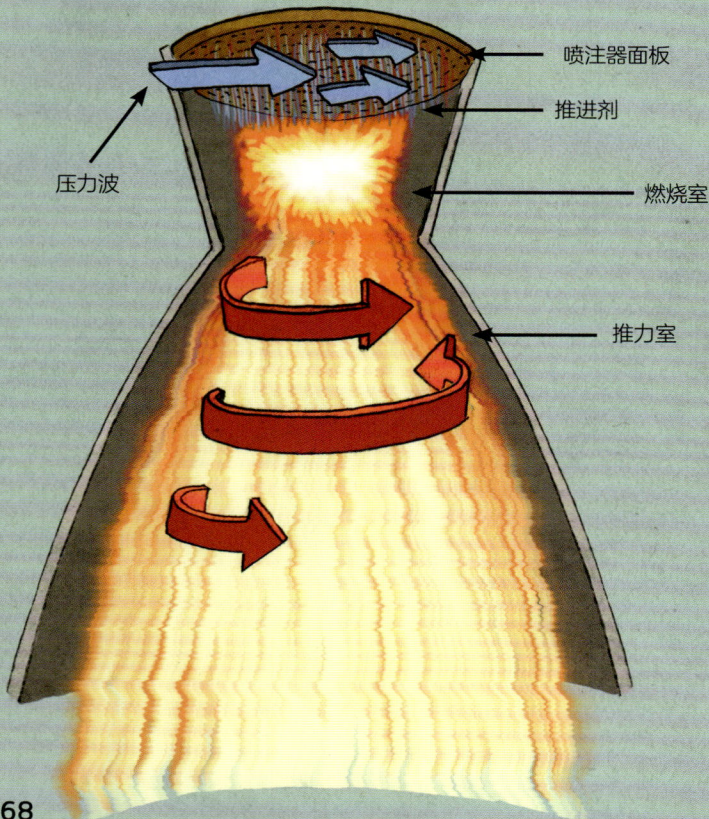

喷注器面板

推进剂

压力波

燃烧室

推力室

喷注器面板是一个直径一米长的圆形铜板，看上去像一个巨型花洒。板上有2816个以特定角度钻的孔，排列成29圈，让液氧和燃料在离板不远的地方相遇并点燃。

原先的喷注器面板设计

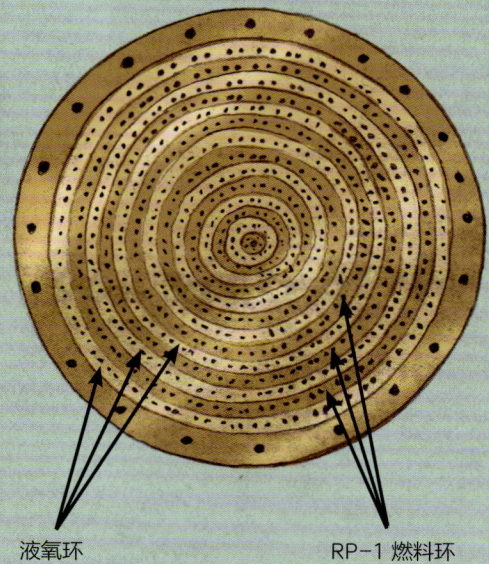

液氧环

RP-1 燃料环

重新设计喷注器面板

　　莫里亚和卡斯滕霍茨迅速组织了一个专家工程师团队来解决这个问题。他们发现需要重新设计推进剂注入燃烧室的方式。他们造了十几种喷注器面板，想看看哪种最稳定。未来，工程师只要在计算机上建模就可以测试不同的设计中哪种是最好的，但当时洛克达因的工程师只能用实体发动机不断地试错。

最终的隔板设计

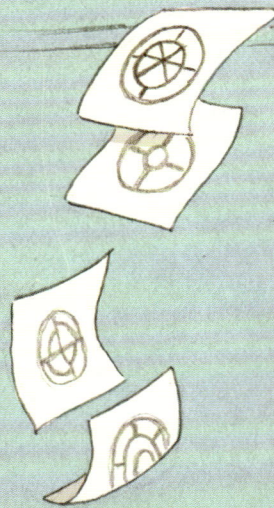

　　测试了好几个月之后，他们终于发现，用铜制的隔板把喷注器面板分成13个部分可以解决这个问题。喷注器面板不再是一个巨大的推进剂喷头，而是变成13块小板，这样就可以限制压力波在板上的运动。为了确保这个解决方案可行，他们试点火的时候在推力室内部引爆了一颗小型炸弹，故意破坏火焰的稳定性，结果新设计完全可行。发动机不到半秒又重回稳定。

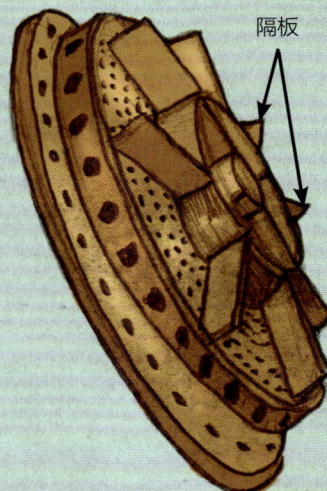

隔板

重新设计的带有隔板的新喷注器面板

土星五号第二级(S-II)：重量问题

开发土星五号第一级的同时，在加利福尼亚州的海豹滩，北美航空也在负责土星五号第二级的生产。第一级的任务是让整个火箭在发射台升空，第二级的任务则在发射的两分半钟后才开始。

第二级要把火箭剩下的部分推高到185千米，并达到24945千米/时的速度。跟第一级一样，S-II也由两个贮箱组成。但这一级的燃料贮箱里装的是一种更轻、也更危险的燃料——液氢（LH$_2$），液氧贮箱则处于底部。

要在S-II里装载94.6万升世界上最冷的物质之一，需要造很多复杂的系统和阀门。这项工作将正好落到一群像23岁的J.哈维·勒布朗这样的年轻机械工程师的肩上。

土星五号S-II相关数据

高度	25m
直径	10m
质量（满载燃料时）	480t
质量（空载时）	36t
制造商	北美航空

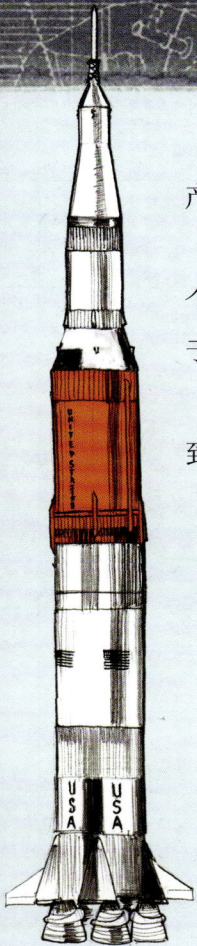

级间环
隔开S-IC和S-II，
留出发动机的空间。

推力结构
承载发动机，把推力
传送到S-II。

五台J-2发动机
总共产生453吨的推力。

液氧贮箱
容量：330996L
燃料温度：-183℃

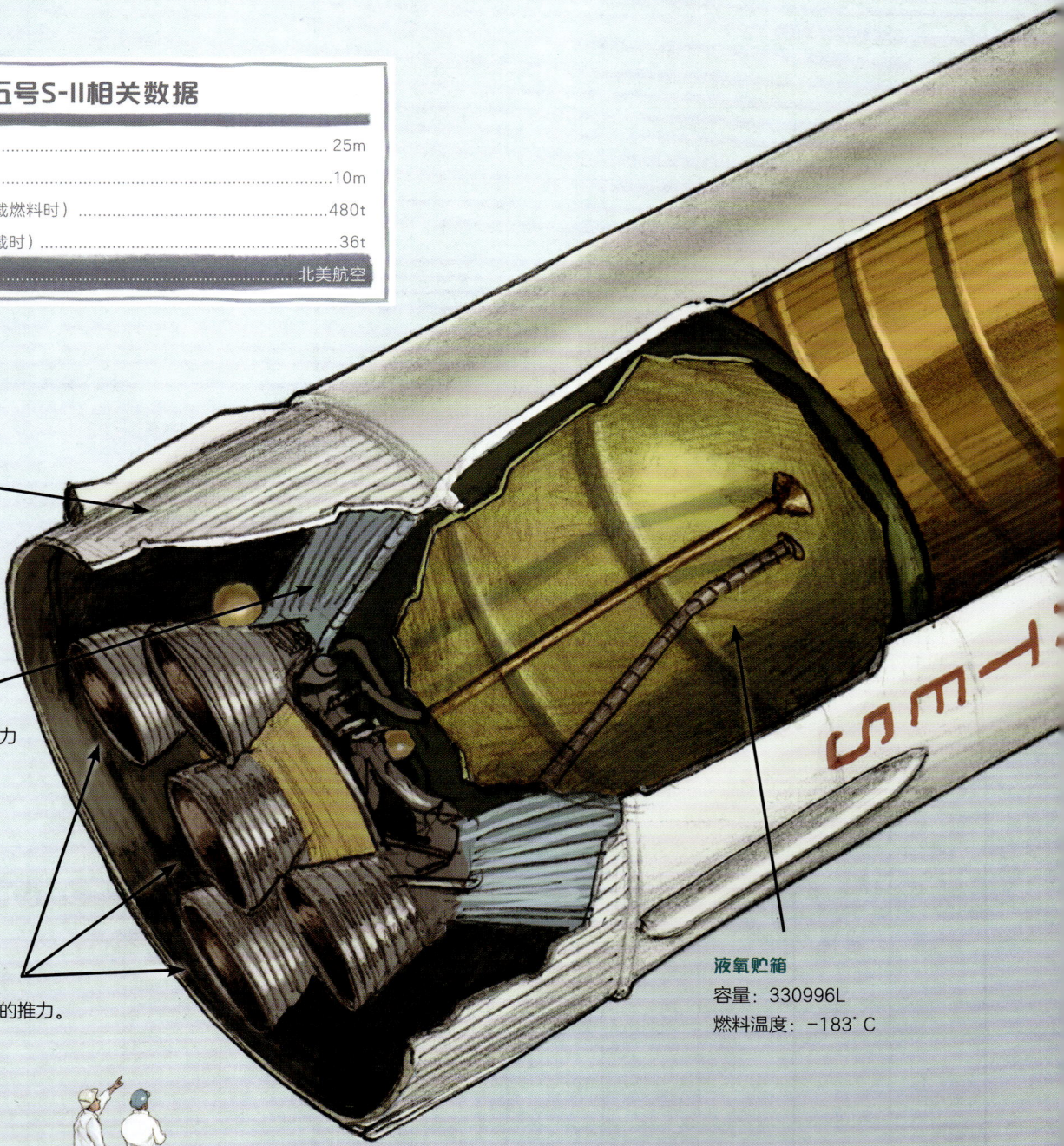

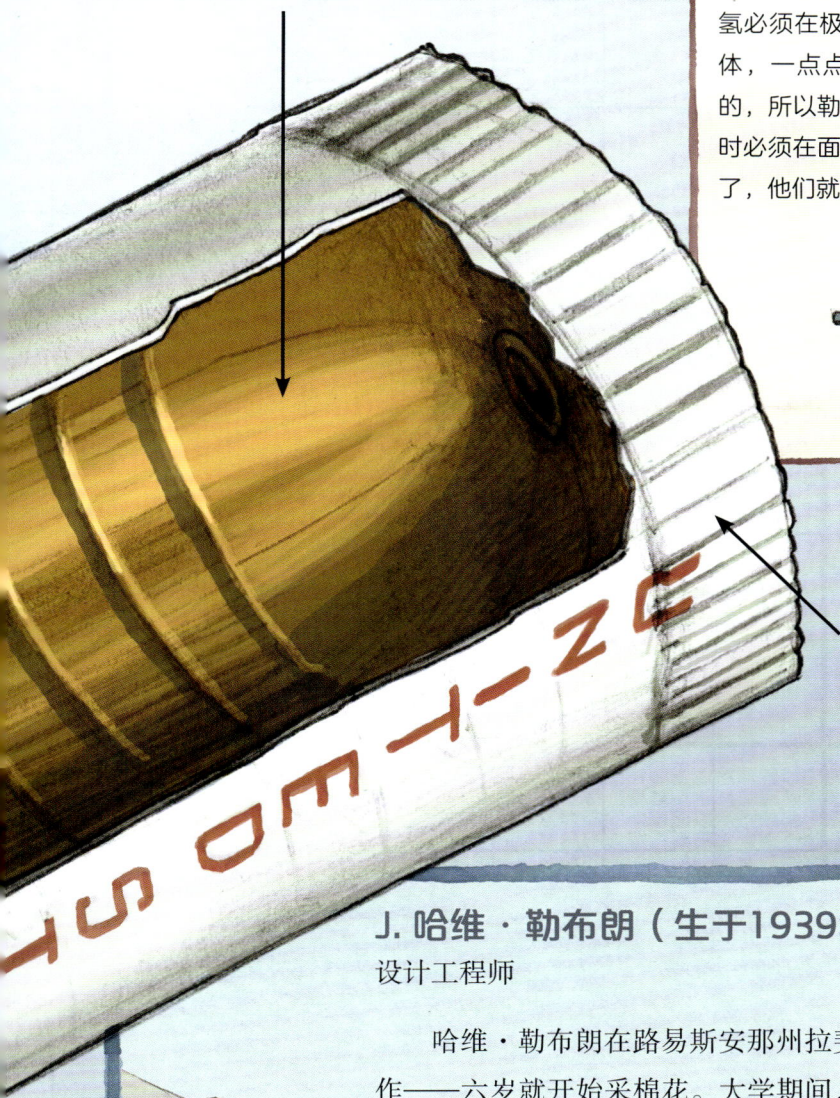

液氢贮箱
容量：1000000L
燃料温度：−253° C

前裙环
与第三级火箭的底部相连。

液氢

选择液氢作为土星五号第二级和第三级的燃料会带来很多优势。液氢很轻——一杯液氢还不及一杯棉花糖重。不幸的是，液氢必须在极低温下保存。温度只要高于−253° C，液氢就会变成气体，一点点鞋上的静电就可以点燃。氢气的火焰在白天是看不见的，所以勒布朗和他的团队走出液氢管道时必须在面前拿一把扫帚。如果扫帚着火了，他们就知道不能再走了！

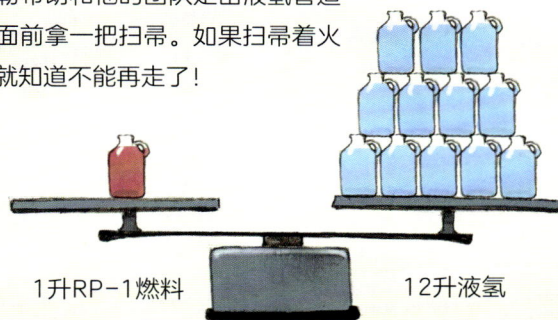

1升RP-1燃料　　　　　　　　12升液氢

J. 哈维 · 勒布朗（生于1939年）
设计工程师

哈维 · 勒布朗在路易斯安那州拉斐特的郊外出生并长大。他从来就不回避艰苦的工作——六岁就开始采棉花。大学期间，他每年夏天都在石油公司工作，开发处理天然气和石油的系统。

1962年，在勒布朗即将从西南路易斯安那大学毕业并获得机械工程学学位时，北美航空的一个招聘人员找到了他和他的几个同学，问他们有没有兴趣去南加州帮忙造一枚送人类前往月球的火箭，甚至还给了他们一笔可以买头等舱机票和搬家的钱。勒布朗收下现金，买了一辆便宜的二手车，往后备厢扔了一个行李箱，然后开了2897千米来到北美航空开始了他的新工作。

或多或少是因为他在石油公司的工作经历，很快，他就晋升成了密西西比测试基地为S-II设计所有推进剂装载系统的小组负责人。

重量

1961年秋天，当北美航空赢得建造S-II的合同的时候，阿波罗飞船的载荷已经设计得越来越重。这就意味着运载火箭必须更轻。由于土星五号第一级和第三级改动起来都太困难，减重的重担就落到了第二级身上——每一吨都很重要。阿波罗飞船每增加一吨质量，第二级就要减掉五吨。

采用独立贮箱的S-II

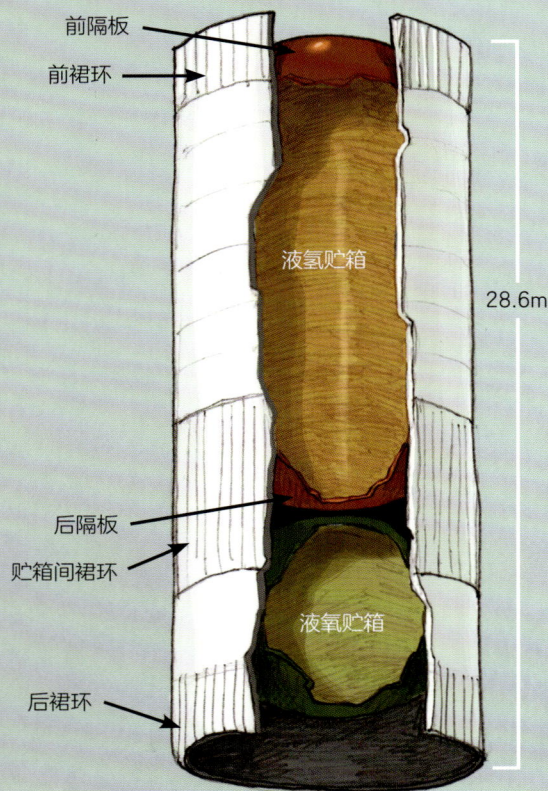

前隔板
前裙环

采用共底贮箱的S-II

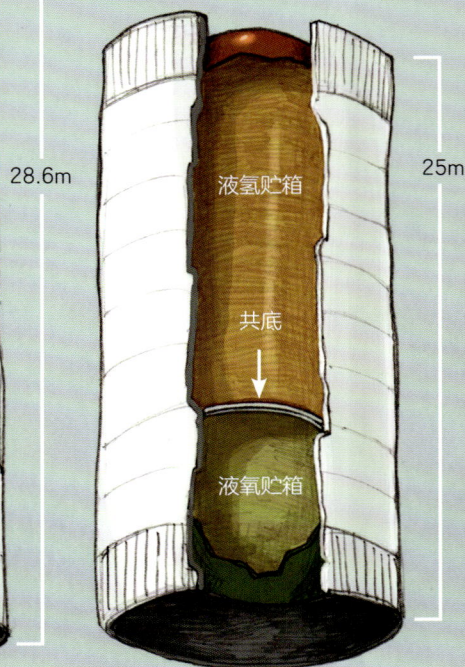

液氢贮箱

28.6m

液氢贮箱

25m

共底

后隔板
贮箱间裙环

液氧贮箱

液氧贮箱

后裙环

质量：40吨（空载时）

质量：36吨（空载时）

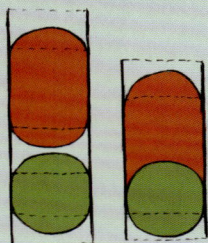

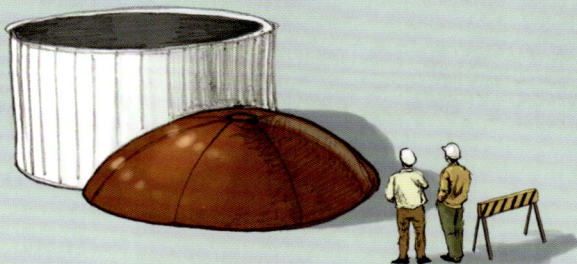

解决方案！ **共底**

燃料贮箱和液氧贮箱都是用穹顶状的盖子（称为"隔板"）密封的圆柱形容器。贮箱通常由裙环相连，裙环也被用于在火箭各级之间留出间隔。北美航空的工程师意识到，如果把两个贮箱合在一起，中间共用一个隔板（共底），就能去掉液氢贮箱下面的后隔板以及两个贮箱之间的裙环。这个绝妙的想法可以让第二级的高度减少3.6米，质量减轻4吨。

热传递

热总是从高温物体（液体、气体或固体）向低温物体传递。设计和建造S-II的贮箱时，理解热如何从一个物体向另一个物体传递对工程师而言至关重要。

热也叫作热能，用温度来衡量。热能从一个物体向另一个物体传递有三种方式：

热辐射：即通过光波传递热能。太阳把你的脸晒得暖烘烘的，就是热辐射的一个例子。

热传导：两个物体接触时，热能从一个物体传向另一个物体。你的手摸着一杯热巧克力时就会发生热传导。

热对流：即通过液体或气体传递热能。篝火中升起的热气就是热对流的一个例子。

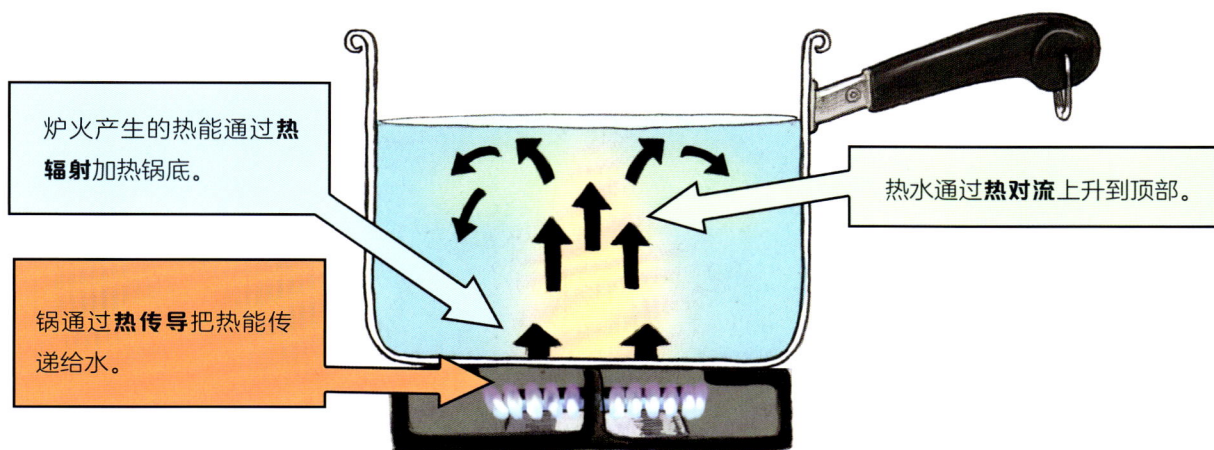

炉火产生的热能通过**热辐射**加热锅底。

热水通过**热对流**上升到顶部。

锅通过**热传导**把热能传递给水。

沸点

沸点是指液体转化为气体时的温度。液体的沸点会根据周围的气压有所变化。比如，水在海平面上要100°C才能沸腾，但同样的水在气压更低的珠穆朗玛峰上只要72°C就能沸腾。

海平面上的气压：101.3kPa*

H₂O

H₂O

温度

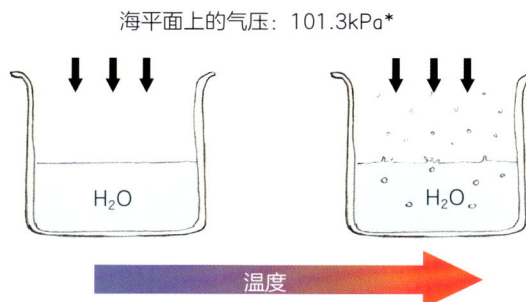

*kPa（千帕）=1000帕，帕为压强单位，表示每平方米所受的压力大小

燃料损耗

现在，S-II的推进剂贮箱已经合并，两种温度截然不同的液体通过一块不到3厘米厚的共底相连接。尽管液氧的温度已经很低了，但还是要比液氢的温度高出70°C。这意味着液氧的热能会通过热传导传递给液氢贮箱。然而液氢只要高于-253°C就会沸腾，变成气体溢出贮箱，导致燃料损耗。

这还不是最糟糕的，工程师还得考虑火箭在哪里发射。在佛罗里达州，贮箱外面的气温要比里面的液体高得多，也就是说，外部的空气会把热能传递给两个贮箱，导致推进剂消耗得更快。

工程师要一步步采取行动，防止这两种热传递。不然，等到要发射的时候，贮箱里就没燃料了。

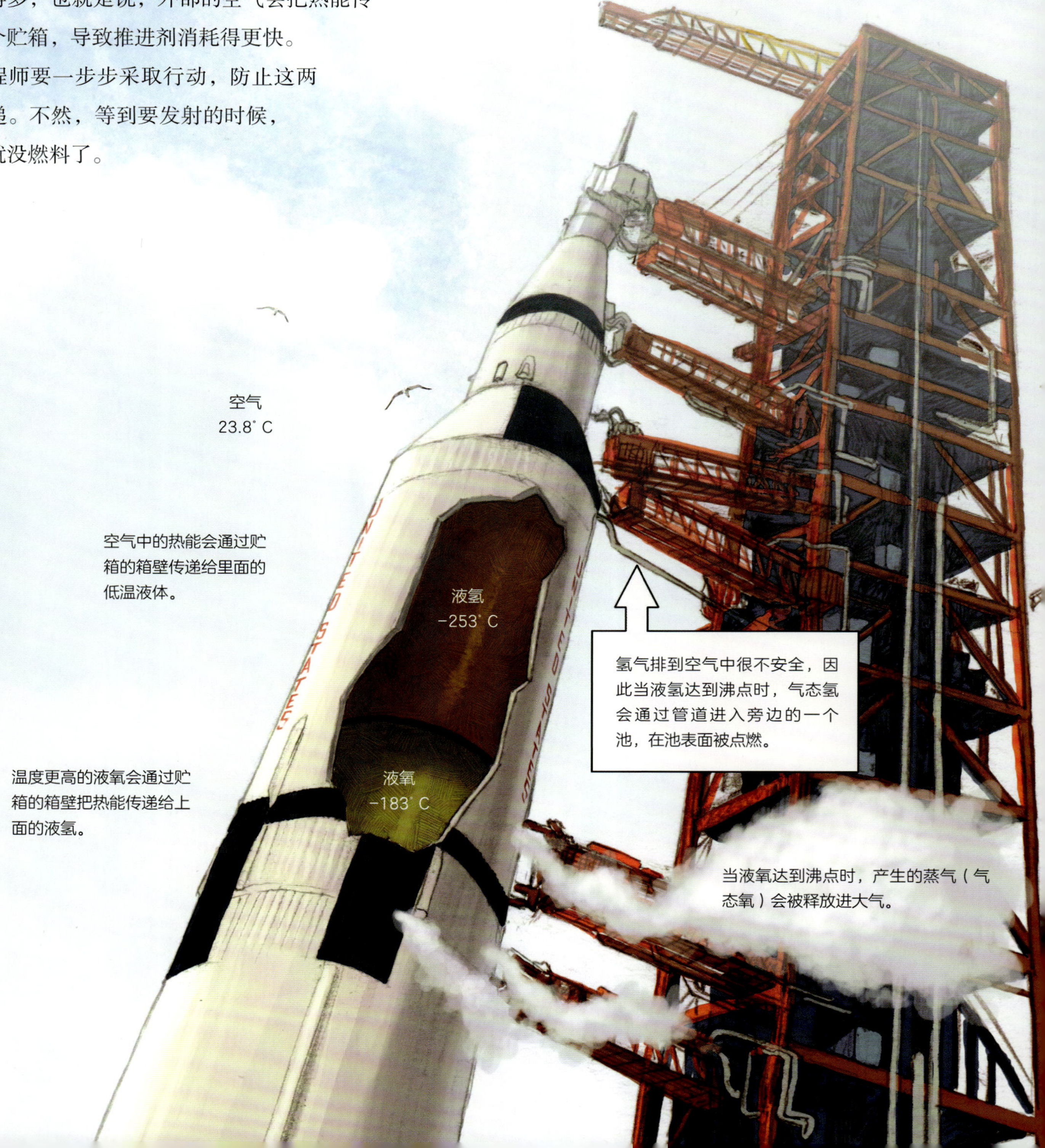

空气
23.8°C

空气中的热能会通过贮箱的箱壁传递给里面的低温液体。

液氢
-253°C

液氧
-183°C

温度更高的液氧会通过贮箱的箱壁把热能传递给上面的液氢。

氢气排到空气中很不安全，因此当液氢达到沸点时，气态氢会通过管道进入旁边的一个池，在池表面被点燃。

当液氧达到沸点时，产生的蒸气（气态氧）会被释放进大气。

为了减缓热传递导致的推进剂蒸发，北美航空的工程师采用了一种全新的隔热材料：填满了耐热泡沫的玻璃纤维蜂窝板。他们还决定用一种特殊的铝合金来建造贮箱，这种铝合金具有温度越低越坚固的特性。现在，有两种超冷的推进剂直接接触这种铝合金，箱壁反而可以更薄、更轻。

所以，贮箱隔热层在贮箱外面，隔板隔热层则在两层铝合金之间。

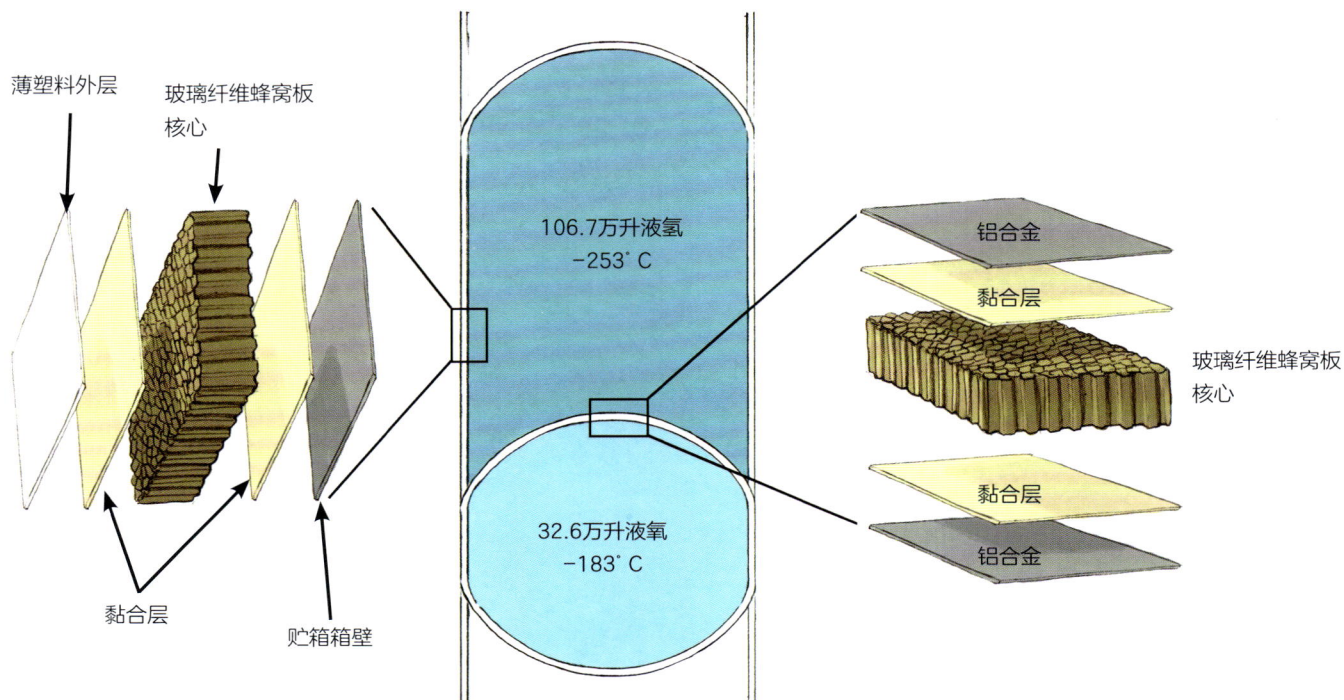

薄塑料外层
玻璃纤维蜂窝板核心
106.7万升液氢 −253°C
32.6万升液氧 −183°C
黏合层
贮箱箱壁
铝合金
黏合层
玻璃纤维蜂窝板核心
黏合层
铝合金

实验

你可以用铝箔纸包住一块厚纸板自制一个隔热板。然后，拿两块冰块，分别把它们放在两个盘子上，再把盘子放到台灯下。在一块冰上盖上你的隔热板。现在静心等着。你会发现隔热板下的那块冰融化得要慢得多，因为隔热板减缓了滚烫的灯泡进行热辐射的速度*。

铝箔纸
硬纸板
铝箔纸

*如果你没有台灯，也可以直接拿到太阳底下晒。

泡沫喷雾

如果隔热板的形状及位置不对，隔热板和贮箱箱壁之间的空气就会由于严寒而液化。这会使隔热板脱落，导致灾难性的延时和昂贵的维修成本。到阿波罗13号的时候，工程师将会想出一个解决方案：使用泡沫喷雾。事实证明，喷在箱壁上的泡沫喷雾会直接附着在贮箱上，从而消除空气。泡沫比玻璃纤维蜂窝板更轻，而且隔热能力更强。

土星五号第三级（S-IVB）：一台机器，两个任务

在加利福尼亚州的亨廷顿海滩，道格拉斯飞行器公司的工程师正在组装土星五号运载火箭的第三级——S-IVB。S-IVB本来设计的是第四级，这就是为什么S-IVB名字里有罗马数字四（IV）。

第三级有两个重要的任务：第一，点火启动第三级上唯一的一台J-2发动机，把阿波罗飞船推入地球轨道。这项任务完成后，发动机就会关闭，里面还剩下超过一半的推进剂，随后在轨道中滑行，直到接到命令再次点火。这就是S-IVB的第二个重要任务。第二次点火会把飞船的速度提高到40234千米/时以上，让它脱离地球轨道，奔向月球。这个过程称为"进入地月转移轨道"。

因为需要在太空中再次启动，所以建造第三级极具挑战，需要解决好几个复杂的问题，但工程师们想出了十分优雅简洁的解决方案。

土星五号S-IVB相关数据

高度	17.8m
直径	6.6m
质量（满载燃料时）	118t
质量（空载时）	11t
制造商	道格拉斯飞行器公司

辅助推进系统
控制第三级在地球轨道滑行时的位置。

后级间段
对接直径较小的S-IVB和直径较大的S-II。

J-2发动机
洛克达因负责制造土星五号运载火箭上所有的J-2发动机。和第二级上的发动机一样，第三级唯一的一台发动机也是用液氧和液氢作为推进剂。

J-2发动机相关数据

高度	3.3m
直径	2m
质量	1.8t
推力	105t
制造商	洛克达因

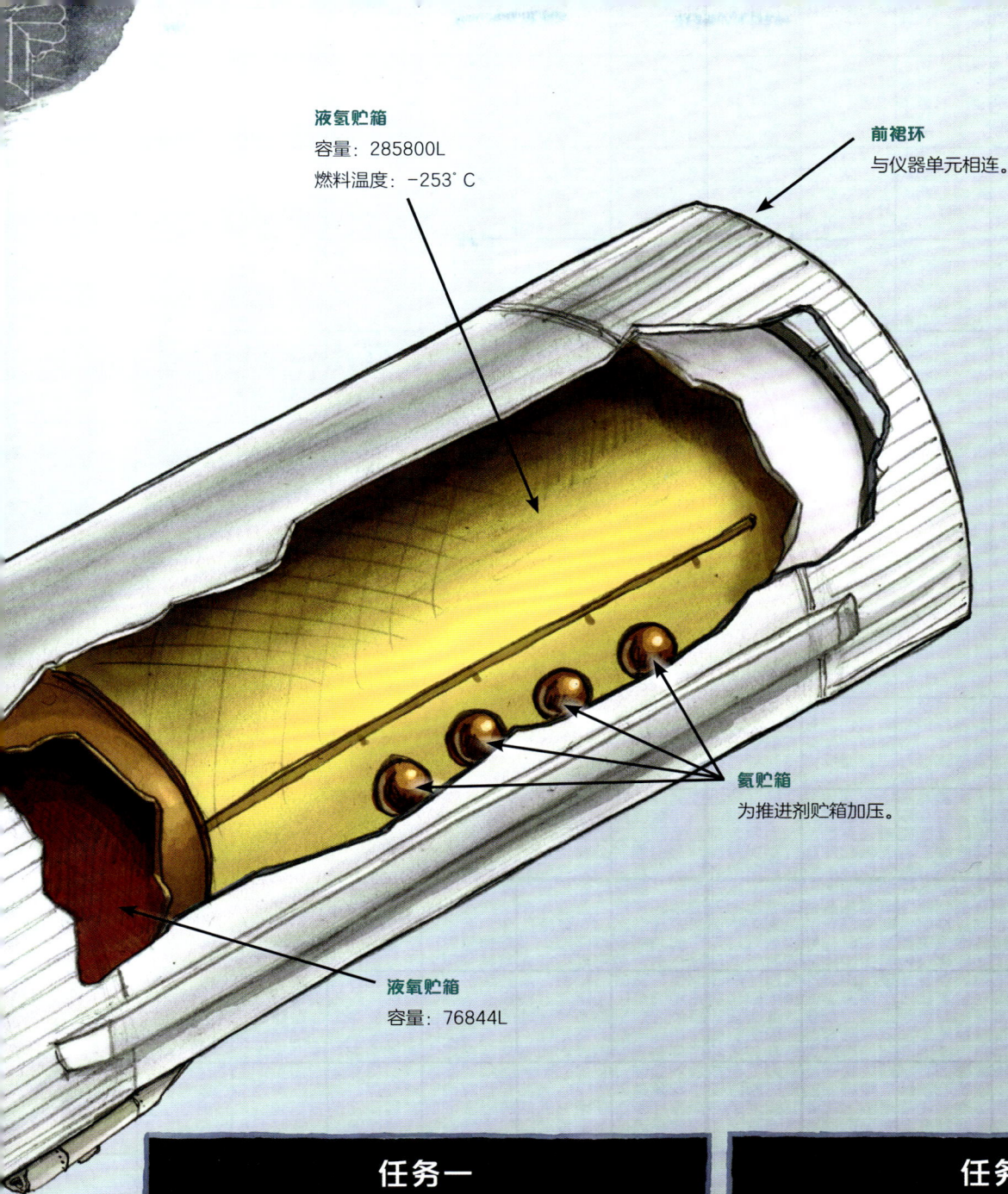

液氢贮箱
容量：285800L
燃料温度：−253°C

前裙环
与仪器单元相连。

氦贮箱
为推进剂贮箱加压。

液氧贮箱
容量：76844L

任务一

　　在发射进行到九分九秒的时候，第二级火箭分离，同时，几个小的反推发动机点火，帮助它安全返回，远离飞船的其余部分。10秒后，第三级火箭的J−2发动机点火，把飞船加速到28164千米/时。2分10秒后，发动机关闭。现在，飞船已经在地球上空190千米高的轨道里了。

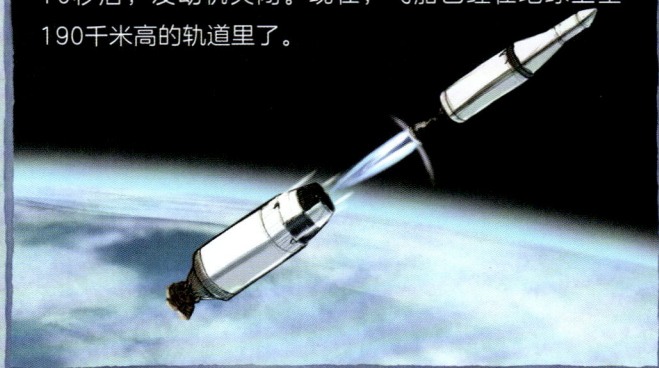

任务二

　　2小时30分钟后，在绕地球轨道一周半之后，J−2发动机再次点火。大约六分钟后，发动机会把飞船的速度提升到41038千米/时，把飞船带到地月转移轨道上去。

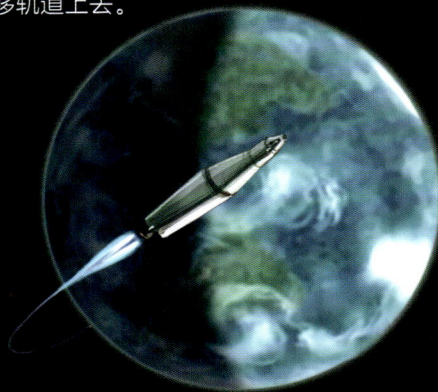

77

进入轨道

一开始，道格拉斯的工程师觉得，一旦S-IVB的发动机点火，就能把飞船直接送到地月转移轨道上，但在1964年和NASA的一次会议上，火箭科学家恩斯特·盖斯勒提醒他们：为何不先进入地球轨道，再点火进入地月转移轨道？这场会议至关重要。

盖斯勒指出，最佳发射时机取决于一系列因素。知道在哪儿发射、想在月球表面什么位置着陆只是一个开始。着陆的时机也非常重要。他解释说，宇航员要在太阳在月球地平线上较低位的时候着陆，这样就能通过影子清楚地界定出环形山和岩石。如果可能的话，最好也在地球白天的时候发射。

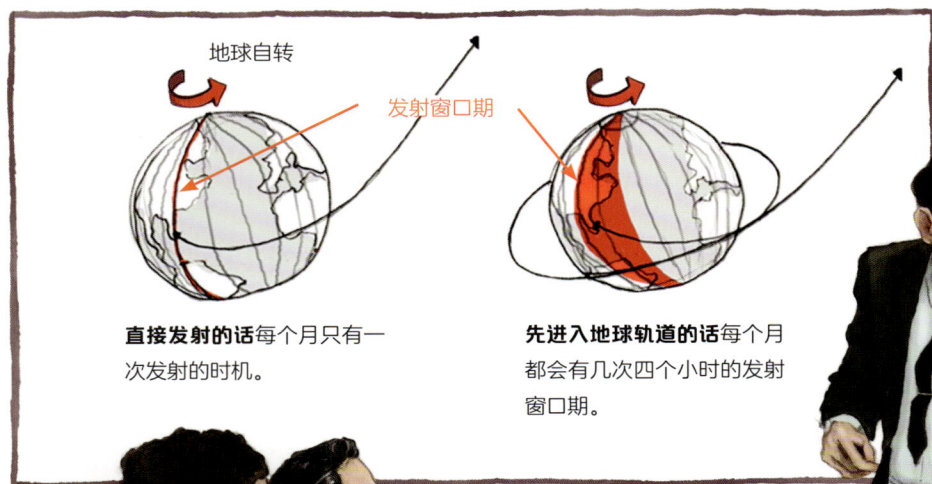

地球自转

发射窗口期

直接发射的话每个月只有一次发射的时机。

先进入地球轨道的话每个月都会有几次四个小时的发射窗口期。

恩斯特·盖斯勒（1915—1989）
盖斯勒出生于德国，是冯·布劳恩团队的一员。他在二战后来到美国亚拉巴马州的亨茨维尔小镇参与火箭建造。

工程师把这些问题都考虑在内之后，思路就变得清晰起来：一发射就直接飞往月球只能在每个月的某一个精准时刻实现，只有那时地球和月球的位置正好形成完美的轨道。

但如果先进入地球轨道，我们就可以选择前往月球轨道的时机。这样我们可以在每个月的若干天当中选择发射日期，同时可以发射的窗口期也更久（长达四个小时）。这一点非常重要，因为发射倒计时可能会由于恶劣天气或者技术问题导致很多延迟。

这也能让宇航员在出发进入太空，并在其中穿梭386243千米之前有时间确认一切都运作正常。

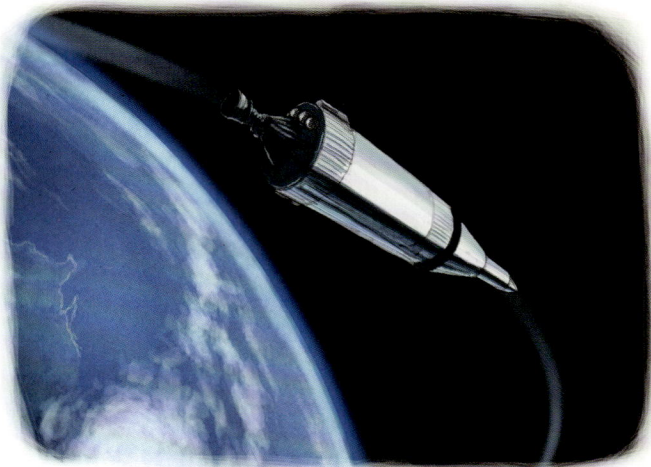

自由返回轨道

到达月球最快的方法就是带上足够的推进剂，让飞船的发动机一路不间断运行。不幸的是，那么多推进剂会让飞船重得根本无法从地面起飞。这个计划是先点火启动S-IVB的发动机约六分钟，让它获得足够的速度，把自己推入地月转移轨道。

接下来，飞船和宇航员会滑行三天，在地球引力的牵引下逐渐减速。当他们到达目标位置64374千米内的时候，月球引力会取代地球，开始把他们拉入月球轨道。等到飞船被拉到月球背面，宇航员会再次点火启动发动机，把飞船的速度降到可以进入月球轨道。

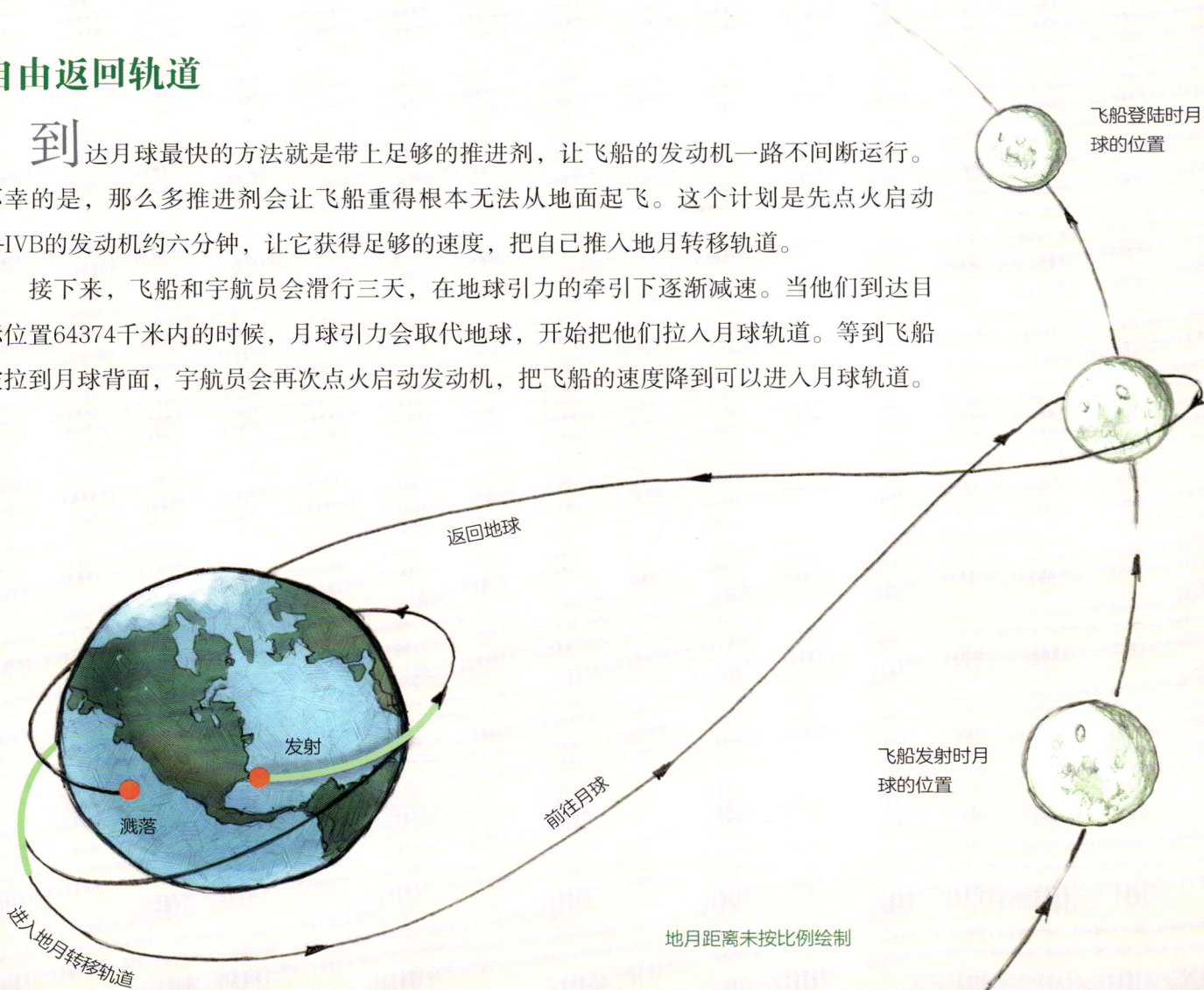

飞船登陆时月球的位置

返回地球

发射

溅落

进入地月转移轨道

前往月球

飞船发射时月球的位置

地月距离未按比例绘制

如果因为某些原因，发动机没能点火成功，那飞船也只是会绕过月球，开始漫长的返回地球的旅程，而且随着离地球越来越近，飞船的速度也会慢慢提升。这条路径叫作"自由返回轨道"，"自由"是因为这样返回地球（不借助任何外力）不会消耗任何燃料。

"自由返回轨道"也是保证宇航员安全的一个美妙的解决方案。苏联人在1959年10月证明它是可行的。当时他们发射了一艘叫作"月球3号"的无人驾驶飞船去拍摄月球背面。在月球引力的辅助下，月球3号在两周后返回地球，没有使用任何燃料。1963年，NASA采纳了"自由返回轨道"方案作为阿波罗计划的一部分。

救人一命的"自由返回轨道"

"休斯敦，我们遇到了一个问题。"——杰克·斯威格特，宇航员

1970年4月11日，阿波罗13号前往月球的时候，飞船上的一个氧气罐爆炸了。由于主发动机可能受损，地面控制中心不想再冒险使用它，不得不靠登月舱的发动机把宇航员带到"自由返回轨道"上，带他们回家。4月17日，在太空中待了六天，滑行了80多万千米后，指令长吉姆·洛弗尔、登月舱驾驶员弗莱德·海斯和指挥舱驾驶员杰克·斯威格特终于安全回到地球。

拥有正确的姿态

一架飞机或者一艘航天器（飞船）的方向或位置被称作它的"姿态"。为了控制姿态，飞船必须能在三根不同的轴上转动，分别是滚转轴、俯仰轴和偏航轴。飞机具备在空气中运动的优势，因此驾驶员可以通过控制襟翼和尾翼来调整气流方向，改变飞机的姿态。在太空中，襟翼和尾翼没有与之对抗的阻力，所以飞船要通过其他方式来控制姿态。

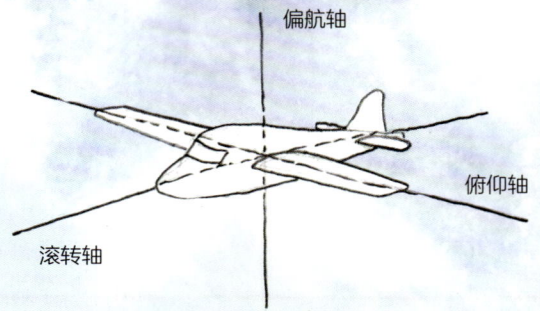

偏航轴

俯仰轴

滚转轴

滚转
通过在滚转轴上的旋转实现

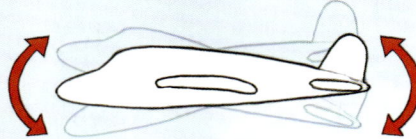

俯仰
通过在俯仰轴上的旋转实现

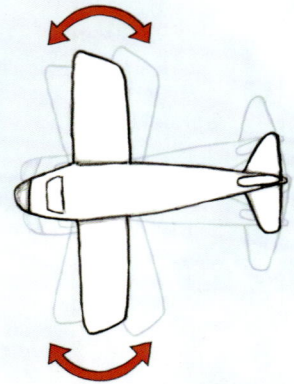

偏航
通过在偏航轴上的旋转实现

问题！ **控制S-IVB的姿态**

在飞行中控制火箭的姿态是可以实现的，因为三级火箭的发动机喷管都可以像万向节一样朝各个方向转动，从而控制火箭飞向想去的方向。第一级和第二级都不止一台发动机，所以可以通过平衡发动机来实现滚转。第三级只有一台发动机就不行。发动机关闭，飞船在轨道中滑行的时候就不能控制姿态。

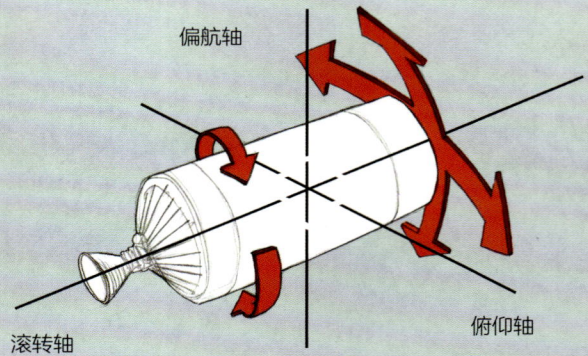

偏航轴

滚转轴

俯仰轴

完整的三轴姿态控制：能够围绕三轴中的任意一轴旋转就可以让S-IVB控制自己的方向。

和S-IC和S-II的发动机一样，S-IVB唯一的一台发动机可以用于改变飞船的俯仰或偏航。

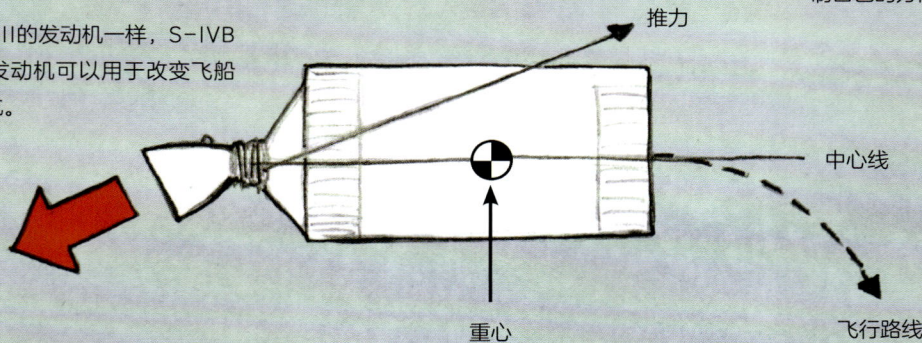

推力

中心线

重心

飞行路线

在加利福尼亚州的雷东多海滩，汤普森·拉莫·伍尔德里奇（TRW）公司的工程师设计了两个叫作辅助推进系统的独立系统，分别安装在S-IVB的两侧。这两个系统共同作用就能实现对轨道中的飞船完全控制。每一个辅助推进系统有四台发动机，用来控制滚转、俯仰、偏航和气枕。

气枕是指一个容器中没有被填满的空间，最早被酿酒师用来形容啤酒桶里没填满的部分。进入轨道后，S-IVB的贮箱中会产生大量气枕，因为第一次发动机点火消耗了大量推进剂。我们要确保在第二次点火前所有液体推进剂都处于贮箱底部，这一点非常重要。

两台控制气枕的发动机的一个短时间的点火工作，会给飞船一个向前的推力，让推进剂流到贮箱底部。随后主发动机就可以点火，把飞船送入地月转移轨道。

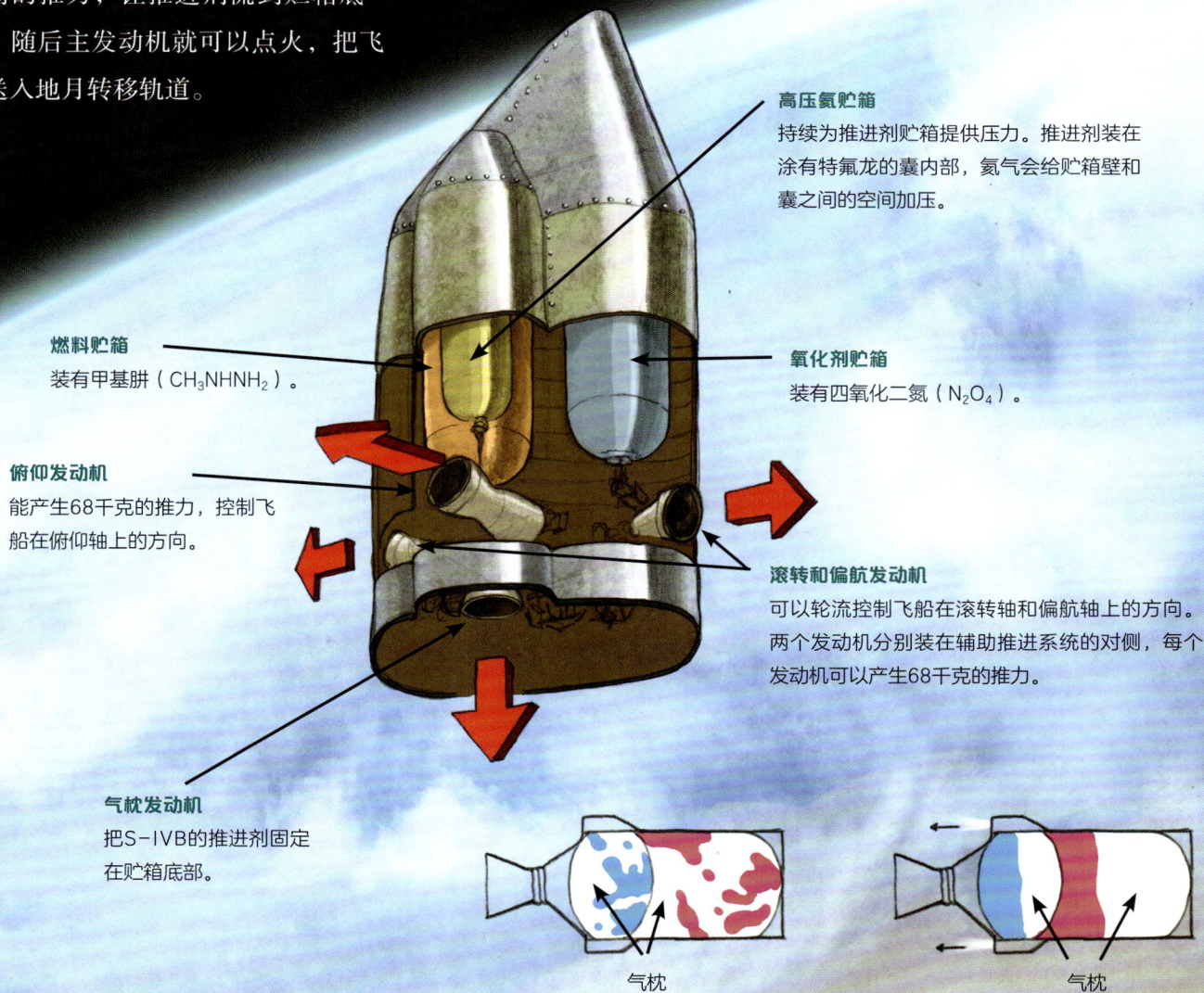

俯仰

滚转

偏航

后裙环两侧的辅助推进系统

高压氦贮箱
持续为推进剂贮箱提供压力。推进剂装在涂有特氟龙的囊内部，氦气会给贮箱壁和囊之间的空间加压。

燃料贮箱
装有甲基肼（CH_3NHNH_2）。

氧化剂贮箱
装有四氧化二氮（N_2O_4）。

俯仰发动机
能产生68千克的推力，控制飞船在俯仰轴上的方向。

滚转和偏航发动机
可以轮流控制飞船在滚转轴和偏航轴上的方向。两个发动机分别装在辅助推进系统的对侧，每个发动机可以产生68千克的推力。

气枕发动机
把S-IVB的推进剂固定在贮箱底部。

气枕

气枕

驾驶一枚2950吨重的火箭进入轨道，再前往月球，对于挤在飞船顶部一个小太空舱里的三名宇航员来说简直是不可能的任务。要完成这件事，当中有太多变量、太多步骤，以及太多需要掐准时间进行的事情。

土星五号需要一台自动驾驶仪器，能知道火箭现在在哪里、要往哪里去、到达目的地需要做些什么，以及如何执行这些命令。幸运的是，在麻省理工学院的一个小型实验室里，有一个人知道如何设计一台这样的仪器。他的名字叫查尔斯·斯塔克·德拉普尔。1961年8月9日，NASA把第一份设计和建造阿波罗号自动制导系统的合同授予了德拉普尔的仪器实验室。

土星五号仪器单元相关数据

高度	0.9m
直径	6.6m
质量（发射时）	2t
制造商	IBM

电力系统

四块银锌电池为仪器单元所有的电子设备供电。

环境控制系统（ECS）

通过升华（见第88—89页）带走电子设备产生的热。

这个系统将成为整个运载火箭的大脑。它会被装在一个叫作仪器单元的0.9米高的环上，其中包含土星五号所有的电子系统。仪器单元由NASA设计、IBM制造组装，将为下面三级提供所有的信息和指令，控制土星五号从发射直到最后一次发动机点火。另外还有几个类似的制导系统将被装在指挥舱和登月舱上，也是德拉普尔的实验室制造的。

结构

跟土星五号其他部分不同，仪器单元外层的构造和火箭上面的阿波罗飞船更为相似：其外壁由两层铝合金中间夹着一种轻型的铝蜂窝板构成。

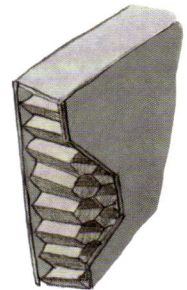

制导和控制系统

惯性平台
测量土星五号的加速度和姿态

运载火箭数字计算机（LVDC）
接收惯性平台的测量数据并计算制导方程

模拟飞行控制计算机
发出指令，驾驶运载火箭

应急检测系统（EDS）

在火箭发生故障时发出开启自动终止程序的指令，从而拯救宇航员的生命。

遥测系统

收集关于运载火箭状况的重要信息，并发回地面控制中心用于监测。

查尔斯·斯塔克·德拉普尔（1901—1987）

惯性制导之父

德拉普尔是个怪才。他是交谊舞冠军、业余拳手、驾驶员、教师、心理学家，同时还是科学家。在麻省理工学院学习电化学工程时，德拉普尔开始驾驶小型飞机。很快，他就注意到飞机上的仪器有局限性，还可以改进。正是因为这个契机，19世纪20年代末，他在麻省理工学院教授飞机仪器方面的课程。到了30年代，他成立了麻省理工学院仪器实验室。他和他的团队在这个实验室研发用于飞行导航的制导系统。

德拉普尔利用陀螺仪和加速度计（见第87页）开发出了惯性制导系统，既可以测量物体移动的方向，也可以测量其加速度，后来这个系统被用在飞机、潜水艇和飞船上——不过在那之前，他得先证明这个系统可行。

1953年，在麻省的新贝德福德，他登上了一架装载他的惯性制导系统的B-29轰炸机。飞机上天后，驾驶员离开座位，不再进行控制。如果一切顺利，惯性制导系统会告诉自动导航如何驾驶这架飞机飞行4828千米，到达洛杉矶的一个小型机场。几小时过去了，一切都很顺利，直到飞机突然开始右倾。德拉普尔很震惊。为什么飞机倾斜了？难道他的仪器运行出错了吗？当他们穿过云层下降的时候，下面正是洛杉矶，刚好是系统原定的目的地。原来是有一阵侧风让飞机偏离了轨迹，而德拉普尔的惯性制导系统只是做了它该做的，修正了飞机的路线。

系统运行完美！

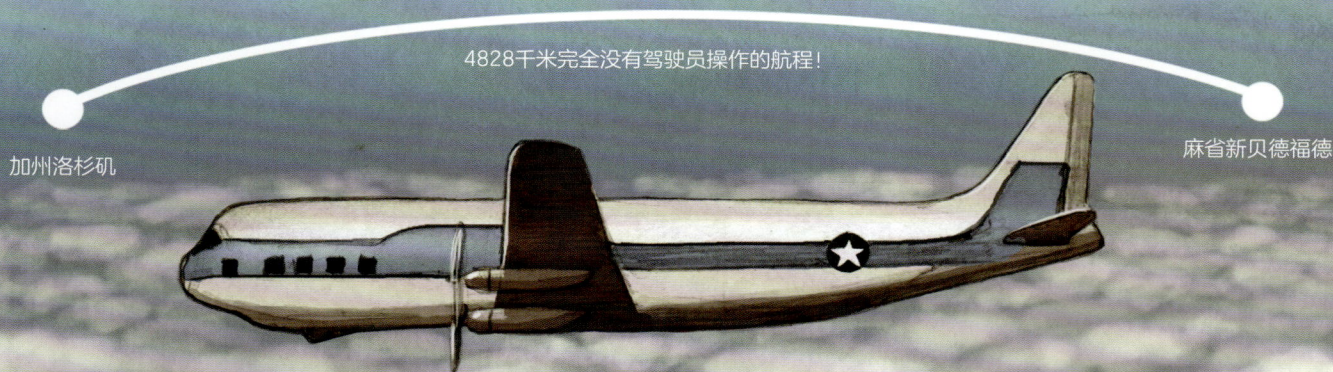

4828千米完全没有驾驶员操作的航程！

加州洛杉矶

麻省新贝德福德

制导和控制系统

*我*现在在哪儿？要往哪儿去？要到达目的地需要做些什么？

正是这些问题驱动着德拉普尔和他的团队开发了惯性制导系统。这个想法很简单：如果你确切知道你从哪儿出发，并且一直追踪飞行的速度和方向，那么你全程都会知道自己的确切位置。而如果你知道自己的确切位置，就可以计算出到达目的地的路线。

为了算出路线，德拉普尔需要三个关键信息：

起点

德拉普尔知道，对于去往月球的任务，宇航员需要借助恒星定位飞船和太空中一个固定点的相对位置。你无法用地球上的固定点，因为地球本身就不是固定的——地球一直在自转，而且还绕着太阳公转。

姿态变化

如果你可以测量飞船绕着俯仰轴、偏航轴和滚转轴转了多少，那你就能知道自己在往哪个方向前进。

加速度变化

如果你可以测量飞船在三条轴上的加速度，那你就能知道随着时间过去，你前进了多少距离。

德拉普尔演示了一个嵌在环架装置上的陀螺仪（本质上就是一个会旋转的轮子），无论他怎么移动外架，陀螺仪的姿态始终不变。后来证明，这个装置对于构建能够测量姿态变化的制导系统而言是至关重要的。

惯性平台

为了衡量姿态和加速度的变化，德拉普尔和他的团队打造了一个叫作惯性平台的仪器。惯性就是指物体保持原本运动状态的性质，而惯性平台的作用就是无论飞船的姿态怎么变化，它仍然能保持原本静止不动的状态。为了实现这一点，平台上装了三个陀螺仪：分别用来保持平台在俯仰、滚转和偏航方向上的稳定。

环架装置使得装在飞船上的平台保持静止的同时飞船本身可以自由运动。飞船位置变化时，环架的转动就可以被测量出来。测出的数据会告诉计算机系统，飞船的姿态与初始状态相比发生了哪些变化。

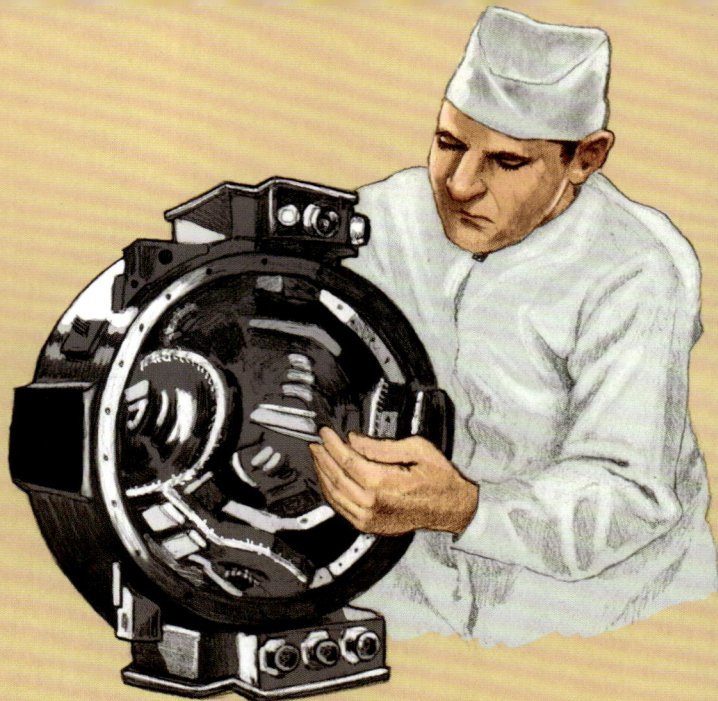

一名工程师正在制作惯性平台。

无论飞行器在三根轴上怎样转动，惯性平台始终保持稳定。

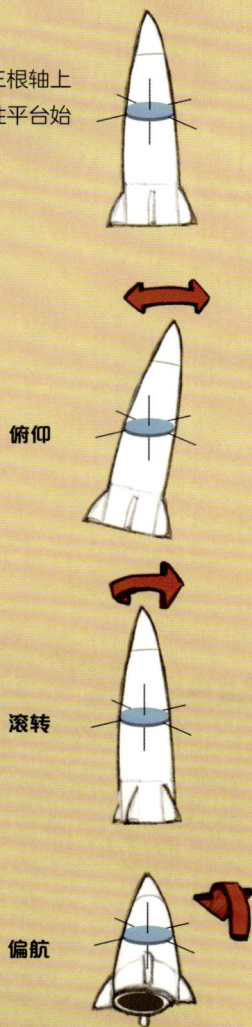

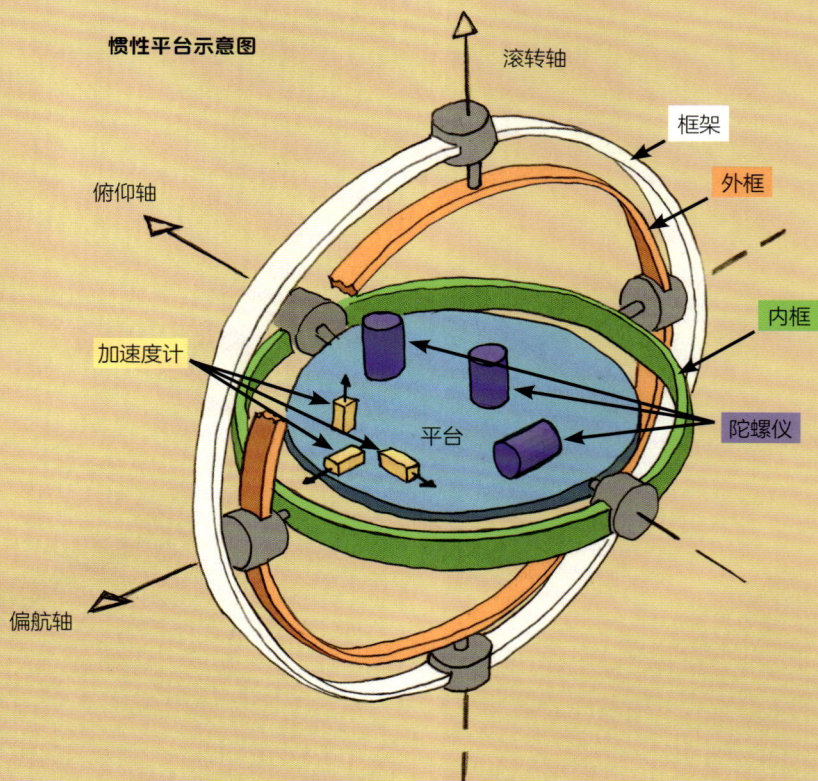

俯仰

滚转

偏航

惯性平台示意图

滚转轴

框架

外框

内框

陀螺仪

俯仰轴

加速度计

平台

偏航轴

三个加速度计可以测量三个方向上的加速度，并把信息发送给计算机系统。利用这些数据，计算机就知道是否需要做出调整，让飞船保持在预先设定的路线上。

陀螺仪是如何保持平台稳定的

陀螺仪由法国科学家莱昂·傅科在1852年发明，它是一个装在一根轴上，固定在一个框架里的可以旋转的轮子。这个旋转的轮子会抵抗让它改变方向的力，有稳定的效果，类似运动中的自行车轮子。

要在静止的自行车上保持平衡非常困难。

在运动中的自行车上保持平衡就简单多了，因为固定在自行车框架里的旋转的轮子有利于保持稳定。

实验

A.抓着自行车轮轴，然后向外推车轮的一侧，你会发现很容易就可以推动。

B.现在，在车轮快速转动时做同样的动作。你会发现要推动车轮就费力多了。这是因为运动中的轮子会抵抗让它改变方向的力。

加速度计如何测量加速度

加速度计可以测量加速度的变化，由英国物理学家乔治·阿特伍德在18世纪末发明，当时叫作阿特伍德机。设计阿特伍德机是为了验证牛顿的运动三大定律。

为了理解加速度计的原理，你可以想象你正坐在一辆行驶的汽车后座。如果汽车突然减速或加速，你会感觉到自己向前或向后倾。你能感受到多少力取决于汽车减速或加速有多快。加速度计测量的就是这个力。

匀速

加速

减速

今天，加速度计和陀螺仪在智能手机和游戏机等许多设备中都有应用，用来检测移动和倾斜运动。比如，智能手机会根据你是横屏还是竖屏拿手机来调整画面的方向，而在赛车游戏中，你可以通过倾斜游戏机来控制赛车的方向。

问题！ 冷却电子设备

电子设备用久了会发热。比如，你的大腿可能会感觉到腿上的笔记本电脑在发热。这是因为电子设备中所有的金属和线路都有电阻。当电流通过这些金属的时候，电阻会积聚能量，这些能量就会变成热能。烤面包机中的金属管就是利用电阻积聚了足够的热能来烤面包的。IBM的工程师需要想办法消除仪器单元中各种电子设备和计算机系统产生的热能。

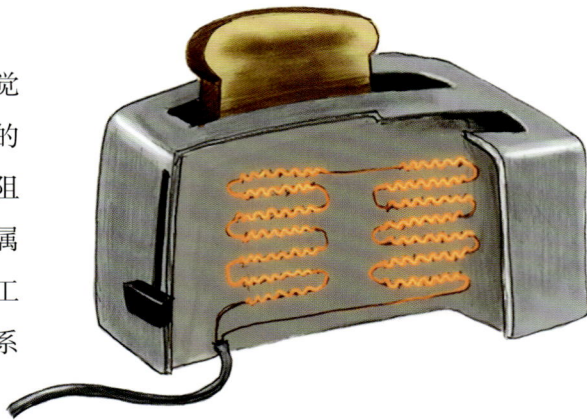

烤面包机利用金属管中的电阻，在电流通过金属管的时候发热。

改变物质的状态

大多数物质都处于这三种状态之一：固态、液态或气态。温度通过改变分子联结的方式来影响物质的状态。冰化成水的过程大家再熟悉不过了。这就是水分子从固态变成了液态。当水在炉子上烧沸，分子运动加速，就会蒸发成气态，我们称之为水蒸气。固态也可能升华，直接变成气态。你可能见过固态的二氧化碳（也就是干冰）发生这种情况。

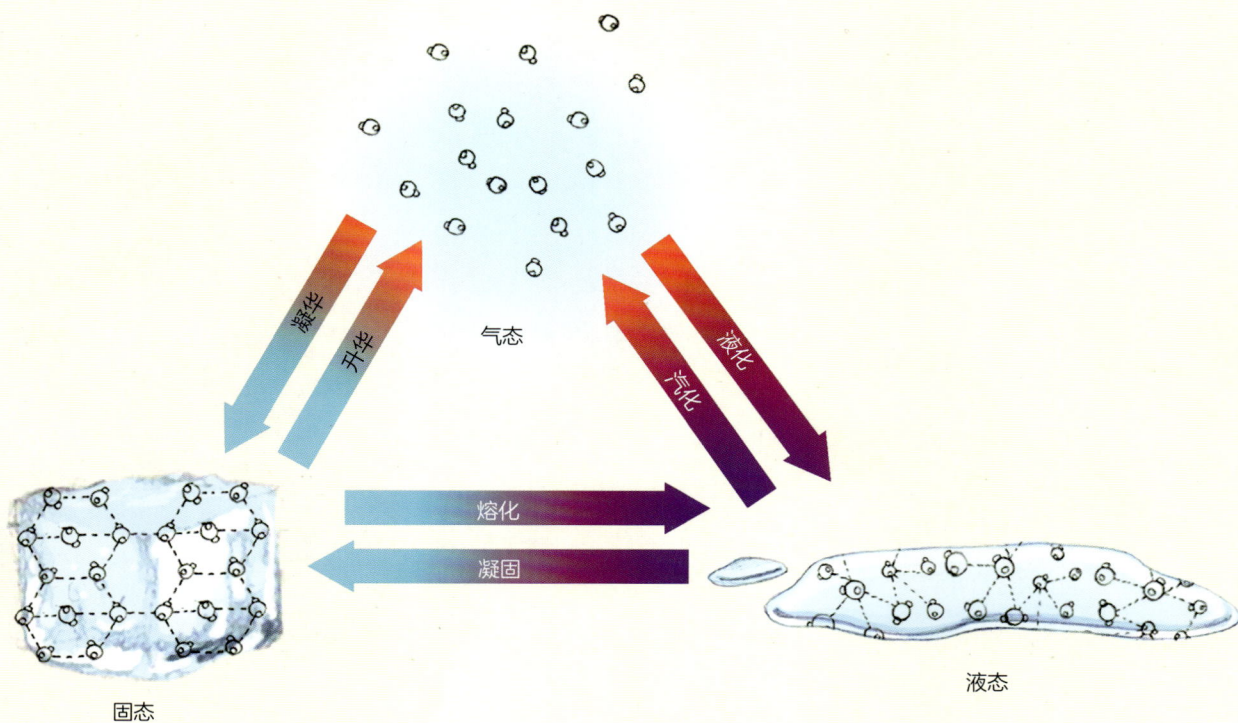

气态

凝华

升华

液化

汽化

熔化

凝固

固态

液态

1963年，在康涅狄格州温莎洛克斯的汉密尔顿标准公司，工程师约翰·S. 洛弗尔和乔治·C. 兰南伯格正忙着攻克冷却阿波罗计划宇航服的问题。他们知道，如果冰暴露在太空的真空环境中会变成气态，把热能带走。洛弗尔和兰南伯格发明了一种金属板的排列方式，板上穿满了极其微小的孔。在太空中，如果在板上装满水，水就会结冰，然后通过这些小孔升华。他们把这个发明命名为升华器。升华器非常有效，所以它不仅用来冷却宇航服，也用在了土星五号的仪器单元和阿波罗飞船上。

冷却仪器单元中的电子设备

仪器单元的外缘是一些特殊的板，叫作冷却板。电子设备可以装在这些板上。冷却板里有一些管道，可以泵入一种叫作乙二醇的冷却剂，通过热传导把电子设备产生的热能带走。

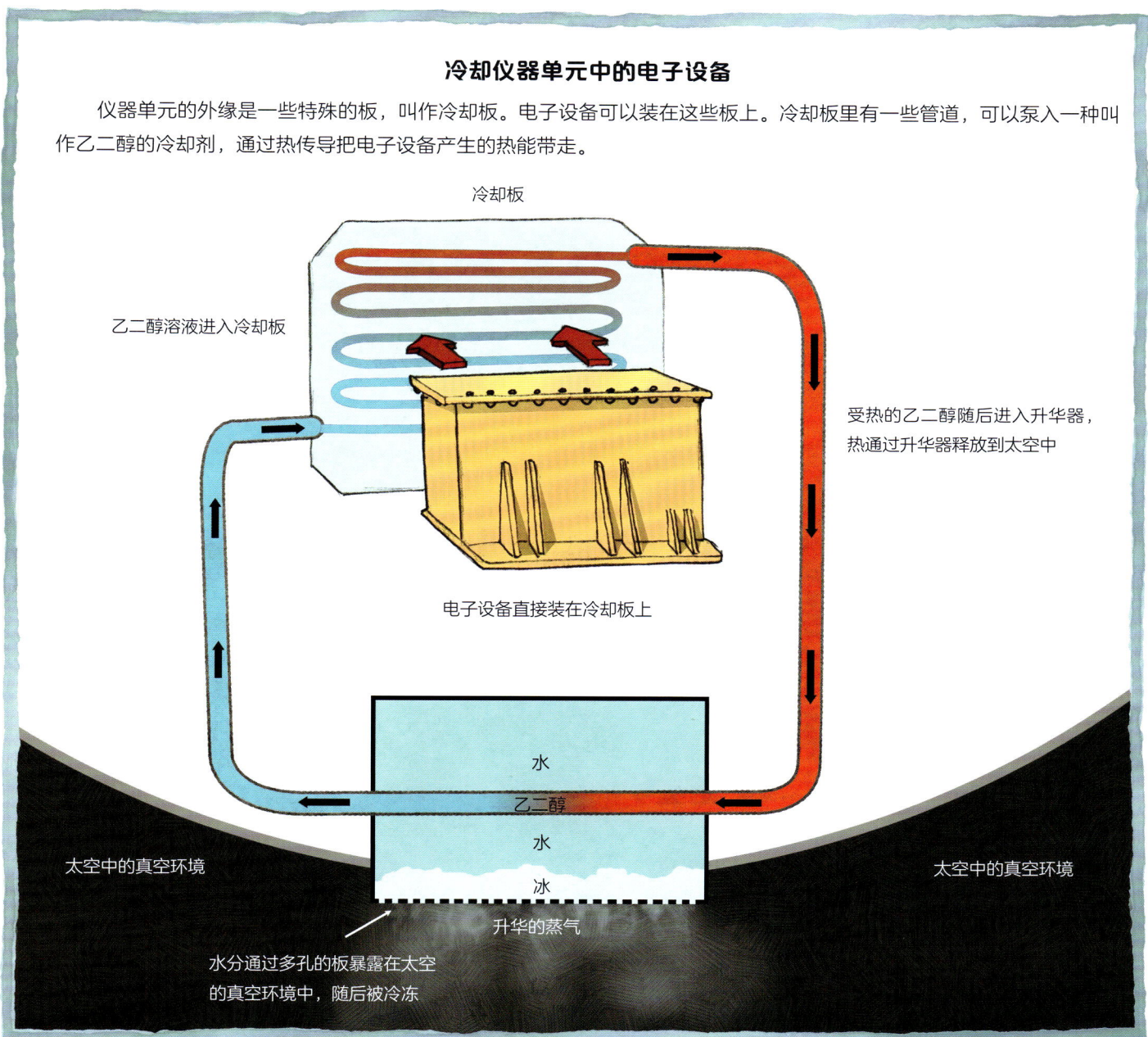

冷却板

乙二醇溶液进入冷却板

受热的乙二醇随后进入升华器，热通过升华器释放到太空中

电子设备直接装在冷却板上

水

乙二醇

水

冰

升华的蒸气

太空中的真空环境

太空中的真空环境

水分通过多孔的板暴露在太空的真空环境中，随后被冷冻

现在，有了冷却仪器单元的方法，土星五号就具备了功能齐全的"大脑"，可以驾驶火箭进入太空，前往月球了。土星五号上的电子计算机每秒会发送25次信号，让火箭保持在正确路线上。NASA可以在没有宇航员的情况下测试整枚火箭了。

指挥服务舱
指挥舱
服务舱
下降级
上升级
登月舱

第四部分

建造一艘宇宙飞船

"整个进入太空的想法既新奇又大胆。没有任何教科书，所以我们必须自己书写这本教科书。"

——凯瑟琳·约翰逊，数学家

土星五号运载火箭的建造工作正在进行中，NASA现在已经能够把飞船发射到前往月球的轨道了。下一个任务就是建造一艘能够带着宇航员在太空中穿梭一百多万千米、在另一个世界着陆，并把他们安全带回地球的飞船。阿波罗号创造性的设计最终呈现的不仅仅是一艘飞船，而是四艘——每一艘都由上百万个零部件构成，用于执行一系列特定的任务。

阿波罗号将会是有史以来最精密、最复杂的一台机器，旨在完成一项史无前例的壮举：把人类送上月球，再把他们带回地球。

指挥舱：太空中的家

1961年11月28日，建造阿波罗飞船的合同被授予了北美航空。这是一家受人尊敬的公司，就在两年前，北美航空建造了X-15飞机，包括尼尔·阿姆斯特朗在内的试飞员驾驶着X-15飞到了太空的边缘。

北美航空要为三位宇航员造一个他们要生活14天的家。飞船里要有宇航员在整个旅程中维持生命所需的一切——氧气、食物、水、电池、环境控制系统、废物处理系统、燃料、推进系统还有其他控制系统，还需要用于安全着陆的降落伞和救生设备，以防宇航员降落在救援难以到达的偏远地区。这一切会让整个飞船又大又重，导致它在冲进地球大气层时产生过多的热能——飞船返回时可能会像陨石一样被烧毁。

北美航空怎样才能让飞船减重呢？

工程师们意识到，任务中所需的一切并不一定都要返回地球，所以他们决定建一个由两部分组成的指挥服务舱。第一部分是服务舱，里面包含大部分必要的生命保障系统和燃料，这些在返回前都可以丢弃。这样就只剩下第二部分，更小也更轻的指挥舱需要返回大气层。

阿波罗飞船指挥舱相关数据

高度	3.2m
直径	3.9m
质量（包括宇航员）	5897kg
质量（溅落时）	5307kg
制造商	北美航空

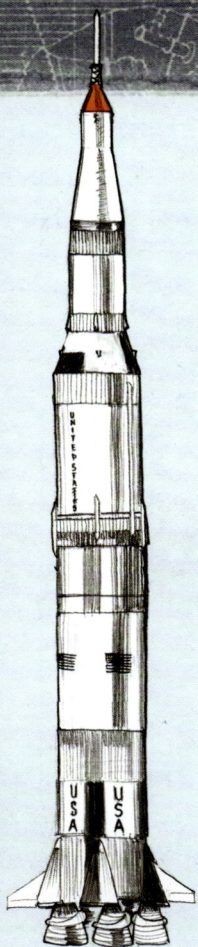

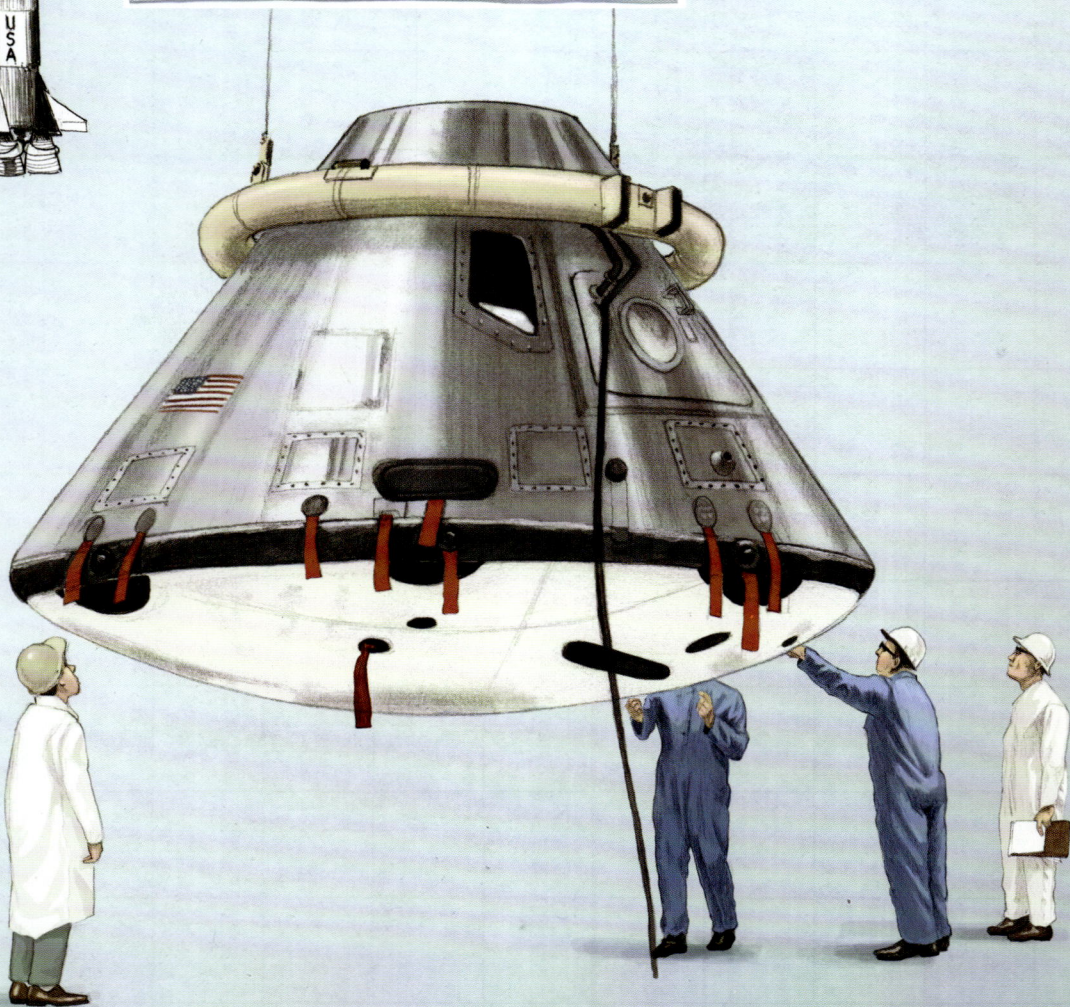

指挥舱内部只有6立方米，但跟水星计划和双子星座计划中的太空舱相比已经非常宽敞了。在发射和返回期间，宇航员会仰卧着躺在工程师所谓的"沙发椅"上。任务的大部分时间，中间的座椅会被折起来，让宇航员可以自由地飘浮。

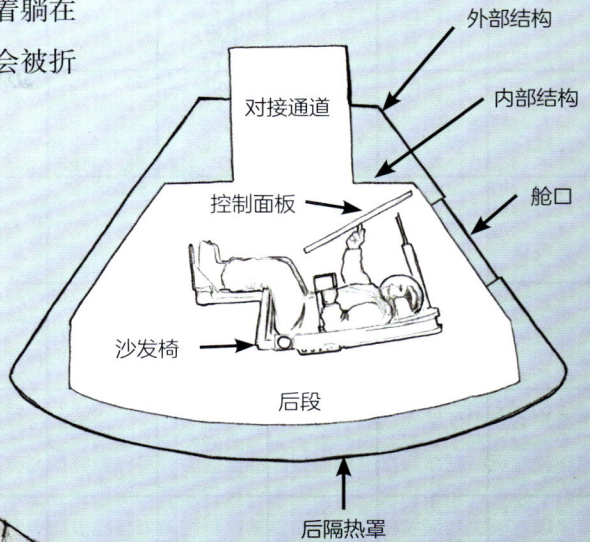

外部结构

内部结构

对接通道

舱口

控制面板

沙发椅

后段

后隔热罩

通过对接探针使指挥舱和登月舱相接

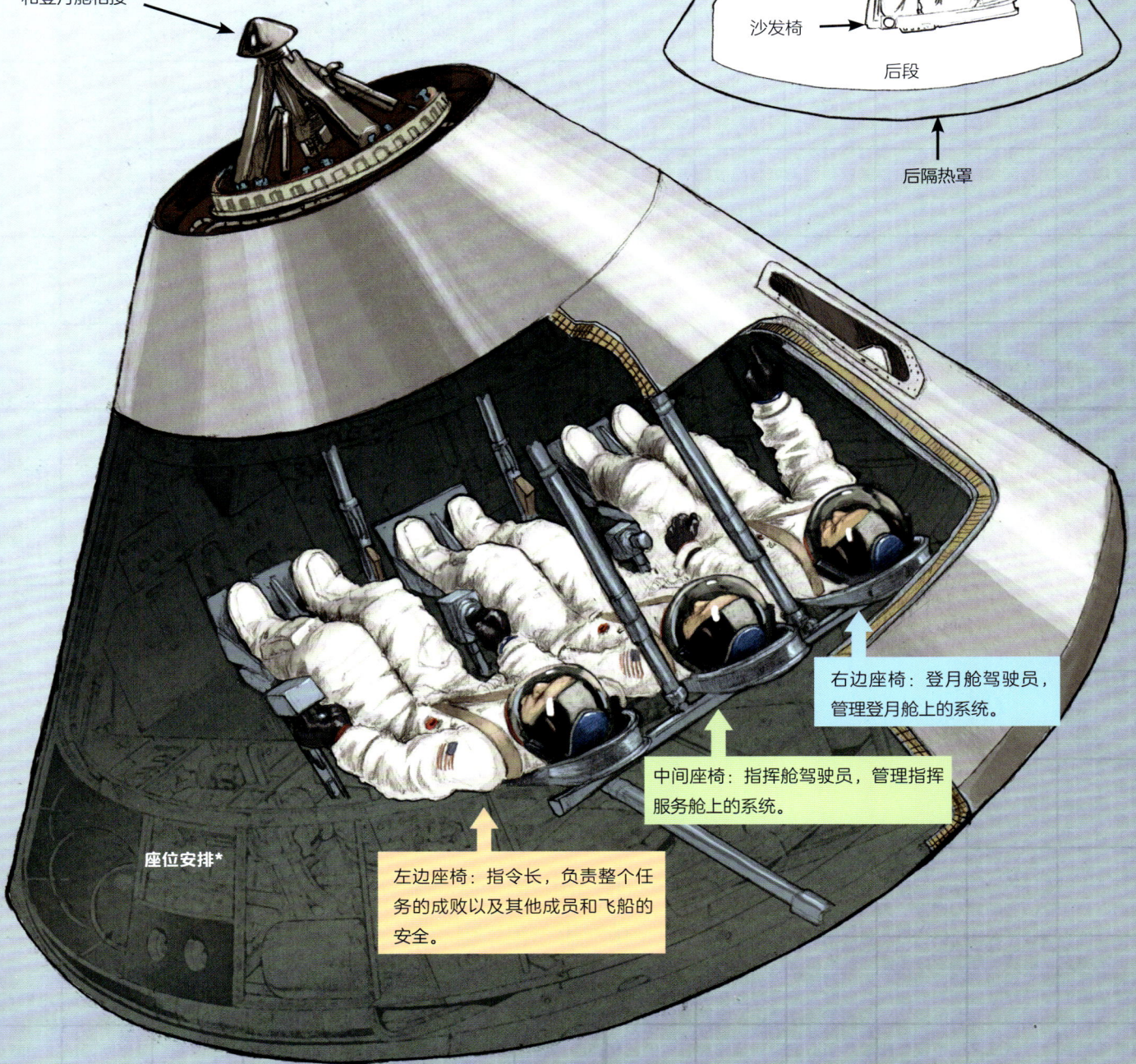

右边座椅：登月舱驾驶员，管理登月舱上的系统。

中间座椅：指挥舱驾驶员，管理指挥服务舱上的系统。

座位安排*

左边座椅：指令长，负责整个任务的成败以及其他成员和飞船的安全。

*阿波罗11号上的指挥舱驾驶员和登月舱驾驶员换了位置来执行发射，因为登月舱驾驶员（巴兹·奥尔德林）在阿波罗8号时接受过指挥舱驾驶员的训练。

指挥舱主控制面板

指挥舱主控制面板上有几百个开关、指示器和仪器，三位宇航员只要坐在座椅上，几乎就可以对飞船进行全部控制。

1A）输入显示
1B）推进、进入和中止操作的显示和手动控制
1C）1号飞行姿态指示器
1D）飞船飞行控制的开关和指示器

2A）2号飞行姿态指示器
2B）阿波罗制导计算机（AGC）的显示和键盘
2C）推进、进入和中止操作的开关

左边座椅

中间座椅

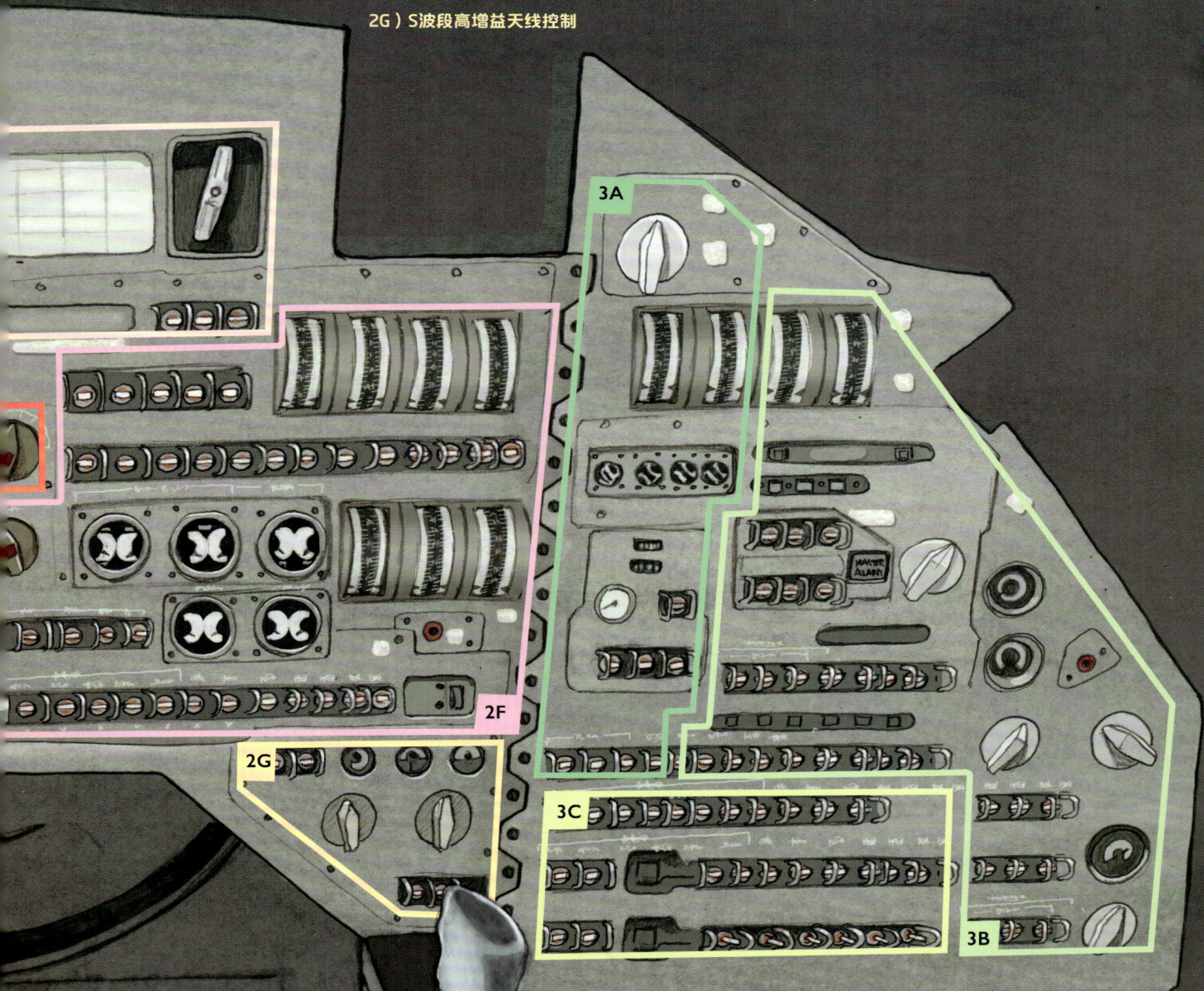

2D）提示和警告控制和显示
2E）反作用控制系统管理
2F）环境控制
2G）S波段高增益天线控制

2F

2G

3A

3C

3B

3A）服务推进控制
3B）电源
3C）通信

右边座椅

发射逃逸塔（LET）

问题！ 火箭爆炸

火箭有时候会爆炸。每一个参与阿波罗计划的人都清楚这一点。水星计划前和水星计划期间进行的无人火箭测试都发生过大型爆炸。双子星座计划期间，每个宇航员都有一个类似军用喷气式飞机上的那种弹射座椅。如果出了问题，座椅会从太空舱中弹射出来，让宇航员通过跳伞安全逃生。但这个方案的安全性远远不够。幸运的是，双子星座计划的宇航员从来没用过弹射座椅。

随着火箭规模越来越大，危险性也与日俱增。如果土星五号运载火箭爆炸，产生的火球将巨大无比。宇航员从指挥舱里弹射出来必死无疑。

解决方案！ 把整个指挥舱设计成一个弹射座椅

发射逃逸塔由马克西姆·费吉特于1958年发明，在水星计划中首次使用。这是一个绝妙而创新的解决方案。一旦发生爆炸，装在逃逸塔上的固体燃料火箭发动机将持续点火3.5秒，把整个指挥舱和里面的乘组弹出火箭，带到足够可以跳伞的高度。

如果火箭在发射台上或在发射后的三分半内出现问题，火箭下方两侧的电子传感器就会触发发射逃逸塔。乘组在指挥舱内也可以手动触发中止命令。当土星五号到达89916米的高度时，乘组可以在服务舱触发中止命令，发射逃逸塔就会被丢弃。逃逸塔会带走起保护作用的前隔热罩，让乘组可以透过更大的窗口看到外面的情况。

用于丢弃逃逸塔的发动机喷管

用于发射逃逸的发动机喷管

发射逃逸塔

指挥舱前隔热罩

发射逃逸塔首次使用是在水星计划期间，但是全新的阿波罗计划的发射逃逸塔的推力，比把小艾伦·谢泼德送进太空的整枚火箭的推力还要大。

在阿波罗计划一次发射逃逸塔的无人测试中，火箭开始爆炸，发射逃逸塔完美地把指挥舱弹走了。尽管并没有一次阿波罗载人任务真的用到发射逃逸塔，但知道有它在无疑还是让所有人都更放心。

马克西姆·A."麦克斯"·费吉特

载人航天中心总工程师

"你很难去告诉别人你是怎么发明一样东西的。你只是看到一个问题——然后解决一个问题。我喜欢解决问题。"

发射逃逸塔、航天飞机还有水星计划的太空舱有一个共同点：它们都是因为马克西姆·费吉特的想象力而诞生的。

费吉特的父亲是美国一名研究热带疾病的医生，费吉特出生于英属洪都拉斯（现伯利兹）。小时候他就着迷于搭建飞机模型。后来，他在巴吞鲁日的路易斯安那州立大学获得了机械工程学学位。二战期间，费吉特参了军，在太平洋一艘狭小的潜水艇里当海军军官。1946年，他一时心血来潮，申请了一份美国国家航空咨询委员会的工作，结果被录用为一名研究工程师。

费吉特是个小个子，但他总是让人印象深刻——有时候，他会慢跑着进入会议室，直接跳上座椅，或是倒立来改善大脑的血液循环。大多数工程师都是坐在绘图台边做着复杂的计算，但费吉特不同，他会先在脑子里把问题想清楚，然后直接开始搭建模型。

1957年太空竞赛开始的时候，费吉特提出的单人太空舱的想法就被水星计划采用了。这是一个很简单的设计，却能让NASA迅速行动起来，把人类送入太空。费吉特绝妙的想法是美国太空计划能取得成功的一个关键因素。

马克西姆·费吉特正拿着一个可以重复使用的飞船模型。1981年首飞的航天飞机的最初灵感正是源于他的这个设计。

没有机翼的指挥舱如何飞行

在完成从月球返回的386243千米的旅程后，阿波罗飞船必须精准地通过"进入走廊"进入大气层，这个角度大约只有24千米宽。这就好比要把篮球投进一个8千米远的篮筐，篮筐还装在一辆行驶的汽车上！

如果角度太浅，指挥舱和乘组就会像打水漂一样，跳过大气层。在此之后，如果没有燃料或发动机让他们减速，他们会继续环绕地球，直到补给消耗殆尽。如果角度太深，指挥舱就会在进入大气层时被烧毁。无论哪种情况，宇航员都必死无疑。能够驾驶指挥舱，乘组才能控制再次进入大气层的过程，这一点至关重要。

费吉特知道，在121920米的高度，大气中的空气分子会撞击指挥舱表面，产生阻力，让飞船减速。他意识到，使用有钝端的太空舱会是一个完美的解决方案。空气分子撞击钝端能产生升力，把整个指挥舱变成一片机翼，让乘组可以控制飞船。

有一次，有人看到马克西姆·费吉特从二楼阳台上扔一对粘在一起的纸碟子，来研究钝体的空气动力学。后来，他在一个特殊的风洞里进行的研究和测试证明，钝状指挥舱可以实现可控飞行。

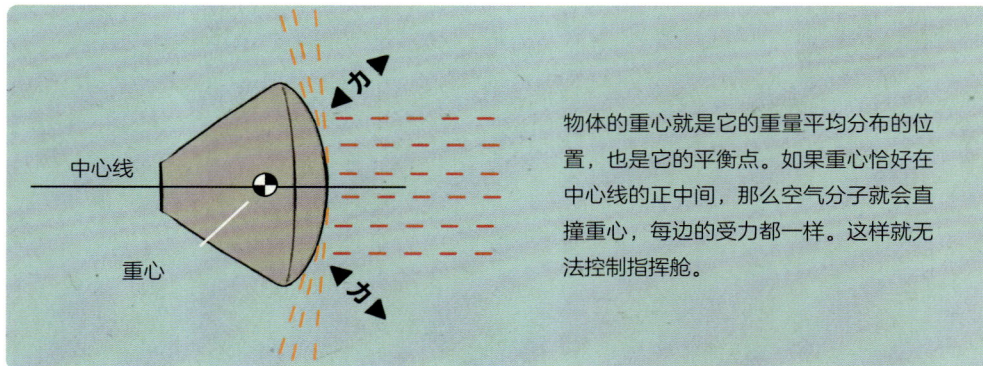

物体的重心就是它的重量平均分布的位置，也是它的平衡点。如果重心恰好在中心线的正中间，那么空气分子就会直撞重心，每边的受力都一样。这样就无法控制指挥舱。

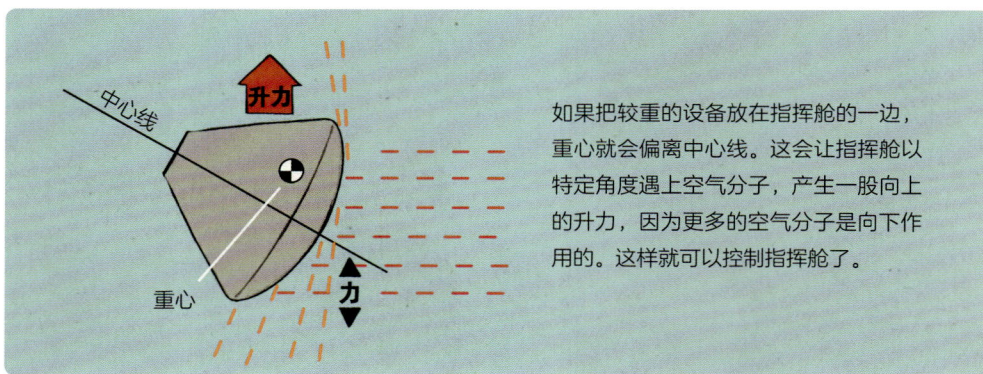

如果把较重的设备放在指挥舱的一边，重心就会偏离中心线。这会让指挥舱以特定角度遇上空气分子，产生一股向上的升力，因为更多的空气分子是向下作用的。这样就可以控制指挥舱了。

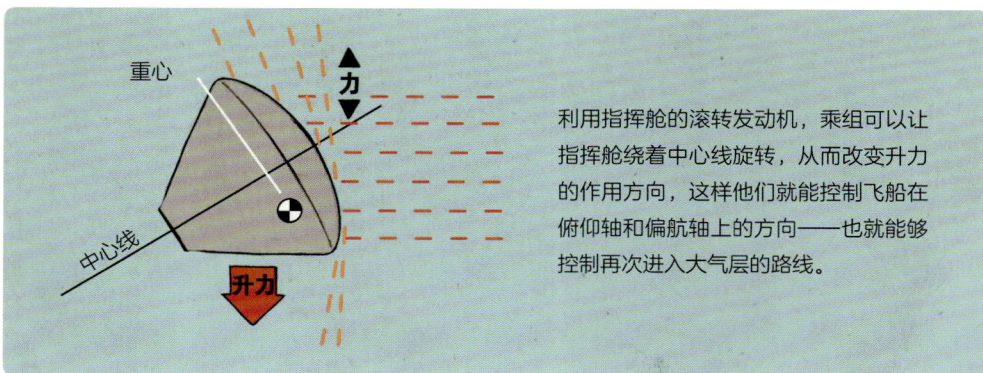

利用指挥舱的滚转发动机，乘组可以让指挥舱绕着中心线旋转，从而改变升力的作用方向，这样他们就能控制飞船在俯仰轴和偏航轴上的方向——也就能够控制再次进入大气层的路线。

由于指挥舱会降落在海洋里，因此会有船驻扎在目标区域，在飞船溅落后找到乘组和指挥舱。如果初始降落区域发生了什么问题，比如恶劣天气，能够驾驶指挥舱，乘组就可以把飞行距离延长644千米。

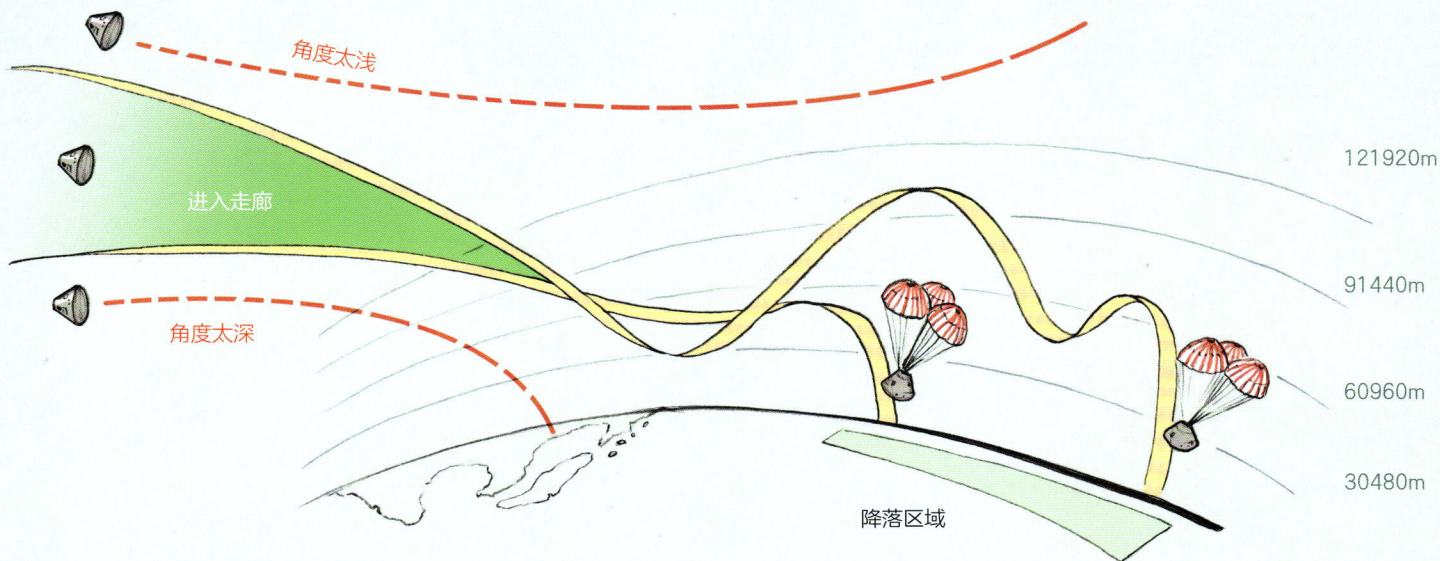

角度太浅

进入走廊

角度太深

121920m

91440m

60960m

30480m

降落区域

安·D. 蒙哥马利（生于1946年）

飞行乘组设备工程师

阿波罗计划中，只有一名女性获得了进入阿波罗发射台的许可。尽管她也经常在出示证件之前被保安拦住。她的名字叫安·蒙哥马利，她的工作就是管理指挥舱上所有东西的存放位置。

食物、电视摄像机、存放月壤的盒子、工具以及大量其他设备都必须在发射前24小时装载完毕。这些东西放在哪儿至关重要，因为指挥舱的重心必须在一个特定的点上，才能在再次进入大气层时实现飞行控制。

蒙哥马利在发射前确认了所有东西都放在正确的位置。整个任务过程中地面控制中心会追踪所有的质量变化，因为有的东西将留在月球上（一些设备和垃圾），而有的东西（月壤）会被带回来，所以每一克的质量都要被计算在内。

蒙哥马利1968年开始在NASA工作，当时她刚从佛罗里达大学获得数学学位。后来，她在NASA任职期间还取得了工程学硕士学位。

蒙哥马利参与她的第一个项目阿波罗7号的时候才21岁。

她参与了每一次阿波罗登月任务，还有许多航天飞机任务，直到2002年从NASA退休。

安·蒙哥马利在绝尘室里，准备把设备装载到指挥舱内。

再次进入大气层产生的热能

燃烧和炭化的烧蚀材料熔化，把热能从飞船上带走。

问题！ 极端温度

你有没有在给自行车打完气之后摸过打气筒？摸上去会有点热。因为压缩空气分子会产生热能。当指挥舱以39429千米/时的速度冲进大气层时，会压缩前面的空气，产生超过2760°C的高温。这样的极端温度下，要如何保护宇航员和飞船不像陨石那样被烧焦呢？

压缩空气产生的冲击波

起初的飞镖形设计（20世纪50年代早期）

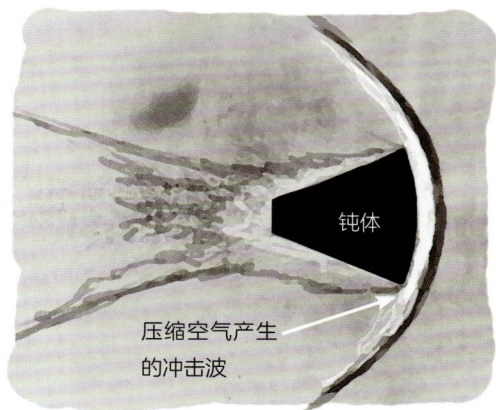

解决方案！ 带隔热罩的钝体

从水星计划和双子星座计划太空舱的相关工作中，马克西姆·费吉特领悟到，钝体设计是最好的方案。钝体不仅让乘组可以控制方向，还能把飞船面前的空气压缩成一道冲击波，让飞船远离大部分热能。

为了抵御剩下的热量，工程师们设计了一个隔热罩。隔热罩的材料会炭化、熔化然后剥离指挥舱表面，把热能带走。这个过程叫作烧蚀。这种材料燃烧时，还会释放出一种蒸气，将指挥舱和外面炼狱般的高温隔离开。

隔热罩由一种玻璃纤维蜂窝制成，蜂窝中填满了一种叫作酚醛环氧树脂的塑料。这层填满树脂的蜂窝材料尽管并不是很厚，但能很好地保护指挥舱。

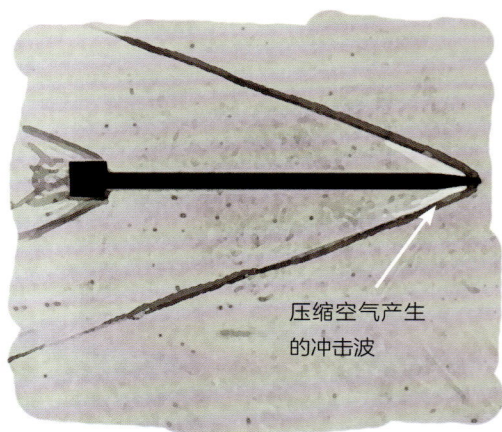

钝体

压缩空气产生的冲击波

载人太空舱概念（1957）

水星计划期间，早期在高速风洞中的测试显示，钝体是最适宜再次进入大气层的设计。

多萝西·B. "多蒂"·李（1927—2020）

项目工程师

1948年，多蒂·李被美国国家航空咨询委员会雇用为计算员。到水星计划的时候，她已经是和马克西姆·费吉特一起工作的工程师，后来还成了项目经理。在设计阿波罗号的隔热罩之前，费吉特想知道指挥舱将会遭受多少温度和压力。这项工作交给了多蒂·李，由她进行计算和预测。隔热罩就是基于她的计算制造的，而且每次都能完美完成任务。

阿波罗计划之后，多蒂·李在NASA继续负责航天飞机锥头隔热罩的设计，这种锥头现在又被称为"多蒂锥头"。

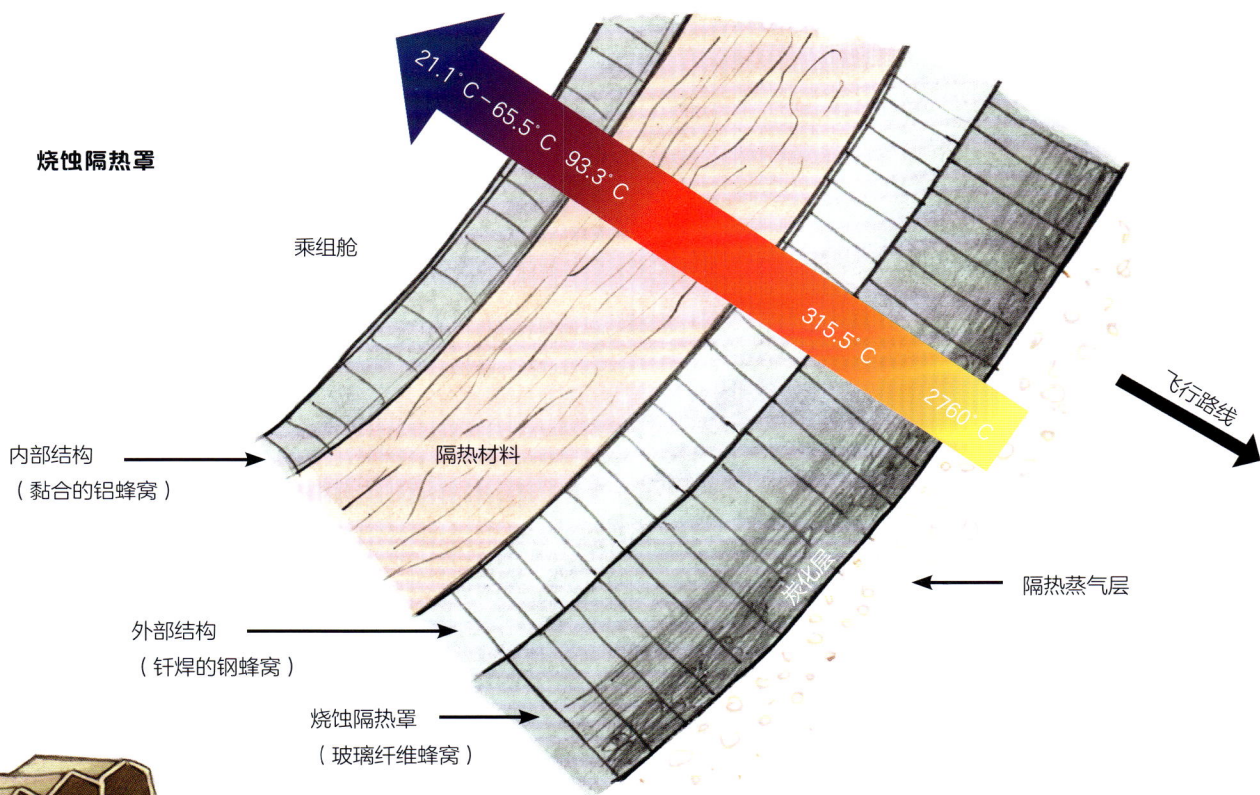

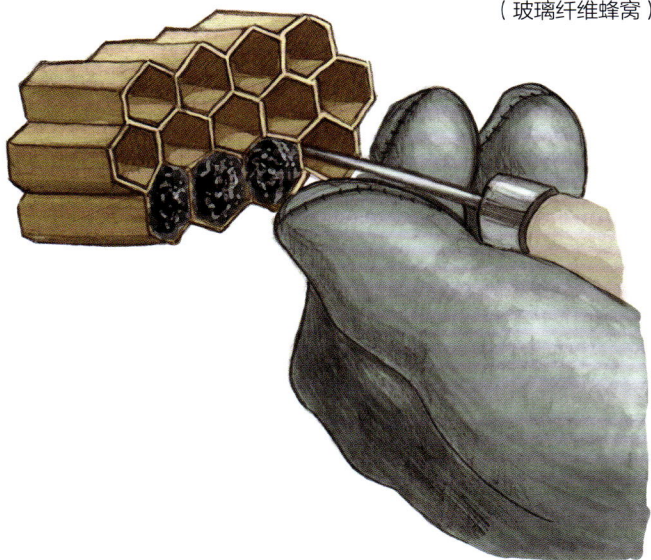

DOT B. LEE

烧蚀隔热罩

21.1°C −65.5°C 93.3°C

315.5°C

2760°C

乘组舱

隔热材料

飞行路线

内部结构
（黏合的铝蜂窝）

碳化层

隔热蒸气层

外部结构
（钎焊的钢蜂窝）

烧蚀隔热罩
（玻璃纤维蜂窝）

打造隔热罩

在马萨诸塞州洛厄尔的Avco工厂里，接受过特殊训练的技术工人仔细地往隔热罩上400000个玻璃纤维蜂窝里注入树脂。这项艰苦的工作完成后，还要用特殊的机器切除多余的部分，切割成要求的厚度——后段钝体5厘米厚，而上面的部分将近3.8厘米厚。每一个部分都要经过X光检查，确保里面完全填满了树脂。哪怕一丁点瑕疵都会让乘组付出生命代价，所以检查员会把瑕疵都标记出来，要求钻出来重做。

服务舱：指挥舱的补给站

服务舱连接着指挥舱，基本上相当于一个带火箭发动机的补给站。它的任务是搭载漫长的旅程中乘组需要的所有氧气、电能和燃料。服务舱的发动机叫作"服务舱推进系统（SPS）"，主要任务就是在到达月球背面之后让飞船的速度降下来，使它能够落入月球轨道。等到宇航员从月球表面返回时，服务舱推进系统必须再次点火，让飞船进入返回地球的轨道。这个发动机没有备用的，所以如果它不能再次启动，乘组就回不了家。

阿波罗飞船服务舱相关数据

高度（包括发动机喷管）	7.5m
直径	3.9m
质量（满载燃料时）	24948kg
质量（空载时）	5216kg
制造商	北美航空

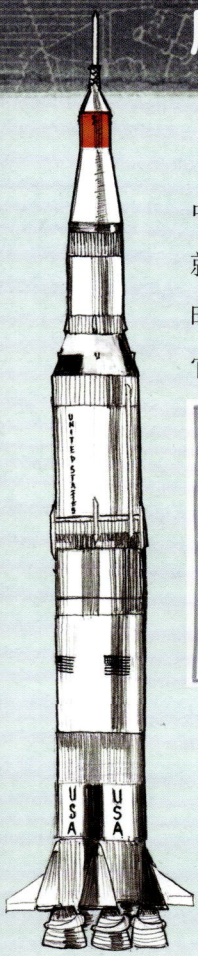

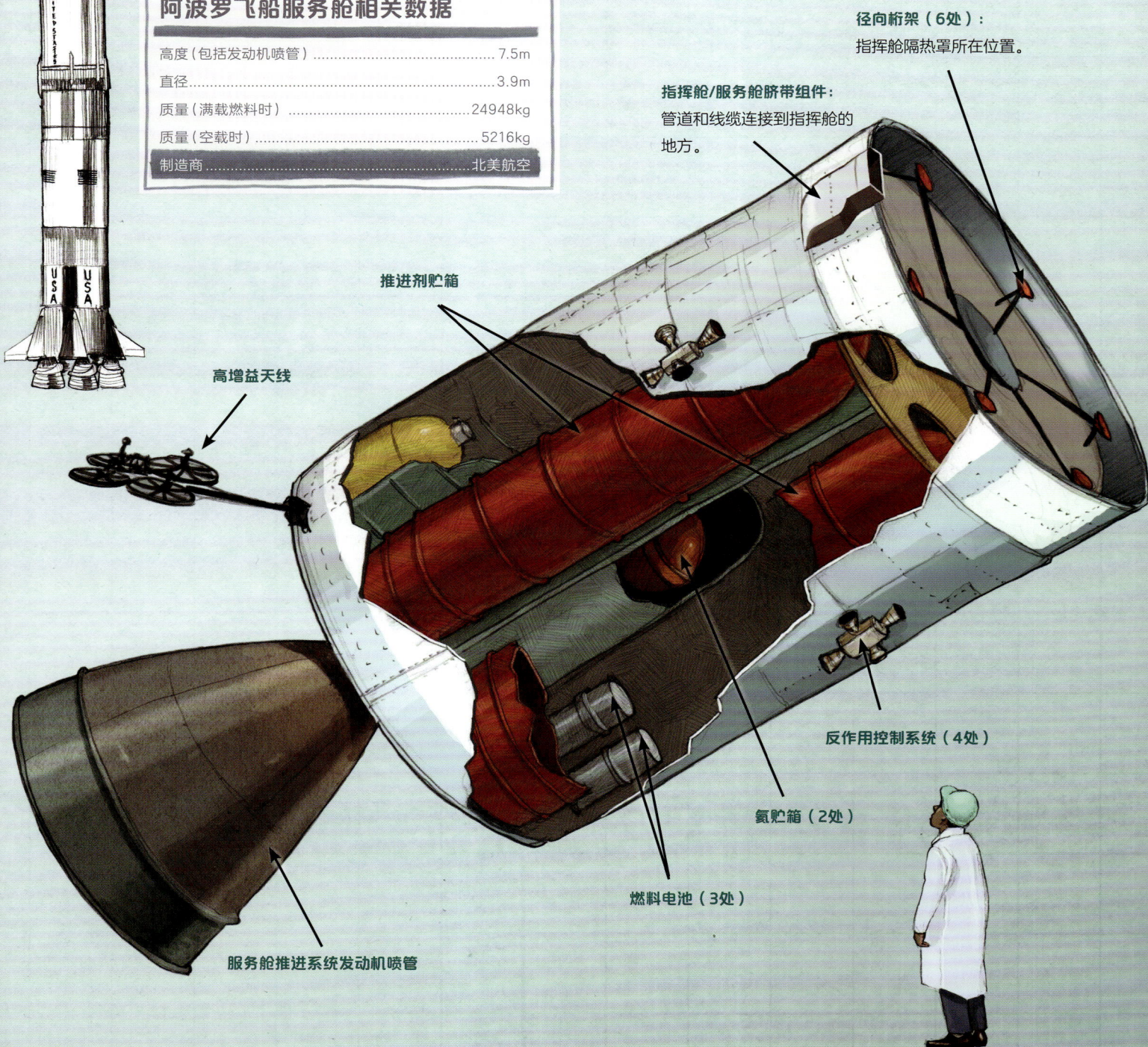

径向桁架（6处）：
指挥舱隔热罩所在位置。

指挥舱/服务舱脐带组件：
管道和线缆连接到指挥舱的地方。

推进剂贮箱

高增益天线

反作用控制系统（4处）

氦贮箱（2处）

燃料电池（3处）

服务舱推进系统发动机喷管

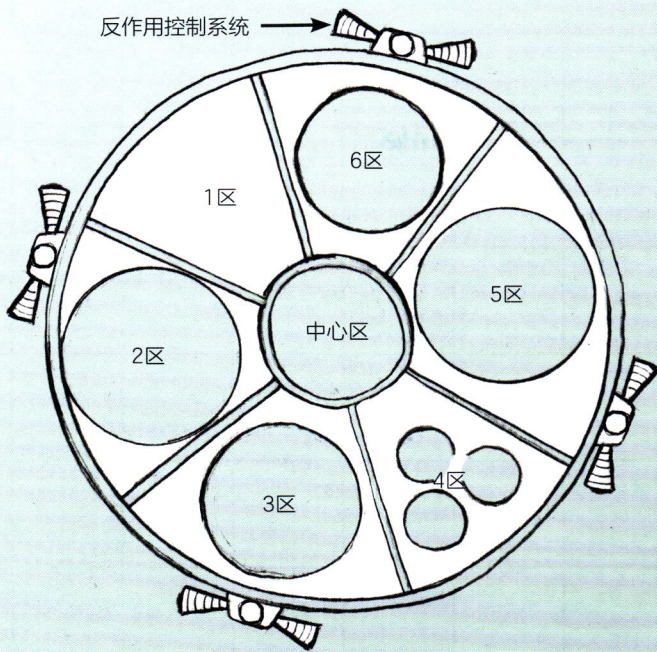

反作用控制系统 →

6区

1区

中心区

5区

2区

3区

4区

服务舱是一个直径3.6米长的圆柱体，由2.5厘米厚的铝合金蜂窝板制成。服务舱外面包着一层银聚酯薄膜（跟派对上用的银膜气球是同样的物质），可以在太空的极端温度下保护服务舱的组件。服务舱内部像一张饼一样分成了六块，中间是一个圆形区域。为了控制飞船的姿态，服务舱有四个反作用控制系统，每个系统都有四个喷管（即发动机），每个喷管可以产生45千克的推力。

1区：放置压舱物（即重物），来维持适当的重心。在阿波罗15—17号飞船上，这里放的都是科学仪器。
2区和3区：放置服务舱推进系统的氧化剂贮箱。
4区：放置氧气贮箱、氢气贮箱和燃料电池。
5区和6区：放置服务舱推进系统的燃料贮箱。
中心区：放置服务舱推进系统的发动机和氦贮箱。

服务舱推进系统：有史以来最可靠的发动机

　　你该怎样设计一个要在距离地球386243千米的太空中启动，而且只许成功，不许失败的发动机？你得化繁为简。发动机包含的部分和机制越少，能出错的地方就越少。这个思路让工程师想到可以用自燃推进剂。自燃物质是指两种化学物质只要相互接触就能点燃，即使是在太空的真空环境中。用氦气把推进剂（氧化剂和燃料）注入燃烧室，让这两种物质在燃烧室里混合并点燃。

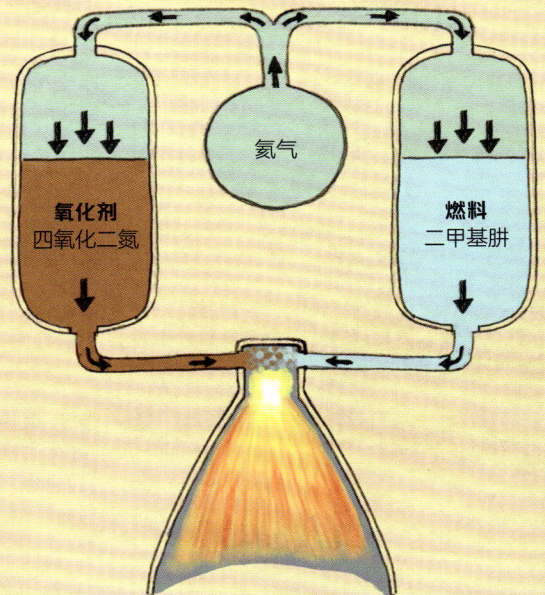

氦气

氧化剂
四氧化二氮

燃料
二甲基肼

发电

问题！ 电不够

在可能长达八天甚至更久的登月任务中，宇航员乘组需要大量的电来运行计算机、照明设备、环境控制系统和生命保障系统。这个问题的解决方案显然就是电池。指挥舱内包含五块电池，会在服务舱被丢弃后以及指挥舱重新进入大气层前启用。但是，飞船全程需要的电池要多得多，这就意味着要增加更多重量。

解决方案！ 燃料电池

工程师们转而开始考虑使用燃料电池。燃料电池利用氢（或另一种化学物质）和氧产生反应来发电。在阿波罗飞船上使用燃料电池的好处是，只要还有氢和氧，就能持续为整段旅程供电——而且重量比电池轻得多。还有一个好处是：氢和氧反应还能产生饮用水。事实上，阿波罗飞船上的三个燃料电池将在整个登月任务过程中产生190升水——足够三位宇航员全程饮用。这将大大地减轻重量，因为他们不用带水了。

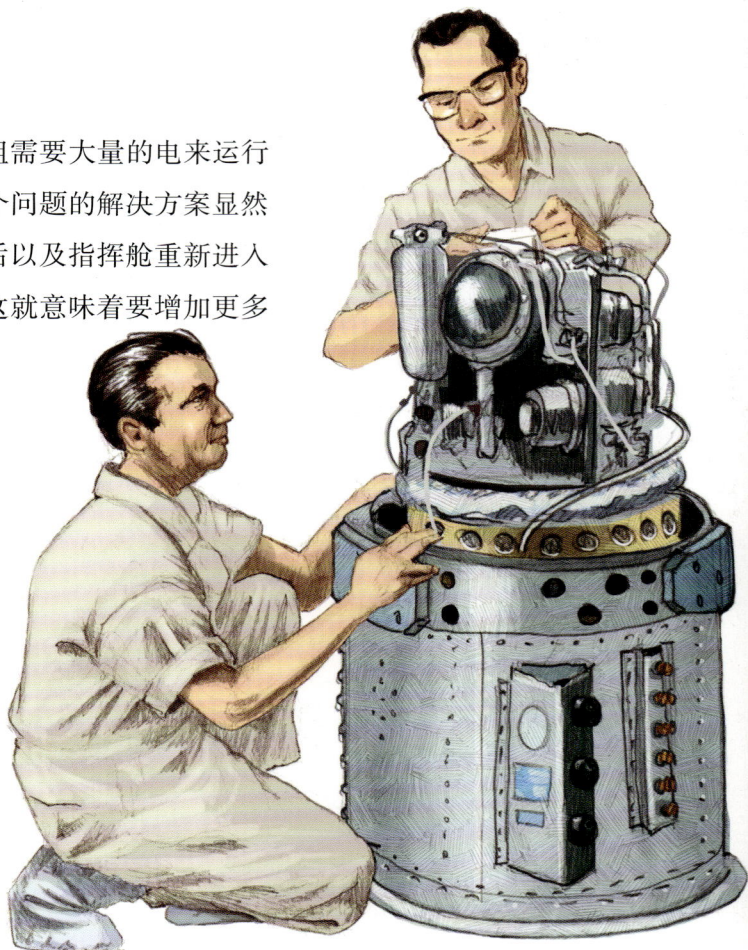

普惠公司的工程师在测试阿波罗飞船的燃料电池

电池的工作原理

电其实就是电子流过一条叫作电路的导电通路（比如金属丝）产生的。电池由三部分组成：负极（－）、正极（＋）和电解质。当电路连通正极和负极，就会发生化学反应，让电子聚集到负极。这时候，电子为了平衡，就会想要移动到正极，但电解质不让电子过去，所以电子就要经由电路到达正极，这个过程就产生了电。大多数电池并不能持久使用，因为随着时间推移，化学反应产生的电子会越来越少。

而燃料电池只要还有化学物质供给，就能持续发电。阿波罗飞船使用的燃料电池是普惠公司制造的。它利用氢和氧来产生电、水和热。

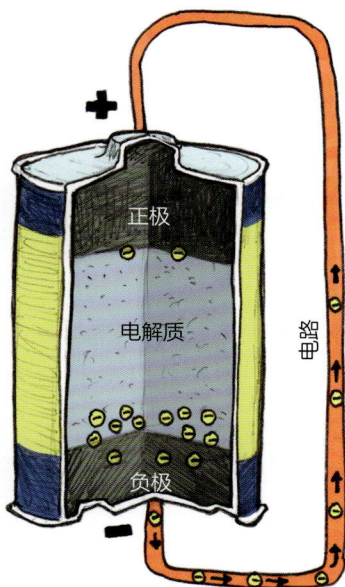

正极

电解质

电路

负极

典型的手电筒电池

氢

氧

电

水

热

燃料电池

温度控制

在前往月球和返回的旅途中，阿波罗飞船会暴露在极端温度中。飞船面对太阳的一面会达到138°C，而背对太阳的一面会低到-151°C。北美航空的工程师在这些温度下对飞船进行了测试，发现长期暴露在极端低温中会让隔热罩变脆开裂。他们讨论了各种方案，包括打造特殊的辐射加热器，甚至干脆重新设计隔热罩。所有可能的解决方案要么造价太昂贵，要么开发太费时。

-151°C

138°C

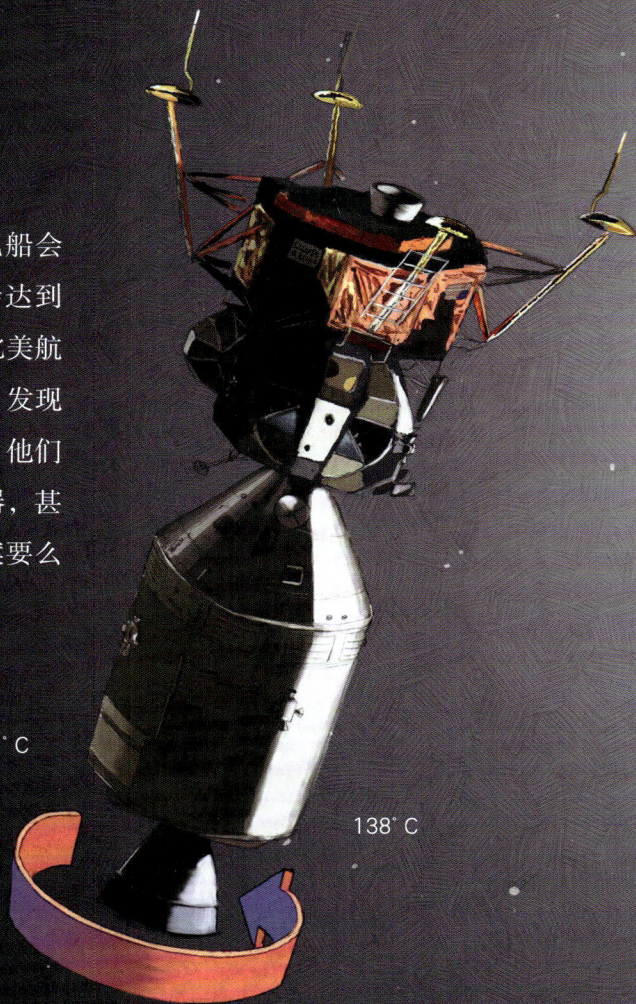

解决方案！ 旋转烤肉机

NASA的经理乔·谢伊想到了一个简单却绝妙的解决方案。他想：如果问题在于飞船背对太阳的一面温度太低，那为什么不在前往月球和返回的途中让飞船缓慢旋转呢？那样隔热罩就可以保持不冷也不热。工程师们把这项技术称为"被动热控（PTC）"，不过宇航员们都叫它"旋转烤肉机"或"烤肉模式"。

由于这种旋转在太空中没有产生上下移动，所以对乘组的影响微乎其微，甚至没有影响。而且，这也不会消耗很多燃料，因为一旦飞船开始旋转，只要不施加外力，它就不会停下来。（见第27页，牛顿第一运动定律。）

为了启动被动热控，乘组要对反作用控制发动机进行一次短暂的点火，就能让飞船以每小时约3周的速度开始旋转。

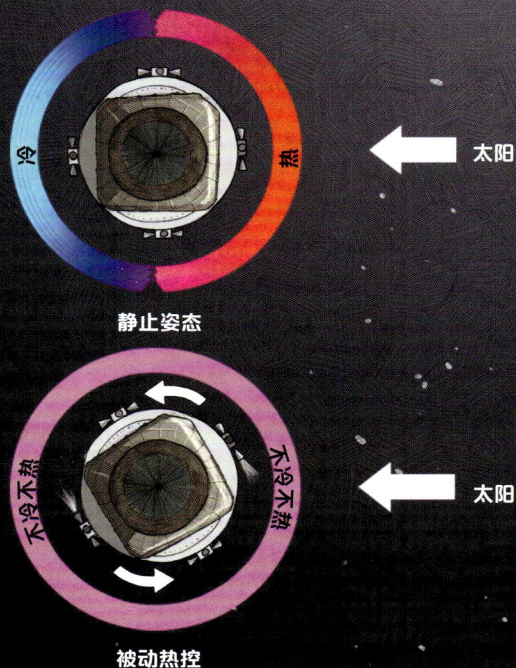

冷 热

太阳

静止姿态

不冷不热 不冷不热

太阳

被动热控

阿波罗制导计算机：第一台微型计算机

计算机将执行登月任务过程中最关键的几个步骤。飞船需要能够存储多个程序的计算机，来计算和控制发动机点火、稳定飞船姿态，以及完成其他各种任务。整个长达九天的任务必须预先编程，或者写好程序脚本。宇航员也需要一种和计算机沟通的方式来输入和接收信息。这些程序也要具备灵活性，让乘组可以应对任务过程中可能发生的意外问题。

当时唯一可用的计算机有一整层楼那么大。现在，麻省理工学院必须建造一台可以处理登月过程中所有任务的计算机——而且还不能超过几个鞋盒大小。这台计算机被称为阿波罗制导计算机。

阿波罗制导计算机相关数据

尺寸	60.96cm x 31.75cm x 16.51cm
质量	32kg
设计	麻省理工学院仪器实验室
制造商	雷神公司

阿波罗制导计算机的铝制外壳储存所有的逻辑板和内存。

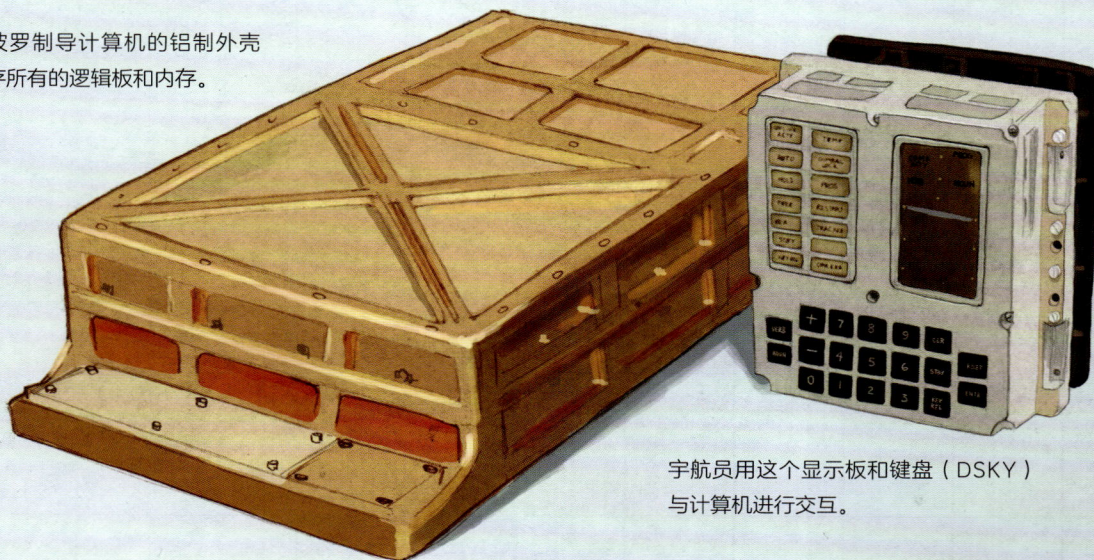

宇航员用这个显示板和键盘（DSKY）与计算机进行交互。

阿波罗制导计算机 VS 智能手机

用今天的标准来看，阿波罗制导计算机极其简陋，性能也不够强大。但它的设计为后来所有的计算机奠定了基础，可以说是我们今天使用的现代计算机和智能手机的"曾祖父"。

现代智能手机的性能和功能是阿波罗制导计算机的几十万倍。事实上，你口袋里的手机的算力，要比阿波罗任务期间NASA所有计算机加起来还强！然而，重要的是，我们要清楚，阿波罗制导计算机是为了处理非常特定的任务而打造的，它的设计极其经济高效。它无法为你播放一段可爱小猫的视频，但它却可以让宇航员登上月球。

为了让大家理解算力进步了多少，以下是阿波罗制导计算机和智能手机各个维度的对比：

	阿波罗制导计算机	智能手机
晶体管	16800	16亿（95000倍）
随机访问内存（RAM）	4 KB	1 GB（250000倍）
只读内存（ROM）	72 KB	128 GB（170万倍）
处理速度	1.024 MHz	1.4 GHz（1400倍）

1比特=一个1或一个0　　8比特=1字节　　1024字节=1千字节（KB）　　1024千字节=1兆字节（MB）　　1024兆字节=1吉字节（GB）

*阿波罗制导计算机只能存储18页文本，而智能手机可以存储一亿多页文本！

DSKY界面

宇航员需要一种和阿波罗制导计算机交互的方式来发出和接收信息，于是麻省理工学院的工程师设计了一个显示和键盘界面，即DSKY。敲击键盘上的某些数字按键，就会运行不同的程序，调用相应的数据。任务完成时，宇航员总共按了10500次按键。

警告灯

这些警告灯可以提醒乘组发生问题了，或是告诉他们关于飞船或计算机本身状态的信息。

显示屏

数字显示屏可以用数字向宇航员显示他们请求运行的任意一个程序的信息。计算机用公制单位进行计算，不过因为宇航员都是美国人，计算机会把数字转换成英制单位显示在屏幕上。（例如，显示距离用英尺或海里，而不是米或千米。）

动词/名词沟通

麻省理工学院的工程师开发了一个由动词和名词组成的数字系统供宇航员使用。动词代表要采取的行动，名词代表要对什么东西采取行动。宇航员可以请求完成数百组动词和名词组合所代表的行动。例如：如果宇航员想知道下一次发动机点火的时间，可以输入动词06（意思是"显示"）以及名词33（意思是"点火时间"）。计算机就会运行相应的程序，显示距离下一次点火还有几时几分几秒。

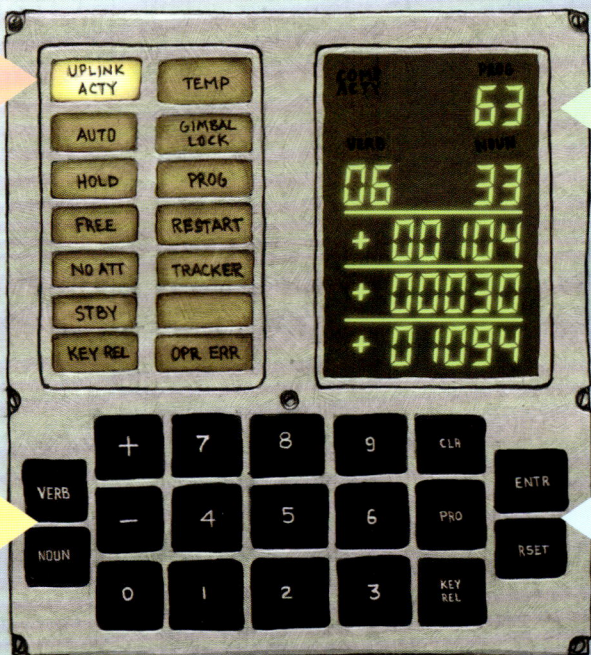

键盘

键盘需要动词/名词按键组合使用，这是乘组输入数据的地方。键盘的按键也比一般键盘大得多，让宇航员戴着手套也能操作。

拉蒙·L. 阿隆索（生于1930年）

阿波罗制导计算机设计师

拉蒙·阿隆索出生于阿根廷，是哈佛大学应用数学博士。1958年，他加入麻省理工学院的仪器实验室，设计了飞船上的制导计算机。这个过程中最大的挑战之一就是要让宇航员可以轻松地和阿波罗制导计算机沟通。阿隆索记得，他小时候学习英语这门外语时，一开始就是试着把动词和名词搭配起来。于是他意识到，这种动词/名词法可以让宇航员轻松学习和阿波罗制导计算机"讲话"。他给每个动词和名词都分配了数字，乘组只需把数字敲进DSKY界面，就可以发出命令——比如"发射火箭"（动词，名词），或是"显示时间"（动词，名词）。

IBM 7090

NASA在阿波罗计划中使用的计算机IBM 7090占了整整一层楼。它用来计算项目中各种各样的重要信息，包括发射轨道、燃烧速率，还进行了数百次模拟。IBM的计算机对于这个项目来说是如此新颖，导致很多计算都要由计算员再算一次，确保数字是准确的。

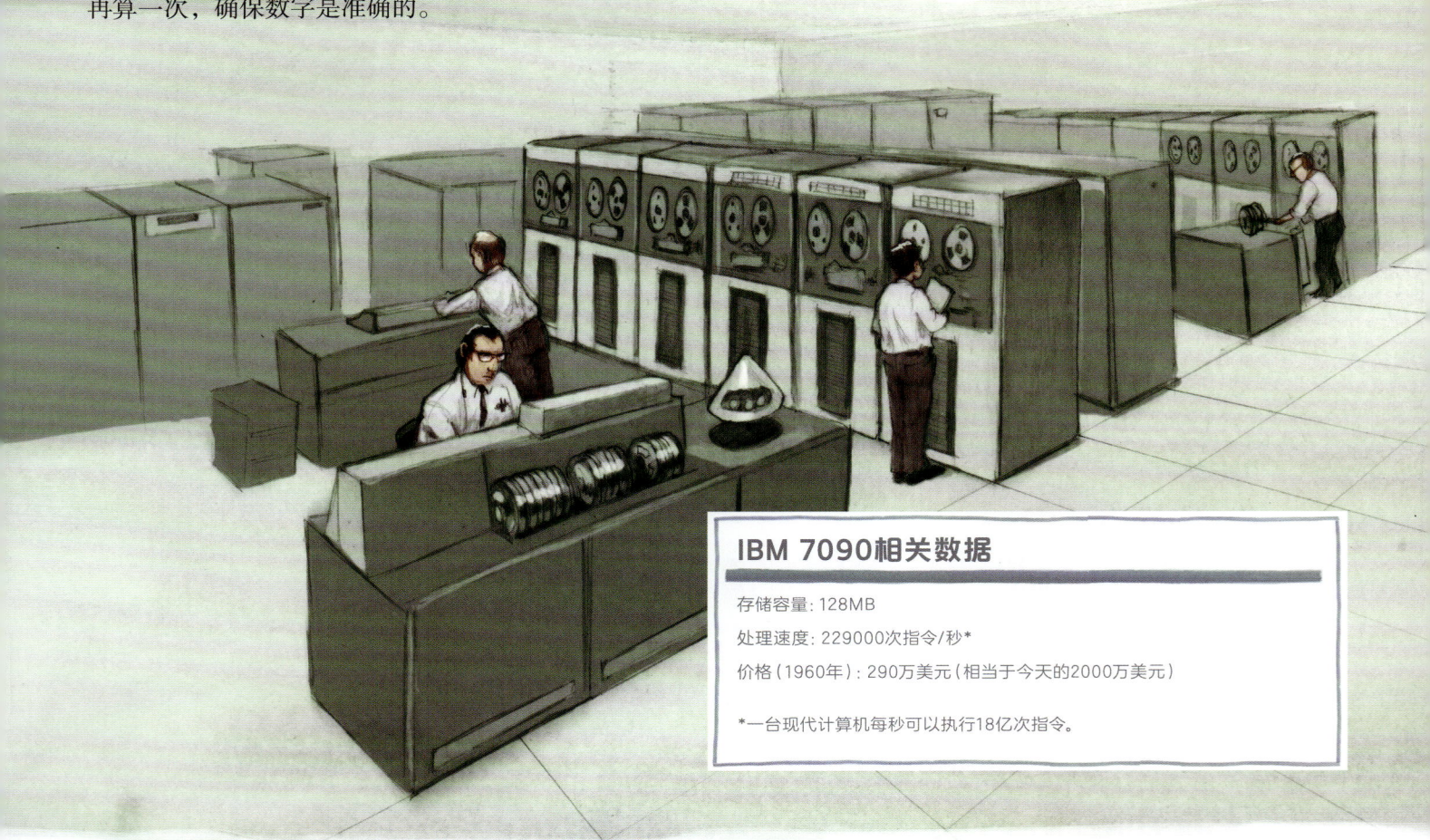

IBM 7090相关数据

存储容量：128MB

处理速度：229000次指令/秒*

价格（1960年）：290万美元（相当于今天的2000万美元）

*一台现代计算机每秒可以执行18亿次指令。

二进制语言

计算机使用的所有信息都是用电信号表示的。通过电线的电流要么通电，要么断电。计算机就把这个电信号看作要么是1，要么是0。任何数字都可以用一系列的1或者0来表示（也就是一串要么通电要么断电的电线）。电线越多，你能存储的数字就越多。这种语言被称为二进制。

为了处理所有这些1和0，计算机有电路，会对这些1和0进行加减乘除，得到新的结果。这些电路就代表了计算机的逻辑。电路越多，计算机能执行的计算就越多。

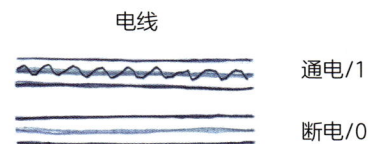

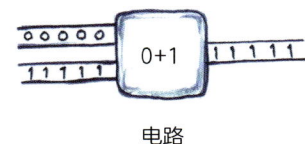

电线

通电/1

断电/0

0+1

电路

1961年，麻省理工学院获得阿波罗计划合同的时候，计算机处理电信号用的都是大型真空管和晶体管。那时的计算机又慢又笨重，比一辆校车还大。现在，麻省理工学院要负责为登月任务打造一台大小不超过0.03立方米的计算机。

真空管

晶体管

对比硬币的大小

解决方案! 集成电路

阿波罗制导计算机的设计负责人埃尔登·C.霍尔提出使用集成电路，这在当时还是一个比较新的发明。集成电路把许多微型电路封装到一个小得多的微芯片内，使得它们处理信息的速度比晶体管或真空管快得多。它们的可靠性还在接受测试，但是霍尔觉得收益大于风险。1962年秋天，他说服了犹豫不决的NASA采纳这项新技术，并继续着手打造全世界第一台便携式数字计算机。

一个单一的集成电路

一块包含许多集成电路的逻辑板

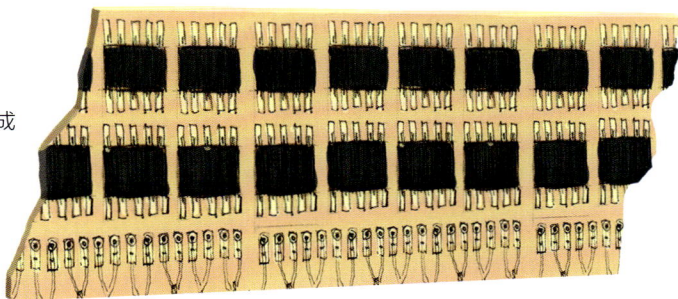

这个逻辑模块包含了120个集成电路。

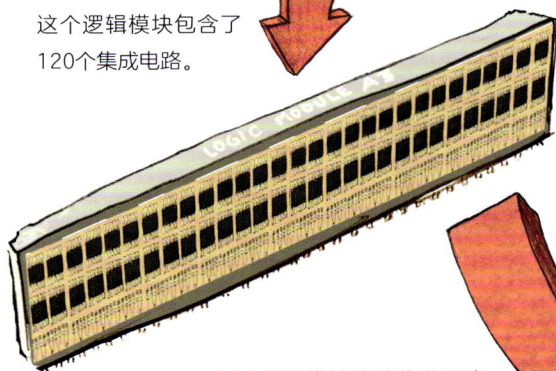

1952年，埃尔登·霍尔开始在麻省理工学院仪器实验室工作。

24个逻辑模块将被装进阿波罗制导计算机的外壳中。

今天，集成电路已经越来越小，也越来越复杂，每个集成电路包含数十亿个电路。从烤面包机到智能手机，到处都有集成电路的身影。

磁心线内存

每台计算机都要有一个存储重要指令或程序的地方。阿波罗制导计算机的程序会告诉它如何处理宇航员输入的信息。阿波罗制导计算机的存储采用了一个久经时间考验的可靠解决方案：磁心线内存。指令真正地用电线和环状的磁心编织在了一起。通电的电线要么穿过磁铁中心，形成信号"1"，要么绕过磁铁中心，形成信号"0"。上千个这样的磁心和数米长的电线被封装进了阿波罗制导计算机里。

磁心线内存

0 0 1 1 0 1 1 0 1

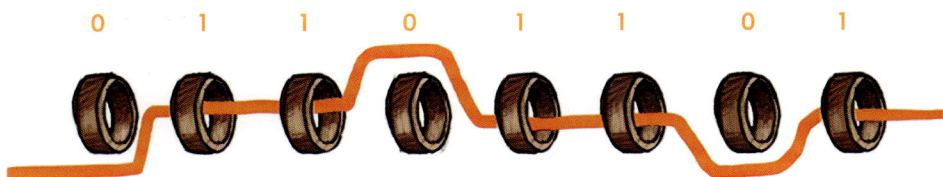

电线以穿过磁心或绕过磁心的方式编织在一起，分别表示1和0。

磁心线内存编织工

现在麻省理工学院已经有了阿波罗制导计算机的内存解决方案，但还是得有人把程序"编"进小磁铁里。一个0或者1编错了位置就可能导致宇航员死亡。因此准确性至关重要。负责生产磁心线内存的雷神公司雇用了经验丰富的编织工来完成这项任务。因为她们大都是老奶奶，所以这批编织工还有个绰号叫"小老太太"。她们遵循特定程序来布线，不厌其烦地把细小的电线穿过或绕过磁心。每个程序都至少需要六周才能编完，随后还要接受长达数月的严格测试。这意味着每个任务的编织工作必须在发射前十个月完成。

雷神公司的编织工在编织磁心线内存。

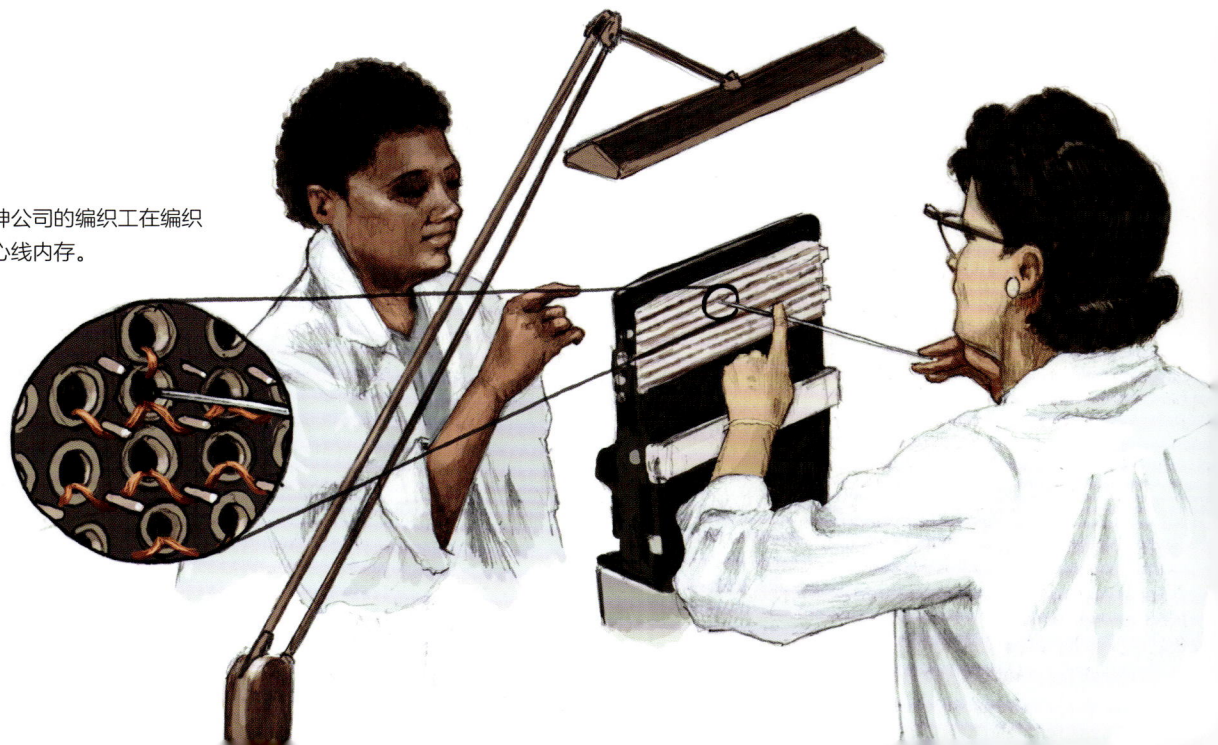

玛格丽特·汉密尔顿（生于1936年）

阿波罗飞行软件首席工程师

在编织工们可以开始工作之前，必须有人先把程序写出来。这项工作是由许多人一起完成的，其中就包括数学家玛格丽特·汉密尔顿。

汉密尔顿是麻省理工学院为阿波罗计划招募的第一位程序员。她的工作是帮助设计阿波罗制导计算机运行的软件程序。她到任后着手的第一件事就是把这个职位的名称从"程序员"改成了"软件工程师"，因为她认为自己和其他建造飞船的男性一样，都是工程师。

她将不断地在指挥舱模型内测试软件。这个过程基本上就是实践宇航员在任务中会做的事情。汉密尔顿同时还是一位母亲。她有时候会把女儿劳伦也带到麻省理工学院。有一天，喜欢扮成宇航员的劳伦错按了DSKY上的一组按键，导致整台计算机瘫痪。因为这个无心之过，汉密尔顿向NASA请求设计一个故障安全系统，在宇航员输入错误指令时向他们发出警告。NASA却回复说，宇航员都训练有素，不会犯这样的错，拒绝了她的请求。

汉密尔顿和女儿劳伦

1986年的阿波罗8号任务中，从月球返回时，宇航员吉姆·洛弗尔在DSKY上输入星象信息时也犯了和玛格丽特·汉密尔顿的女儿一样的错误——导致计算机认为飞船回到了发射台。地面控制中心手忙脚乱了两个小时才解决这个问题。乘组很幸运，这次出错的并不是重要操作，否则后果不堪设想。

在那以后，NASA立即批准汉密尔顿设计故障安全警报系统。后来的几次任务证明这很重要，因为宇航员会疲惫，偶尔也会按错键。

总的来说，汉密尔顿不仅开创性地奠定了软件工程领域的基石，就连"软件工程"这个名字也是她提出的。

玛格丽特·汉密尔顿在指挥舱模拟器内

指挥舱重新进入地球大气层的时候，速度将达到386243千米/时。接下来的几分钟，大气层会把飞船的速度降到515千米/时，以超过地球引力六倍的力将乘组牢牢地按在座椅上。然后，在太空中航行将近一百六十多万千米之后，指挥舱的安全着陆就全靠降落伞了。

降落伞是着地系统中最重要的部分。和发射逃逸塔不同，降落伞可不是保障安全的备用系统。对于飞船里的宇航员来说，降落伞是保证自己安全的重中之重。

在加利福尼亚州唐尼工作的北美航空36000名员工中，只有一个人有足够的经验来设计阿波罗号的降落伞。他就是查尔斯·"查克"·劳瑞。

1962年1月，劳瑞和诺斯罗普公司的文图拉分公司签约，负责指挥舱降落伞的工作。因为指挥舱的规格一直在变化，所以劳瑞先用不同的小模型在垂直风洞里做测试。随着指挥舱变得越来越重，为指挥舱降速的测试降落伞也变得越来越大。

劳瑞和他的团队决定放弃像水星计划和双子座计划那样使用一顶大型降落伞，而是用两顶直径26米的降落伞来实现阿波罗号太空舱的软着陆。然而，NASA的设计政策规定，就算有一个部件发生故障，任务也不能失败，所以劳瑞和他的团队又增加了第三顶降落伞，以防原来的两顶有一顶没打开。

劳瑞团队担心三顶主降落伞在飞船时速为515千米的时候打开会被撕成碎片，因此，他们又设计了稳定减速伞，用于在主降落伞打开之前让指挥舱减速。最后，整个系统一共有九顶降落伞，来保障指挥舱安全着陆。

经过六年的努力和139次坠落测试，劳瑞团队开发出了最终的降落伞。现在，将由一群一丝不苟的缝纫女工把好几千平方米的薄尼龙制作成有史以来最精巧的一套降落伞。

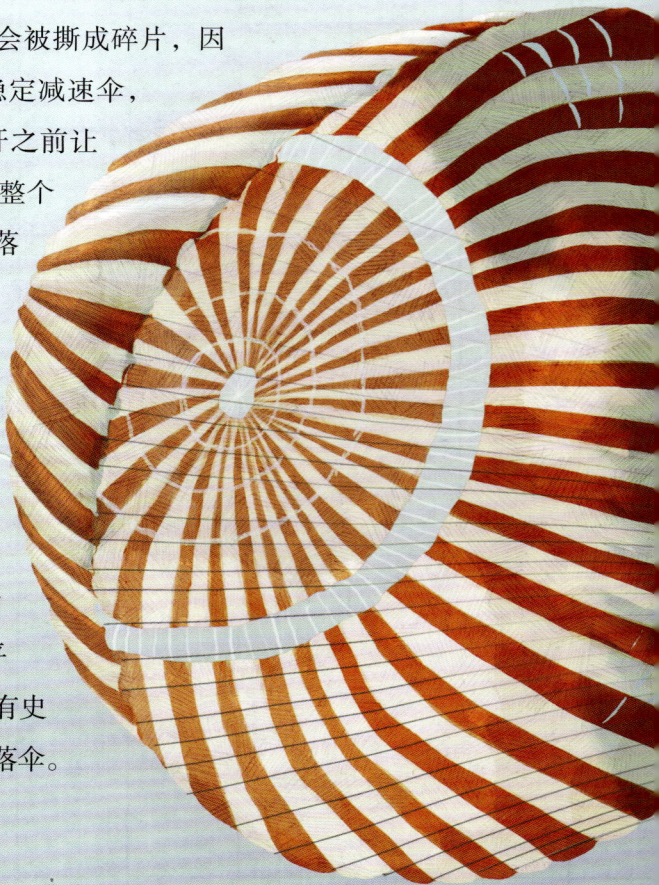

查尔斯·劳瑞正在检查最近一次指挥舱试飞中使用的降落伞舱。

制作和打包降落伞

几十名手艺高超的缝纫女工用机器把十几米长的织带缝进每顶降落伞。她们要缝上两百多万针，不能有一处瑕疵。她们用的每一卷线都有编号和日期，出了任何故障都能追溯到源头。一套完整的降落伞要用超过16000米长的线，要用可以覆盖一个足球场的尼龙布。女工们知道，她们的缝纫工作是宇航员们能安全返回地球的关键。

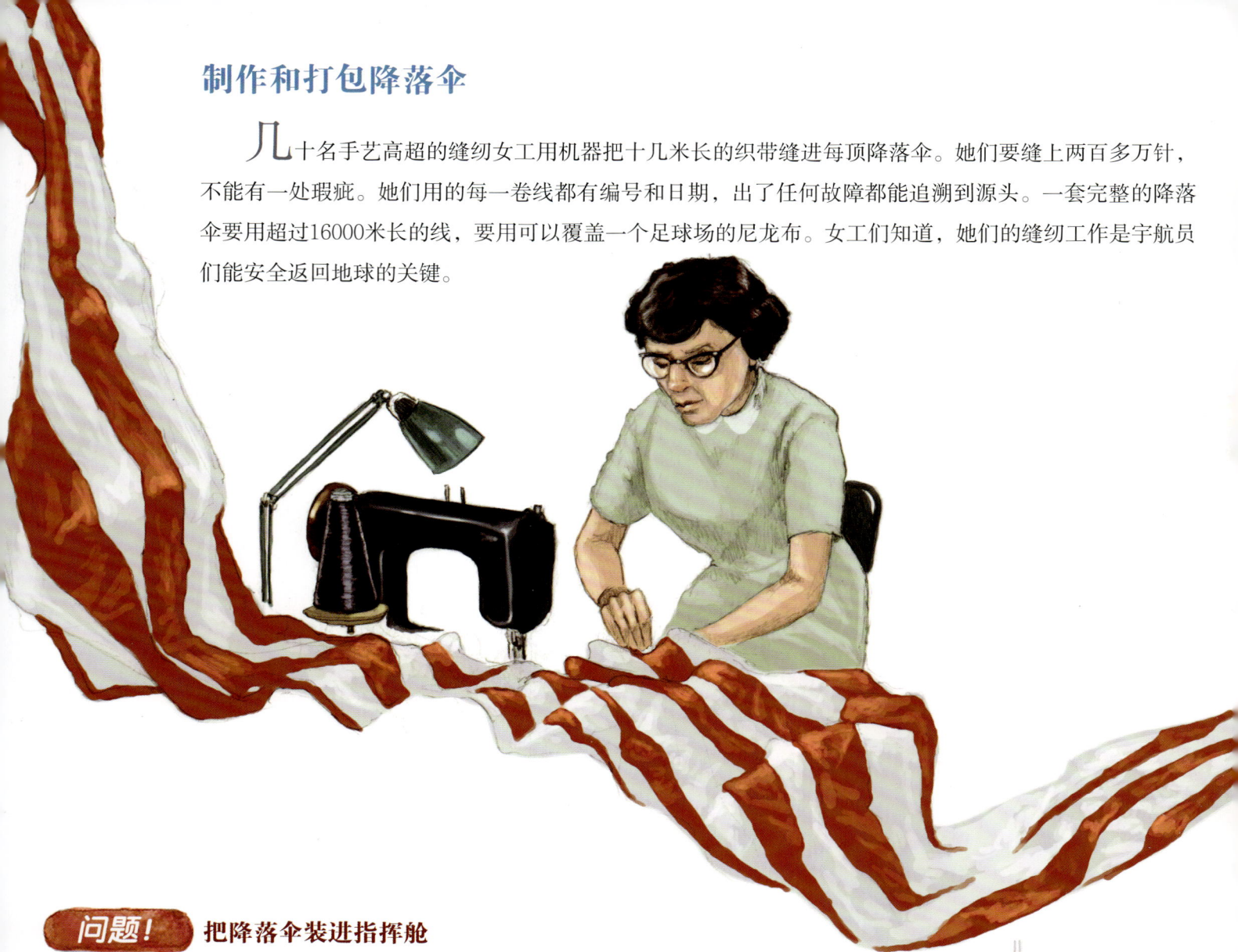

问题！ **把降落伞装进指挥舱**

最高效的降落伞打包方案就是把它塞进一根管子或者一个圆柱体容器里。不幸的是，指挥舱里唯一还剩下的空间就只有进入通道和前隔热罩的两边。三顶主降落伞和超过7200米长的尼龙线全都要装进这个形状不规则的小空间里。

诺斯罗普文图拉分公司的工程师发明了一种高强度尼龙模具，内部的大小和形状跟要装降落伞的空间一模一样。打包时，先要极其仔细地把降落伞折叠起来，装进模具。然后，工程师们用液压机慢慢地、一点一点地压缩降落伞和几千米长的绳子。整个过程花了一星期。打包完成后，每顶降落伞都被完美地压成了模具的形状，又坚固又紧实，就像一块硬木头。

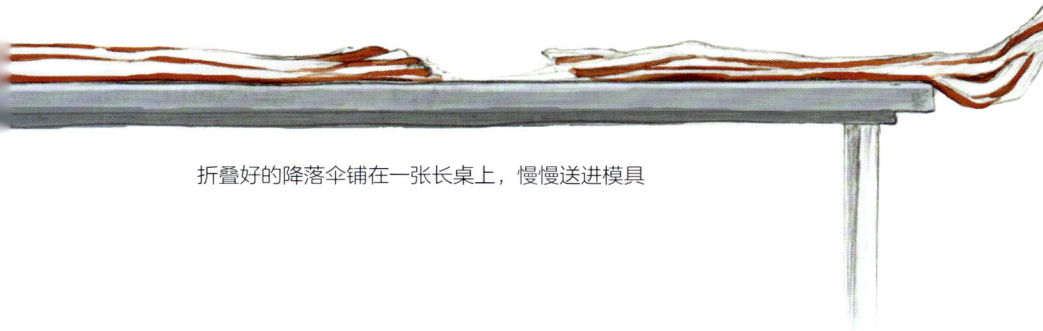

液压机把降落伞推到模具中

尼龙模具

压缩好的降落伞

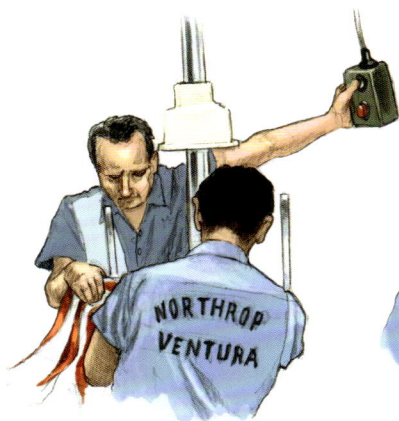

折叠好的降落伞铺在一张长桌上，慢慢送进模具

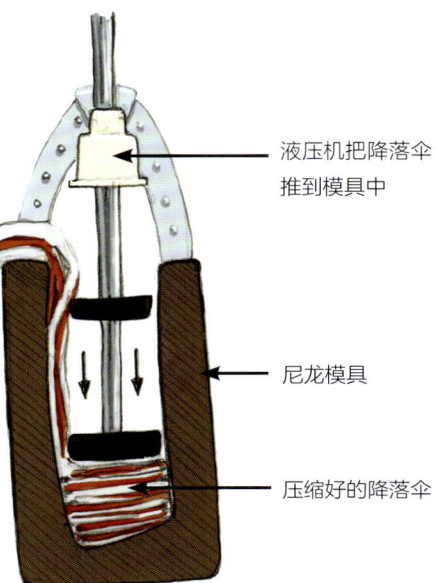

用液压机打包

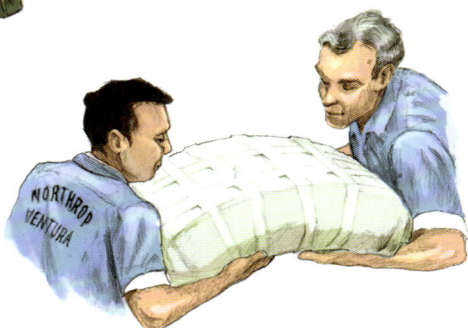

最后打包好的降落伞

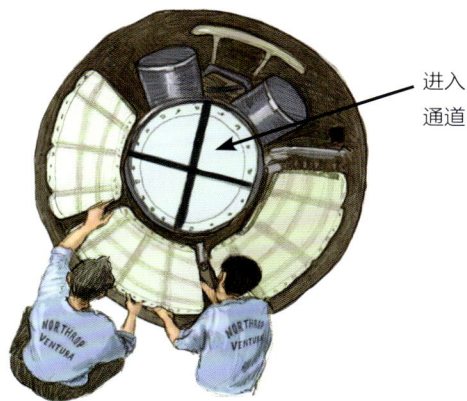

进入通道

安装降落伞

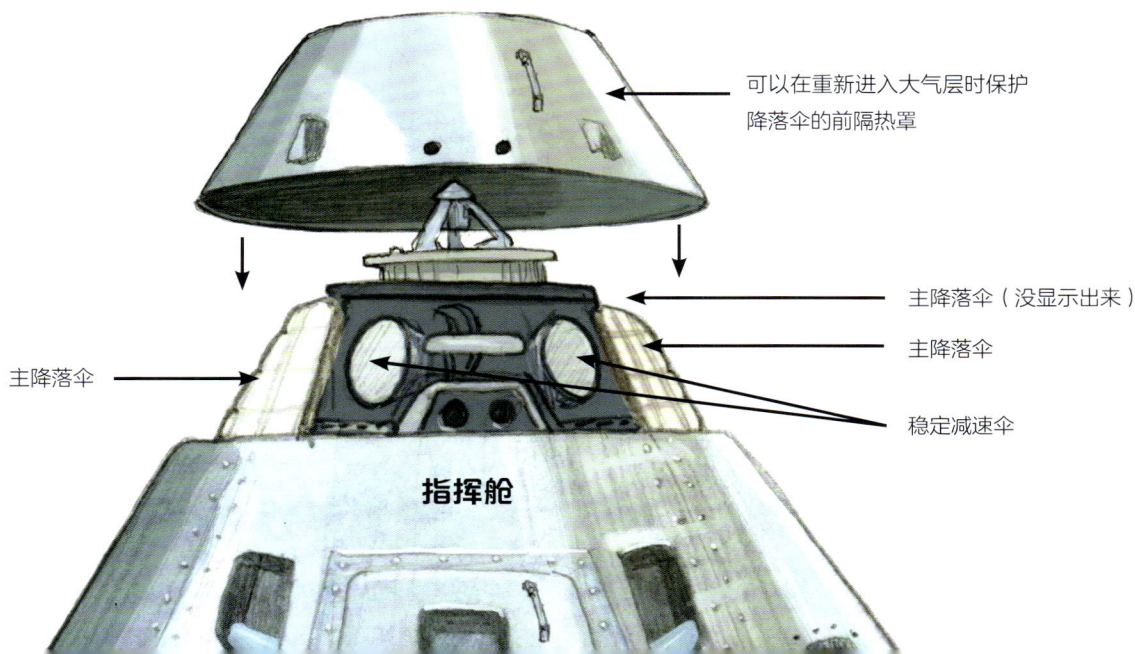

可以在重新进入大气层时保护降落伞的前隔热罩

主降落伞（没显示出来）

主降落伞

主降落伞

稳定减速伞

指挥舱

降落伞系统是如何让飞船减速的

1

在7315米的高度，一顶小降落伞会把隔热罩拉出来，使其脱离飞船。隔热罩能保护降落伞不被重新进入大气层时的极端温度烧毁。

2

1.6秒后，两顶稳定减速伞会被小的爆炸装置轰开，它们直径2米多，会把飞船的速度从515千米/时降到257.5千米/时。这样既可以稳定飞船，也能防止主降落伞在打开的时候被撕碎。

3

在3353米的高度，爆炸装置使稳定减速伞脱离指挥舱，三顶引导伞将会打开。引导伞的作用是从指挥舱中拉出主降落伞。

4

空气灌进主降落伞。

5

主降落伞开始收口。收口过程中，环绕降落伞一圈的绳索会防止降落伞过快张开。过快张开会导致危险的颠簸，还可能损坏降落伞。

6

10秒后，收口绳通过小爆炸装置断开，此时主降落伞完全打开，把飞船的速度降到33.8千米/时以下，准备溅落。

7

飞船撞击水面时，登月舱驾驶员按下按钮，使主降落伞脱离指挥舱。

撞击衰减系统

问题! 撞击

在几个月的指挥舱坠落测试中，北美航空的工程师发现，以33.8千米/时的速度撞击水面会损坏飞船，很容易伤到里面的三位乘组成员。另外，如果再次进入大气层时偏离了目标，飞船还可能降落在陆地上，情况就更糟糕了。

解决方案！ 抗撞击的保险杠和减震装置

　　工程师们设计了一个内部解决方案和一个外部解决方案。外部解决方案就是在加压的飞船内部结构底座增加四根抗撞击的肋材。这些肋材是由波纹铝板制成的，一经撞击就会塌掉，就跟汽车上的保险杠一样。而在内部，固定着宇航员的座椅会被吊起来，由八根支柱或者说减震装置支撑。两个解决方案加在一起就能减轻溅落时产生的大部分撞击，从而保护乘组和飞船。

抗撞击的肋材

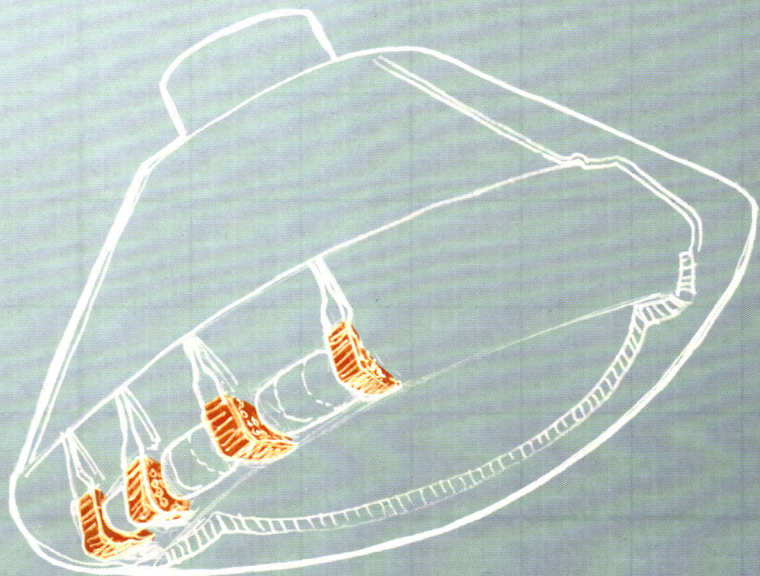

x、y和z轴上的支柱

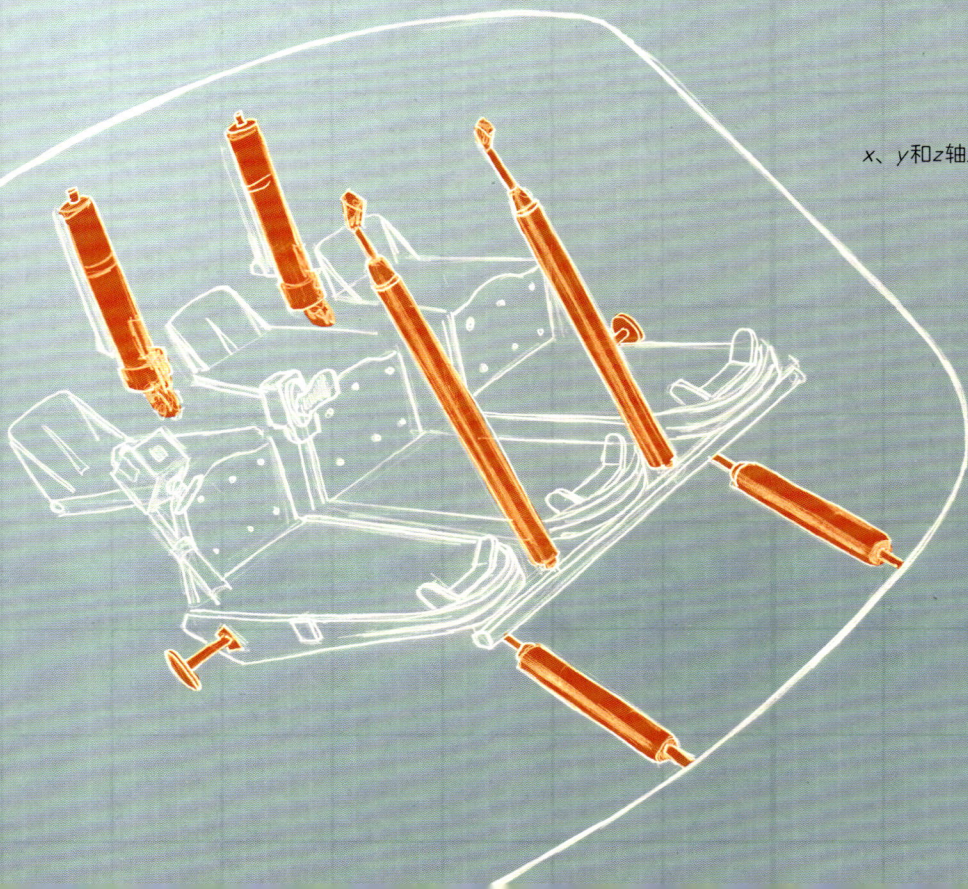

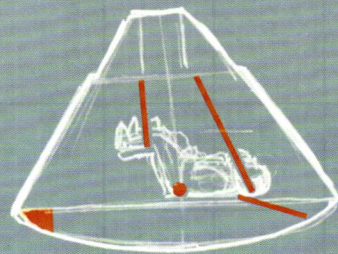

登月舱：世界上第一艘"宇宙飞船"

1962年7月，当NASA宣布登陆月球将采取"月球轨道交会"模式时，九家公司参与了建造登月舱的竞标。它将成为阿波罗飞船上唯一会登陆月球的部分。

格鲁曼是一家小型的飞行器公司，汤姆·凯利是这家公司的一名工程师。他思考这个问题已经有一阵了。凯利知道，和根据空气动力学设计成流线型的飞机、火箭不同，登月舱只需在太空的真空环境中运作，所以设计成任何形状都可以。他的想法是，形式服从功能。简单来说，登月舱的造型应该直接取决于它要完成的任务：让两个人安全地降落在月球表面，再把他们带回来，和绕轨道运行的指挥服务舱再次对接。

阿波罗号登月舱相关数据

高度	7m
直径	9.4m
质量（满载燃料，包括乘组成员的体重）	16329kg
质量（空载时）	4898.8kg
制造商	格鲁曼公司

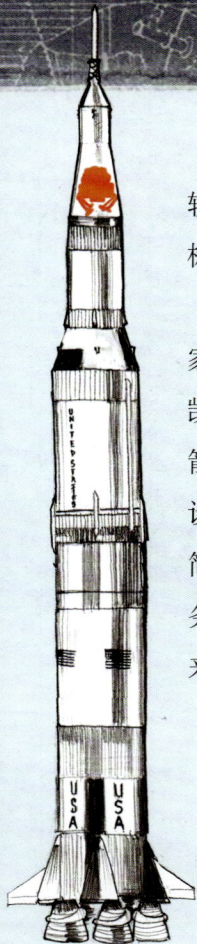

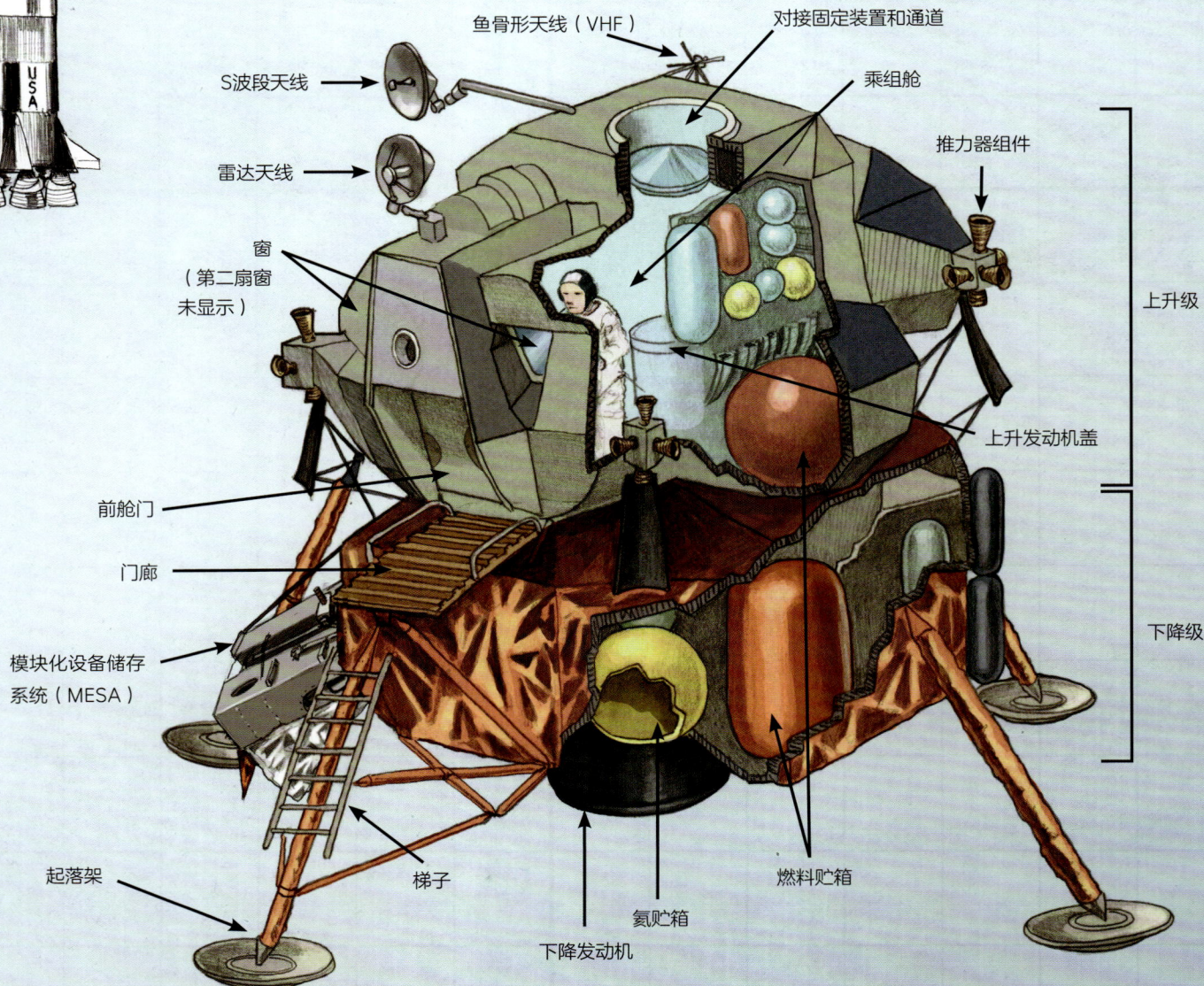

鱼骨形天线（VHF）

对接固定装置和通道

S波段天线

乘组舱

雷达天线

推力器组件

窗
（第二扇窗
未显示）

上升级

上升发动机盖

前舱门

门廊

下降级

模块化设备储存
系统（MESA）

起落架

梯子

燃料贮箱

氦贮箱

下降发动机

凯利还提出了一个独特的想法——把登月舱设计成一个两级的飞船。上半部分叫上升级，两位乘组成员在月球期间就在这一级度过。重一点的下半部分叫下降级，配备了完整的起落架和下降发动机，这一级将带着登月舱降落到月球表面。宇航员完成探索任务后，就可以把下降级当作发射台，乘着上升级返回指挥服务舱。

1962年11月7日，格鲁曼公司赢得了建造阿波罗号登月舱的合同。现在，工程师们正式受命，要打造世界上第一艘真正的"宇宙飞船"。

两级飞船

A. 飞船进入月球轨道后，指令长和登月舱驾驶员通过对接通道爬进登月舱，和指挥服务舱分离，并利用推力器安全远离。指挥舱驾驶员则继续待在指挥舱，绕月球轨道运行。

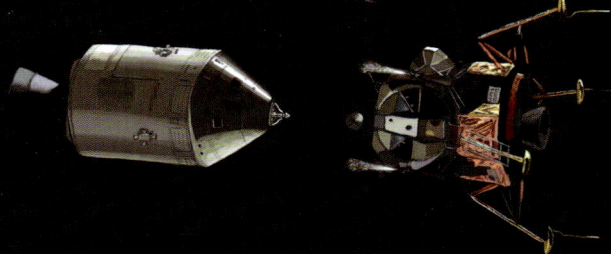

B. 登月舱驾驶员向轨道运行方向点燃下降发动机，使自己减速，让月球引力把他们拉出轨道，拉向月球表面。

C. 随着他们接近月球表面，登月舱会调整自己的方向，让宇航员可以通过窗口看到自己降落在哪里。

D. 下降发动机随后减速，让登月舱实现软着陆。

E. 宇航员探月，开始科学实验并收集样本带回地球。

F. 宇航员回到登月舱，把下降级作为发射台，点燃上升发动机飞回指挥服务舱。

设计登月舱的时候，工程师面临的最大的一个挑战就是质量。初步计算显示，登月舱每重一千克，就要增加三千克推进剂才能使它完成任务。任何增重都会产生滚雪球效应，一路影响到下面的火箭，因此，登月舱每增重一千克，意味着土星五号运载火箭要增加大约400千克燃料。

格鲁曼最初把登月舱设计成了一个坚固的结构，上升级前面有大窗，让乘组在登陆月球时可以看到外面，就像直升机一样。它还有五根着陆架支腿，为了让着陆更稳定。登月舱里还有可以旋转的座椅，让乘组可以触碰到所有的控制仪器。虽然这个设计很好，但是也会非常重。

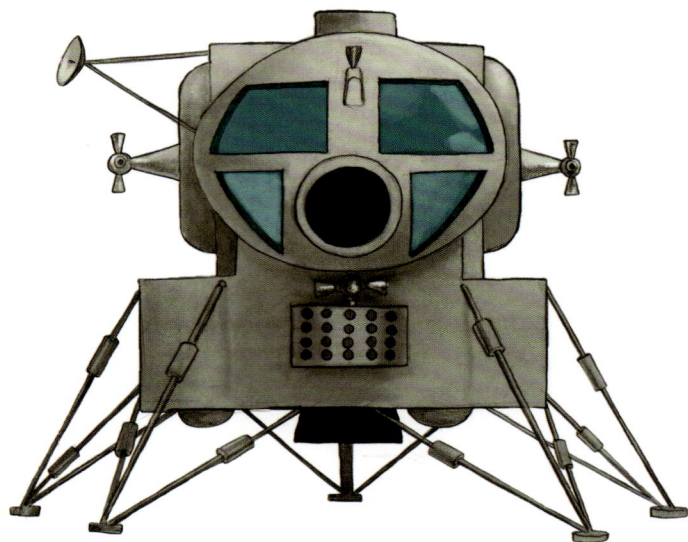

1963年格鲁曼最初设计的登月舱

解决方案！ 拿掉座椅

1963年，NASA的工程师要求格鲁曼考虑一下是否可能让登月舱的乘组站着，而不是坐着。月球的引力只有地球的六分之一，所以他们的膝盖可以轻松承受降落带来的冲击。把笨重的座椅挪走也能给乘组创造更大的舱内空间，同时让登月舱变得更轻。更棒的是，宇航员站起来之后离窗更近，也就是说，要获得同样的视野，现在的窗户可以小得多。这又能给登月舱减重不少。

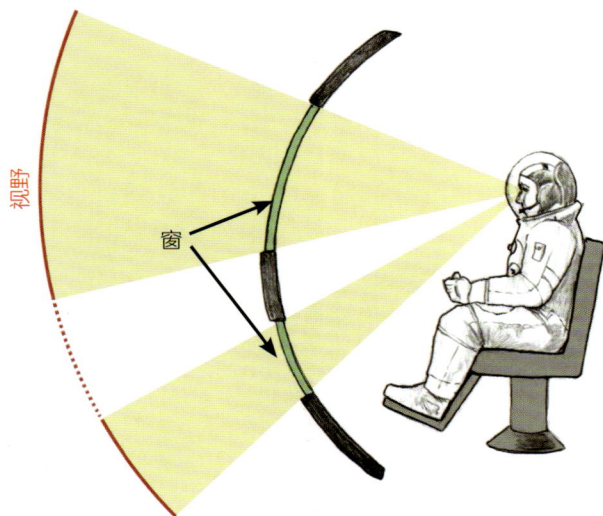

宇航员坐下来离窗更远，要获得降落所需的视野，窗就要很大。

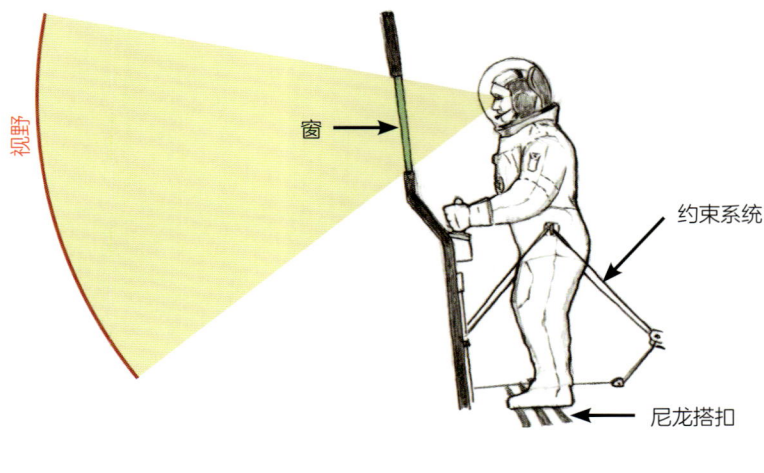

宇航员站立时能以更小的窗获得同样的视野。两位宇航员可以借助一个由绳索和滑轮组成的约束系统，以及可以把鞋固定在地面上的尼龙搭扣来保持飞行过程中的稳定。

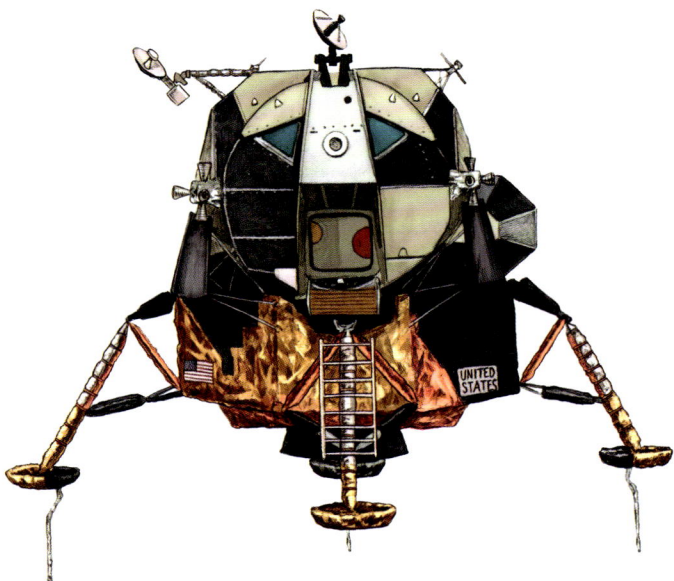

1967年格鲁曼最终设计的登月舱

在接下来四年的时间里，汤姆·凯利和来自格鲁曼的团队不断改进登月舱的设计，除了去掉座椅，还寻找其他方法为登月舱减重。通过一系列测试，他们发现，用四根支撑腿替换五根，所节省的重量足以抵消增加的风险。他们还发现聚酯薄膜（包裹服务舱的超级薄的材料）可以完美隔绝太空中的极端温度。这样就可以把下降级厚重的外壁换成聚酯薄膜。在3000多名工程师画了40000份草图，制作了无数次原型，经过无数次测试后，最终设计终于完成了。这可能是一艘看上去有点丑的"宇宙飞船"，但是一台可以完美完成任务的机器。

实验

找一张纸或硬纸板，在中间剪出一个10厘米乘10厘米的正方形窗。现在伸直手臂举起这张纸，注意你可以透过这个窗看到多少东西。这就是你的视野。接下来，把窗往你眼前挪一挪（就像宇航员站起来之后就能离窗更近）。你的视野变大了，你可以透过同样大小的窗户看到更多东西。

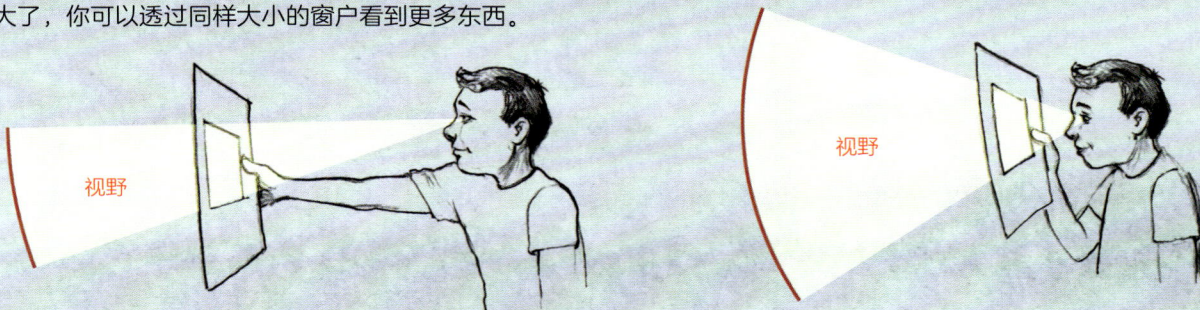

视野

视野

托马斯·J."汤姆"·凯利（1929—2002）

格鲁曼首席工程师

汤姆·凯利是格鲁曼公司生产登月舱背后的重要推动力量。凯利出生于纽约布鲁克林，他天资聪颖，17岁就获得了格鲁曼公司赞助的康奈尔大学奖学金。他暑假就在格鲁曼公司实习，22岁时获得了一份格鲁曼的全职工作。十年后，他已经成为一个价值二十亿美元项目的负责人，要协调7000多名工程师、机械工和电工，共同建造一艘真正把人送上月球的"宇宙飞船"。

登月舱上升级内部

拥挤的登月舱乘组舱只为两位宇航员提供了4.5立方米的空间。指令长站在左边，面对窗口，登月舱驾驶员站在右边。虽然有"登月舱驾驶员"的名头，他却不负责驾驶登月舱。他的职责是在下降到月球表面的过程中，当指令长瞭望窗外时，负责监控DSKY界面和控制面板，并报告高度、速度和推进剂水平。有必要的话，指令长也会使用姿态和推力控制器接手部分计算机的自动控制。

乘组舱的前方（如图所示）有宇航员在月球上降落和起飞需要的所有控制装置。身后则是所有的环境控制、生命保障系统，还有一块区域储存他们月球漫步时要用到的头盔面罩和生命保障背包。他们上方靠后一点的地方是头顶舱门，宇航员们就是通过这个舱门在重新对接后回到指挥舱。

登月舱的乘组舱是加压的，因此宇航员着陆后会先背上他们的生命保障背包，并为乘组舱减压，然后打开舱门踏上月壤。回来之后，他们也会在取下背包和头盔之前先给登月舱加压。

为了让登月舱尽可能轻，舱壁只有三层铝箔那么厚。这听上去好像不可思议，但其实已经足以维持整个舱的压力，使宇航员不受太空真空环境的影响。

1. **对接窗口和遮板**：让指令长在对接机动过程中可以看到指挥服务舱。

2. **准直光学望远镜**：可以用来观察星星，校准惯性制导系统中的陀螺仪。望远镜周围的扶手可以让宇航员在工作时保持稳定。

3. **人工地平仪（也称为"8号球"）**：显示登月舱相对于月球地平线的方向。

4. **主舱强光灯（两边都有）**

5. **序列摄像机**：拍摄登陆月球表面的片段以及宇航员在月球表面的活动。

6. **遮光板（两边窗都有）**

7. **阿波罗制导计算机的显示屏和键盘**

8. **姿态控制器（右手边）**：让乘组能够启动推力器，控制登月舱的姿态。

9. **推力/平移控制器（左手边）**：控制下降/上升发动机的推力。

10. **进/出舱门**：宇航员月球漫步时用的"门"。

11. **便携式生命保障系统（PLSS）**：宇航员月球漫步时用的背包，其中一个放在地上，一个在他们背后的墙上。

阿波罗计划中，宇航员深度参与了飞船的开发，登月舱也不例外。宇航员皮特·康拉德和埃德·怀特在造访格鲁曼公司工厂，了解登月舱设计进度时，就发现了几个问题：

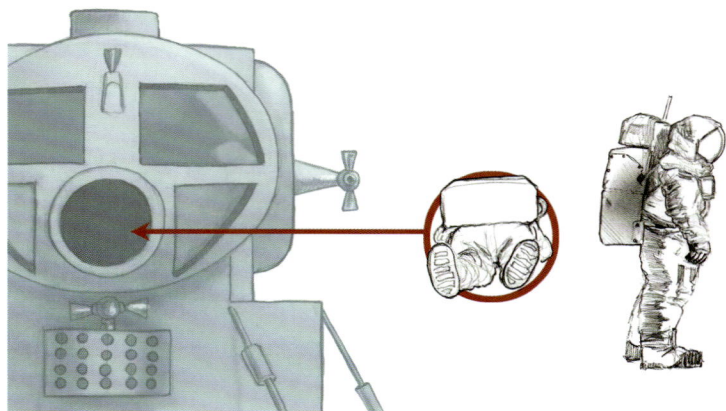

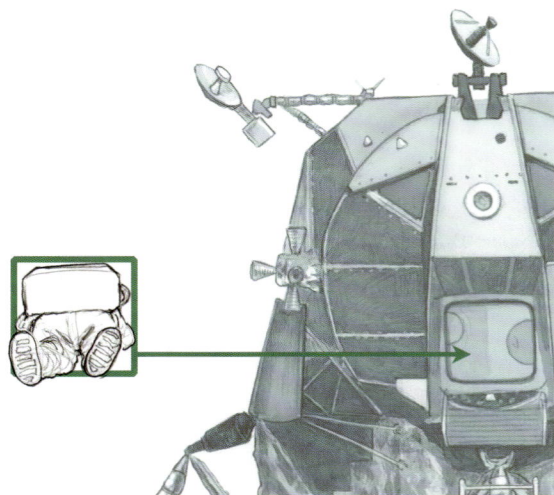

问题！ "圆孔里塞方栓"——格格不入

1963年10月，宇航员皮特·康拉德穿上了全套阿波罗宇航服，背上了背包，想要练习进出登月舱。当时格鲁曼公司设计的登月舱前方的入舱门是圆形的，类似把指挥舱和登月舱连在一起的对接舱门。但当康拉德背上他又大又方的生命保障背包，试着穿过登月舱舱门时，他根本进不去。

解决方案！ 把"孔"改方

工程师看到宇航员在太空行走要穿戴的装备后，就根据宇航员的轮廓设计了一个新的舱门，让他们刚好可以通过。

问题！ 绳索梯

埃德·怀特来到格鲁曼的工厂是为了练习从月球表面爬到登月舱舱门的过程，舱门离地大约3米。他穿上了他的阿波罗宇航服和"小飞侠装置"（其实就是一套绳索和滑轮，可以用来模拟月球上只有地球六分之一的引力）。格鲁曼的工程师为了节省重量，让怀特试着用结绳和绳索制成的滑轮组把自己吊上去。怀特奋力尝试之后还是没有成功，甚至还伤到了一只脚的韧带。

解决方案！ 金属梯

汤姆·凯利意识到他们在轻质绳索这个方向上可能做得太过头了，于是迅速和他的工程师团队设计出了一个可以连接在下降级前部支撑腿上的金属梯。

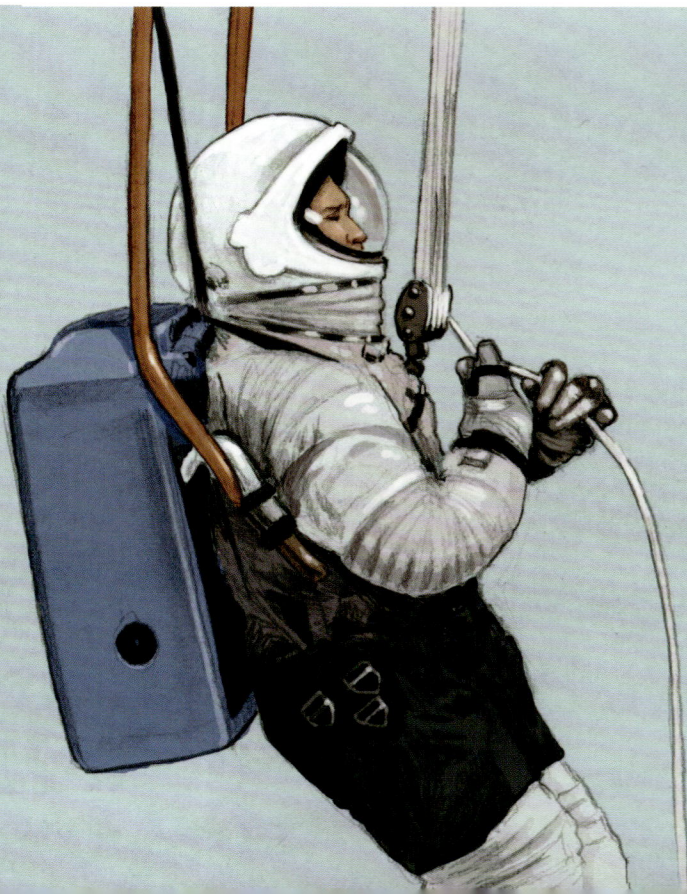

世界上第一台可以控制"油门"的火箭发动机

到目前为止，所有的火箭发动机都只能开或者关——要么火力全开，要么不发动。但为了登陆月球，宇航员需要慢慢调整登月舱下降级的推力，才能实现完美的软着陆，就像直升机那样。TRW公司的航天工程师彼得·施陶德哈默造了一个机械油门实现这一点。它可以控制进入燃烧室的推进剂剂量，类似汽车的油门。

不过它还得能精确地控制推进剂才行，因为燃料只够进行一次月球登陆。

4536kg

推力 453.6kg

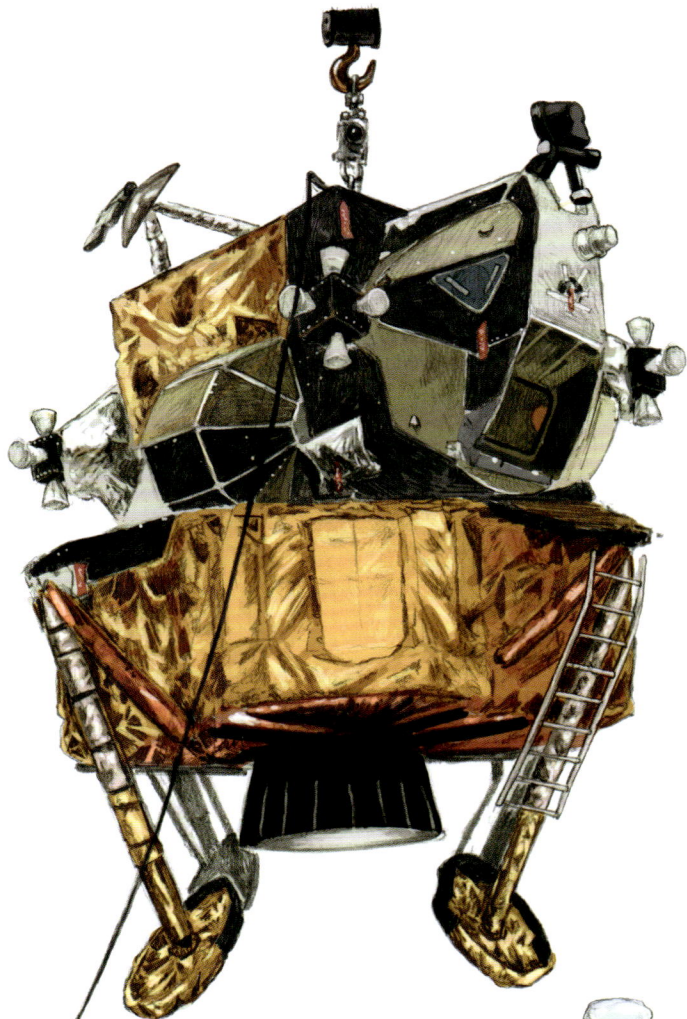

经过全面测试的机器

过去从未有人造过一艘这样的飞船，格鲁曼公司必须从零开始构建每一个部件。这也意味着每一个部件必须经过全面检查。他们进行了数千次测试，投入了大量时间进行开发，并造出了最终的设计。格鲁曼公司将总共负责建造13艘可飞行的登月舱。其中好多艘都是为了用于各种测试，有六艘将最终用于宇航员登陆月球。这当中的第七艘会在阿波罗13号的指挥服务舱爆炸后用作宇航员的"救生舱"。

第五部分

在太空中活着

"我做梦也没想到，我居然会在制作宇航服。"

——埃莉诺·福雷克，缝纫女工经理

地球上有不少我们习以为常的东西：我们有氧气可以呼吸，有大气压防止血液中的气体膨胀、沸腾，有大气层保护我们不被太阳辐射"烤"熟，也不被时速数千米的微陨石击中。

而太空中没有这些。太空是没有空气的真空状态。人在太空中只要90秒，甚至不到90秒就会丧命。

工程师们必须设计和制造能在艰难的太空环境中保护宇航员的生命保障系统。为三人乘组提供他们在太空中存活长达两周所需的一切。而两名要出舱探索月球表面、在月球上漫步的宇航员，还需要能够产生气压和氧气、并且能让他们相互交流的宇航服。

设计和打造这些系统的工程师将不知疲倦地奋战多年，因为他们知道，这一切都必须完美地发挥作用——不然，宇航员就会丧生。

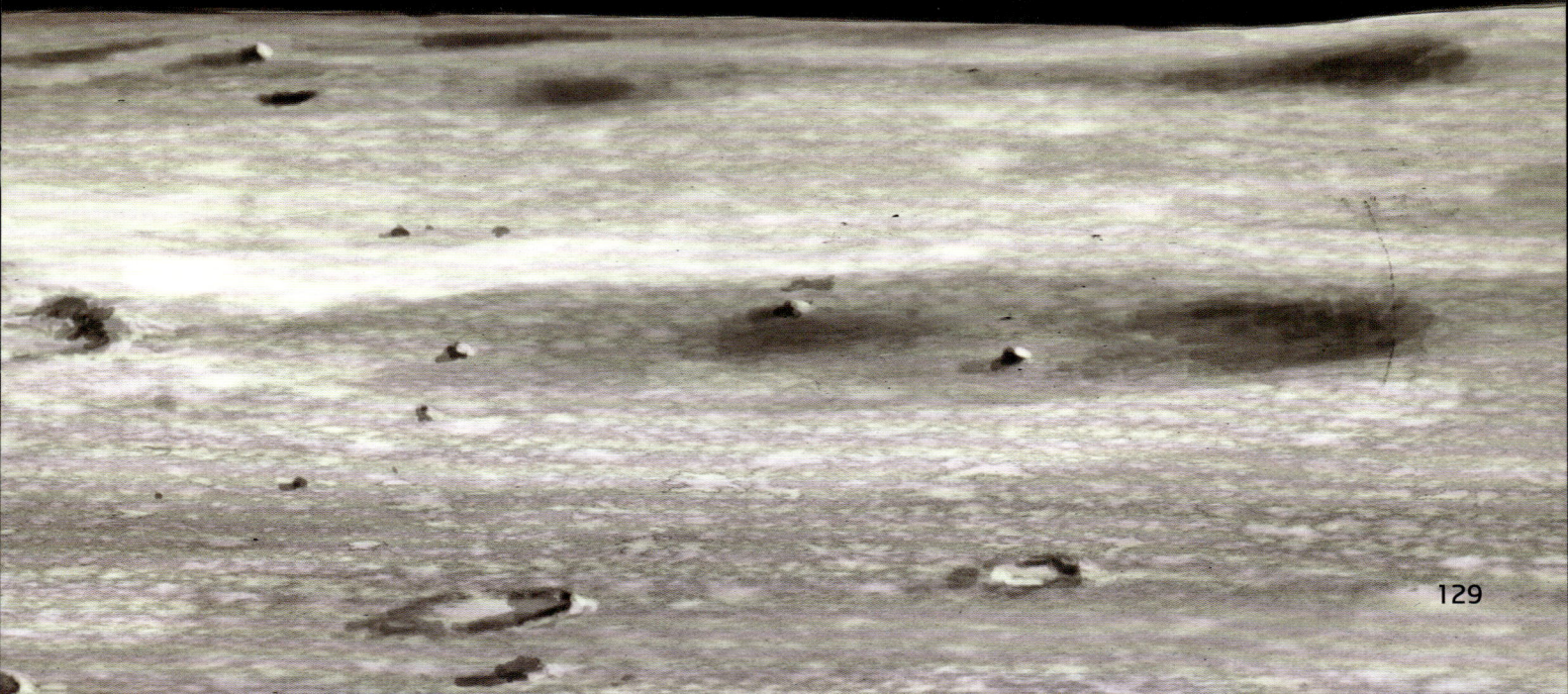

生命保障系统

为三名将要生活在狭小、密闭的指挥舱里的宇航员设计生命保障系统面临着严峻的挑战。不仅要保证他们能够活着，还要让他们舒服，营养充足，可以很好地完成任务。为了做到这一点，工程师们需要清晰地理解人体中进进出出的那些东西。

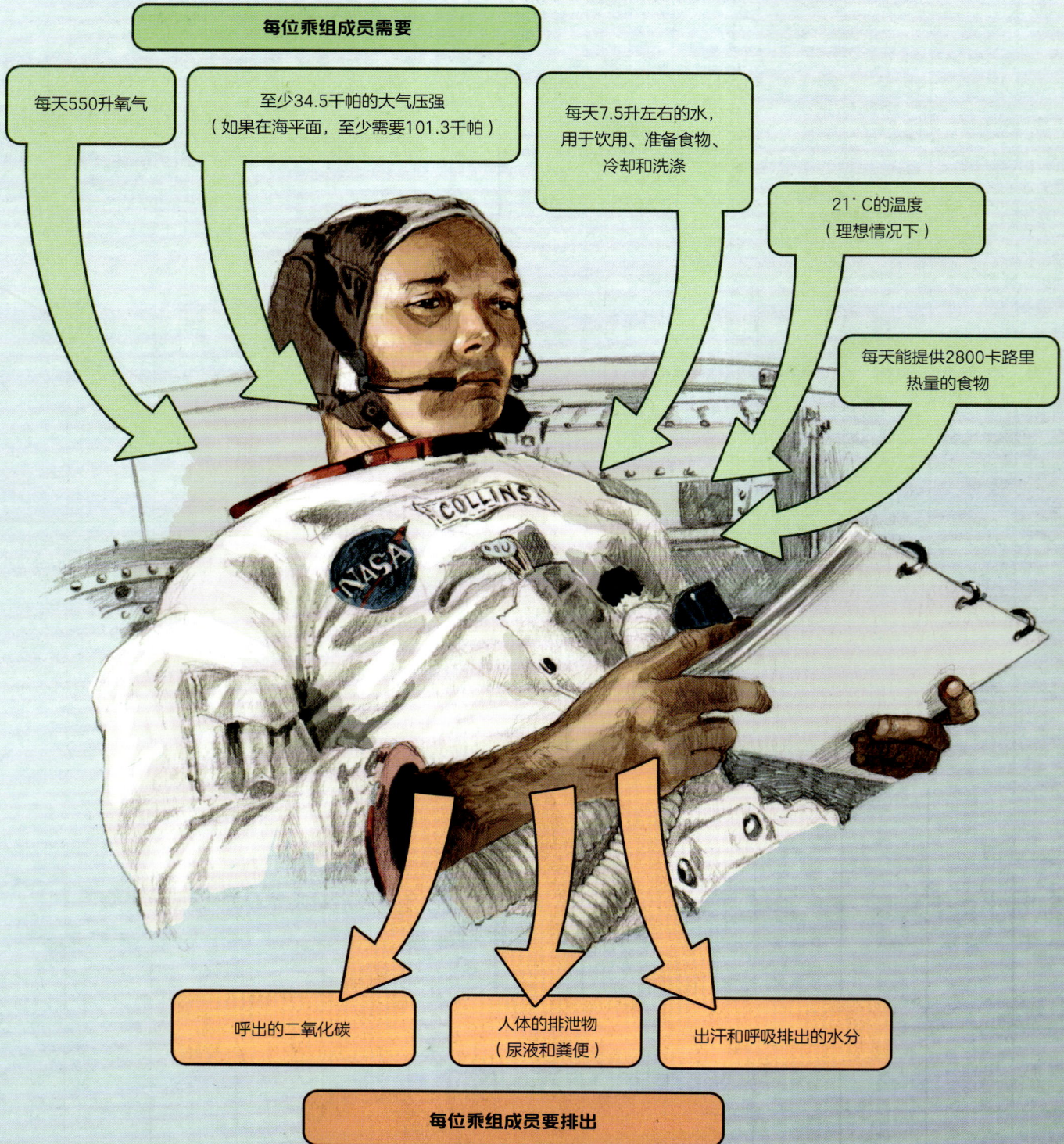

每位乘组成员需要

每天550升氧气

至少34.5千帕的大气压强（如果在海平面，至少需要101.3千帕）

每天7.5升左右的水，用于饮用、准备食物、冷却和洗涤

21°C的温度（理想情况下）

每天能提供2800卡路里热量的食物

呼出的二氧化碳

人体的排泄物（尿液和粪便）

出汗和呼吸排出的水分

每位乘组成员要排出

环境控制系统

阿波罗飞船的每个舱都要构建一个环境控制系统。指挥舱的环境控制系统由北美航空公司开发，登月舱的环境控制系统由汉密尔顿标准公司负责。尽管每个环境控制系统的功能差不多，但是指挥舱的系统遍布整个舱，而登月舱的（见下图）则是一个单元。

登月舱的环境控制系统是一个由管路、过滤器、泵和风扇组成的密集的网络，这些组件协同运作，为宇航员提供他们所需的一切，同时带走他们不需要的一切。

环境控制系统主要功能：

飞船环境控制
· 调节舱内和宇航服内的气压和温度
· 带走舱内和宇航服内的水分来维持适宜的湿度
· 带走舱内的二氧化碳
· 去除空气中的异味和微粒

水管理
· 从燃料电池中收集经过消毒的饮用水，并储存起来
· 提供冷水和热水供乘组使用
· 把多余的水转移到废水系统并倒到舱外

热控制
· 带走乘组和设备产生的多余的热

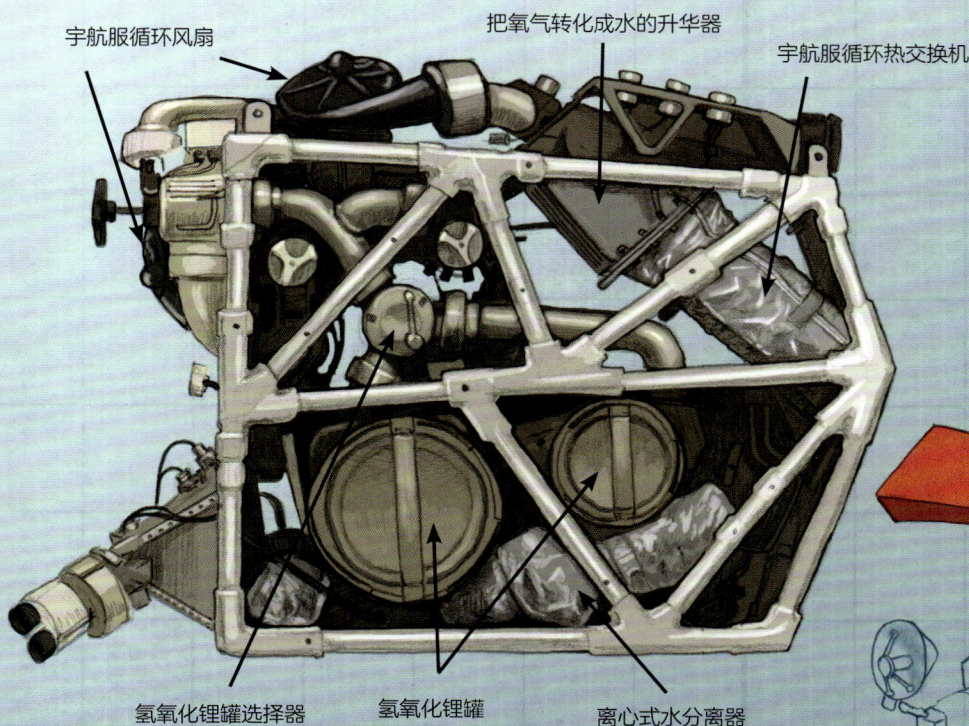

宇航服循环风扇

把氧气转化成水的升华器

宇航服循环热交换机

氢氧化锂罐选择器

氢氧化锂罐

离心式水分离器

登月舱环境控制系统
在登月舱上升级内，舱内没有加压的时候，宇航员可以通过脐带管直接把宇航服连接到环境控制系统。

131

大气压强

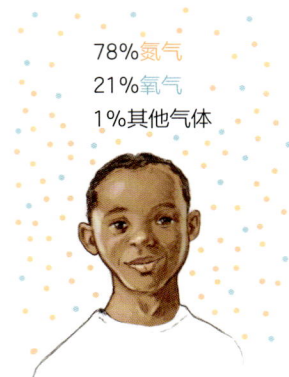

78% 氮气
21% 氧气
1% 其他气体

地球海平面 101.3kPa

大气施加在我们身上的重量叫作大气压强。地球海平面上的大气压强是恒定的101.3千帕。幸运的是，我们的身体对这个压力也会施加相同大小的反作用力，因此感觉不到大气压强。这就是为什么你坐飞机的时候耳朵会胀胀的，这是你的身体在平衡压强的变化（商用飞机上的压强是75.8千帕）。太空和月球上没有大气，因此也没有大气压强。但我们的身体需要至少13.8千帕的大气压强，身体组织中的液体才不会沸腾和蒸发。

我们在海平面高度呼吸的空气中只有21%是氧气。（也就是说，在1平方米面积上，将101353牛的压力压进我们体内的空气中，只有21284牛来自纯氧气。）在飞船上，我们不需要地球大气层中的其他气体，只需要能起作用的氧气就行了。

100% 氧气

加压飞船内 34.5kPa

太空中，指挥舱和登月舱的乘组舱内只要以34.5千帕的100%纯氧加压，就足以为乘组提供与地球上相同浓度的氧气。

如果发生漏气，比如有一颗陨石刺穿了飞船，舱内压力调节器会把气压稳定在24.1千帕，到时乘组将有15分钟仍可以正常呼吸的时间穿上他们的宇航服。

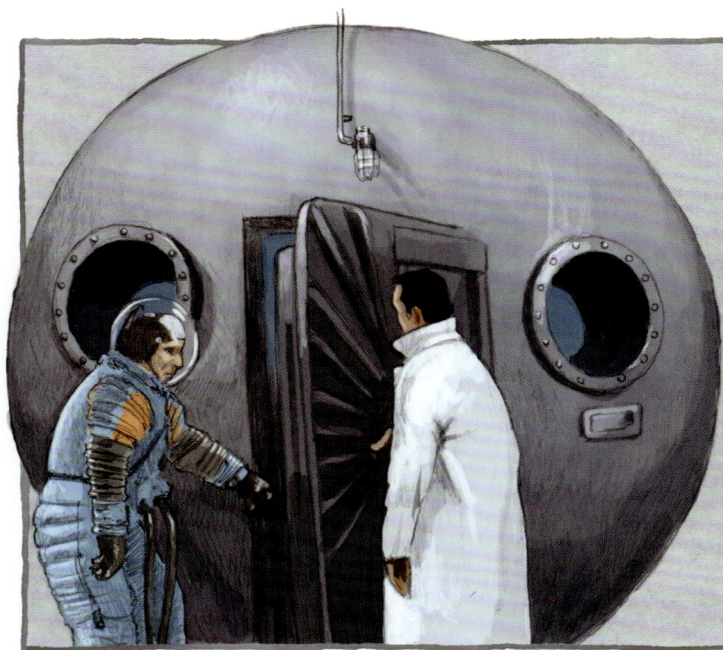

真空室事故

1966年12月14日，宇航服技术员吉姆·勒布朗穿上最新的阿波罗宇航服进入了NASA测试基地里的一个真空室。为了模拟月球环境，真空室里完全没有气压。突然，一条脐带管断开，宇航服内的气压一下子降到了0.689千帕。勒布朗在几秒内就失去了意识。

技术员知道，如果他们不迅速采取行动，勒布朗90秒内就会死亡。通常，更安全的做法是慢慢恢复真空室里的气压，但这次他们不到一分半就完成了重新加压。

勒布朗恢复意识后，说自己记得的最后一件事就是感觉舌头上的唾液开始沸腾。幸运的是，除了短时间重新加压造成的耳痛，他没有受到其他影响。

每次呼气，你都会释放出二氧化碳。在地球上，我们的植物和树木会通过光合作用吸收空气中的二氧化碳。但是在三位乘组生活的密闭飞船内部，二氧化碳会迅速积聚。1%的二氧化碳就会使人晕眩，8%的二氧化碳就能让人失去意识，甚至死亡。

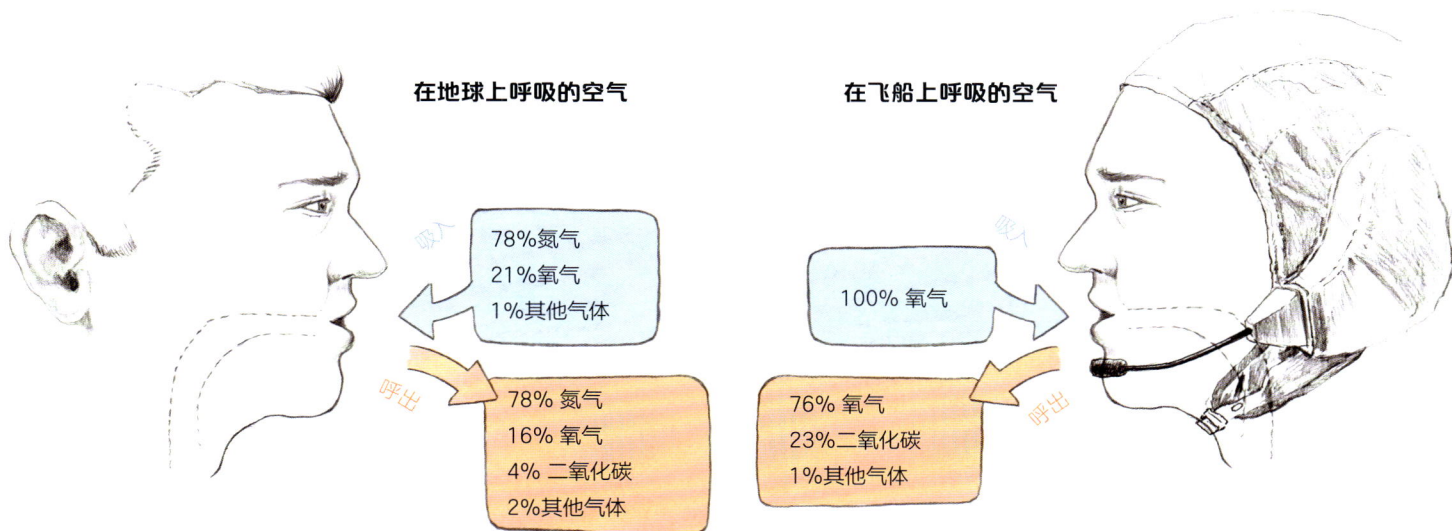

在地球上呼吸的空气

吸入
- 78%氮气
- 21%氧气
- 1%其他气体

呼出
- 78% 氮气
- 16% 氧气
- 4% 二氧化碳
- 2% 其他气体

在飞船上呼吸的空气

吸入
- 100% 氧气

呼出
- 76% 氧气
- 23% 二氧化碳
- 1% 其他气体

解决方案! **氢氧化锂**

工程师们发明了一种叫作二氧化碳洗涤剂的滤盒，可以清除空气中的二氧化碳。当舱内的空气泵入这些滤盒时，滤盒里一种叫作氢氧化锂（LiOH）的化合物会跟二氧化碳分子发生化学反应，捕获空气中的二氧化碳。然后，经过过滤且仍然含有充足氧气的空气将再次泵回飞船内用于呼吸。执行任务时，宇航员必须每24小时更换一次滤盒。

指挥舱的二氧化碳滤盒

登月舱的二氧化碳滤盒

阿波罗13号上的滤盒问题

由于登月舱和指挥舱的环境控制系统是由不同公司制造的，所以滤盒的形状不一样。这在阿波罗13号上就成了一个很重要的问题。服务舱爆炸后，乘组就要进入登月舱，把它作为返回地球的逃生舱。而登月舱的设计只能容纳两名宇航员。登上三个宇航员后，舱内的二氧化碳变多了，所以滤盒得换得更勤。不幸的是，指挥舱上多下来的滤盒装不进去。很快，二氧化碳就积聚到了致死的浓度。

休斯敦的工程师迅速设计了一个变通的解决方案，仅仅通过语音指挥，就帮助乘组用塑料袋做了一个转换器，让乘组得以使用方形的滤盒，最终拯救了他们的生命。

改造后的滤盒转换器

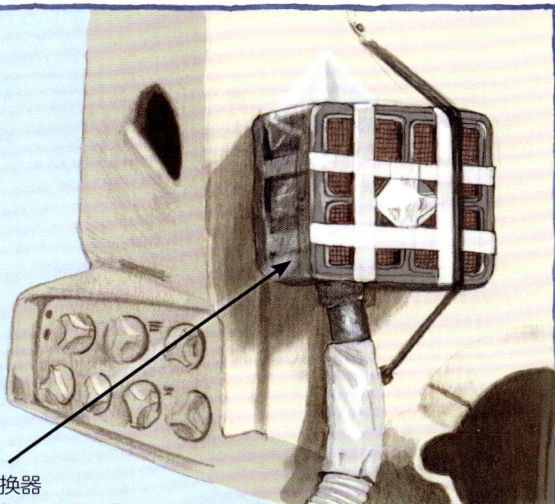

AS-204（阿波罗1号）

1967年1月27日

土星五号上了发射台，宇航员们坐在火箭顶部的指挥舱里，正在进行一次常规程序测试。他们称为"不插电测试"——所有提供电力、环境控制和通信的脐带缆都被断开，目的是检验飞船能不能靠自身的电力运作。

下午1点，宇航员罗杰·查菲、埃德·怀特和格斯·格里索姆进入这艘AS-204飞船的指挥舱进行测试。在实际任务中，指挥舱内部的压力会比太空中高，因此，为了在地面模拟这种情况，舱内加了将近117千帕的纯氧。

这是一个致命的错误。所有参与者都忽略了，在那样一个压力水平的纯氧环境中，一个小小的火星就能引发一场大火，火势之猛烈，温度之高，就连一些金属都会熔化。

罗杰·查菲　　　　　　　　埃德·怀特　　　　　　　　格斯·格里索姆

测试进行到五个半小时的时候，舱内突然起火，几秒内就吞没了所有可燃的东西。温度飙升到537°C以上，压强上升到10342.1千帕。宇航员们挣扎着想要逃出来，却推不开舱门。

不到18秒，乘组就丧生了，而舱外的技术员花了超过五分钟的时间才打开舱门。

宇航员的家人、其他宇航员还有NASA的其他工作人员悲痛欲绝。举国震惊。这场火差一点终止阿波罗计划。所有参与其中的人都深知太空飞行的危险，却从没想过，宇航员在地面也会丧生。

　　不到一周后，2月3日，NASA局长吉姆·韦布成立了事故调查小组，其中就包括双子星7号的宇航员弗兰克·博尔曼。他们把烧焦的飞船一钉一铆地仔细拆卸，希望可以找到起火的原因。

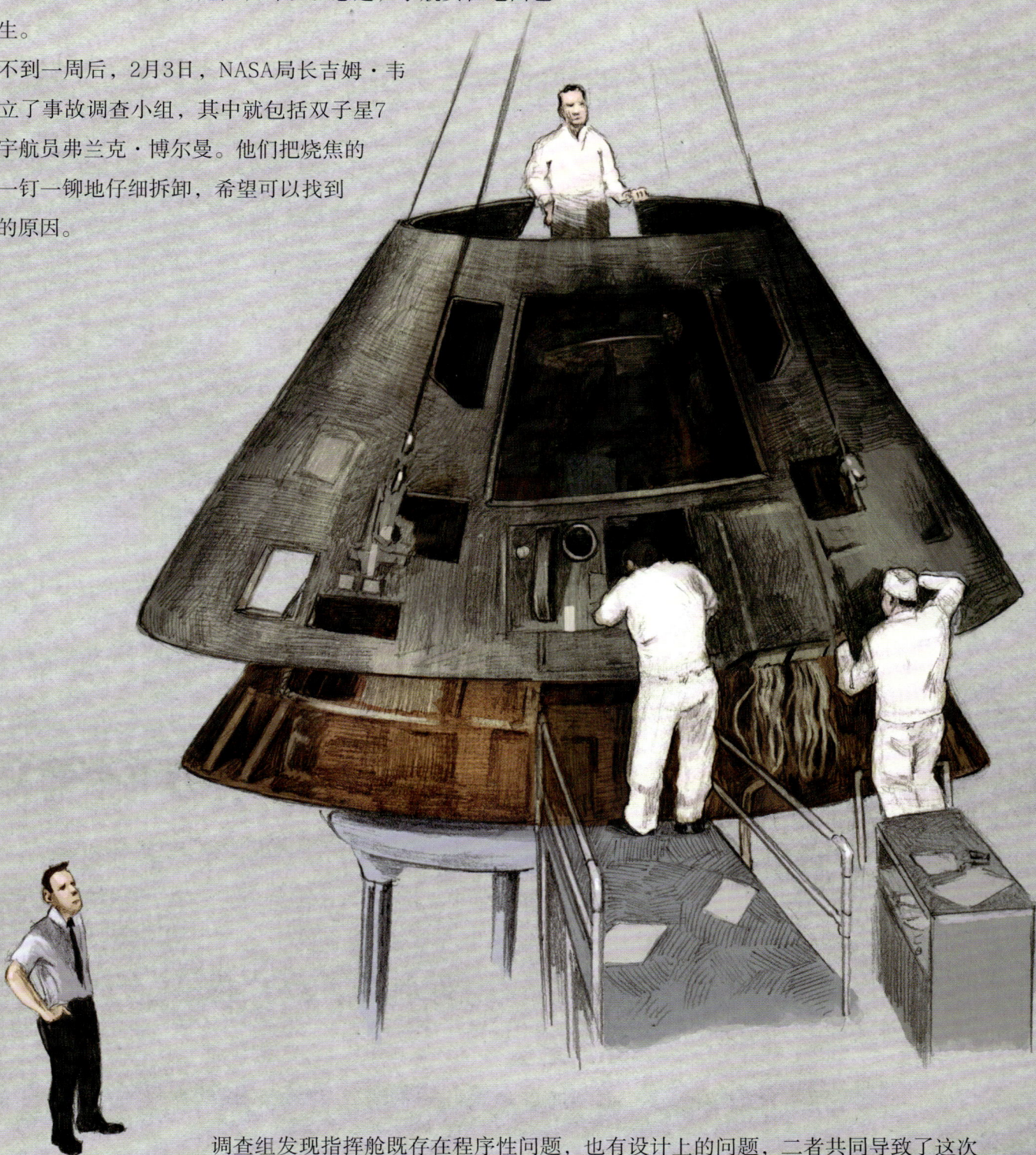

　　调查组发现指挥舱既存在程序性问题，也有设计上的问题，二者共同导致了这次灾难。工程师们先要解决所有这些问题，NASA才能在载人航天方面继续向前迈进。

问题! 他们打不开舱门

指挥舱的舱门是向内开的。这是一个由三部分组成的系统，通过内部的压力来帮助密封舱门。理想情况下，乘组可以在60秒内离开。但发生火灾时是不可能逃生的，因为内部压力急遽攀升会把舱门锁得死死的。

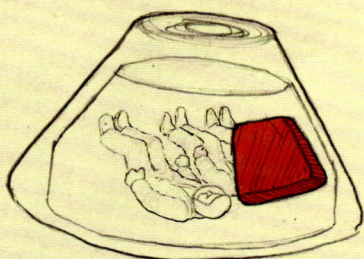

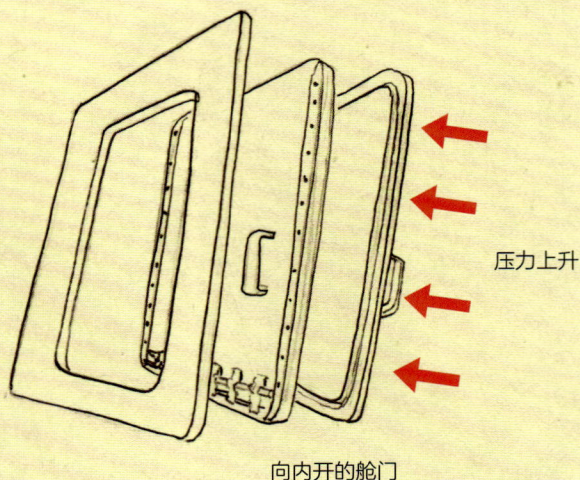

压力上升

向内开的舱门

解决方案! 向外开的舱门

全新的单片式舱门可以在七秒内向外打开，宇航员在紧急状况下可以迅速出来。

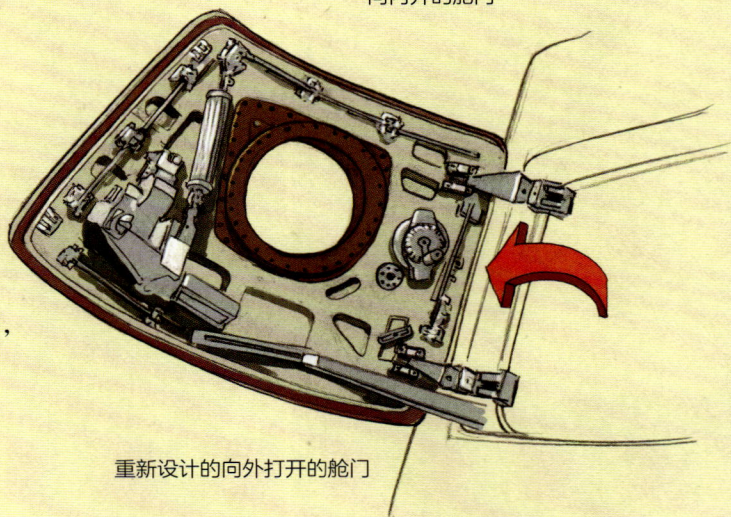

重新设计的向外打开的舱门

问题! 易燃材料太多了

一场火要烧起来需要燃料和氧气。宇航员们在指挥舱里用了很多尼龙搭扣，防止松散的东西在微重力的舱内飘来飘去。在115.1千帕的纯氧环境中，几乎任何东西都可以成为燃料——包括尼龙搭扣、装东西的网，甚至电线上的绝缘材料。

解决方案! 耐高温材料

工程师们使用了一种用全新的防火材料做的搭扣，而且把其他很多材料也换成了防火或者耐高温的。所有线缆都套上了套子，以防被损坏，电线外面也包了一层点不着的特氟龙胶带。

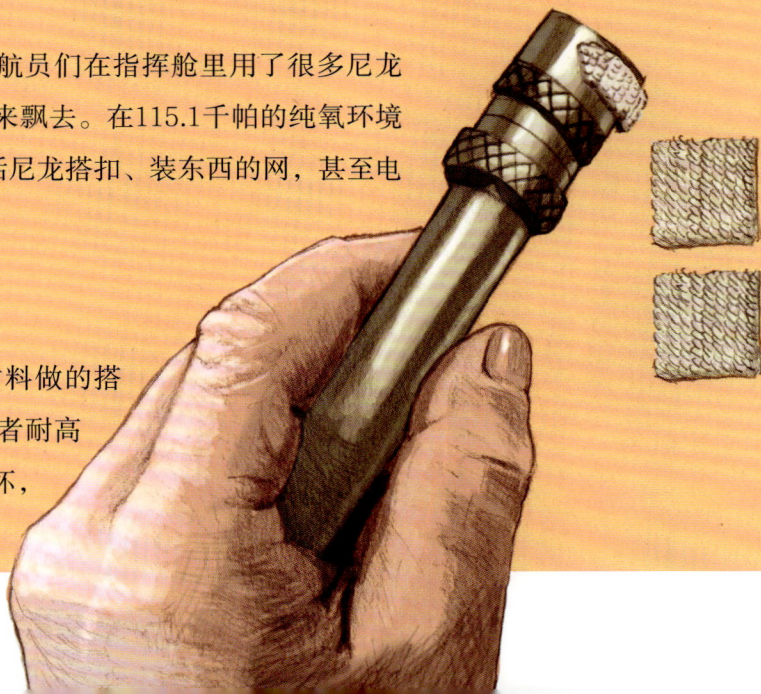

纯氧环境

最致命的问题是纯氧环境。没有一个工作人员对纯氧环境有过什么顾虑，因为他们在水星计划和双子星座计划中用的都是这个办法。然而，这场火灾之后，发射台上的高压纯氧环境导致的危险，成了令人心痛的明显疏漏。

解决方案! **混合气体**

在发射台上，指挥舱将不再注入115.1千帕的100%纯氧，而是60%的氧气和40%的氮气的混合物，这样会更安全，也和我们在地球上呼吸的空气更相似。随着飞船离开大气层，氮气会渗出，指挥舱里只留下宇航员所需的34.5千帕的纯氧。

这场火使NASA所有的航天活动停止了20个月。三个人在发射台上丧生，NASA和合作伙伴们下定决心，绝不能让这样的事再次发生。怀着这样的决心，他们再一次出发向前。

在逝世宇航员遗孀们的要求下，这艘飞船的名字从AS-204改成了阿波罗1号。

坚毅和胜任

大火之后的周一上午，33岁的飞行指挥官吉恩·克兰兹召集他的团队开了一个会，并做了一场地面控制中心所有人永远都不会忘记的演讲：

"从今天开始，飞行控制中心就只有两个词：'坚毅'和'胜任'。'坚毅'意味着我们要永远为自己所做的和未能做到的事情负责。'胜任'则意味着我们永远不能想当然地对待任何事情。我们永远不能被人发现我们的知识和技能存在不足。今天开完这个会，大家回到办公室的时候，第一件事就是把'坚毅'和'胜任'写在黑板上，永远不要擦掉。每次进入房间，它们都会让你想起格里索姆、怀特和查菲付出的代价。要想进入地面控制中心，就得明白这个道理。"

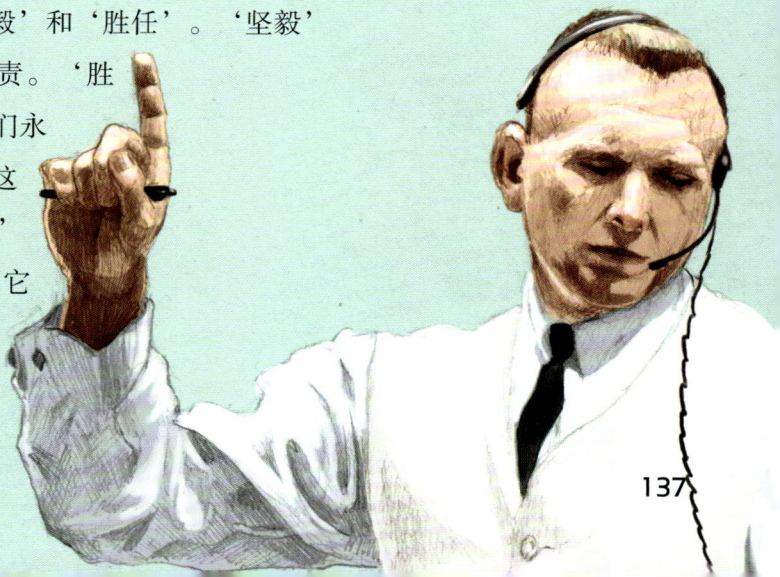

137

航天食品

宇航员要带上他们漫长旅程中需要的所有食物。这些食物分量要轻，体积要小，还要能在微重力下食用。固体碎屑和液体倾漏是最主要的问题，因为这些东西可能会四处飘荡，进入飞船的电子设备，导致设备损坏。食物必须是"低渣"的，让宇航员尽量不产生废弃物。

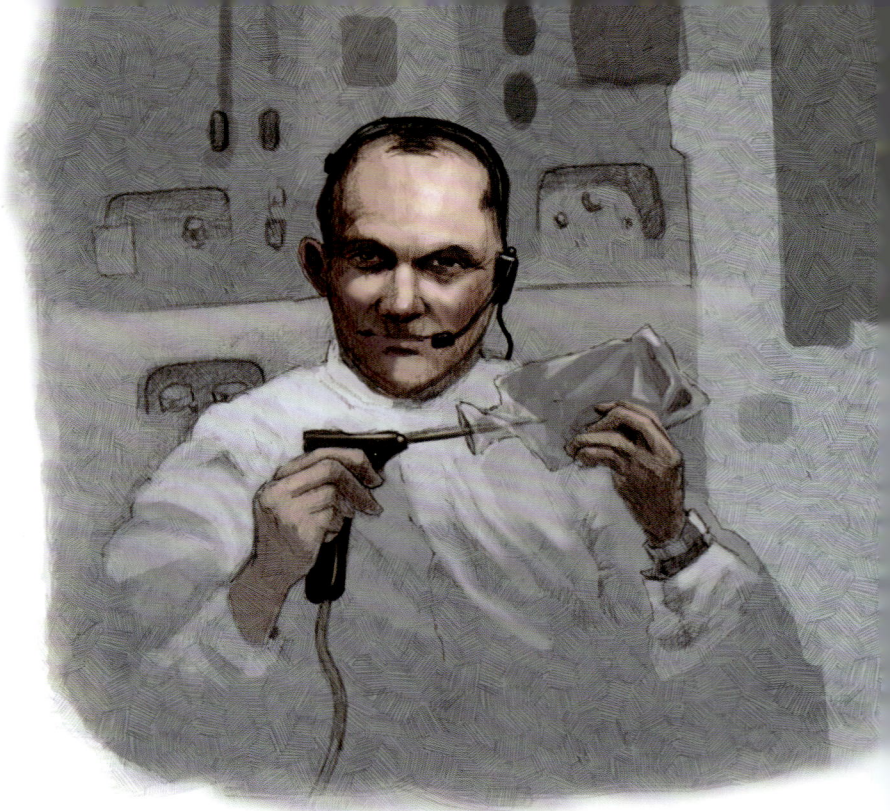

丽塔·M. 拉普（1928—1989）
阿波罗食品系统团队负责人

"我想让他们吃上喜欢的东西，因为我想让他们健康、快乐。"

不夸张地说，早期的太空食品很让人倒胃口。水星计划的宇航员需要把捣成糜的肉和蔬菜像挤牙膏一样挤进嘴里。双子星座计划的宇航员吃的是小块的冻干三明治，要塞进嘴里用口水润湿。

1966年，生理学家丽塔·拉普加入阿波罗食品系统团队，帮助改善了这种状况。在和惠而浦公司的合作中，拉普和她的团队开发出一种特殊的"勺子-碗"包装——宇航员先对一小袋一小袋的食物进行补水，然后打开袋子，用勺子进食。她的团队还采用了一种全新的食物热稳定方法（通过加热杀灭食物里的细菌），让食物可以储存在罐头里，宇航员想吃的时候就可以吃。

拉普跟宇航员们一起商量，打造既可以满足他们的营养需求，又是他们爱吃的菜单。宇航员们都很喜欢她的小甜饼，还在任务期间把这种饼干当作货币来交换东西。拉普甚至还让阿波罗8号的宇航员在太空中吃了一顿特别的圣诞大餐——有真正的火鸡、肉汁和蔓越莓果酱。

脱水食物很轻，包装起来很容易。宇航员用水枪往食品袋里注入冷水或热水，然后按摩袋子，等待食物补充水分，再把包装剪开，用金属勺子进食。食物变湿润后就有了黏性，粘在勺子上不会飘走。吃完饭，宇航员往袋子里扔一片杀菌片，和吃剩下的食物混合，防止产生细菌和异味。

"湿包装"的食物可以即食。可涂抹的牛肉罐头可以用勺子吃，或者抹在涂有明胶的面包上吃。明胶的作用是防止面包产生碎屑。

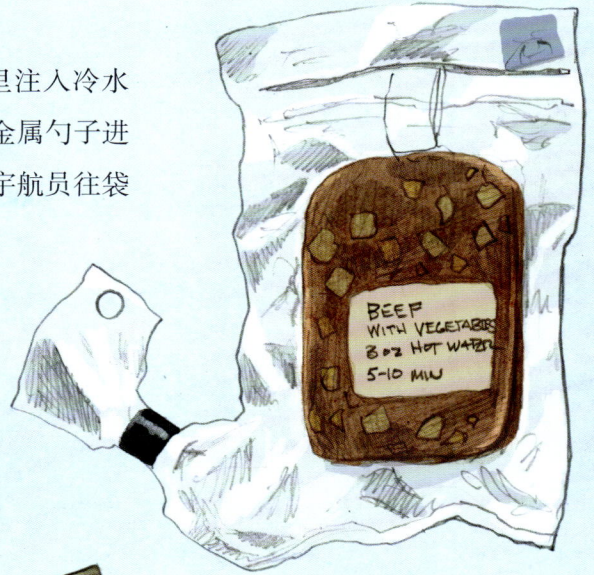

可涂抹的牛肉

补水后的牛肉，内含蔬菜，可以直接食用

布朗尼蛋糕

水枪

其他食物，比如布朗尼或水果蛋糕都被压缩成了一口可以吃掉的大小，这样就不会产生碎屑。脱水的果汁、茶和咖啡是袋装的。注入冷水或热水后，能从袋子里抽出一根宽宽的塑料吸管，宇航员直接吸进嘴里。

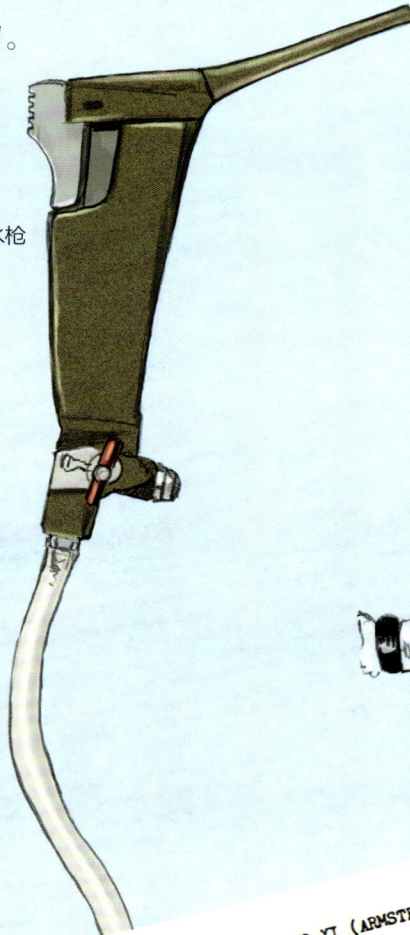

内含蔬菜的脱水牛肉装在"勺子-碗"包装里

每位宇航员都有自己的菜单，里面是他们自己喜欢吃的东西。

APOLLO XI (ARMSTRONG)

*Day 1 consists of Meal B and C only
**Spoon-Bowl Package
***Wet-Pack Food

MEAL	DAY 1*, 5	DAY 2	DAY 3	DAY 4
A	Peaches Bacon Squares (8) Strawberry Cubes (4) Grape Drink Orange Drink	Fruit Cocktail Sausage Patties** Cinn. Tstd. Bread Cubes (4) Cocoa Grapefruit Drink	Peaches Bacon Squares (8) Apricot Cereal Cubes (4) Grape Drink Orange Drink	Canadian Bacon and Applesauce Sugar Coated Corn Flakes Peanut Cubes (4) Cocoa Orange-Grapefruit Drink
			Cream of Chicken Soup Turkey and Gravy *** Cheese Cracker Cubes (6) Chocolate Cubes (6) Pineapple-Grapefruit Drink	Shrimp Cocktail Ham and Potatoes*** Fruit Cocktail Date Fruitcake (4) Grapefruit Drink
B	Beef and Potatoes*** Butterscotch Pudding Brownies (4) Grape Punch	Frankfurters*** Applesauce Chocolate Pudding Orange-Jrapefruit Drink		Beef Stew** Coconut Cubes (4) Banana Pudding Grape Punch
			Meat Sauce** Tuna Salad toes** Chicken Stew** **terscotch Pudding	

排污管理：在太空上厕所

宇航员在太空中需要进行的日常活动中，上厕所可能是最让人头疼的。首先，狭小的指挥舱或登月舱里肯定是没有什么隐私的。第二，在微重力下，身体的排泄物也不会自然地落下。最后的挑战就是：上完厕所后还得把排泄物收起来放到一个地方。

三位宇航员要在狭小的飞船里生活两周，其间会产生不少排泄物——更别提那气味了——工程师必须解决这个问题。

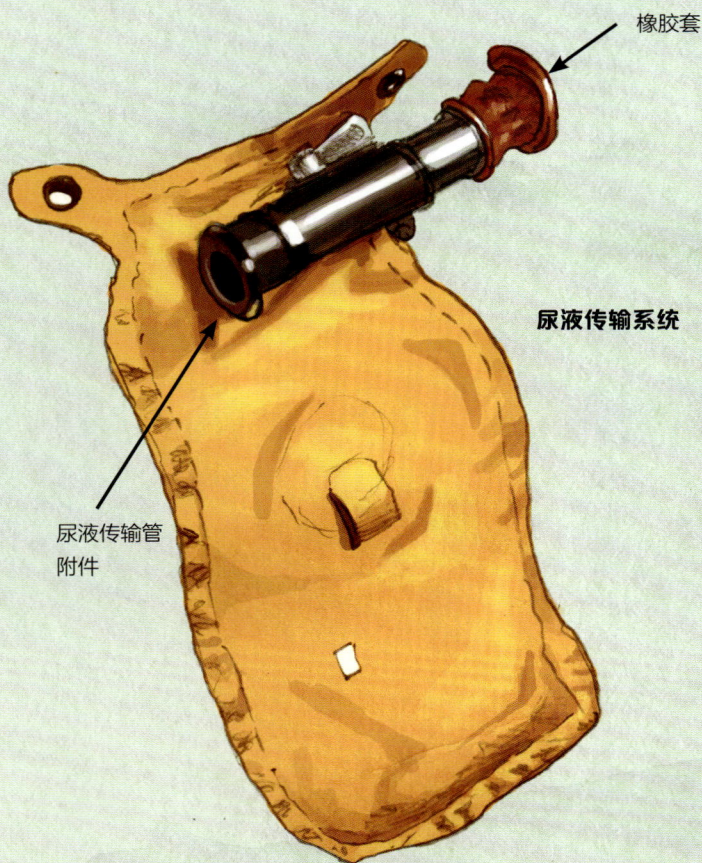

橡胶套

尿液传输系统

尿液传输管附件

排尿系统相对来说比较简单直接。每个宇航员都有一个叫作尿液传输系统（UTS）的装置。套上一个特殊的套子后，宇航员直接尿进尿液收集袋里。这个橡胶套每天都要更换，每个宇航员有10个标有彩色编号的套子供旅程中使用。尿液通过管子传输到一个箱里。然后，再通过"尿液倾倒"从箱里排放到宇宙中。一排出去，尿液就会立即冻成成千上万颗小冰晶，飘浮在飞船外部，一闪一闪就像星星一样。宇航员沃利·希拉开玩笑说这是"尿液星座"。

出舱活动时使用的尿液收集和传输装置

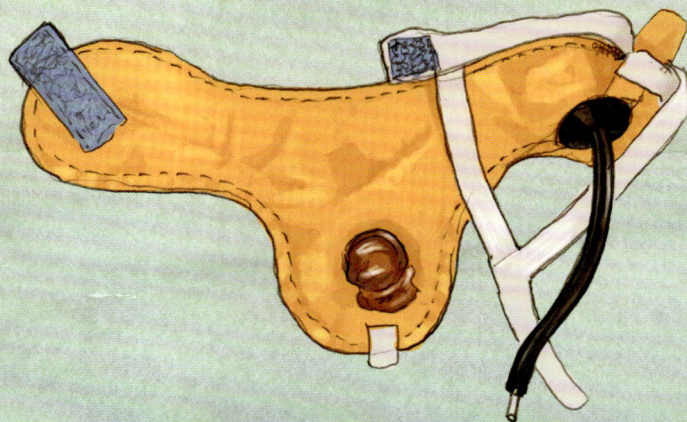

宇航员出舱活动时，会在宇航服下面穿上一个尿液收集和传输装置，也被称为"尿袋"。穿着宇航服的时候，收集尿液的尿囊可以通过一个阀门将尿排出，或是等宇航员回到飞船内，脱下宇航服后，排到尿箱里。

粪便收集系统则稍微复杂一点。它由两个塑料袋（一个粪便袋和一个粪便/呕吐袋）、手纸和一个杀菌包组成。粪便袋有一个圆形的大开口，外面有一圈胶带用来粘到屁股上。因为太空中基本没有重力，所以袋子上有个手指形状的凹陷，叫作"指套"，宇航员可以把手指伸到袋子里，把粪便推到袋子底部。随后，粪便袋被取下，用过的手纸也扔到袋子里。为了防止袋子里的气体积聚，还要在里面扔一个杀菌包，把它糅进排泄物中。随后，粪便袋会被密封起来放到粪便/呕吐袋里，紧紧卷起来再放到排泄物储存箱里。不像液体可以轻松排放到太空中，固体要被储存起来。等到宇航员返回地球时，这些装着他们排泄物的袋子会送到科学家那里进行分析。

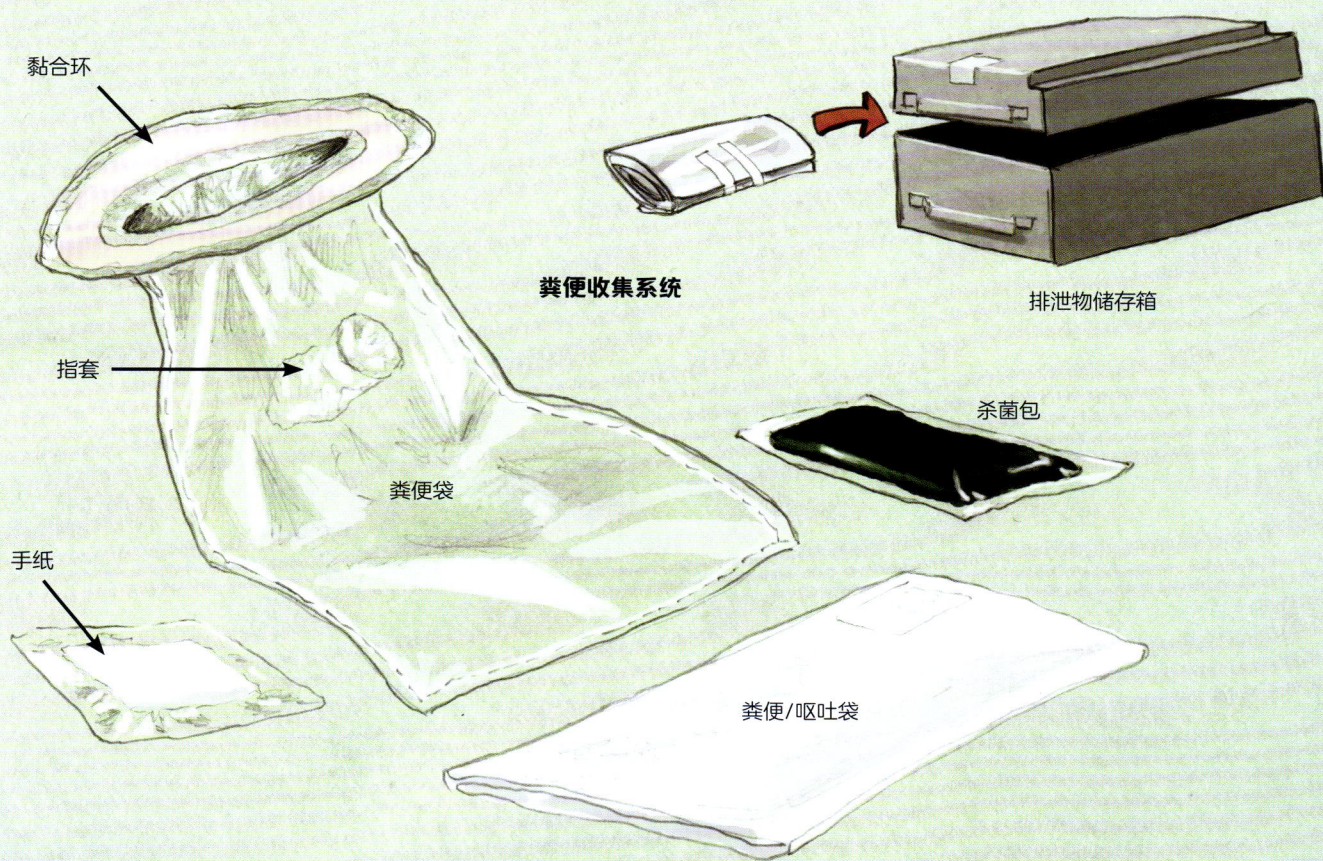

黏合环

粪便收集系统

排泄物储存箱

指套

杀菌包

粪便袋

手纸

粪便/呕吐袋

出舱活动时使用的粪便控制系统

ARMSTRONG

显然，这样费时费力的任务在穿着宇航服的情况下是不可能完成的，所以每一位要在太空行走的宇航员都可以穿上一套粪便控制系统（FCS）。其实就是NASA给"纸尿裤"起的好听点的名字。所以你现在还讨厌地球上的厕所吗？重力也没那么糟糕吧。

141

阿波罗宇航服的舱外宇航服（EMU）

光登陆月球是不够的。宇航员还要出舱活动——探索月球表面、收集岩石，还要在月球上留下脚印。为了让宇航员完成这些任务，ILC多佛公司和汉密尔顿标准公司要合作设计一套宇航服，让宇航员获得与在乘组舱内一样的保护。可以说，他们要创造的宇航服不亚于一艘可以穿在身上的飞船！

这套宇航服要完全加压，在太空的真空环境中保护宇航员；要能防止以每小时数千米的速度在太空中飞驰的"小流星"微粒损坏甚至刺穿宇航服；月球上的温度波动不定，在阳光下可高达127°C，在阴影中又会低至-173°C，因此宇航服还要能保温；最后，宇航员还要能控制宇航服内的环境状况，防止过热。

人体暴露在太空的真空环境中会怎么样？

· 没有氧气会导致大脑缺氧，你在12秒内就会失去意识。

· 你的身体会膨胀到正常的两倍大，因为体内所有的液体都会开始汽化。

· 你体内所有的气体，包括肺里的空气，都会冲出体外，试图和外面的气压达成平衡（而外部的气压等于0！）。

· 90秒后，人就会死亡。

为什么体内的液体在真空中会沸腾？

当你打开一罐苏打水，它会吱吱地冒出气泡。这是因为二氧化碳在高压下注入了苏打水。没开罐的时候，在罐子里的压力下，二氧化碳分子就躲在液体里。一旦罐子被打开，二氧化碳分子就会化作气泡逃出来，因为罐子外面的压力要比里面小得多。换句话说，内外的压力需要平衡。所以在几乎没有压力的真空中，你体内的液体会立刻沸腾。

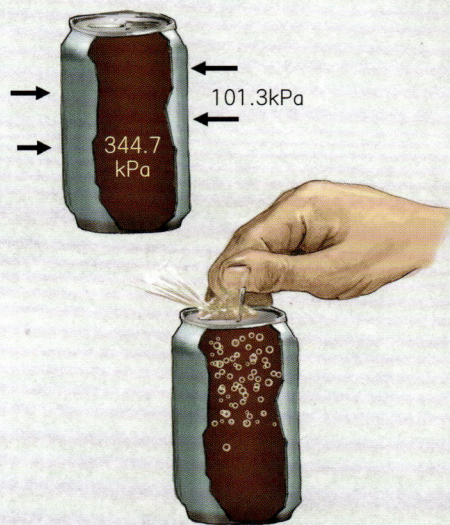

101.3kPa

344.7 kPa

三层的阿波罗宇航服（A-7L）

两家不同的公司合作打造了这套有史以来最了不起的服装。这套宇航服简直就是一件艺术品，它既像盔甲般坚硬，又足够柔软，让宇航员可以进行必要的移动来完成在月球上的任务。每位宇航员会收到三套量身定制的宇航服：一套用于训练，一套用于任务，还有一套备用。每一套都是由上百位工程师、缝纫女工和技术人员花了将近5000个小时打造的。

氧净化系统（OPS）
便携式生命保障系统上面是一个备用的供氧系统，只有在便携式生命保障系统发生故障时才会使用。

1. 集成式防热防微陨石服（ITMG）
宇航服的外层由许多不同的材料组成，可以在太空的极端温度中保护宇航员，也能保护他们不被太空中不断撞击月球表面的微陨石伤害。

便携式生命保障系统
这个背包可以提供氧气、通信和热控制。

2. 宇航服加压组件（PGA）
这是宇航服内部密封的一层，也叫作柔性加压服。这一层用氧气加压，从而在纯真空的太空中保护宇航员。为了实现更好的移动性，加压服的肘、肩、腕和膝盖处都很容易弯曲。

3. 液体冷却服（LCG）
这件像长筒袜一样的衣服是用薄网编织而成的，上面有上百米像通心粉一样的管子，冷水从背包中泵入管子，为在月球上穿着厚重衣服工作的宇航员降温。

阿波罗宇航服以及便携式生命保障系统加起来一共82千克重，比宇航员的平均体重还重，但是在月球的重力下，它们就只有13.6千克①重了。

---

① 这里同样指视重。——编者注

143

阿波罗宇航服的发展历程

科幻小说中的宇航服

自19世纪以来，科幻作家就给自己笔下的人物设计了各种各样的宇航服。这些设计远远不够实用，不过很多都成为真正宇航服设计的起点。

第一款压力服（1934）

在B.F.古德里奇公司的帮助下，美国驾驶员威利·波斯特开发了第一款真正的压力服。这套服装内部有一个可以加压的橡皮囊，外面是一层涂了橡胶的降落伞布。外层粘在一个关节可以活动的框架上，让波斯特可以进行有限的活动来操控飞机。头盔是用铝和塑料做的，跟潜水员的头盔类似。

1934年9月5日，波斯特飞到了12192米的高空——空气非常稀薄，大气压强已经不到20.7千帕——而波斯特的压力服完美地发挥了作用。

威利·波斯特穿着他的压力服

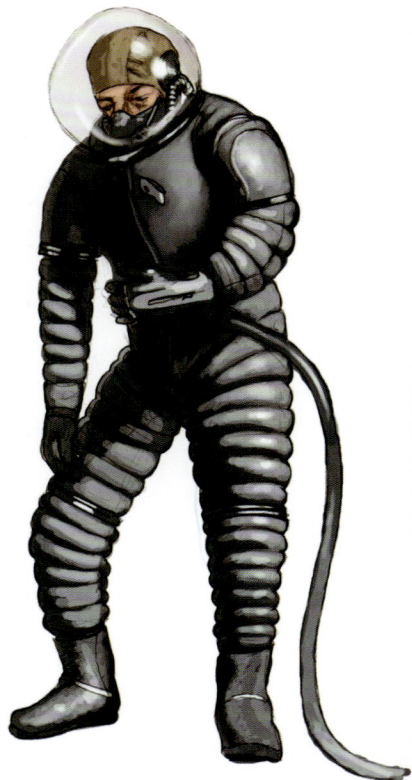

XH-5"番茄天蛾"服（1943）

B. F. 古德里奇公司继续着压力服领域的开创性工作。受到身体分节的番茄天蛾幼虫的启发，工程师罗素·科利设计了XH-5。不过这个设计的缺点之一是，加压后，压力服的手臂和腿会像气球那样膨胀，移动起来很笨重。

20世纪40年代倍得适公司的广告

从束腹紧身衣到胸罩再到宇航服

倍得适（Playtex）是ILC旗下的一家公司，专门做贴身的橡胶服装。从20世纪40年代开始，倍得适就一直专注制作橡胶涂层束腹紧身衣。因此，1962年3月，当NASA开始寻找宇航服制造商的时候，ILC公司的领导看到了这个把他们的技术带上月球的机会。尽管还有很多其他航空航天领域的专业公司也在争取这个机会，但ILC一直在开发一个别的公司都没有的部件：转环。

转环关节

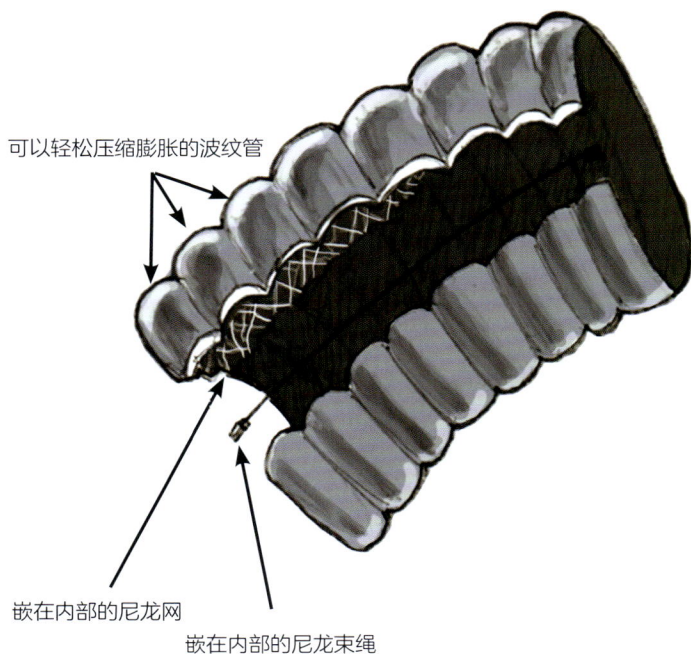

可以轻松压缩膨胀的波纹管

嵌在内部的尼龙网

嵌在内部的尼龙束绳

转环就是一个用天然乳胶制成的分节的气囊，和XH-5很像。但它们最大的差异在于：转环上嵌入了尼龙束绳和尼龙网，可以在加压后防止气囊膨胀得像气球一样。这个约束系统让人可以行动自如，这一点没有其他公司能与之竞争。

宇航服加压组件

ILC公司花了十几年才开发出柔性加压服。加压服在肩膀、肘部、臀部、膝盖、腕部和踝部都使用了转环，使宇航员能够在月球漫步期间实现所有需要的移动。加压服有一个聚碳酸酯做的头盔，被称为"泡式头盔"，非常坚固，即使锤子也敲不破。头盔内部有一个叫作"瓦氏装置"的橡胶垫，在发射和返回地球大气层期间舱内压力发生变化的时候，宇航员可以用鼻子顶住这块橡胶垫憋气，从而保持耳朵通畅。宇航服内的颈环上有一根饮水管，让宇航员可以从宇航服里面的水包里吸水喝，这个装置叫作宇航服内部饮水装置（ISDD）。头盔上的进食口让全副武装的宇航员在紧急情况下也可以插入水枪或食物探针。宇航服上还有一条特殊的加压拉链，可以从后颈一直拉到裆部，让宇航员可以轻松地穿进去。手套和头盔都用铝制的锁环直接连在宇航服上。

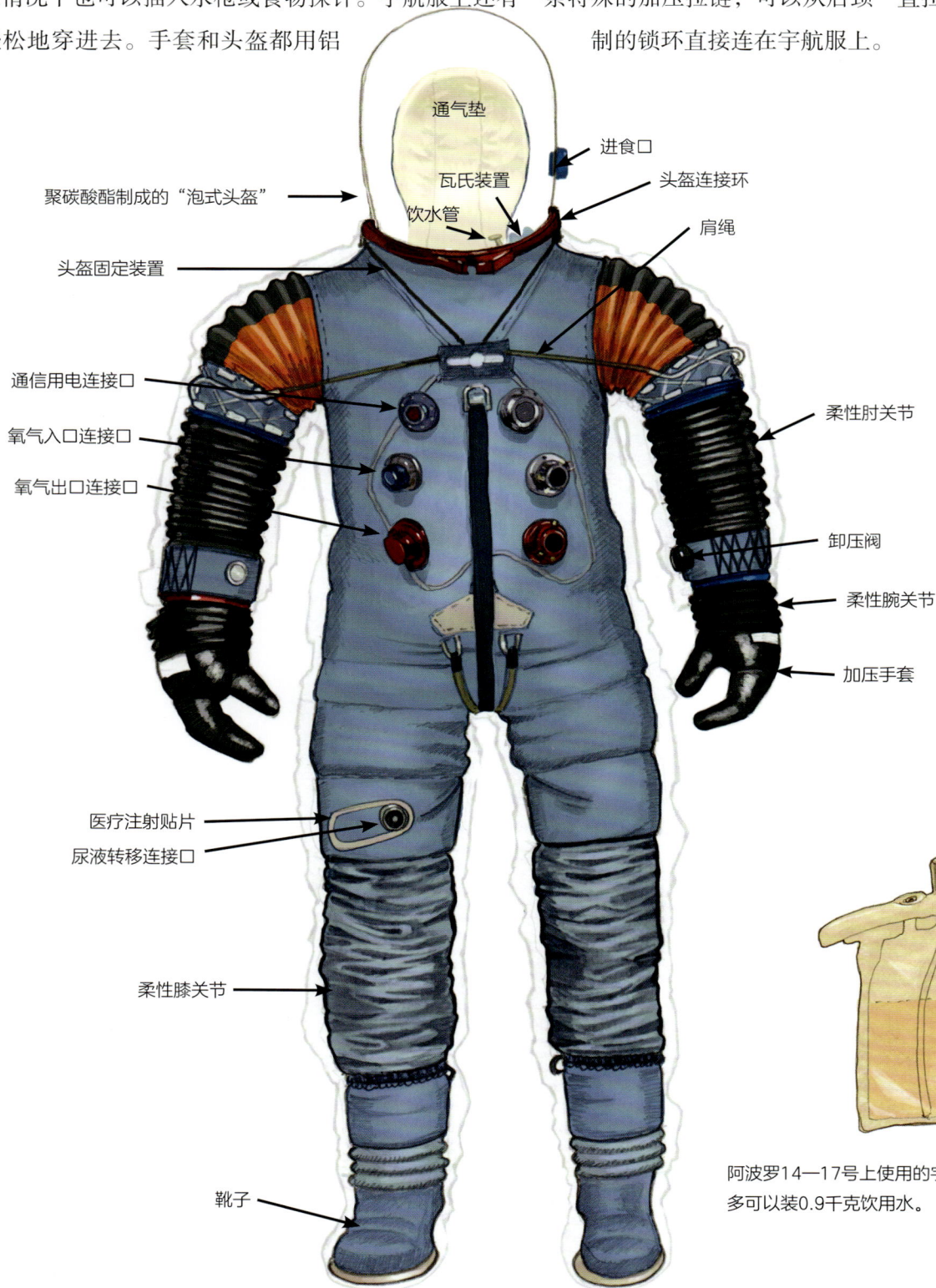

通气垫

进食口

瓦氏装置

头盔连接环

聚碳酸酯制成的"泡式头盔"

饮水管

肩绳

头盔固定装置

通信用电连接口

氧气入口连接口

氧气出口连接口

柔性肘关节

卸压阀

柔性腕关节

加压手套

医疗注射贴片

尿液转移连接口

柔性膝关节

靴子

阿波罗14—17号上使用的宇航服内部饮水装置最多可以装0.9千克饮用水。

集成式防热防微陨石服

集成式防热防微陨石服穿在加压服外面，它的材料是负责针线和黏合工作的缝纫女工们从未接触过的。整个集成式防热防微陨石服的14层都旨在保护宇航员不受极端温度和微陨石的伤害。最外面的几层叫作贝塔布，用防火的硅树脂玻璃纤维和特氟龙制成。

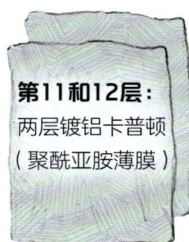

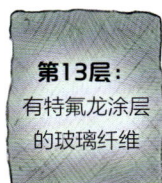

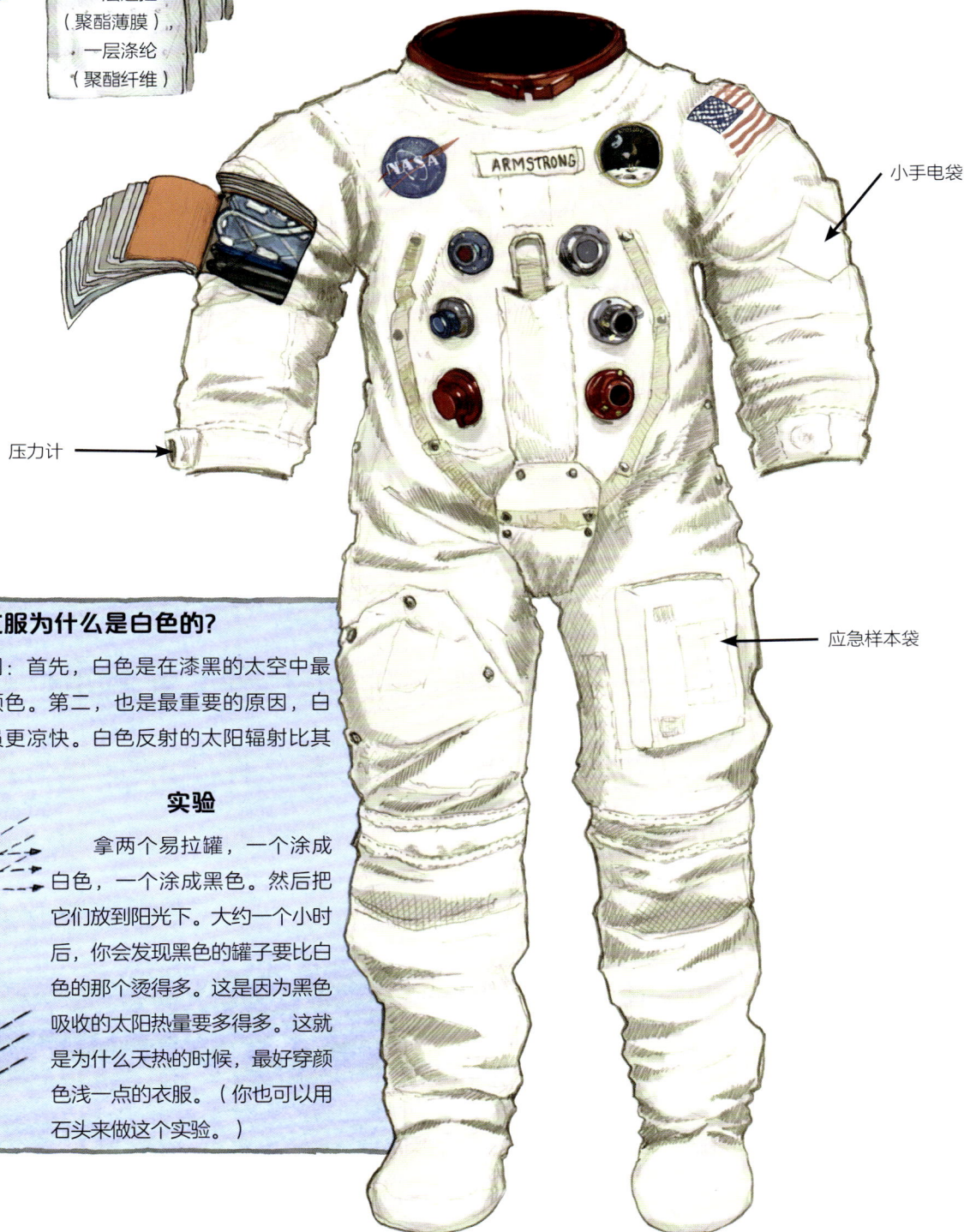

第1层：
有氯丁橡胶涂层的尼龙

第2—10层：
一层迈拉（聚酯薄膜），一层涤纶（聚酯纤维）

第11和12层：
两层镀铝卡普顿（聚酰亚胺薄膜）

第13层：
有特氟龙涂层的玻璃纤维

第14层：
特氟龙面料

小手电袋

压力计

应急样本袋

宇航服为什么是白色的？

有两个原因：首先，白色是在漆黑的太空中最容易被看到的颜色。第二，也是最重要的原因，白色可以让宇航员更凉快。白色反射的太阳辐射比其他颜色更多。

实验

拿两个易拉罐，一个涂成白色，一个涂成黑色。然后把它们放到阳光下。大约一个小时后，你会发现黑色的罐子要比白色的那个烫得多。这是因为黑色吸收的太阳热量要多得多。这就是为什么天热的时候，最好穿颜色浅一点的衣服。（你也可以用石头来做这个实验。）

头盔面罩组件

头盔面罩组件可以保护宇航员不被微陨石、极端温度、紫外线和红外线伤害。它的外面也像集成式防热防微陨石服一样包裹了一层贝塔布。这个组件由两块主面罩组成。内侧面罩的热控涂层可以抵御极端温度，外侧面罩用24K纯金制成的光学涂层可以阻挡太阳辐射和没有过滤的太阳光，两块侧板也可以拉下来遮阳。

通信头戴

通信头戴也被称为"史努比帽"。这个昵称源于漫画《花生》（*Peanuts*）里的角色史努比，因为这个装置长得很像史努比的耳朵。通信头戴有两个耳机和两个麦克风。（第二个麦克风是为了防止第一个麦克风失灵准备的。）在水星计划和双子星座计划期间，耳机和麦克风都连在头盔内部。由于宇航员不需要怎么动，所以这样行得通。但在阿波罗任务中，宇航员需要转头并上下观望。有了"史努比帽"，他们就可以在加压的泡式头盔里自由移动，同时还能保持通信。

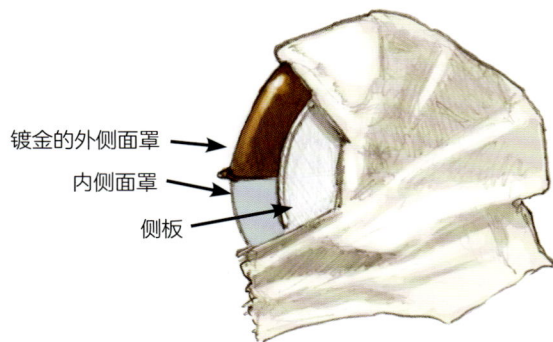

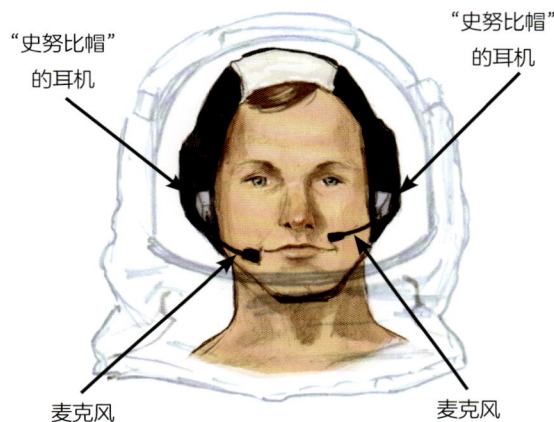

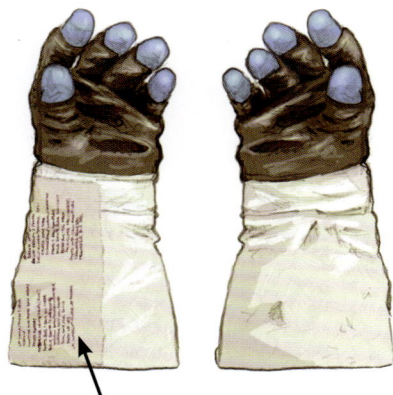

镀金的外侧面罩
内侧面罩
侧板

"史努比帽"的耳机
"史努比帽"的耳机
麦克风
麦克风

手套

加压宇航服的手套外表需要很坚硬，但又要足够灵活，能让宇航员在月球上使用工具。手套的指尖部分由硅树脂橡胶制成，能让人有触感。外面灰色的一层是一种叫作镍铬-R的防切割布料，用铬钢编织而成。

阿姆斯特朗的手套袖口缝了一张检查清单

硅树脂制成的靴底

靴子

登月靴说白了就是穿在加压靴外面的一层套鞋。靴底由硅树脂制成，又大又平，可以防止宇航员陷入月球尘埃中。靴子的上半部分由好几层贝塔布制成，外面包裹着镍铬-R材料，保护宇航员不受极端温度以及尖石的伤害。

*史努比是阿波罗航天计划非官方的吉祥物。

便携式生命保障系统和氧净化系统

便携式生命保障系统也叫作生命保障背包，由汉密尔顿标准公司打造。这是宇航员们将要携带的最重要的一件设备。就是它，让宇航服成了"可以穿在身上的飞船"，因为它可以提供跟登月舱和指挥舱里一样的生命保障系统。便携式生命保障系统会分配呼吸和加压用的氧气，同时去除二氧化碳、水分和异味，还能控制温度，提供通信。

氧净化系统是一重安全保障，以防背包出现问题。它最多可以提供30分钟的氧气，让宇航员有足够的时间回到登月舱，接入舱内的生命保障系统。

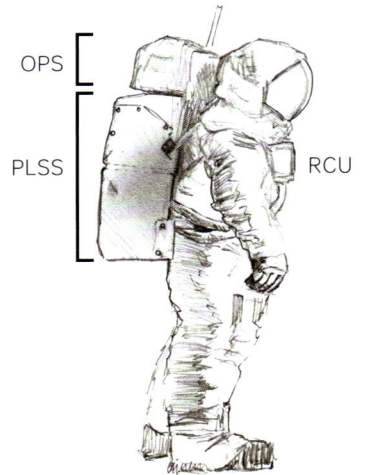

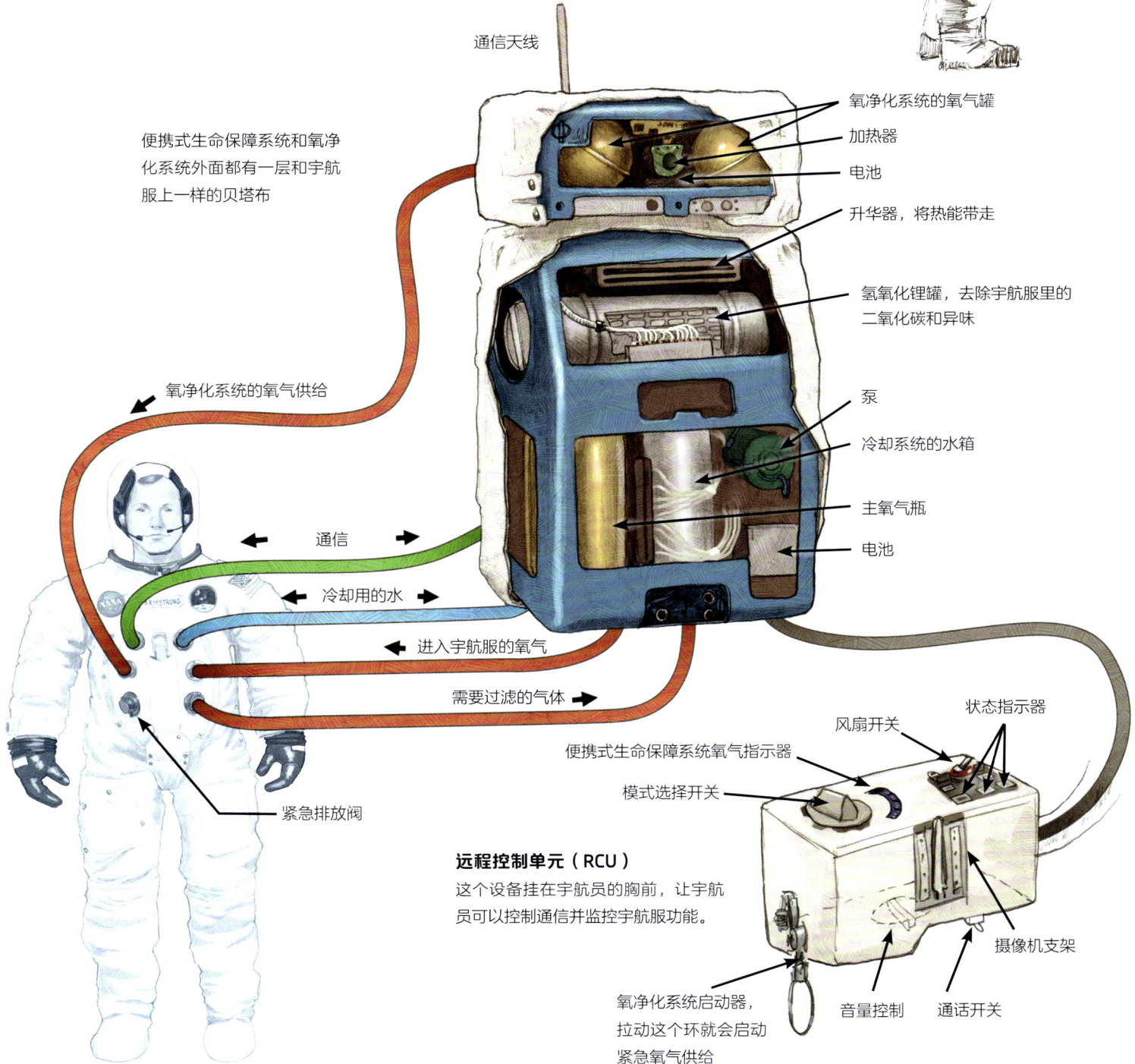

OPS

PLSS

RCU

通信天线

便携式生命保障系统和氧净化系统外面都有一层和宇航服上一样的贝塔布

氧净化系统的氧气罐

加热器

电池

升华器，将热能带走

氢氧化锂罐，去除宇航服里的二氧化碳和异味

氧净化系统的氧气供给

泵

冷却系统的水箱

主氧气瓶

电池

通信

冷却用的水

进入宇航服的氧气

需要过滤的气体

紧急排放阀

风扇开关

状态指示器

便携式生命保障系统氧气指示器

模式选择开关

远程控制单元（RCU）

这个设备挂在宇航员的胸前，让宇航员可以控制通信并监控宇航服功能。

摄像机支架

氧净化系统启动器，拉动这个环就会启动紧急氧气供给

音量控制

通话开关

149

液体冷却服

问题! **宇航服里太热**

显然，穿着沉重、多层的阿波罗宇航服，宇航员很快就会觉得非常热。制造便携式生命保障系统的汉密尔顿标准公司发明了一种方法，把冷空气从背包里泵入宇航服并穿过全身来帮助宇航员降温。但很快他们就发现这个法子行不通。汉密尔顿标准公司的工程师戴夫·詹宁斯只有两周的时间构思另一个解决方案，不然，汉密尔顿标准公司就会失去NASA这份合同。

解决方案! **水冷系统**

詹宁斯设计了液体冷却服，一种用氨纶织成的紧身衣，就像秋衣秋裤一样，上面交错布满了数百米长的聚乙烯管子。经由生命保障背包上的升华器（见第89页）冷却的水流过这些管子，通过热传导将热能从宇航员身上带走。宇航员可以用胸前的远程控制单元来调节水流，这样就可以控制宇航服内的温度。这个方法非常奏效，直到今天还在使用。

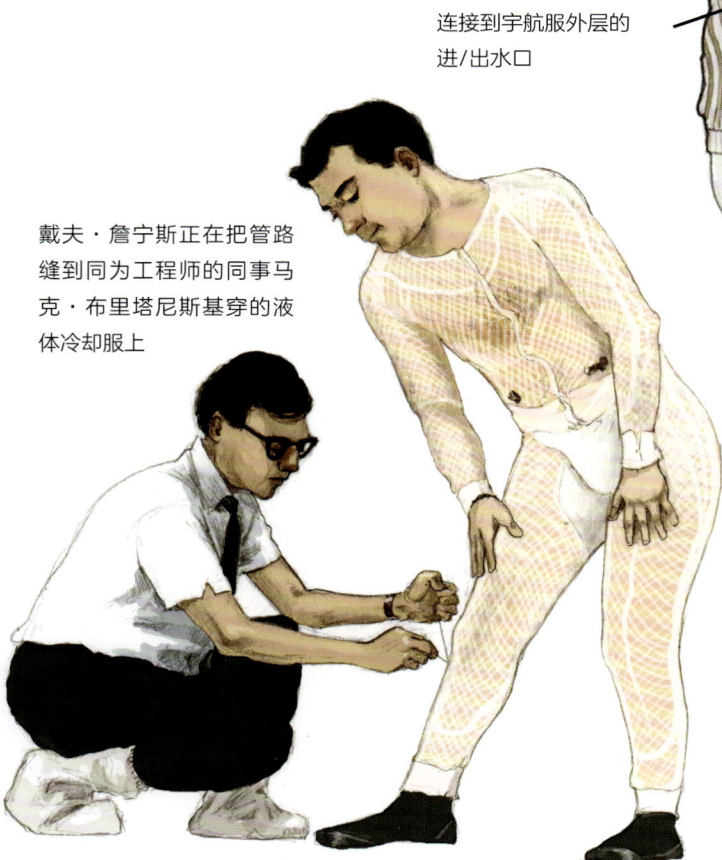

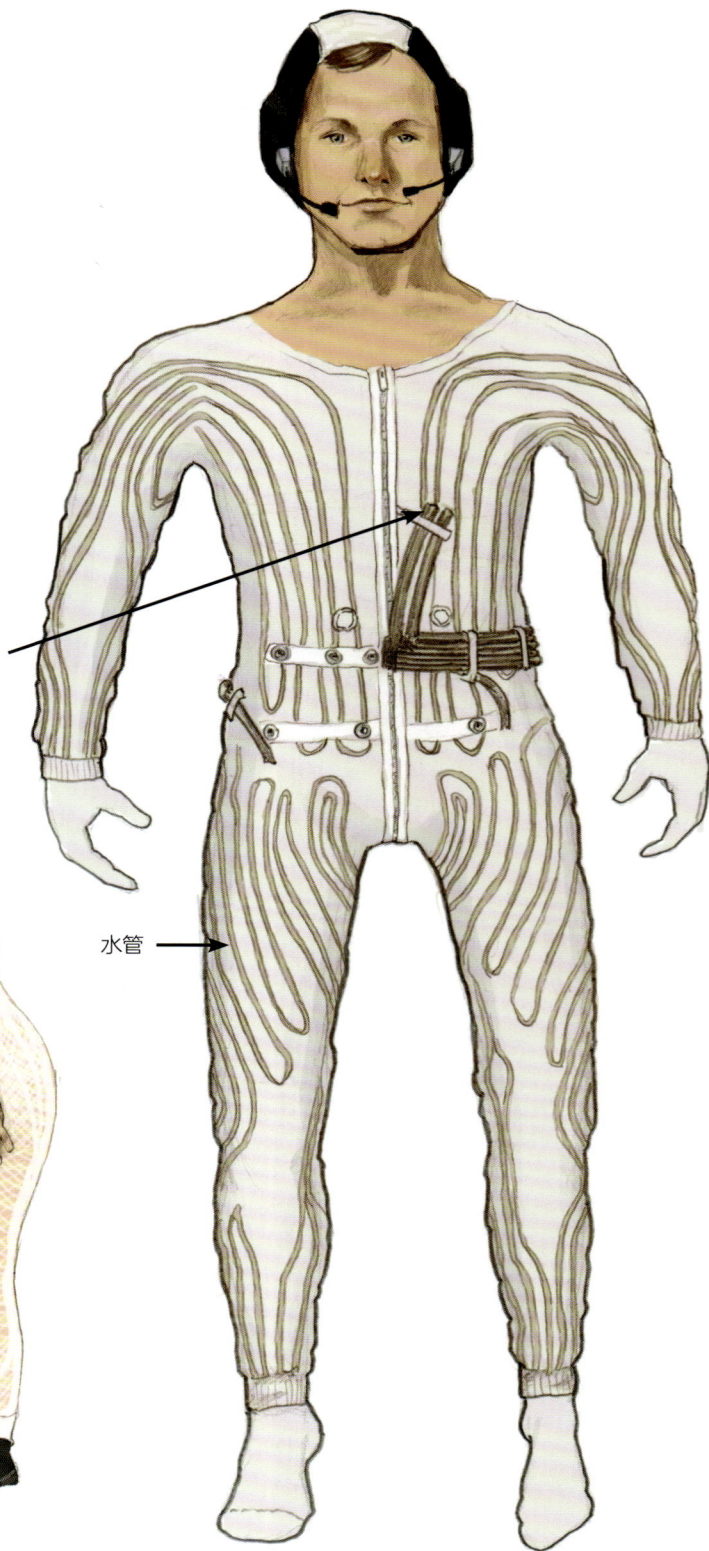

连接到宇航服外层的
进/出水口

戴夫·詹宁斯正在把管路缝到同为工程师的同事马克·布里塔尼斯基穿的液体冷却服上

水管

150

埃莉诺·"埃莉"·福雷克（1930—2011）

阿波罗宇航服缝纫女工经理

20世纪60年代，在倍得适当缝纫女工通常意味着你的工作就是做胸罩、束腹紧身衣、婴儿服或是其他内衣。当NASA选择ILC公司来制作登月宇航员的宇航服时，埃莉诺·福雷克正在缝制塑料婴儿包裤。

只有最好的缝纫女工才能参与阿波罗项目，而福雷克就是其中之一。她明白她们要制作的服装质量绝对要是最好的。如果她们没做好——哪怕只是缝错一针，或者有人不小心把一根针落在其中一件宇航服里，一名宇航员就可能失去生命！

参与缝纫工作的是清一色的女性。一时间，她们开始根据指南用自己完全不熟悉的材料制作服装。指南要求她们在每一条接缝处每厘米缝制13个针脚。每一件宇航服都有数百米长的缝线，每一针都经过清点和检查。

从开始制作到完成交付给NASA，每件宇航服上都有一张小卡片，上面是宇航员的照片和签名，以及一句题词。这张小卡片会一直提醒这些缝纫女工，她们正在进行的工作有多重要。

最终完成的宇航服简直就是一件艺术品。但NASA和穿着它们的宇航员们都不知道的是，很多女工在宇航服里面签上了自己的名字，现在这些宇航服都收藏在史密森学会。

埃莉·福雷克在ILC工作了43年。她把独特的才能贡献给了为阿波罗任务和航天飞机任务制作宇航服。

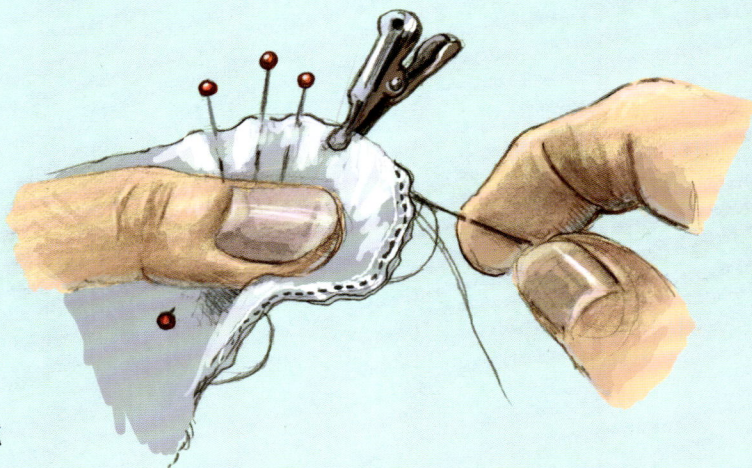

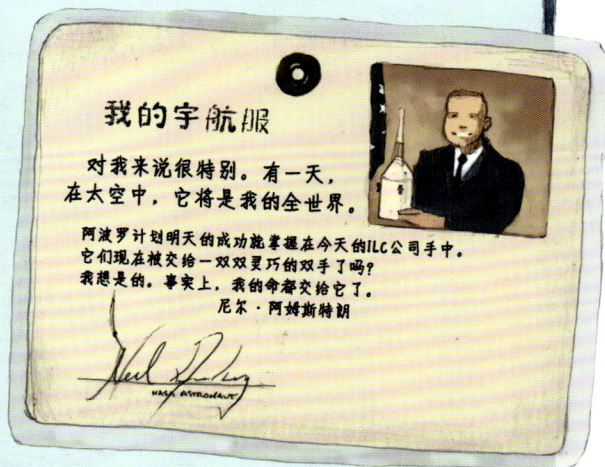

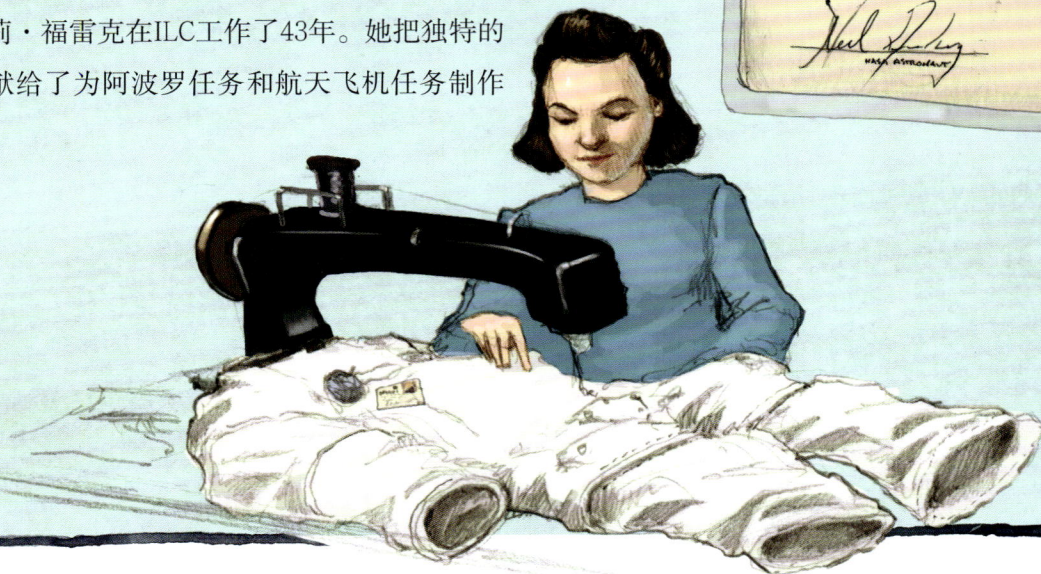

我的宇航服

对我来说很特别。有一天，在太空中，它将是我的全世界。

阿波罗计划明天的成功就掌握在今天的ILC公司手中。它们现在被交给一双双灵巧的双手了吗？我想是的。事实上，我的命都交给它了。

尼尔·阿姆斯特朗

第六部分
地面支持

*"我们是飞机领域的专家，但对太空旅行这个新领域，我们是无知的新手。
把人送进太空这件事正在变得越来越复杂。"*

——小克里斯托弗·哥伦布·克拉夫特，飞行任务负责人

送宇航员登陆月球，再把他们安全地带回地球需要的远不止建造火箭的
各个级、飞船的各个舱还有宇航服，尽管这些都是创新。

NASA需要组织、设计并建造一个综合性基地，来组装、测试和发射各个不
同的部件。这个基地需要大型机器把所有部件搬运到合适的地方各就各位；需
要好几幢大楼，供数百名将要监控和监督发射以及整个任务的工作人员办公；
还需要开发全新的训练宇航员的系统和流程。

每次任务只有三名宇航员进入太空，却有成千上万的建筑工人、工程师、
机修工、电工和其他方面的专业人士付出了巨大的努力，在地球上支持他们。

肯尼迪航天中心39号发射场

土星五号火箭和阿波罗飞船各个部分的建造工作正在顺利进行中。现在NASA需要决定在哪儿建一个发射场。水星计划和双子星座计划都是在佛罗里达州的卡纳维拉尔角发射的，但是考虑到土星五号体形巨大，NASA需要一个新的发射场。而这又需要一整套独立的计算。

首先，要考虑速度。因为地球自转一周是24个小时，那么赤道表面的自转速度大约是1667千米/时。如果我们要利用这个速度来为火箭加速，就应该在赤道附近向东的地方进行发射。

第二，要考虑运输问题。发射场必须能通过水路到达，这样驳船才能把土星五号的各级运到发射场。1962年7月，经过再三调研和慎重考虑之后，NASA选择了梅里特岛，并买下了梅里特岛海岸附近85万亩的沼泽地，就在卡纳维拉尔角北边不远的地方。

39号发射场将包含两个部分：用来组装土星五号的航天器装配大楼（VAB），以及用来监控整个发射过程的发射控制中心（LCC）。

已经没有时间可以浪费。买下这块地后，39号发射场就要立即全速推进建设。这个项目将耗费四年的时间，有7000多人的参与才得以完成。竣工之前，它被重新命名为"肯尼迪航天中心"。

一艘驳船正经由密西西比河将土星五号第一级运往航天器装配大楼

履带运输车上的移动式发射台

履带运输车慢速道：这是用数百吨田纳西河里的石子铺成的一条5.6千米长的道路，从航天器装配大楼一直延伸到发射台。

把发射场建在海岸上这一点很关键。如果火箭发射失败，落回地球，它将安全地降落在水中，而不是坠入有人居住的区域。建在海边也能保证火箭的第一级和第二级完成任务后也会落入海中。

梅里特岛

大西洋

发射控制中心：
发射控制中心里有发射期间监控火箭和乘组的方方面面所需的仪器和相关工作人员。

航天器装配大楼：
跟早期先横向组装，再在发射台上竖起来的火箭不同，硕大的土星五号将会直接垂直组装。

驳船行驶的运河：
一条大型运河以航天器装配大楼处为起点，连通香蕉河，最后通往大西洋，可以用驳船运输土星五号的第一级和第二级。

移动式
服务塔

通往39B发射台的慢速道

发射脐带塔

液氧加注库房和贮箱

39A发射台

坡道

火焰沟

火焰导向板

发射结构

RP-1存贮池

氢燃烧池

液氢加注库房和贮箱

装配到一起

分散在美国各地的多家公司在同时制造二十多次阿波罗号/土星号发射任务所需的火箭的各个级以及飞船的各个舱。每个部件在获得批准送到肯尼迪航天中心航天器装配大楼之前都要经过严格测试。而当这些部件送达时，它们将被装配成世界上最大的飞行器。

当然，要通过正常的陆运来运输这些庞然大物是不可能的，所以这些机器都是由驳船、货船和一组超大型飞机组成的机队运输的。（这种飞机叫作"超级彩虹鱼"。）

萨克拉门托测试基地
加利福尼亚州，萨克拉门托

S-II

CSM

北美航空
加利福尼亚州，海豹滩

S-IVB

道格拉斯飞行器公司
加利福尼亚州，亨廷顿海滩

前往巴拿马运河的航线

货船

驳船

超级彩虹鱼

卡车

土星五号的第一级会被一艘驳船带到亚拉巴马州的亨茨维尔小镇，经过发动机测试后，又乘着驳船回到新奥尔良进行最后的检查。S-IC的最后一趟旅程就是乘着货船去到佛罗里达州的肯尼迪航天中心。

　　第二级先在加利福尼亚州的海豹滩被装上一艘货船，经巴拿马运河航行数千千米来到密西西比。经过测试后，它会再乘着货船前往肯尼迪航天中心。

　　第三级比较小，可以用卡车从加利福尼亚州的亨廷顿海滩运到萨克拉门托。完成测试后，它将乘着"超级彩虹鱼"飞往肯尼迪航天中心。

　　仪器单元、指挥服务舱和登月舱都是通过"超级彩虹鱼"运往肯尼迪航天中心。

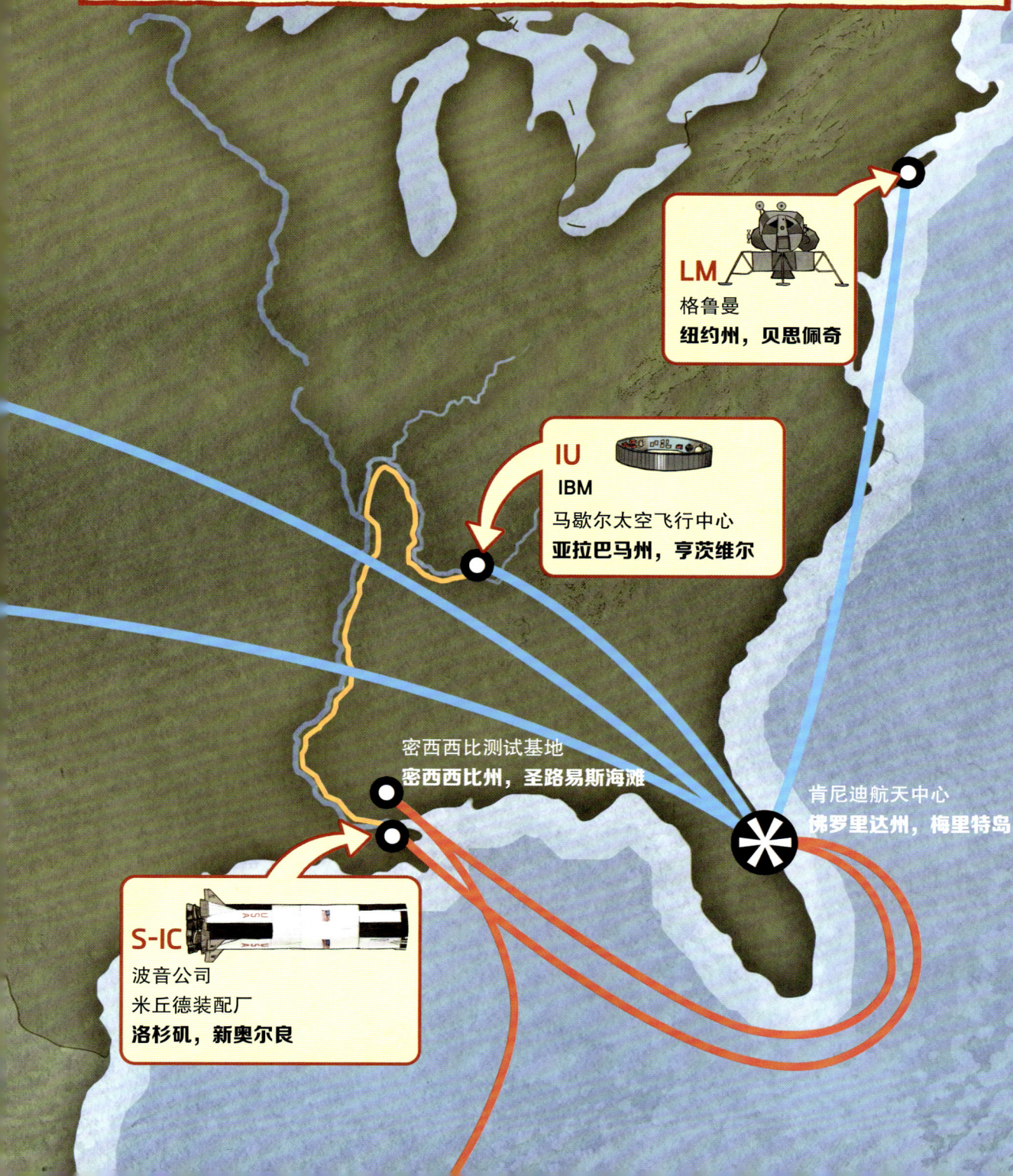

LM
格鲁曼
纽约州，贝思佩奇

IU
IBM
马歇尔太空飞行中心
亚拉巴马州，亨茨维尔

密西西比测试基地
密西西比州，圣路易斯海滩

肯尼迪航天中心
佛罗里达州，梅里特岛

S-IC
波音公司
米丘德装配厂
洛杉矶，新奥尔良

大肚彩虹鱼

1960年的一个晚上，前美国空军驾驶员杰克·康罗伊和飞机销售李·曼斯多夫一起吃了一顿晚餐，讨论NASA的运输问题。他们一直在用船把水星计划和双子星座计划的各个部件运到佛罗里达州，这样要花好几周。康罗伊意识到，如果他和曼斯多夫造一种超大型飞机来运输飞船的组件，他们就能获得一份利润丰厚的NASA合同。

康罗伊卖掉了自己的一切，组建了航空宇航运输公司（Aero Spacelines）。他把之前从曼斯多夫那儿买的一架波音377改造成了第一架超大型飞机。1962年9月19日，他驾驶着这架飞机进行了它的处女飞——航程大约有3218千米，从加利福尼亚州的范奈斯，飞到了亚拉巴马州亨茨维尔小镇的马歇尔太空飞行中心。到了终点，他试图说服沃纳·冯·布劳恩采用他的运输计划。一名NASA官员看到这个庞然大物，说它长得像怀孕的彩虹鱼，这个昵称就一直被叫到现在。

冯·布劳恩也颇为震撼，他立即爬上飞机想进行试飞。在空中，康罗伊告诉冯·布劳恩，NASA其实不需要花三周的时间用船把火箭的部件从加利福尼亚送到佛罗里达；他开飞机运送只需18个小时。冯·布劳恩和NASA明白，要在竞赛中打败苏联，他们必须分秒必争。于是，1963年，航空宇航运输公司获得了NASA委托其用"大肚彩虹鱼"运输双子星座计划火箭部件的合同。

约翰·M."杰克"·康罗伊（1920—1979）

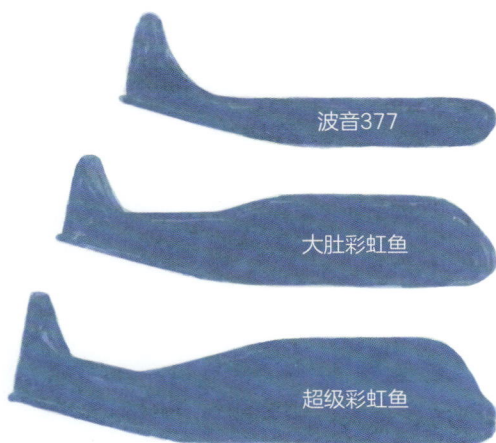

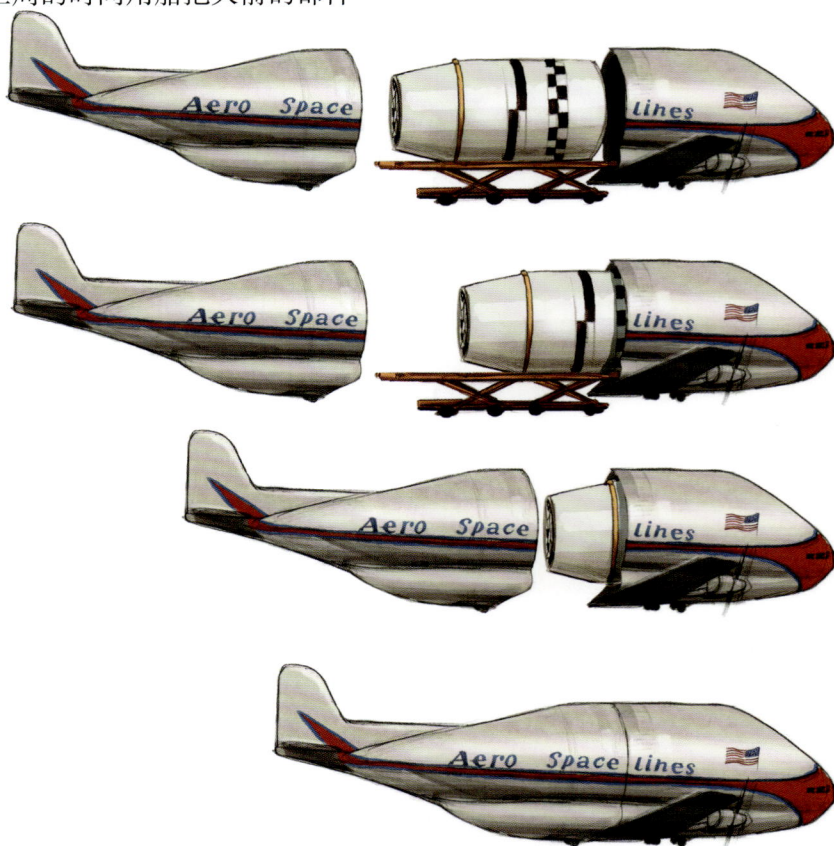

波音377

大肚彩虹鱼

超级彩虹鱼

"大肚彩虹鱼"的尾翼可以拆卸，火箭推进器可以直接滑行着推进机内。

超级彩虹鱼

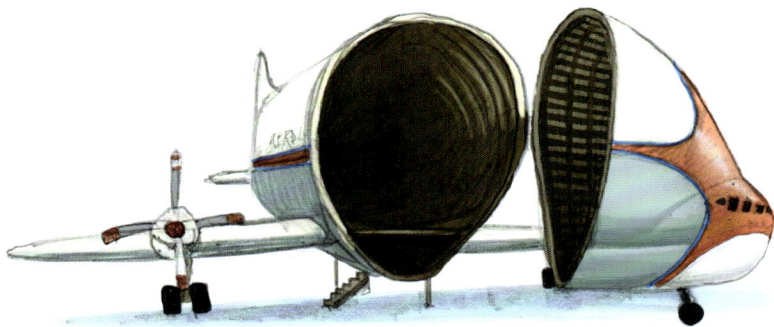

到了1965年，阿波罗计划正在顺利进行中，康罗伊为土星五号和阿波罗飞船的各个部件造了一种更大型的飞机。他称之为"超级彩虹鱼"，这是世界上最大的飞机。它的货舱直径长达7.6米，正好可以放下直径6.7米的S-IVB。超级彩虹鱼的锥头可以像门一样向外打开95度，超过17米长的S-IVB也能够滑行推进机内。

超级彩虹鱼相关数据

最高速度	483km/h
长度	43m
质量（空载时）	49895kg
最大载重	29484kg
制造商	航空宇航运输公司

航天器装配大楼

从水星计划到双子星座计划，火箭都是在发射台上装配的。阿波罗计划则不同。在还需进行必要的发射前测试期间，土星五号火箭不可能连续好几个月一直安置在发射台，暴露在佛罗里达州含盐的腐蚀性空气以及飓风之中。我们需要为这些巨大的飞行器建一个家。因为发射的时间可能相互重叠，所以这个"家"要足够大，能够放下好几枚土星五号火箭。它还需要离发射台至少5.6千米远，因为根据计算，如果土星五号爆炸，这是最小的安全距离。

1963年，航天器装配大楼开始动工，它将是世界上最大的建筑之一。为了确保大楼稳固、安全，且无惧飓风，它的地基必须非常坚固。施工团队用填满沙子的钢管打桩，打入50米深的基岩中。地基总共有4225根桩，用到的钢管加起来一共有203千米长。

1966年，航天器装配大楼完工，已经可以用来接收和装配登月火箭的各个部件。大楼占地48.6亩，能容纳三个半帝国大厦。这座装配大楼如此巨大，以至于在环境适宜时，大楼的上层甚至可以形成云层。大楼的门有142米高，开关一次就要45分钟。

大国旗

美国国旗和NASA标识分别是1976年和1998年出现在航天器装配大楼侧面的，但是为了体现出大小比例，它们不是涂上去的，而是挂上去的。这是世界上最大的美国国旗：高63.7米，宽33.5米。星条旗上的一个星星就有一个NBA标准篮球场那么大，每根红白条有2.7米宽。NASA标识的大小相当于一个棒球场的内场。

推出火箭

完全装配好的土星五号火箭/阿波罗飞船可以从装配大楼142米高的大门中推出来。

起重机

装配大楼里用来吊起并装配各个部件的起重机是世界上最大最精细的。五台桥式起重机坐落在轨道上，可以精准地把火箭一级一级地堆叠到一起。最大的一台起重机可以吊起50头大象！起重机操作员的技术也要非常娴熟，达到炉火纯青的地步，甚至可以把近39吨重的第二级吊到一颗鸡蛋上而不把鸡蛋弄破。

装配大楼的传输过道里，一台250吨的桥式起重机正在将土星五号第一级从运输车上吊下来。

与其说装配大楼是一栋楼，不如说它是一台机器。这是一个巨大的登月火箭部件接收、测试和装配厂。阿波罗飞船/土星五号运载火箭的各个部分将在这里首次组装到一起。每个插头、螺栓、接缝、接头以及每一根布线都必须完美匹配。

整个装配大楼最高的部分叫作高舱，有四个隔间，或者说四个舱，这就是装配运载火箭的地方。每个舱旁边有一道对应的门，就在大楼的四个角上。

低舱里有八个出检舱。各个部件在整合到一起之前先在这里接受测试。高舱和低舱之间下面的空间就是传输过道，像巨大的洞穴般广阔。巨大的土星五号的各级就是从这里被起重机移到各自合适的位置。

一枚完全装配好的火箭在四号高舱里的移动式发射台上

高舱

低舱

每一个高舱隔间里都有很多可移动的工作平台，让技术人员得以进入火箭。从这种高度上掉落任何东西都可能会损坏火箭，或是砸伤下面的人，所以工作人员必须把工具拴在他们的工作腰带上。

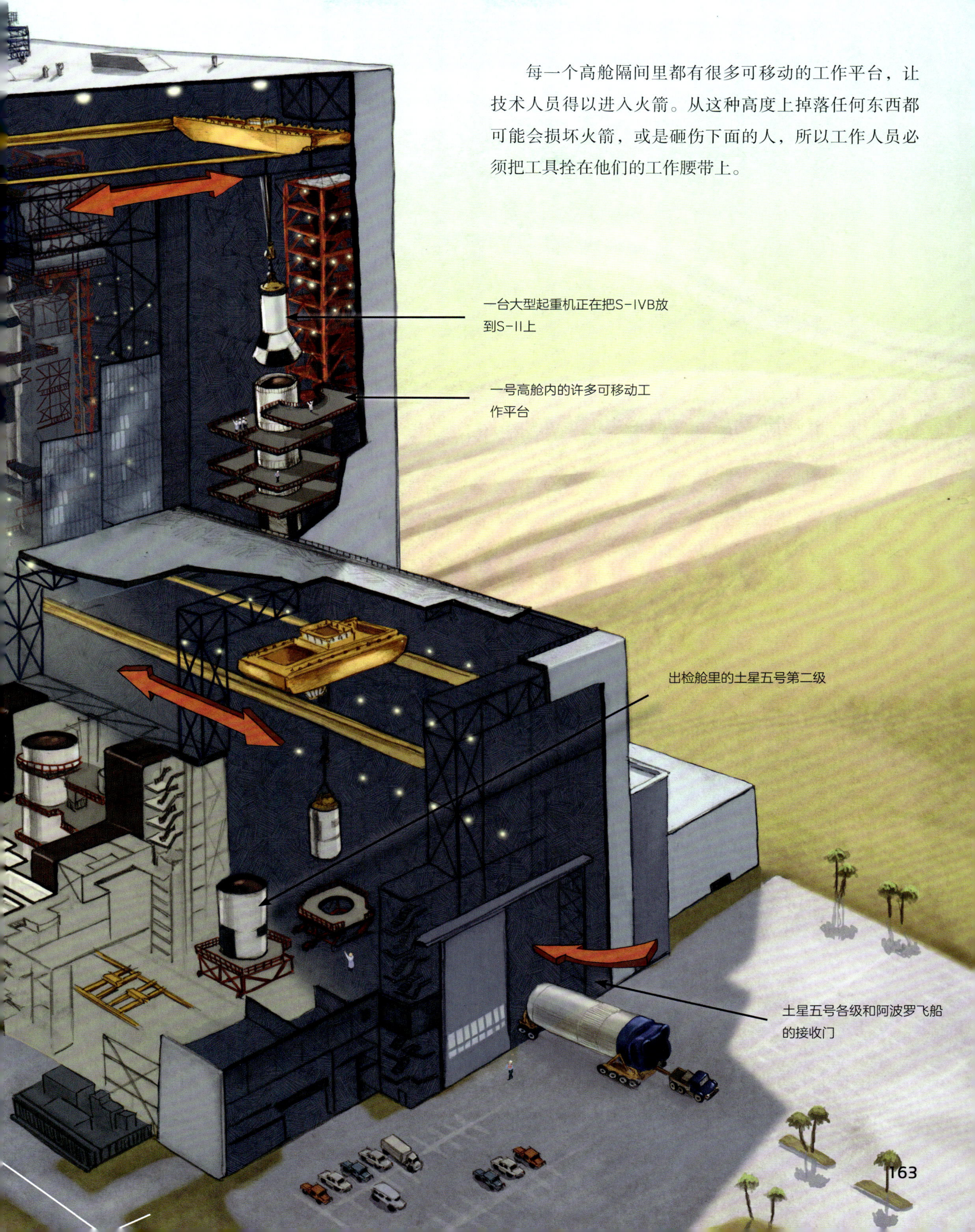

一台大型起重机正在把S-IVB放到S-II上

一号高舱内的许多可移动工作平台

出检舱里的土星五号第二级

土星五号各级和阿波罗飞船的接收门

移动发射系统

问题！ 运输火箭

现在，土星五号已经可以在航天器装配大楼的安全范围内进行装配了，接下来工程师唐·布坎南要想办法把火箭运到5.6千米外的发射台去。他一开始想挖一条水道，建一艘驳船，通过水路把火箭运到发射台。但测试结果表明驳船装载火箭之后会头重脚轻，根本走不了。他又考虑了通过铁路系统运输的可能。但他的想法要么太不现实，要么造价太高。到了1963年2月，NASA官员要求得到一个答案，布坎南已经快没有时间了。

解决方案！ 一个完整的移动系统

一次，布坎南和他的团队心血来潮前往肯塔基州去看露天采矿用的铲矿机。这是一个巨大的机器，有八组履带，可以挪动超级重的物体。布坎南很兴奋，这样的机器也许能运火箭，而且还不会超出预算。他和团队做了一些测试，然后把这个想法扩充成了一个由两部分组成的移动发射系统，一部分是移动式发射台，一部分是履带运输车。

这个制胜的想法是这样的：火箭会在一个已经装好发射塔的平台上装配。平台下面，履带运输车慢慢把整个系统挪到发射台那儿去。因为整个发射基地基本是建在沼泽地上的——而移动发射系统又是个好几百吨重的大机器——所以它经过的道路必须经过精心设计，足以支撑整个系统。

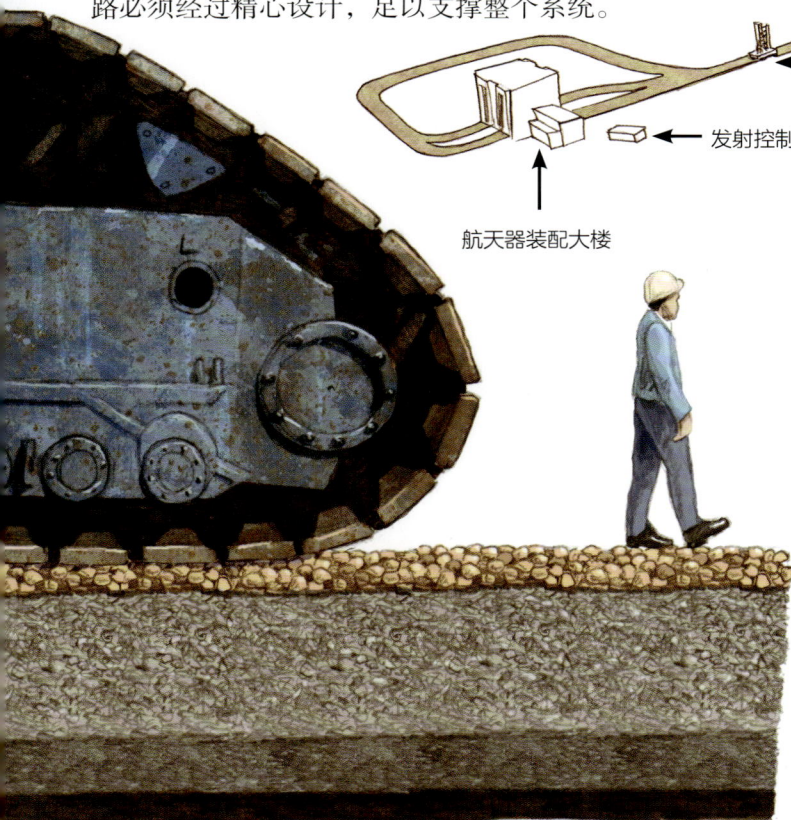

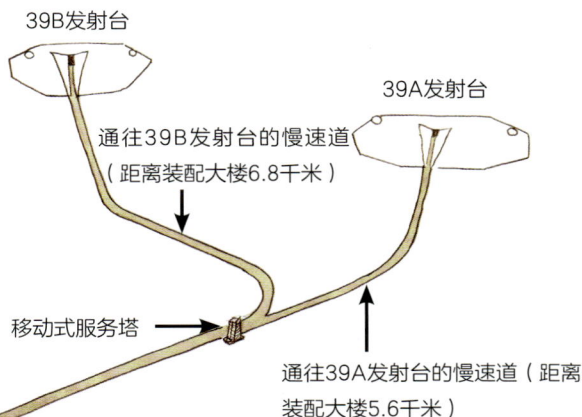

39B发射台

39A发射台

通往39B发射台的慢速道（距离装配大楼6.8千米）

移动式服务塔

通往39A发射台的慢速道（距离装配大楼5.6千米）

履带运输车将移动式发射台送往39A发射台

发射控制中心

航天器装配大楼

慢速道宽39米：两条履带道各宽12米，中间间距15米。慢速道的最上层是10—20厘米厚的田纳西河里的石子，这种石子摩擦时不会产生火花，避免了火灾的可能性，同时它们还是一层滚珠，让履带运输车可以轻松地向各个方向滑行。石子下面是大约2.2米厚的石料和压实的泥土，防止运输车陷入沼泽。

10—20厘米厚的田纳西河石子

1.2米厚的级配碎石

0.7米厚的小沙砾

0.3米厚的压实土

移动式发射台

移动式发射台的两个主要部分是发射脐带塔（LUT）和发射平台。发射脐带塔是116米高的开放式钢结构，有18层，配有两台高速升降机。脐带塔还有八根服务臂，为火箭的各级提供推进剂、环境控制、电力和通风。八根服务臂中最高的是通道臂，也叫"龙门架"，宇航员和技术人员就通过这根臂进入指挥舱。通道臂的尽头是一个环境受控的房间（又被称为绝尘室），背靠着指挥舱。

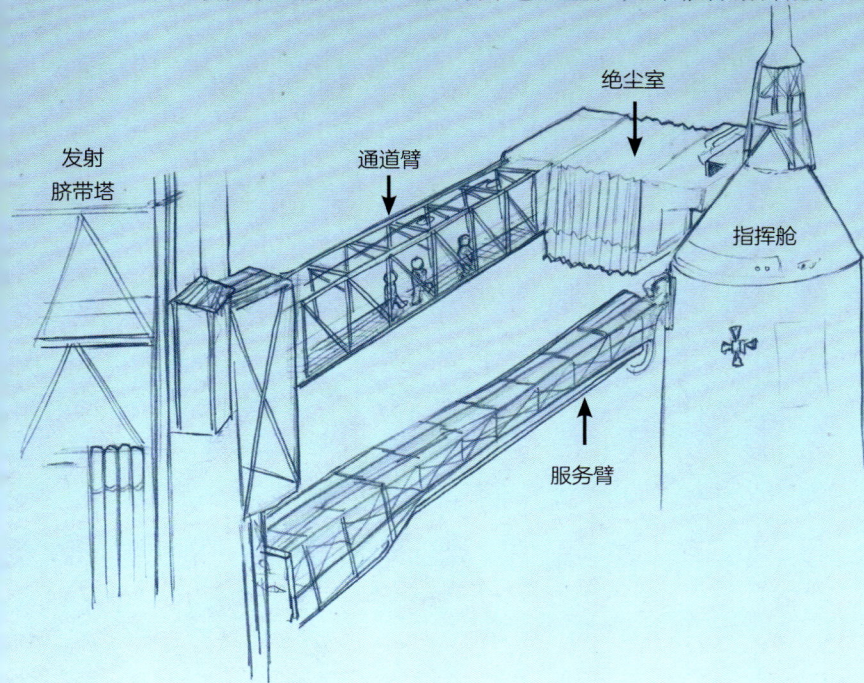

发射脐带塔

通道臂

绝尘室

指挥舱

服务臂

锤头式起重机

脐带塔

服务臂又被称为摆臂，因为它们可以与发射火箭断开连接，迅速摆开。为了防止大风使臂摇摆，摆臂是开放式的大梁结构，地板是钢搭成的网格。通过摆臂走到绝尘室会是一次让人头晕目眩的可怕经历，因为你能完全透过地板看到下方122米处的发射平台。

发射平台是一个两层高的钢结构，是脐带塔和火箭的基座。火箭正下方是一个12米乘12米的方孔，让五台F-1发动机及其尾气火焰能够喷进发射台上的火焰沟。阿波罗计划建了三个发射平台，每个发射平台里的管路、电缆、办公室、机器和洗手间都像迷宫一样。

发射平台

履带运输车

165

下垂臂

尾翼服务桅杆

下垂臂

连接在发射平台上的四根下垂臂负责在装配过程中把2950吨的土星五号火箭牢牢地固定住，直到发射。每根下垂臂重约18吨，可以在接触点上产生349吨重的力，从而把运载火箭锁在位置上。一旦五台F-1发动机达到了95%的推力，下垂臂就会松开土星五号，发射正式开始。

尾翼服务桅杆

发射平台上还装了三根尾翼服务桅杆，用来支撑土星五号第一级的电缆和推进剂。发射的时候桅杆会向上回缩，脱离火箭。有一个保护罩护住脐带延伸段，防止火箭发射产生的尾气损坏桅杆。

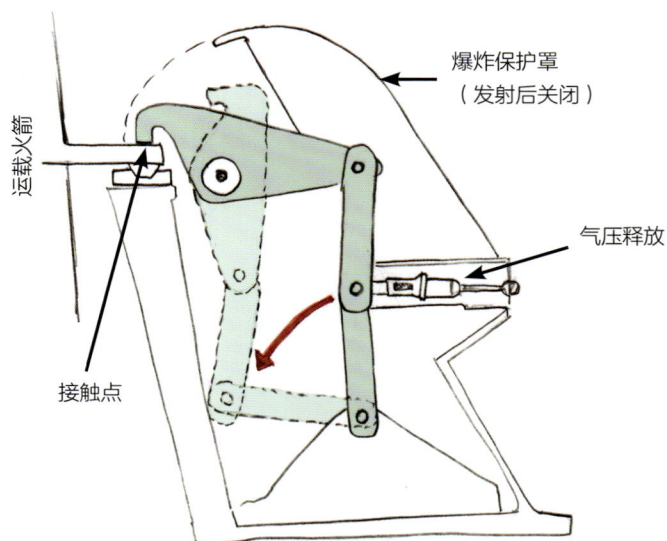

运载火箭

爆炸保护罩
（发射后关闭）

气压释放

接触点

下垂臂内部

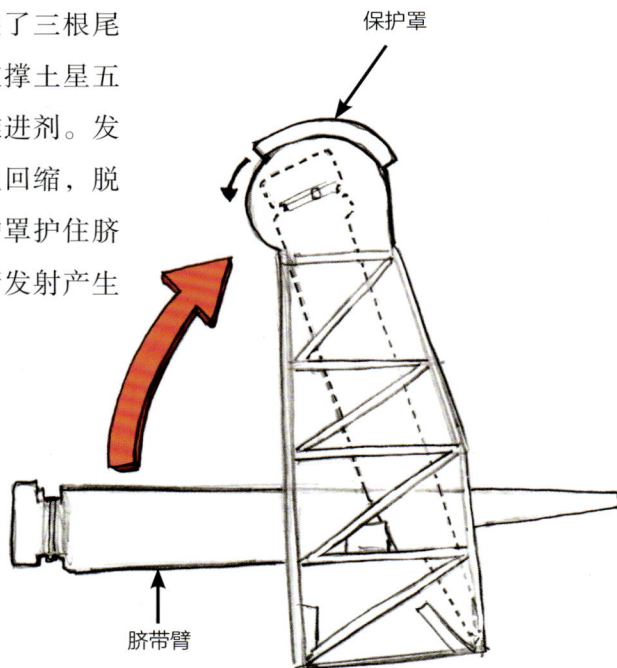

保护罩

脐带臂

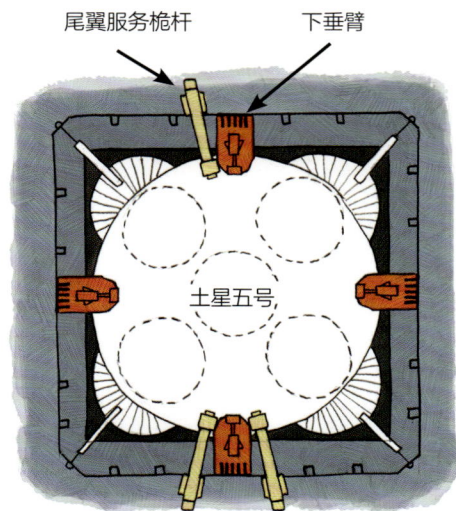

尾翼服务桅杆

下垂臂

土星五号

移动发射平台俯视图

移动式服务塔（MSS）

移动式服务塔跟大楼的脚手架类似，目的就是让技术人员进入发射台上的火箭和飞船。移动式服务塔对准土星五号之后，就会有好几个工作平台完全包围飞船以及S-IVB的上半部分（即登月舱所在位置）。

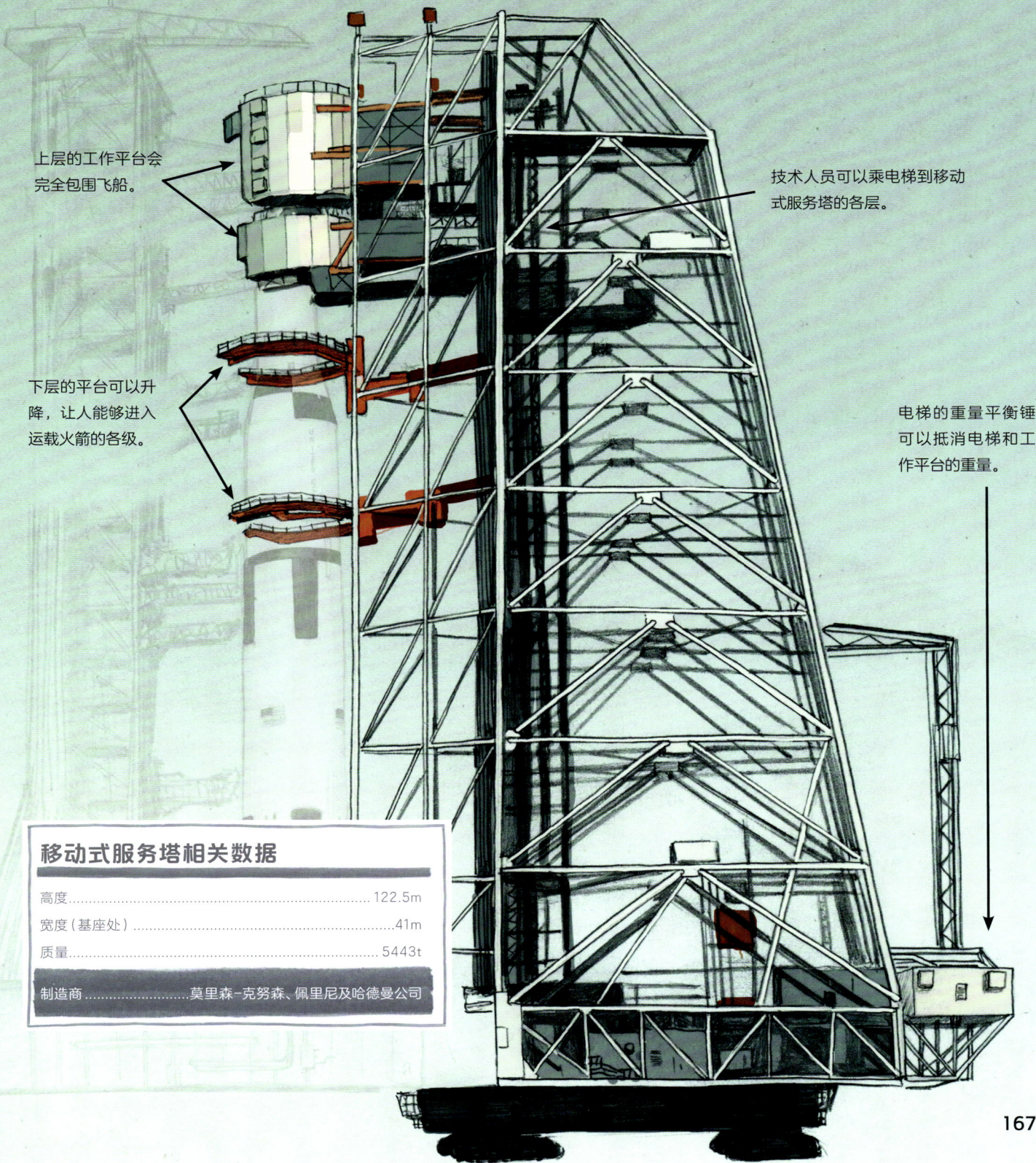

上层的工作平台会完全包围飞船。

下层的平台可以升降，让人能够进入运载火箭的各级。

技术人员可以乘电梯到移动式服务塔的各层。

电梯的重量平衡锤可以抵消电梯和工作平台的重量。

移动式服务塔相关数据

高度	122.5m
宽度（基座处）	41m
质量	5443t
制造商	莫里森-克努森、佩里尼及哈德曼公司

167

履带运输车

马里昂挖掘机公司位于俄亥俄州的马里昂。他们生产的蒸汽动力挖掘机和巨型挖掘机参与了巴拿马运河的建设，履带运输车就是这家公司制造的。这种履带运输车是世界上最大的自动力推进式陆地车辆。它会在八条像坦克一样的履带上移动，把发射脐带塔和土星五号运往或运离发射台，同时还要把移动式服务塔运输就位。每条履带有57块履带板（也叫作履带垫），每块重0.9吨。操作这样一台车需要一支由30名工程师、技术人员和司机组成的团队。

40m 27.4m

驾驶舱

单块履带垫

从航天器装配大楼到39A发射台5.6千米的路程要花五个小时，消耗1893升燃料。

质量	2858t
最高速度（满载时）	1.6km/h
最高速度（空载时）	3.2km/h
起重能力	5443t
制造商	马里昂挖掘机公司

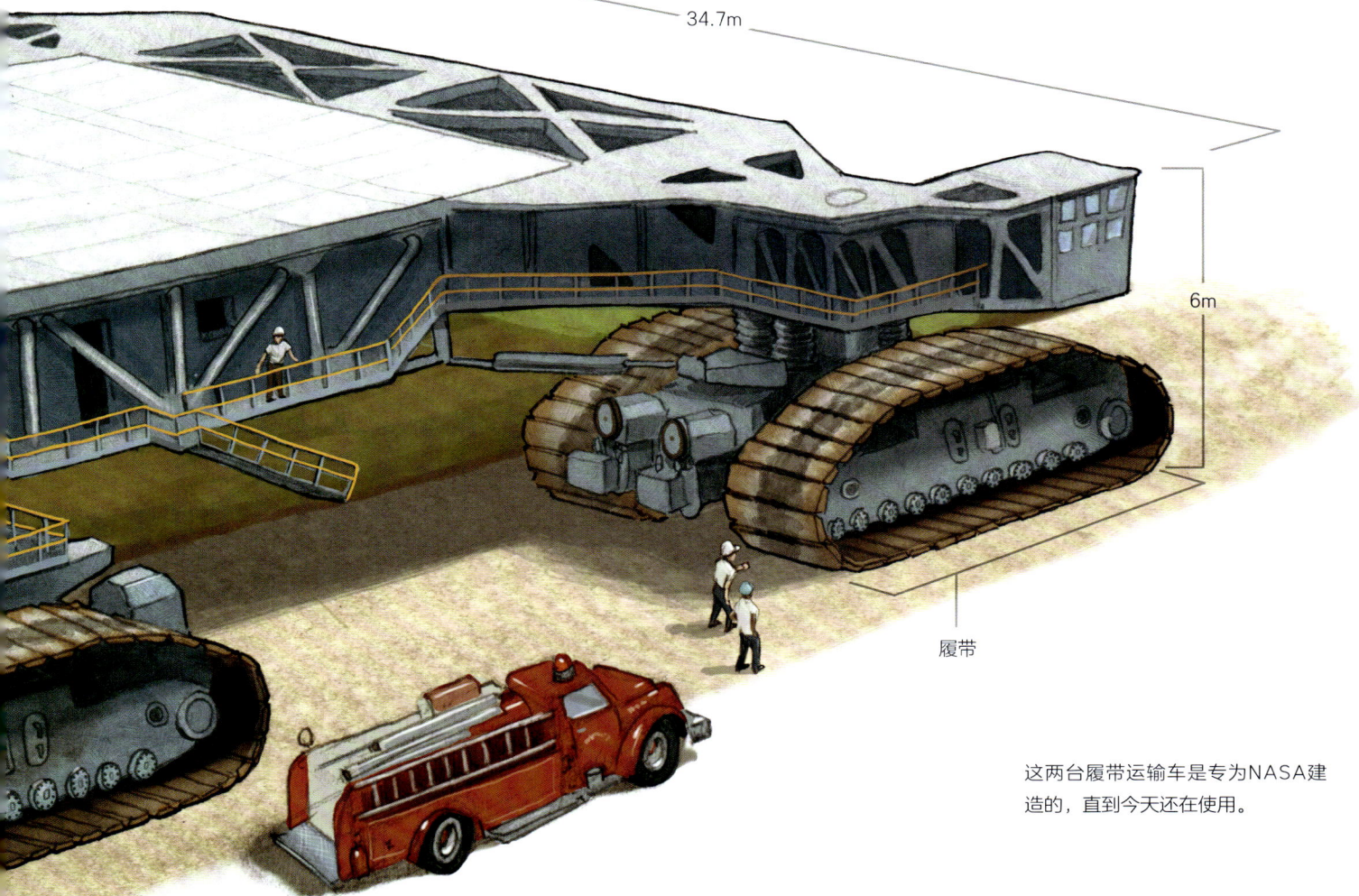

34.7m

6m

履带

这两台履带运输车是专为NASA建造的，直到今天还在使用。

履带运输车的四个角都可以单独升降。运输车有一个自动调平系统，火箭在通过发射台上一个有5度倾斜角的坡道时也能完全保持垂直。

发射台

169

建设航天器装配大楼的同时，还有另外一队工人在建造两个发射台。1961年工程刚开始的时候，NASA还在考虑"地球轨道交会"的方案，需要四个发射台来满足每个任务中不同的发射。一年之后，"月球轨道交会"方案被选中，只需要两个发射台。阿波罗计划的几乎所有任务使用的都是39A发射台，但还有一个跟它一模一样的39B发射台。由于阿波罗11号的准备工作开始得很早，阿波罗10号是唯一一次从39B发射台发射的任务。

发射台的布局构造很大程度上是由火焰导向板的设计决定的。发射台上的火焰导向板跟试验场地的火焰折向斗很像，可以在点火发射产生的高压和火焰中保护火箭的下半部分以及发射台。火焰导向板把尾气向外导向火焰沟，从而起到保护作用。因为发射台建在潮湿的沼泽地上，NASA的工程师要让火焰沟的底层和地面齐平，防止它像地下室一样淹没在沼泽里。这就意味着发射台的顶部会有四层楼那么高，从而给火焰导向板留出空间。

运载火箭坐落在发射平台上一个12米乘12米的方孔上方，让火焰和尾气能够排放到火焰沟里。

火焰导向板

火焰沟

逃生管道

爆炸屋

橡胶屋

火焰导向板经由轨道被放置到正确的位置。

火焰沟

　　137米长的火焰沟上精准地排列着数千块特殊的耐火砖，用来承受1649°C的高温以及四倍于声速喷射的火焰。

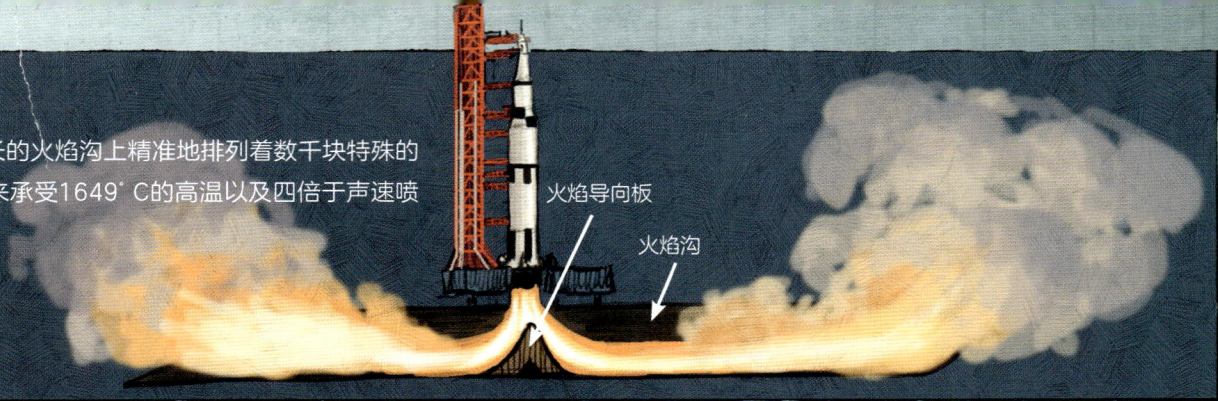

火焰导向板

火焰沟

履带运输车把移动式服务塔送去和土星五号火箭/阿波罗飞船相接。

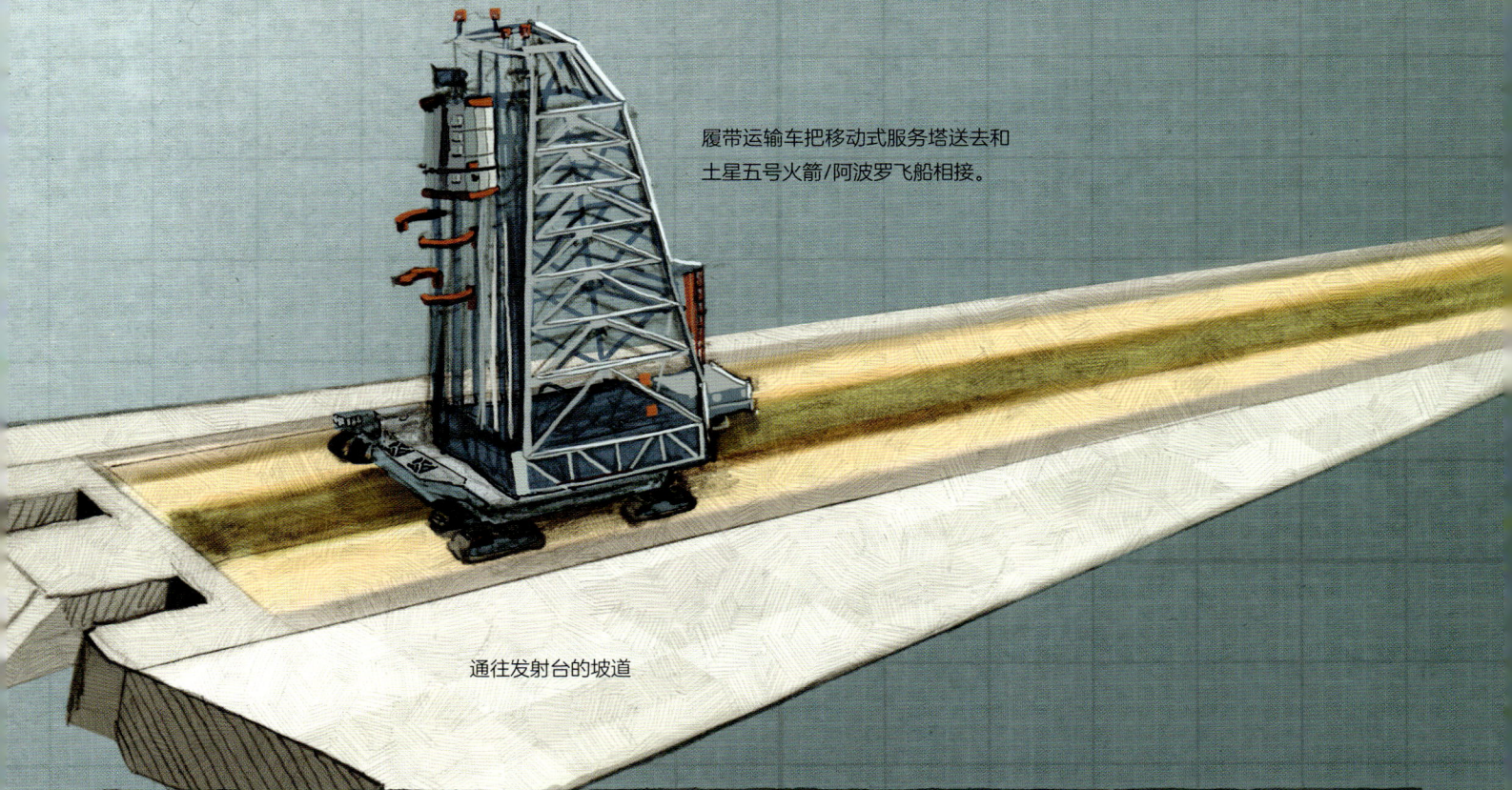

通往发射台的坡道

火焰导向板

　　火焰导向板完美的曲线设计，可以让五台F-1发动机点火工作产生的尾气火焰远离发射台和火箭。它看上去很简单，其实是一个了不起的复杂工程。火焰导向板由钢梁和桁架制成，外表是钢板。还有一层10厘米厚的陶瓷用来进一步隔热。

　　每个发射台制作了两个导向板，其中一个会通过轨道滑到土星五号的正下方，另一个则是备用。

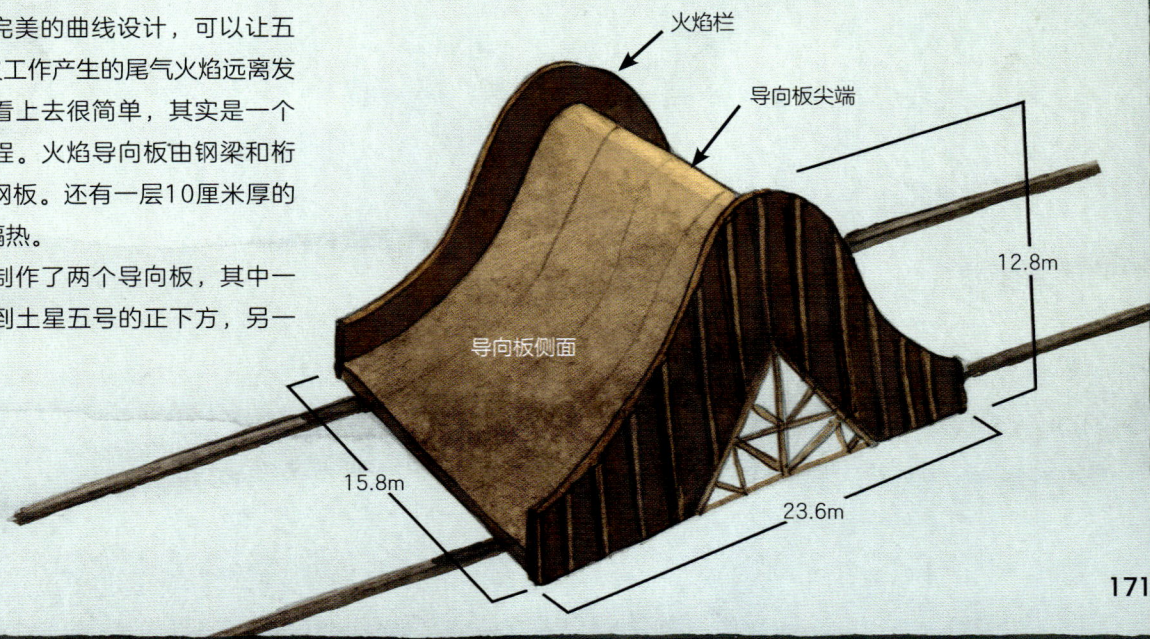

火焰栏

导向板尖端

12.8m

导向板侧面

15.8m

23.6m

发射台上的安全保障

土星五号的推进剂燃烧产生的能量相当于500吨原子弹的爆炸能量。肯尼迪航天中心的每个人都清楚为宇航员和发射台的工作人员设计一个应急逃生系统的重要性。

他们决定在发射台地下12米造一个爆炸屋。一旦发生紧急情况，工作人员可以乘坐高速电梯，30秒后就会到达发射塔基座。他们可以跳进一根管道，滑到下面的"橡胶屋"，穿过一道厚厚的钢门进入爆炸屋。在那儿，上面的火箭爆炸就不会伤害到他们了。

61米长的滑行管道

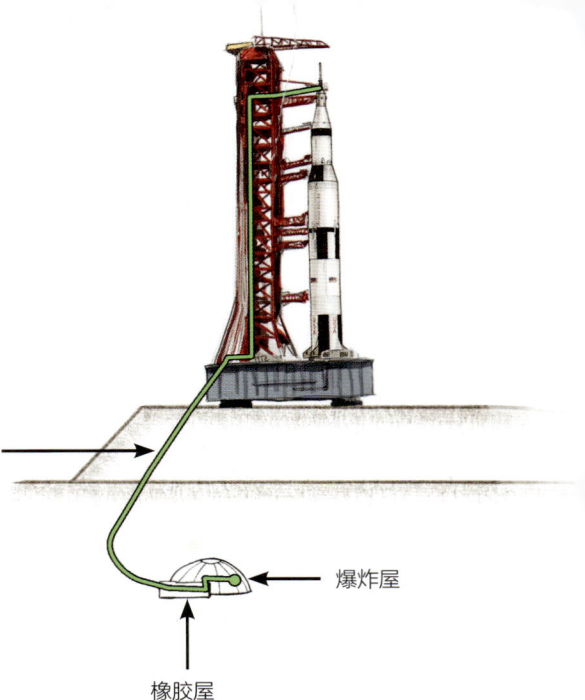

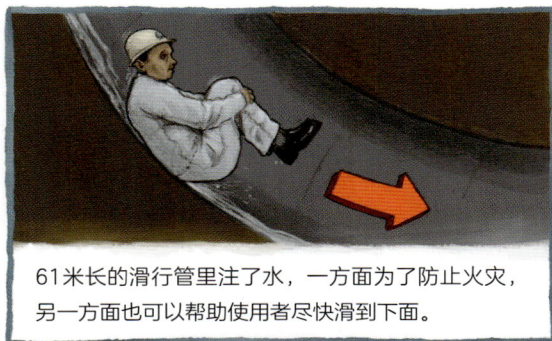

爆炸屋

橡胶屋

61米长的滑行管里注了水，一方面为了防止火灾，另一方面也可以帮助使用者尽快滑到下面。

橡胶屋"屋"如其名，就是一个墙壁和地板都是橡胶做的屋子，可以保障工作人员安全地滑进来。进入橡胶屋后，他们会穿过一道15厘米厚的钢门进入爆炸屋。

爆炸屋里有20张软椅，大到足够让穿着全套加压服的宇航员坐下。爆炸屋的地板会在巨大的弹簧上自由弹动，弹性大到足以缓冲爆炸产生的冲击。爆炸屋里还有灭火毯、二氧化碳过滤器和其他物资，可以让20个人存活一整天，等到救援队伍到达。

火箭的爆炸是自下而上的

高速电梯离110.6米高的火箭只有7.6米远。如果火箭即将爆炸，那么推进剂溢出或者火灾更有可能发生在基座，而乘组很有可能就是乘着电梯直入烈焰地狱。

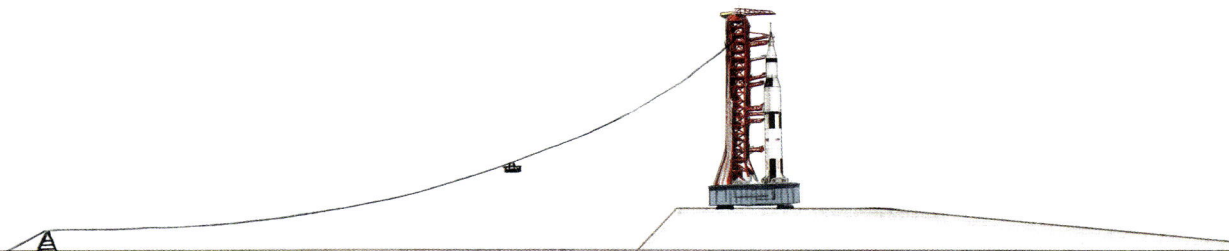

解决方案! **紧急出口系统**

肯尼迪航天中心的工程师开发了一个滑索系统，上面吊着缆车，可以容纳九个人，就像滑雪场的缆车一样。缆车离地146米，位于最高的通道臂外，可以让宇航员加最多六个人爬进来，把自己固定在栏杆内。随后，他们拉动一个释放环，通过一根2.8厘米粗的钢缆滑到离发射塔670米开外的一个地方。缆车只会进行一次测试——因为工程师们觉得实在是太可怕了！

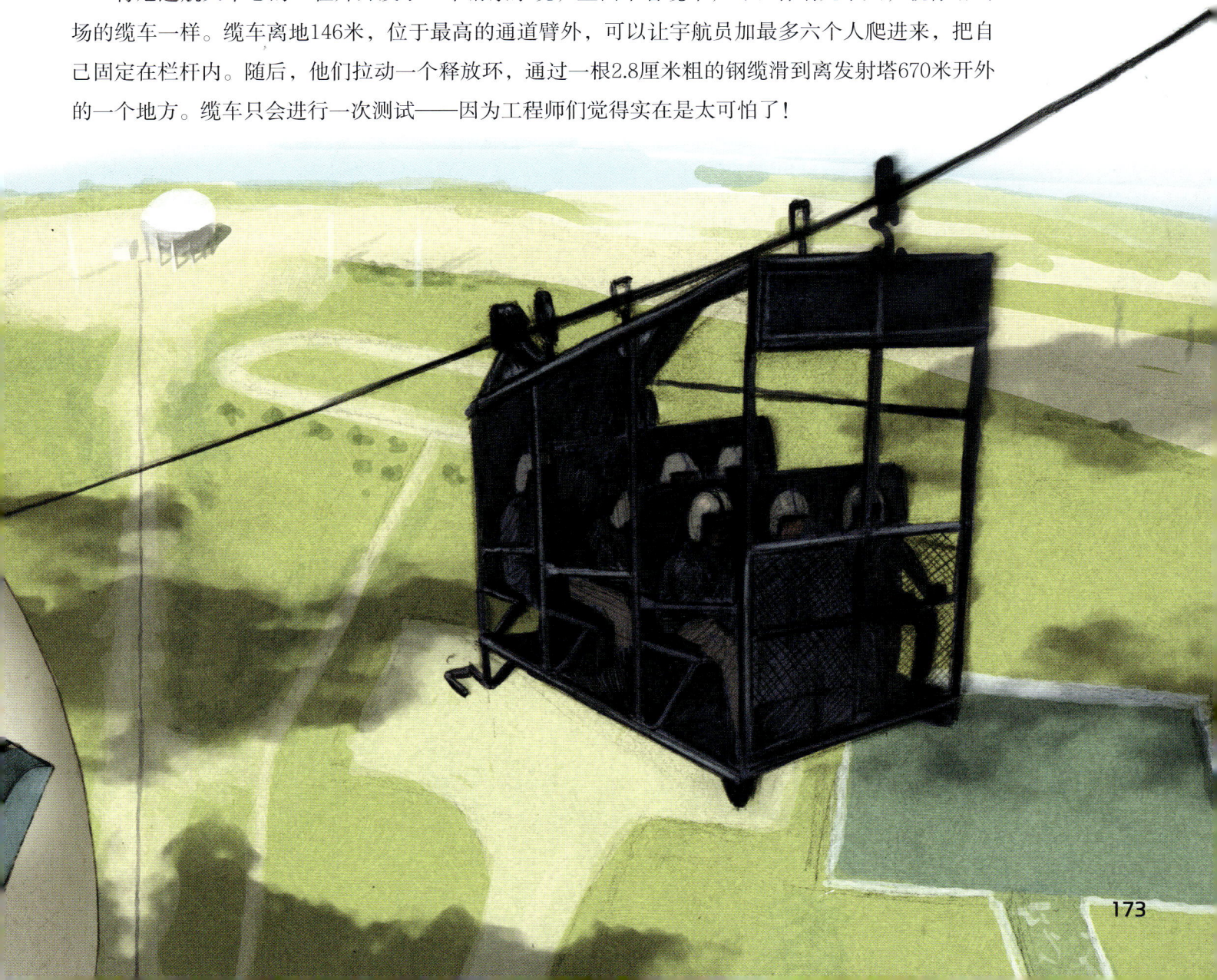

发射控制中心

火箭越大，产生的爆炸就越大，所以大家决定土星五号至少要在发射台5.6千米外进行发射操作。

阿波罗计划之前，负责火箭发射的操作人员都是在一个碉堡里工作，为了不被火箭的爆炸伤到。碉堡的墙特别厚，只有几扇窗，有的甚至没有窗。

阿波罗计划没有使用碉堡，相反，肯尼迪航天中心正在为阿波罗任务建造一座发射控制中心，这是一座四层高的建筑，有一整面窗可以看到外面的发射场地。窗户有5厘米厚，装有金属护板。一旦发生爆炸，金属护板就会立即关上。

发射控制中心有三个点火间，所有的操控台和负责土星五号发射的工作人员都在这里。每个点火间有450多个操控台，用来监控每一个单独的系统。控制员通过一条叫作"网"的电话线路进行通信。

乔安·H.摩根（生于1940年）

发射控制中心控制员

发射前30分钟，点火间会上锁，任何人不得进入或离开。阿波罗11号的点火间上锁时，房间里的450个人中只有一位女性。她的名字叫乔安·摩根。

摩根出生在亚拉巴马州的亨茨维尔，父亲是陆军航空队的一名飞行员，母亲是陆军工程兵团的一名统计学家，难怪摩根也投身学习数学和科学。她的父母也很重视阅读和艺术，摩根三岁时就开始让她读报纸给他们听！

17岁，摩根一家搬到了佛罗里达州的泰特斯维尔，她目睹了探险者1号的发射。她突然意识到，对宇宙的了解现在是触手可及的了，她必须参与其中。

第二天，在邮局，她发现了一则陆军弹道导弹局暑期招聘初级工程师的启事。她得到了这份工作，并在高中毕业三天后开始上班。也是在那周，她开始了第一次发射任务。1963年，摩根在亚拉巴马州杰克逊维尔州立大学获得数学学位，随后成为肯尼迪航天中心聘用的第一位女工程师。

摩根一开始和现场活动小组一起工作，对从履带运输车到发射台的大大小小的设备场地进行测试。她的部分工作要在接近航天器装配大楼顶层的办公室进行，因为当时还没有装电梯，她只能拖着所有的文件爬18层楼。

在那个性别歧视盛行、女工程师几乎闻所未闻的年代，摩根为后辈的女性开拓了道路，她自己的职位也不断提升。在长达45年的职业生涯中，摩根多次担任要职，包括肯尼迪航天中心的代理副主任。

任务操作控制室（MOCR）

得克萨斯州，休斯敦，林登·约翰逊太空中心

在距离39A发射台大约1609千米之外的得克萨斯州休斯敦，有一座其貌不扬的大楼，楼里有一个任务操作控制室，也被称为地面控制中心。

在这个房间里，工程师和专家将从每一次阿波罗任务的火箭离开发射台的那一刻起，对各个方面进行监测和故障排除。直到飞船溅落，宇航员从水中被救起，他们的任务才算完成。

他们的工作在发射的好几年前就开始了。他们要计划和实施所有的细节——从宇航员需要在哪一秒点燃发动机前往月球，到宇航员在太空的第三天早上要吃什么。这些都要经过编排和演练，直到像本能一样熟练。

任务期间，控制员会监视他们的操控台。一旦发生任何和预期相比哪怕只是极其微小的偏差，他们都要通知飞行主管。每位控制员都有一组对应的专家在另一间房里，时刻准备着帮助解决任何可能发生的问题。

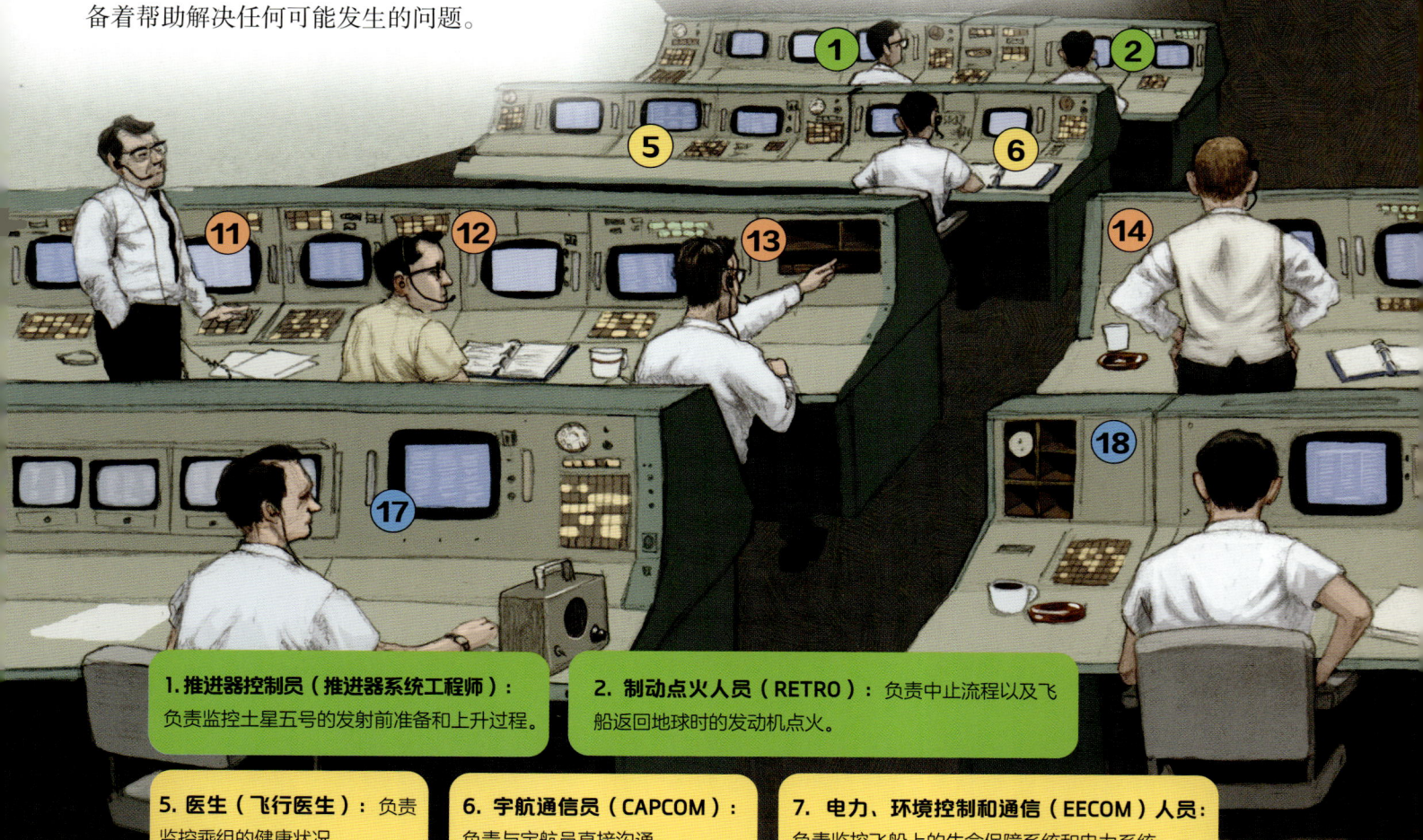

1. 推进器控制员（推进器系统工程师）： 负责监控土星五号的发射前准备和上升过程。

2. 制动点火人员（RETRO）： 负责中止流程以及飞船返回地球时的发动机点火。

5. 医生（飞行医生）： 负责监控乘组的健康状况。

6. 宇航通信员（CAPCOM）： 负责与宇航员直接沟通。

7. 电力、环境控制和通信（EECOM）人员： 负责监控飞船上的生命保障系统和电力系统。

11. 通信设备人员（INCO）： 负责所有语音、数据和视频通信系统。

12. 组织和流程（O&P）人员： 负责执行任务政策和规定。

13. 助理飞行主管（AFLIGHT）： 负责监控任务，并协助飞行主管的工作。

17. 公关人员（PAO）： 负责把相关信息传递给新闻媒体和公众。

18. 飞行运营主管（DFO）： 负责地面控制中心和肯尼迪航天中心管理层的沟通协调。大多数时候坐在这个位子上的都是"克里斯"·克拉夫特（见第178页）。

任务操作控制室被分成了20个站点，也就是20个操控台。每个操控台显示飞船或任务某一特定方面的信息。在任务中，有四组控制员全天候轮流在这些操控台前工作。控制室前面的屏幕显示的是地图、数据以及飞船上的电视画面。

3. 飞行动力控制人员（FIDO）： 负责飞船的飞行路线。

4. 制导人员（GUIDO）： 负责监控飞船上的导航系统和制导计算机。

8. 制导、导航和控制（GNC）人员： 负责反作用控制系统和指挥服务舱的主发动机。

9. 遥测、电力和舱外宇航服（TELMU）人员： 负责监控登月舱的电力和环境系统，以及月球漫步期间的宇航服。

10. 登月舱制导和导航控制员： 负责监控飞行期间的登月舱。

14. 飞行主管（FLIGHT）： 在飞行任务期间做出最终决定，对乘组的安全和任务的成败负责——没有任何人（包括美国总统在内）可以推翻他的最终决定。

15. 飞行活动人员（FAO）： 规划并支持乘组的活动、任务清单、飞行姿态机动以及宇航员要遵循的时间表。

16. 网络控制员： 负责监控地面站点通信。

19. NASA总部（HQ）协调员： 负责地面控制中心和NASA管理层的沟通协调。

20. 国防部（DOD）协调员： 在回收工作中负责协调军方参与的部分。

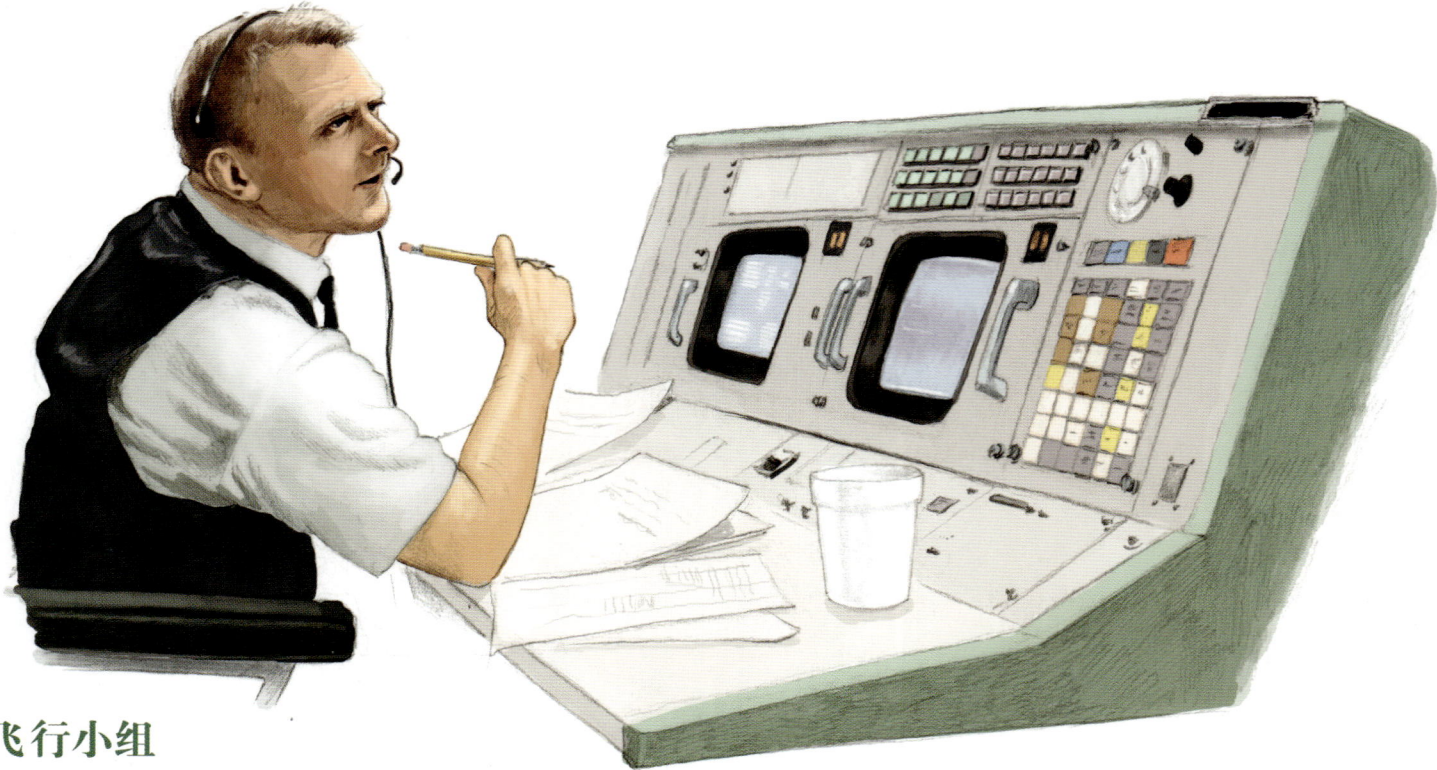

飞行小组

由于任务会持续两周，所以从发射到溅落，几组控制员会轮流24小时不间断地值班。每一组都有自己的颜色和一名飞行主管。飞行主管对乘组的安全及任务的成败负最终责任。

白色小组飞行主管	尤金·F."吉恩"·克兰兹
黑色小组飞行主管	格林·S.伦尼
金色小组飞行主管	杰拉尔德·D."格里"·格里芬
褐色小组飞行主管	米尔顿·L."米特"·温德勒
绿色小组飞行主管	克利福德·E."克里夫"·查尔斯沃思
橙色小组飞行主管	M·P."皮特"·弗兰克

小克里斯托弗·C."克里斯"·克拉夫特（1924—2019）
地面控制中心之父

小克里斯托弗·哥伦布·克拉夫特出生于弗吉尼亚州的菲比斯，他的名字似乎就塑造了他的命运[1]。

他曾经在弗吉尼亚理工大学学习航空工程，于二战期间毕业。他想加入海军，却因为童年时期严重的手臂烧伤被拒绝了。1945年，他来到了美国国家航空咨询委员会工作。到1958年NASA成立的时候，34岁的克拉夫特已经在负责载人航天工程的任务规划。他帮助发展了地面控制中心的一切，包括规则、流程、操控台等等。他在阿波罗计划中起到的重要作用怎么说都不为过。克拉夫特于2019年7月22日逝世，正是阿波罗11号任务50周年。

[1]克拉夫特（Kraft）音同craft（工艺，技艺；飞行器）。——编者注

任务评估室（MER）

除了在幕后支持任务操作控制室里每个任务控制员的专家团队，隔壁楼还有一个任务评估室，里面都是参与阿波罗计划的众多承包商企业的系统工程师。他们是最了解硬件的一群人，也是一经通知能够最快从一堆设计图和图表里找到答案和解决方案的人。不像任务操作控制室里的每个控制员都有自己的操控台和电脑屏幕，任务评估室没那么高科技，只有一张张灰色的金属长桌、电话、一排电视显示屏以及坐起来不太舒服的椅子。工程师们在任务期间戴着简单的耳机，一边监听任务情况，一边等待电话发出指示，他们便会立即行动。

任务评估室的后面有一个升起的平台，平台的椅子上坐着一名雷厉风行的工程师，名字叫唐·阿拉比安。他负责整个任务评估室的运作。他并没有接入音频网络，所以当需要和其他工程师交流的时候，他就用高过耳机的声音大声叫喊。他那洪亮的声音和强大的气场为他赢得了一个绰号——"疯狂的唐"。

与宇航员通信——"正常"/"异常"

一次任务期间，宇航员要执行数千个步骤和流程。在可以进入下一步之前，每个控制员都要告诉他们的飞行主管，他们监控的功能是否正常。控制员不可能直接和乘组通话——宇航员认不出那么多声音，而且如果有两名控制员的意见不一致，宇航员也不知道该听谁的。

因此，克里斯·克拉夫特发明了一种通信体系，这也是整个地面控制中心的一大基础。

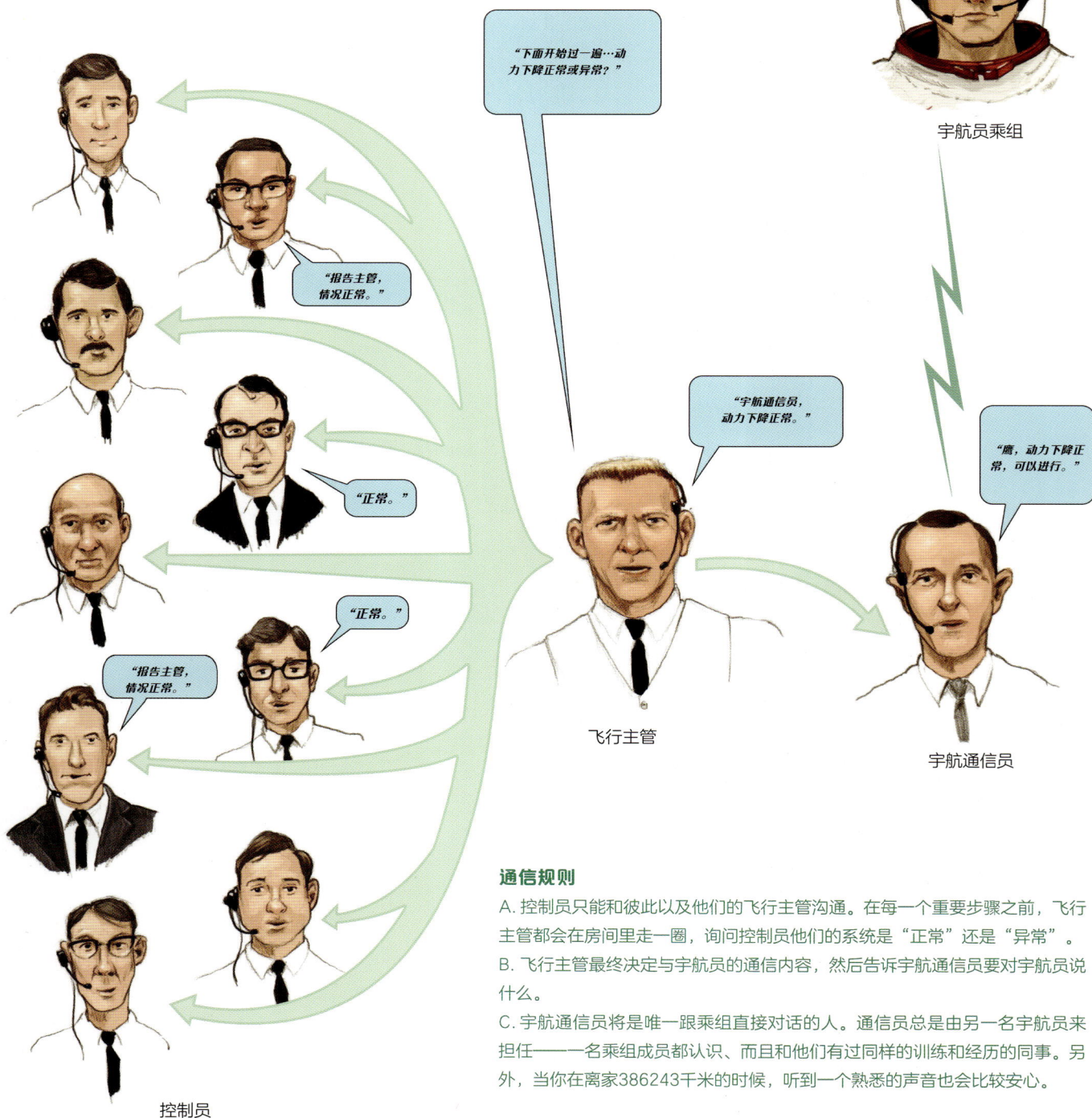

"下面开始过一遍…动力下降正常或异常？"

"报告主管，情况正常。"

"正常。"

"正常。"

"报告主管，情况正常。"

控制员

"宇航通信员，动力下降正常。"

飞行主管

宇航员乘组

"鹰，动力下降正常，可以进行。"

宇航通信员

通信规则

A. 控制员只能和彼此以及他们的飞行主管沟通。在每一个重要步骤之前，飞行主管都会在房间里走一圈，询问控制员他们的系统是"正常"还是"异常"。

B. 飞行主管最终决定与宇航员的通信内容，然后告诉宇航通信员要对宇航员说什么。

C. 宇航通信员将是唯一跟乘组直接对话的人。通信员总是由另一名宇航员来担任——一名乘组成员都认识、而且和他们有过同样的训练和经历的同事。另外，当你在离家386243千米的时候，听到一个熟悉的声音也会比较安心。

与飞船通信

飞船本身也会通过三个不同的系统与地面控制中心持续进行对话：

1. 遥测系统：来自飞船系统和子系统的数据
2. 追踪系统：飞船精确位置和速度的测量数据
3. 指挥系统：发送给飞船计算机的指令

飞船上的天线和地球上的深空碟形天线利用无线电波经由太空中的真空环境来回传输这些信息。这些信息可以转换成声音、数据甚至是图片。

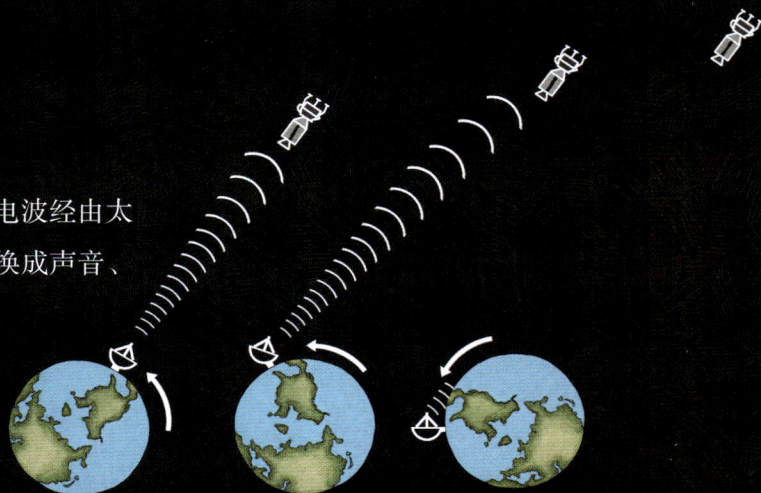

在地球自转的过程中，单根地面天线可能会和飞船失去联系。

问题！ 失去联系

地面和飞船之间的无线电波需要"直接对视"，才能发挥作用。因为地球一直在自转，所以地面上的单根天线一天内只有八个小时能直接"看到"飞往月球的飞船。

解决方案！ 天线网络

在地球上不同的地方分别安装大型天线，就能确保无论什么时候都至少有一根天线可以"看到"飞船。这样的话，所有的声音、遥测、追踪和指挥数据都可以通过天线传输。

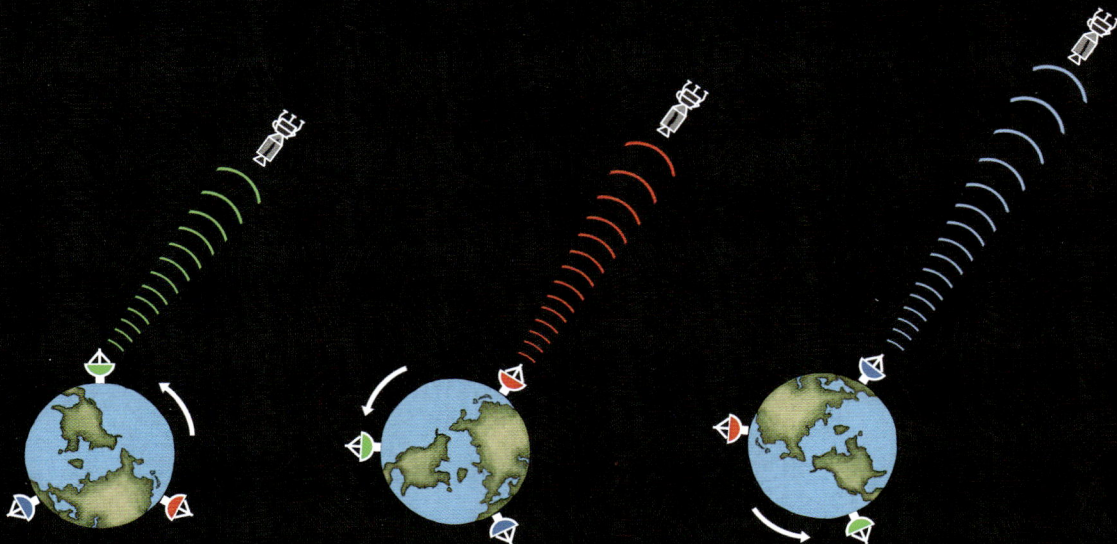

在美国西海岸、西班牙和澳大利亚安装三组大型天线就能确保与飞船时刻保持联系。

载人航天飞行网（MSFN）

三组大型深空天线分别位于澳大利亚的堪培拉、加利福尼亚州的金石和西班牙的马德里。它们将负责任务大多数时候与飞船的所有通信工作。如右图所示，尽管每一组天线都覆盖了广阔的区域，但这些深空天线的信号只有在距离地球约28968千米的高度上才有所重叠。

在飞船距离地球较近的时候——也就是在地球轨道内以及返航过程中接近地球时——地面控制中心要依靠一张小型天线构成的网络进行通信，这些天线有规划地安置在全球各地的陆地、船舶和飞机上。

这张网络被称为载人航天飞行网。正因为有这张网，飞船只有在绕月滑行到月球背面时，以及重新进入地球大气层期间才会失联。

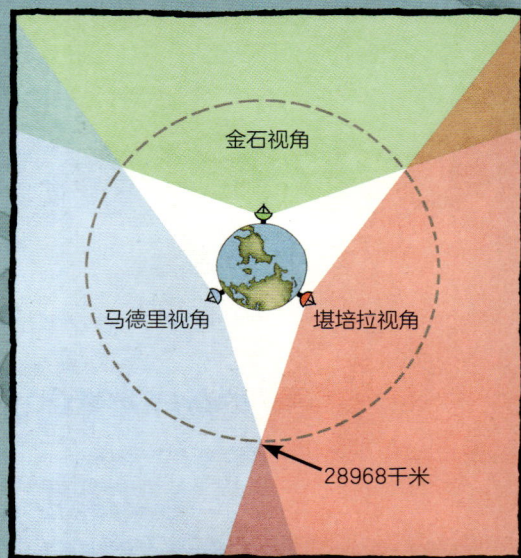

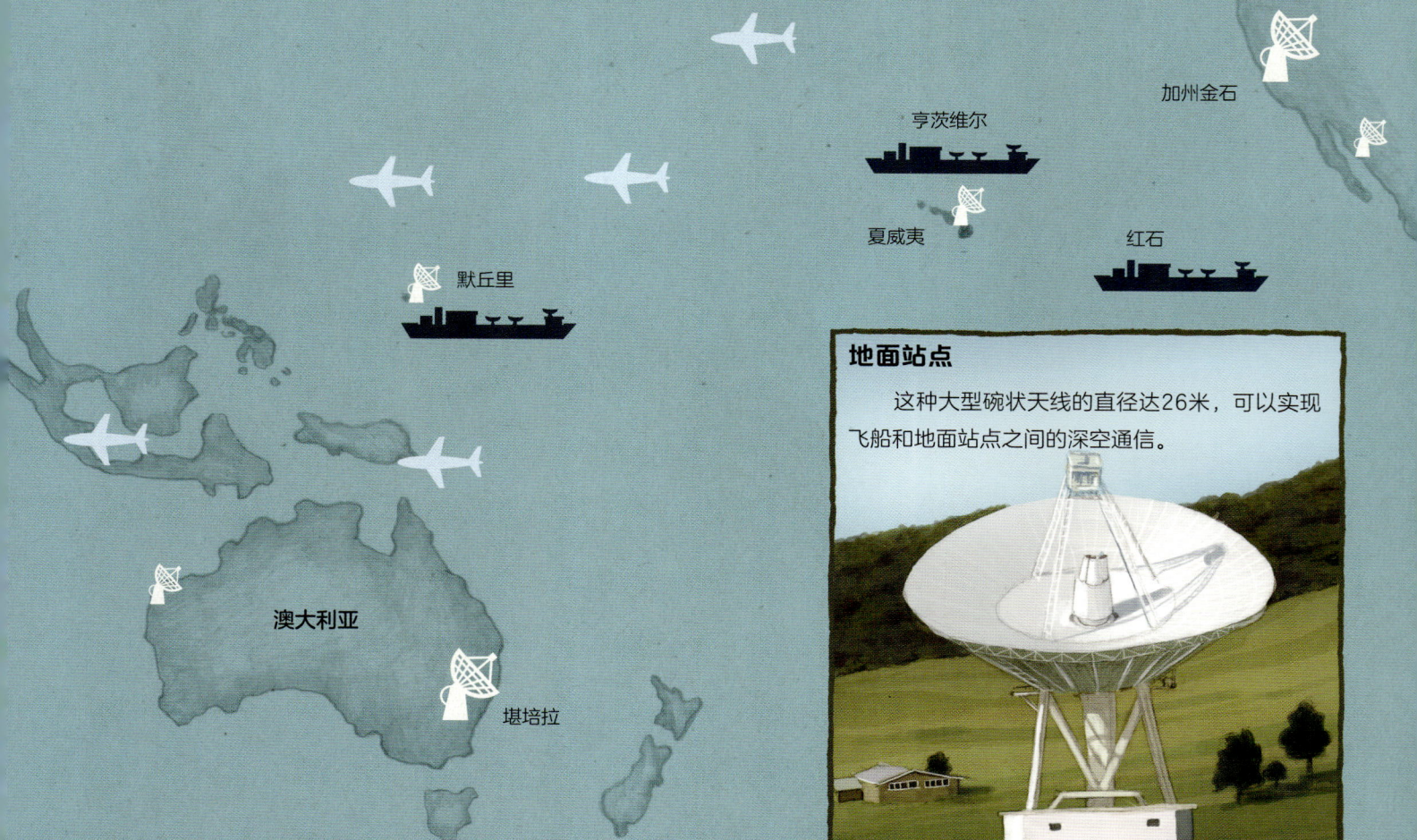

金石视角

马德里视角

堪培拉视角

28968千米

加州金石

亨茨维尔

夏威夷

红石

默丘里

澳大利亚

堪培拉

地面站点

这种大型碗状天线的直径达26米，可以实现飞船和地面站点之间的深空通信。

空中站点

  像这样的飞机叫作高级测距仪器飞机（ARIA）。它们将在没有地面站点的地方提供语音和遥测数据。飞机凸出来的锥头内部是一根可以旋转对准飞船的天线。

美国

马德里

西班牙

万加德

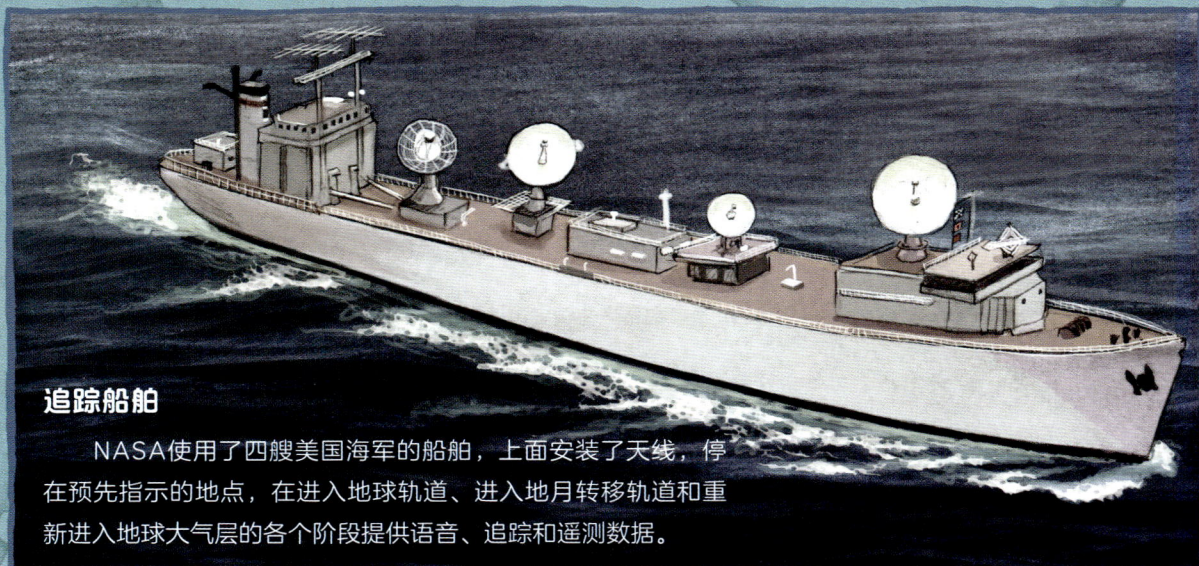

追踪船舶

  NASA使用了四艘美国海军的船舶，上面安装了天线，停在预先指示的地点，在进入地球轨道、进入地月转移轨道和重新进入地球大气层的各个阶段提供语音、追踪和遥测数据。

机器已经造好，发射场已经建成，脚本已经写毕。任务的每一个细节，从发射到溅落，都已经过推敲。现在，是时候进行演练了，一遍又一遍的演练。

任务控制员、发射人员、宇航员以及所有参与这项危险事业的人都需要各司其职。他们不遗余力、全身心地演练着自己的部分——就像真的在开展任务一样，一举一动都关乎宇航员的生死。

模拟装置

当你无法在太空中演练太空任务时该怎么办？你得想出变通的法子。

在具有远见的工程师休伊特·菲利普斯的带领下，NASA建起了模拟装置，让宇航员演练交会、对接、月球登陆以及任务中的方方面面。这些像盒子一样的新奇装置完美地模拟了登月舱和指挥舱内部，乘组将在记录册上记下他们在这里度过的数千个小时。

为了实现更逼真的效果，飞船的窗甚至都被换成了电影屏幕，会根据宇航员进行的任务阶段播放星空、地球或是月球表面的画面。

装在月球表面模型下方轨道上的摄像机会遵循登月舱计算机发出的指令，随后，视频就会被投射到登月舱模拟装置的窗上，让乘组可以根据画面演练月球登陆。

每一次阿波罗任务都有一组主乘组和一组后备乘组共同参与演练。他们要面临无数次故障、失灵和计算机错误，必须立即思考解决办法。模拟装置操作员的工作就是想象可能发生的每一种场景或问题，乘组的工作就是当场立刻想办法解决。宇航员在模拟过程中会一次又一次地"死去"，但正是这样的演练，才能在他们真正飞向太空的时候拯救他们的生命。

宇航员尼尔·阿姆斯特朗（左）和巴兹·奥尔德林（右）正在登月舱模拟装置内演练月球登陆。

任务控制员也在模拟任务中锻炼了自己的技能。

罗伯特·"鲍勃"·皮尔森（生于1932年）
登月舱模拟装置首席教员

"我登上月球的次数比这个世界上的任何人都多。"

他有一个绰号叫"模拟登月先生"。没有人比鲍勃·皮尔森在登月舱模拟装置里待的时间更久。正是皮尔森花了数不清的时间教授尼尔·阿姆斯特朗还有阿波罗任务的其他宇航员如何登陆月球。他还教过林登·约翰逊总统的妻子伯德夫人。在德国总理试着模拟月球登陆的时候，皮尔森和团队还为他在石膏做的月球模型上放了一辆大众甲壳虫的汽车小模型。总理透过登月舱模拟装置的窗看到这个模型的时候，果然感到十分惊喜。

训练在微重力下工作

飞船进入地球轨道后，从去往月球到返回的一路上都将经历微重力状态。为了进行这方面的训练，宇航员会驾驶美国空军一种特殊的飞机C-135。他们可以在飞机25秒的加速过程中感受失重。飞机先是急速爬升，再俯冲穿过大气。俯冲过程中宇航员要承受两倍的地球重力。这种不断在失重和两倍重力之间切换的状态会让胃极其难受，所以C-135还获得了一个绰号叫"呕吐彗星"。

抛物线飞行

驾驶员驾驶着C-135飞机在一组抛物线形的路线上飞行。所谓抛物线，就是一系列对称的弧线。在弧线的顶峰处，驾驶员会经历微重力的状态，就像你在山丘上开快车或者坐过山车时的感觉。因为人在飞机内部与飞机一起下降，所以会体验到失重的感觉。

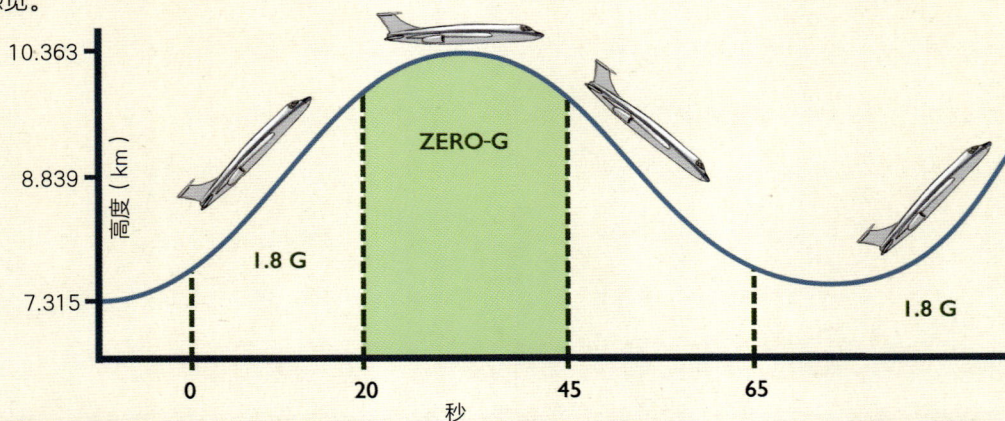

问题！ 时间不够长

"呕吐彗星"上的一次微重力体验只能持续25秒，而宇航员需要接受持续更久的失重训练。

解决方案！ 中性浮力

潜水员可以达到一种既不会沉底，也不会浮回水面的受力状态，叫作中性浮力，和微重力环境非常相似。NASA造了大型水箱，让乘组成员在里面长时间训练出舱活动。每个水箱底部甚至还有一艘飞船模型。另外，宇航员还可以把受力调整到只有地球六分之一的月球重力条件，从而演练将在月球上进行的工作。

一名宇航员在潜水安全员的注视下练习穿过水下模拟的对接通道。

187

登月训练车（LLTV）

登陆月球表面是整个阿波罗登月任务中最困难也最危险的部分。由于登月舱是一艘真正的"宇宙飞船"，没办法在地球上进行实物飞行练习，这又让任务变得更加危险。任务指挥官只能用笨重的登月训练车来训练。登月训练车由位于纽约州水牛城的贝尔飞机公司建造，宇航员称之为"飞行床架"，因为它看上去就像一个大型铁床架。登月训练车有若干个推力器和一台发动机，可以像直升机一样悬停在空中。宇航员练习登月训练车的驾驶、操控和安全降落。登月训练车驾驶难度非常高，好几架车都坠毁了，但幸运的是每个宇航员都有弹射椅和降落伞。

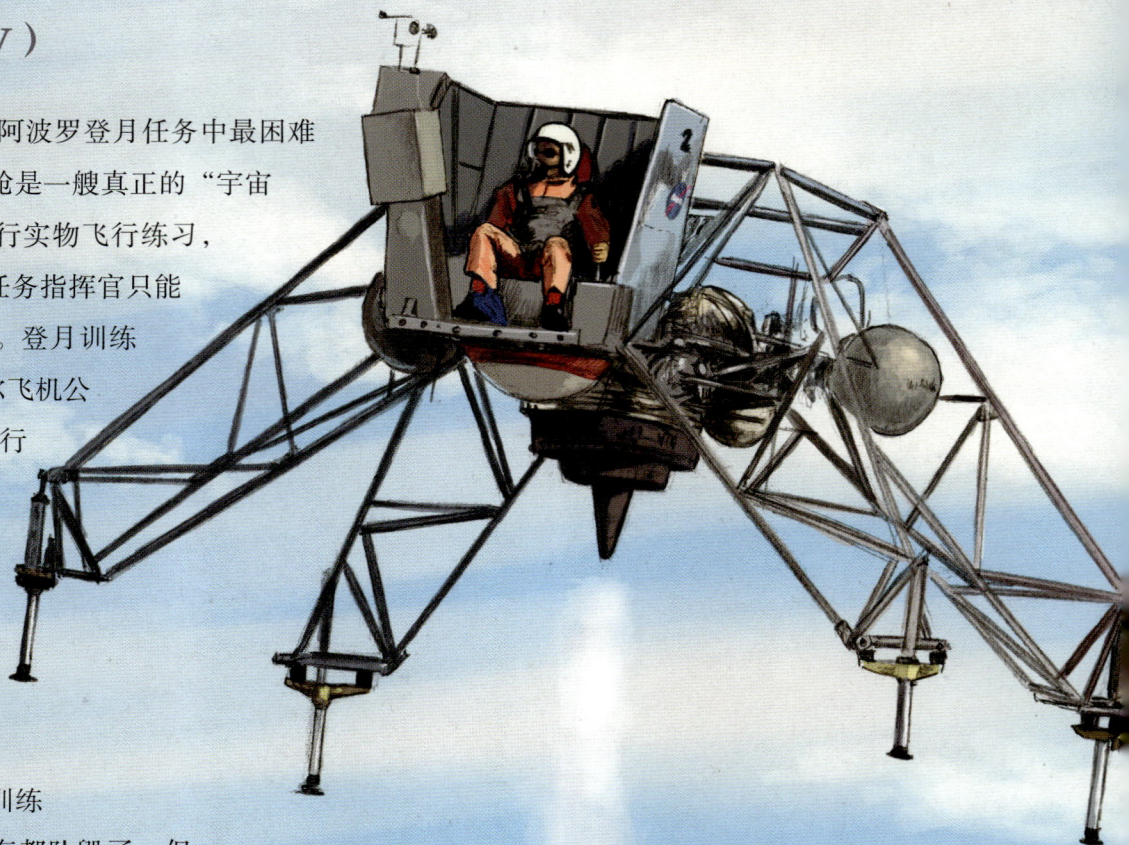

一次危险的飞行

1968年5月6日，就在执行登月任务的两个半月前，尼尔·阿姆斯特朗在训练中失去了对登月训练车的控制。就在训练车坠毁并爆炸的两秒前，阿姆斯特朗启动了弹射椅，用降落伞落到了地面。他在弹射过程中咬伤了自己的舌头，不过除此以外几乎没有受伤。不到一小时后，他已经坐回了自己的办公室。

地质学训练

尽管约翰·F. 肯尼迪总统定下的目标是"把人送上月球，再安全地送回来"，但把月球上的东西带回来研究对于科学进步也是至关重要的。

地质学家通过研究岩石、土壤，以及作用在它们身上的一切，就可以揭秘一个区域是如何形成的。他们特别渴望了解更多关于月球的信息。如果有适当的月壤和月球尘埃样本，谁又知道他们能发现什么呢？

为了帮助宇航员了解要在月球上找什么，他们在夏威夷和西南部的沙漠接受了地质学基础知识的训练。

生存训练

如果一切顺利，宇航员从月球回来时将会溅落到海洋中，那儿会有一艘救援船等着接他们。但是，如果他们没能降落在本该降落的地方怎么办？如果他们降落在丛林或沙漠，难道只能绝望地等待救援人员找到他们吗？

NASA认为，生存训练对每个宇航员而言都非常必要。于是，在内华达州的沙漠和巴拿马的丛林中，宇航员们学会了如何找水、打猎、以蛇为食，以及如何用降落伞制作衣服和住所。

对于可以想象得到的各个方面，宇航员和相关的支持人员都已经接受相关训练。他们已经竭尽所能地模拟了真实任务，做好了最充分的准备。现在，是时候让这些计划、训练、机器和相关人员接受考验了。

1968年12月24日，阿波罗8号飞船完成第四周绕月飞行后，宇航员比尔·安德斯从指挥舱窗口向外望去，看到地球正从月球表面升起。他拍下了一张照片，这张照片名叫"地出"，后来成为20世纪最著名的照片之一。世界各地的人们受到这张照片的感召，一场全新的环保运动开始了，人们开始关注保护我们的星球。

第七部分

我们选择登月

"这是个人的一小步，却是人类的一大步。"

——尼尔·阿姆斯特朗，宇航员

冯·布劳恩原来打算进行多达十次的土星五号无人试飞，再冒险发射人类乘组。这将会是一个循序渐进的过程。

第一步，先发射只有一级在真正运作的土星五号，上面两级都是模型。如果第一级运行正常的话，再加上第二级，下次再加上第三级。

只可惜，我们没那么多时间。我们每一步都在和苏联人赛跑，而这种保守的循序渐进的方法将意味着我们会赶不上肯尼迪总统定下的"这个十年结束之前实现人类登月"的期限。

阿波罗计划的主管乔治·穆勒提出了一个大胆的想法，他称之为"彻底测试"。这个方法主张一次性发射整枚土星五号，以此来节省时间和硬件，但也很冒险，因为如果有任何部件失灵，整枚火箭可能都会爆炸。

1967年11月9日上午7点，第一枚土星五号在39A发射台发射。它发出的声音之大，导致冲击波把几千米外媒体大楼的窗都震弯了。震惊的记者们赶紧把窗扶住。

这次飞行任务被称作阿波罗4号，任务非常成功。一切都很完美。在那之后，很快又进行了两次土星五号的无人飞行测试，这两次还带上了阿波罗飞船。第一次使用阿波罗飞船的载人飞行任务是阿波罗7号，用的是一枚稍小一些的运载火箭，叫作土星IB。

而下一次迈出的大胆一步就在两个多月后。

这一次，阿波罗8号把人送进了月球轨道。其实，这本来应该是一次近地轨道飞行，这样乘组可以同时对指挥舱和登月舱进行测试，不过当时格鲁曼公司落后于计划进度。而且苏联人刚把几只乌龟送上太空进行绕月飞行——有谣言说，下一次他们就要载人登月了——于是NASA很快决定把阿波罗8号变成一次环绕月球轨道的任务。

1968年12月21日，人类有史以来第一次挣脱了地球引力，飞向了月球。宇航员弗兰克·博尔曼、吉姆·洛弗尔和比尔·安德斯在绕月十周后回到地球，成为《时代》杂志的年度人物。

接着要跨出的一大步就是在月球登陆。这次任务叫作阿波罗11号。

*阿波罗计划一共进行了11次载人飞行（见第240页）。

推出亮相

1969年5月20日

5月20日上午12：30，110.6米高的阿波罗11号运载火箭在阳光中缓缓亮相。过去三个多月，它一直在洞穴一般的航天器装配大楼里进行组装并接受全面测试。不到两个月内，它将把三个人送到40万千米之外的太空去进入月球轨道。其中两人——巴兹·奥尔德林和尼尔·阿姆斯特朗还将驾驶登月舱（他们称之为"鹰"）降落到月球表面。另一名宇航员迈克尔·柯林斯则继续在指挥服务舱（"哥伦比亚号"）中绕月飞行。如果他的两位同事无法返回，他将独自一人返回地球。

尼尔·阿姆斯特朗（1930—2012）
阿波罗11号指令长（CDR）

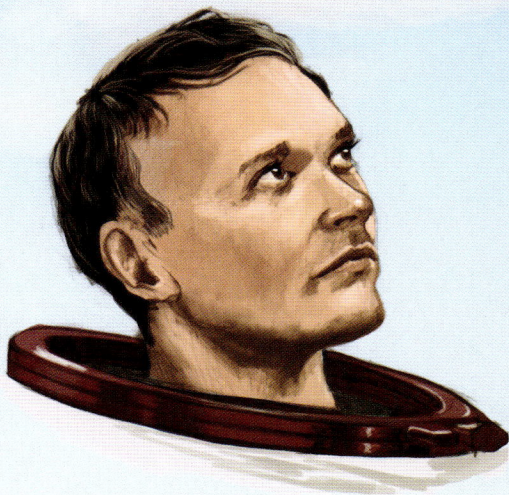

迈克尔·柯林斯（1930—2021）
阿波罗11号指挥舱驾驶员（CMP）

埃德温·E."巴兹"·奥尔德林（生于1930年）
阿波罗11号登月舱驾驶员（LMP）

强大的履带运输车载着移动式发射台和土星五号在慢速道上一寸寸地挪动，由于负载很重，慢速道下面的石子都被碾碎了。距离39A发射台5.6千米的路程，运输车走了五个多小时。

　　随着运输车爬上发射台上有5度倾斜角的坡道，它持续调整着高度让土星五号保持水平。它是如此精确，以至于122米高度上的发射逃逸塔的重心偏离不超过15厘米。

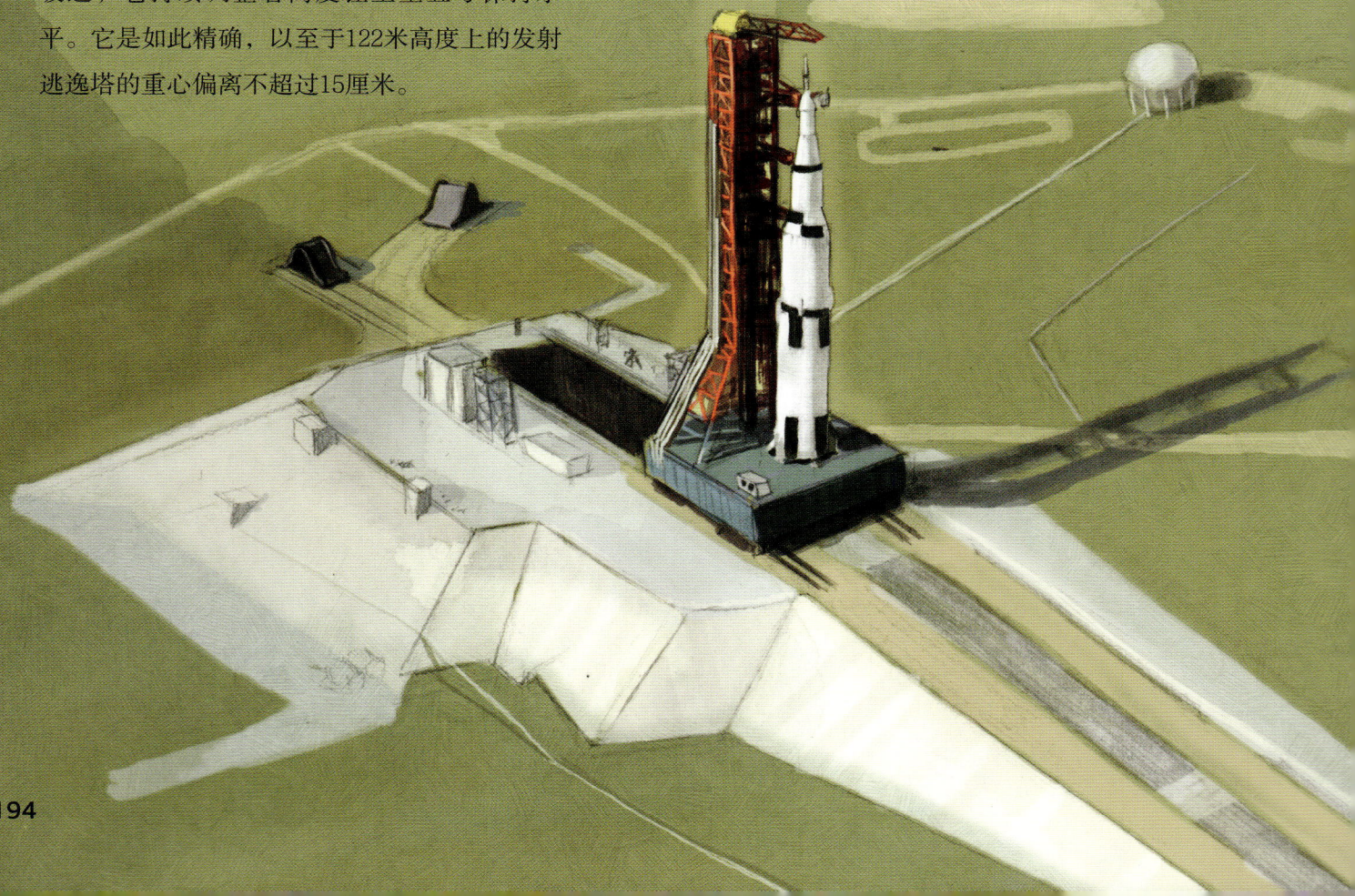

运输车有13辆校车那么宽，必须停在发射台正中心半径2.5厘米的范围内。就位后，工人们会把移动式发射台的基座和发射台的每一个底座连接在一起。

1969年5月22日

运输车把移动式服务塔带到发射台。和土星五号连接后，技术人员就可以通过移动式服务塔的平台进入飞船和火箭的各个部分做进一步准备。接下来几周要装载燃料、炸药、电池，还要进行更多测试。移动式服务塔会一直装在发射台上，直到发射前11个小时才撤走。

发射日

1969年7月16日

距离发射还剩 `005:17:00`
时 分 秒

在载人飞船操作大楼的宇航员乘组宿舍区，凌晨4：15分，飞行任务成员办公室主任迪克·斯雷顿分别敲响了阿姆斯特朗、奥尔德林和柯林斯的宿舍门。他们洗了个澡，换了身衣服，一起坐下吃了一顿发射日的传统早餐，有牛排和鸡蛋。这顿饭是NASA非常受欢迎的主厨卢·哈泽尔做的。哈泽尔之前是一名水军，在拖船上当厨师，从水星计划开始就一直负责填饱宇航员的肚子。

一小时后，在宇航服实验室里，宇航员在别人的帮助下穿上一层层的宇航服，扣上头盔和手套的锁扣。与此同时，硕大的土星五号也在装载推进剂。在接下来到正式发射前的几小时里，宇航员将会呼吸宇航服里的纯氧。这将清除他们血液中的氮气，防止在发射过程中因为压力降低而形成氮气气泡。

朱迪·沙利文是阿波罗11号生物医学系统的首席工程师，负责监测宇航员身上的传感器返回的数据。朱迪以前是数学和科学教师，也是宇航服实验室里首位并且唯一一位女性工程师。她来负责和发射台的技术人员沟通宇航员的身体状况是否准备就绪，可以发射。

距离发射还剩 `003:07:00`
时 分 秒

清晨6：25，斯雷顿陪着阿波罗11号的三位宇航员搭上了前往12.8千米外发射台的篷车，每个宇航员身上都戴着便携式供氧设备。

此时的土星五号已经加满燃料，冒着蒸气，吱吱作响。在乘电梯上升97.5米后，宇航员穿过高得令人眩晕的通道臂，进入与飞船相连的绝尘室。

在绝尘室里等着他们的是发射台负责人冈特·温特。温特负责发射台上的飞船关舱，也是宇航员出发前在地球上见到的最后一个人。通常，在乘组进入指挥舱系上安全带之前，温特会和他们交换一些小礼物——通常都是些无伤大雅的恶搞礼物。

温特送了阿姆斯特朗一把新月形的钥匙，是泡沫塑料做的，外面包了一层箔纸。阿姆斯特朗送了他一张宇宙"出租车"的车票——可以任意往返两个星球。柯林斯知道温特超级喜欢钓鱼，就送了他一个钉在木板上的小鳟鱼，好像一个奖杯。奥尔德林送了他一本《圣经》。

距离发射还剩　**002:23:46**
时　分　秒

发射操作负责人洛可·佩特龙在1号点火室里专注地注视着土星五号。控制员在他们的操控台上监测着土星五号的方方面面。他们发现向S-IVB供给液氢的阀门有一处泄漏，他们派机修工到火箭61米高的地方去维修。如果修不好，这天的发射就会延迟或取消。

距离发射还剩　**001:30:55**
时　分　秒

机修工韦恩·格雷和雷德·戴维斯让管路绕过泄漏的阀门，隔绝了这个问题，控制员杰克·克莱玛和斯蒂芬·科斯特可以继续装载液氢，让其保持满载的状态。发射仍可正常进行。

距离发射还剩　**000:06:00**
时　分　秒

在休斯敦的任务操作控制室内，绿色小组的飞行主管克利福德·查尔斯沃思跟他小组的控制员进行了"正常/异常"的确认流程，所有答复都是"正常"。

肯尼迪航天中心周围的大街小巷、海滩以及汽车旅馆旁，一百多万人在炎热中期待着这一历史性的发射。而在中心内，发射台5.6千米外露天看台上的VIP区以及媒体区，挤满了名人、政客和来自56个国家的2000多名记者在等待、观察。

查尔斯·林白是一位特别来宾。莱特兄弟驾驶着第一架动力飞机升空3.7米的那一年，他才不到两岁。不到24年后，林白独自飞越了大西洋。现在，67岁的林白即将要见证人类飞往月球。技术发展之快，真是令人瞠目结舌。

在太平洋一个指定的发射中止区，"大黄蜂号"航空母舰上的救援队正在演练和准备他们要负责的宇航员和飞船回收任务。他们都敏锐地意识到自己的工作正是这次任务最后的重要一步。一旦飞船开始前往月球，"大黄蜂"号就将驶向主要回收区，也就是宇航员在返回地球后将要溅落的地方。

NASA的通信专家休·布朗从装配大楼的顶部扫视着地平线。两周之前，他和他的团队发现苏联的拖网渔船和潜水艇正停在肯尼迪航天中心附近的水域，用无线电信号干扰发射控制中心和宇航员之间的通信。而今天，布朗的团队已经准备好要拦截这些信号。

在肯尼迪航天中心，沃尔特·克朗凯特等电视新闻播音员正准备随着发射的进行对其进行深度解读。他们的播报会被全球数百亿观众收看。

发射

发射控制中心里，杰克·金通过扬声器向外面的公众和新闻媒体宣布发射的细节，被称作"阿波罗之声"。

金："宇航员报告一切良好。T-25秒……T-15秒。制导已启用内部供电……12，11，10，9……点火序列准备……"

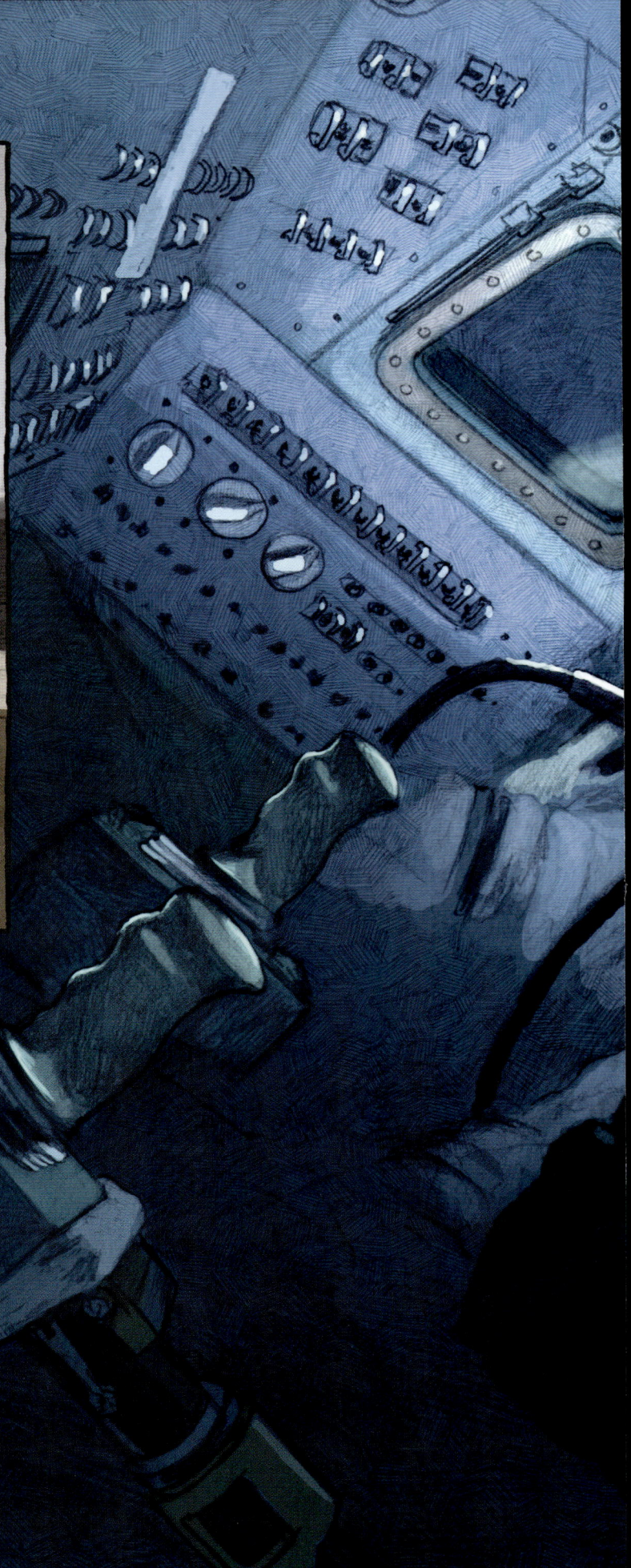

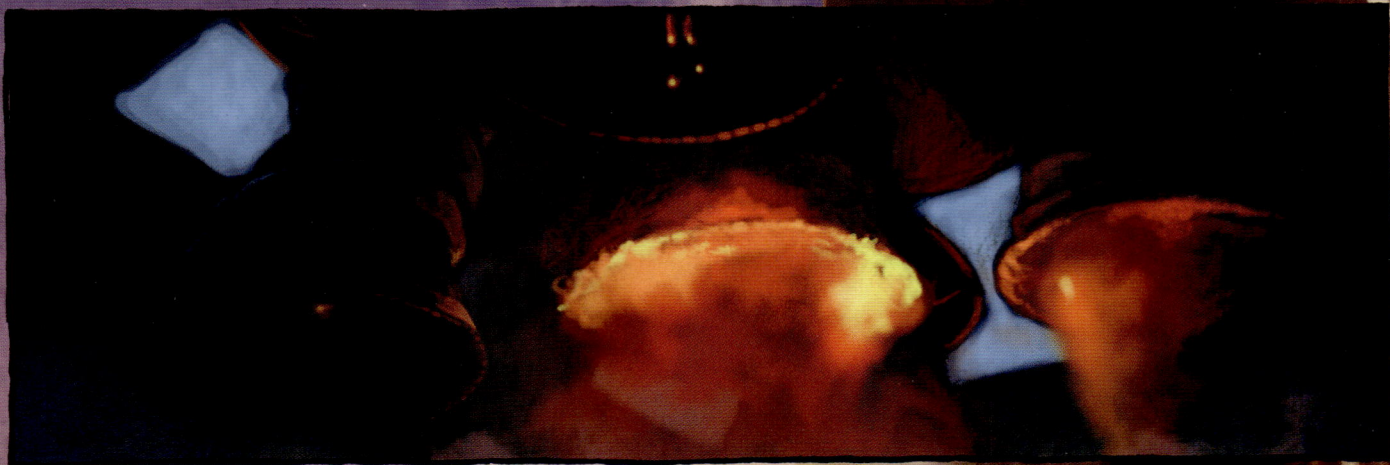

距离发射还剩 **000:00:09**
时 分 秒

距离发射还有九秒，发动机点火，喷出火焰和烟雾，直到2950吨重的火箭产生足以挣脱重力的推力。会有一个短暂的瞬间，火箭是没有重量的——你用一根手指就能使它平衡。

金："6, 5, 4, 3, 2, 1, 0。所有发动机已启动。"

距离发射还剩 **000:00:00**
时 分 秒

0秒时刻，五台F-1发动机都以95%的负荷运作，发出的咆哮声是除了核弹爆炸以外最响的人造声音。四根下垂臂松开火箭，三根尾翼服务桅杆上摆进入保护罩中。土星五号缓缓升起，发动机通过万向支架来保持火箭平衡。

金："发射！我们已经发射！9：32，阿波罗11号正式发射！"

五根还连接着火箭的服务桅杆同时松开，向外摆动。随着土星五号乘着猛烈但又受控的火焰冲上云霄，积聚在液氧和液氢贮箱上的巨大冰片剥离。倾泻到移动发射平台上用于冷却的上千升水瞬间化作蒸气。

任务计时现在从距离发射时间转为地面使用时间，也就是自阿波罗11号发射以来地球上过去的时间。

地面使用时间　000:00:04
时 分 秒

看到火箭乘着火焰烟雾静静升空，人群发出了欢呼声。火箭摇摇晃晃着远离发射塔，避免撞到它。火箭缓缓地移动着，速度只有每秒4.3米，在5.6千米外的观看区几乎看不到它在移动。

现在声音响起了。数千下掌声如雷鸣般此起彼伏，在心胸间震荡。当你目睹了三名人类奔向月球，你会激动得几乎要停止呼吸。

地面使用时间　000:00:10
时 分 秒

金："通过脐带塔！"

土星五号通过了脐带塔，发射控制中心的控制员松了口气。他们的任务完成了。五台F-1发动机每秒燃烧将近13吨推进剂，运载火箭在升空的过程中会越来越轻，越来越快。发射圆满成功！

204

在1287千米外的休斯敦，飞行主管克利福德·查尔斯沃思和他的绿色小组接手了阿波罗11号的飞行监测工作。

从现在开始到八天后宇航员安全搭上"大黄蜂号"回收船，地面控制中心要负责监测这场旅程中的一切细节。

他们有任务操作控制室里数百名工程师以及遍布全球的载人航天飞行网的支持。在全美国上下的各大公司里，还有数千名工程师时刻准备着提供支持，同时也祈祷着他们建造的部件、缝纫的一针一线，还有编写的程序不出一丁点差错。

级间分离

地面控制中心的宇航通信员布鲁斯·麦克坎德雷斯现在是唯一能被宇航员听到的人。

麦克坎德雷斯："阿波罗11号，这里是休斯敦。一切正常，现在可以进行级间分离。"

第一级火箭的推进剂已经几乎用尽，五台F-1发动机都关闭了。因为火箭突然停止加速，宇航员在座位上猛地向前一倾。一根爆炸线把第一级的重量从第二级上卸下来，第二级的五台J-2发动机点火。飞船再一次加速。

30秒后，另一根爆炸线引爆，把级间环分开。2秒后，发射逃逸塔和指挥舱保护罩也被丢弃。被丢弃的部分会落入距离发射场约575千米的大西洋里。

麦克坎德雷斯："阿波罗11号，所有发动机工作正常。情况看上去很不错。"

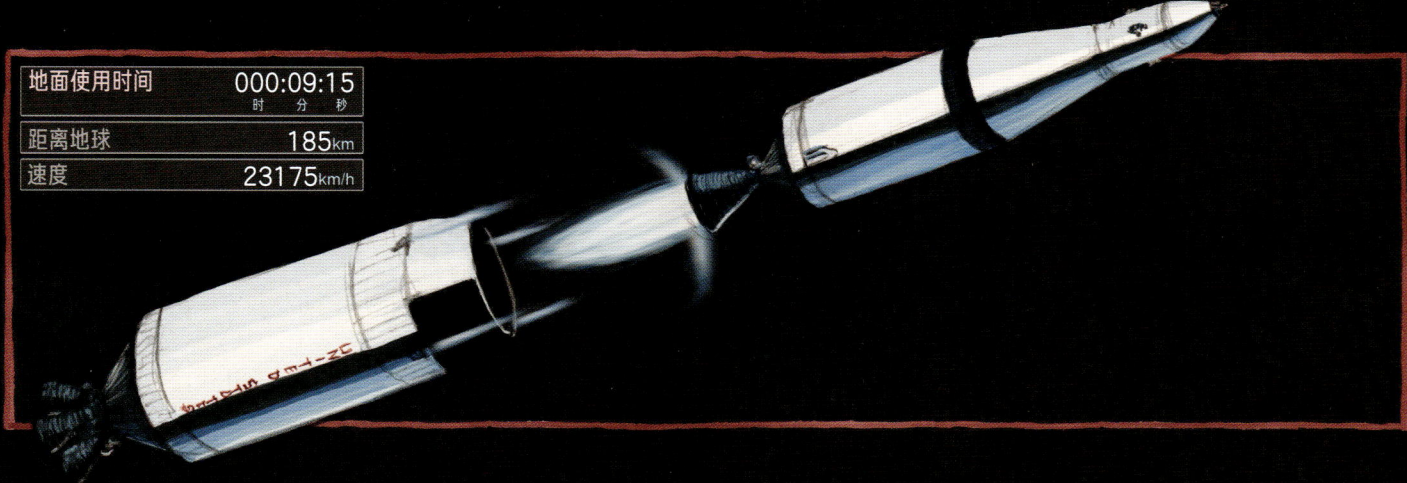

地面使用时间	000:09:15
	时 分 秒
距离地球	185km
速度	23175km/h

第二级推进剂也已用完，爆炸又将它与第三级分离开。用完的S-II跌入距离发射场大约3816千米的大西洋里。S-IVB上唯一一台J-2发动机点火，把飞船的速度提到进入轨道所需的28003千米/时。

2分20秒后，发动机关闭。此时乘组处于失重状态——静静地绕着地球运行。

接下来的180分钟，飞船将绕地一周半，宇航员要确保一切就绪。柯林斯通过观星重新校准惯性平台。地面上，工程师们追踪着飞船的轨道，同时计算着飞往月球的最佳轨迹。

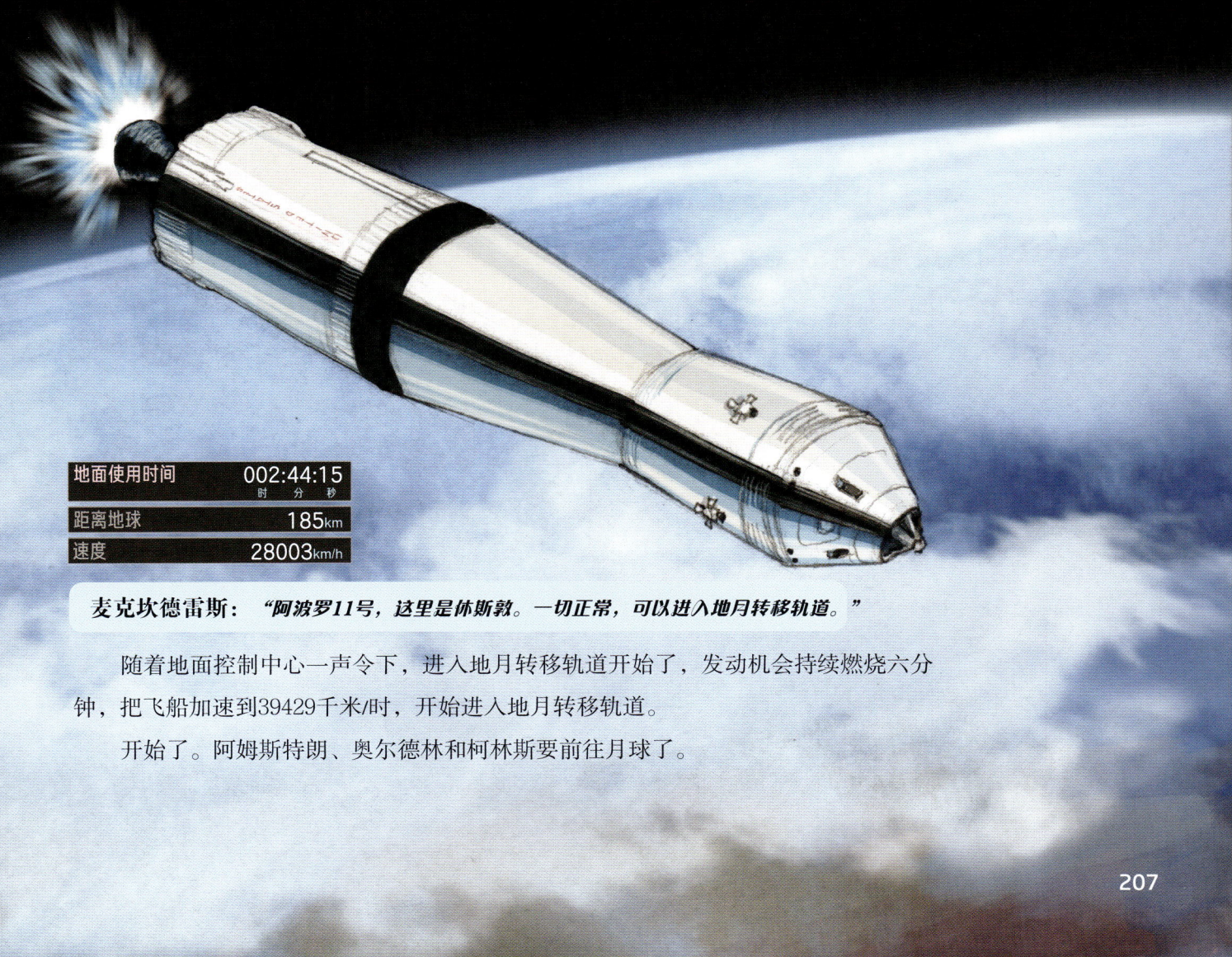

地面使用时间	002:44:15
	时 分 秒
距离地球	185km
速度	28003km/h

麦克坎德雷斯： *"阿波罗11号，这里是休斯敦。一切正常，可以进入地月转移轨道。"*

随着地面控制中心一声令下，进入地月转移轨道开始了，发动机会持续燃烧六分钟，把飞船加速到39429千米/时，开始进入地月转移轨道。

开始了。阿姆斯特朗、奥尔德林和柯林斯要前往月球了。

转置和对接

麦克坎德雷斯："阿波罗11号，这里是休斯敦。一切正常，可以进行分离。"

地面使用时间	003:17:00
	时 分 秒
距离地球	6394 km
速度	28873 km/h

随着指挥服务舱脱离第三级火箭，指挥舱驾驶员迈克尔·柯林斯接手控制指挥服务舱。四块板像花瓣一样打开并从S-IVB中分离出来，露出里面的登月舱。

转置和对接流程

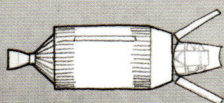

1. 分离

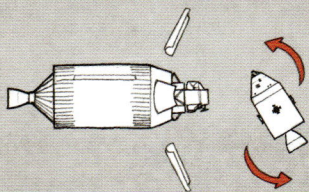

2. 指挥服务舱在俯仰轴上翻转180度

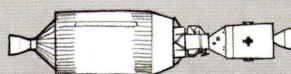

3. 与登月舱对接

4. 带出登月舱

柯林斯控制着指挥服务舱在俯仰轴上翻转180度，让它和露出来的登月舱正相对。他利用指挥服务舱的推力器，让指挥舱上凸出来的探头对准登月舱顶部的锥套，慢慢地、小心地驾驶指挥服务舱往前和登月舱对接。这是任务中的第一个关键时刻。

奥尔德林："迈克，你还有多少距离？"

柯林斯："待命，已经在闭合。"

柯林斯完成了与登月舱的软对接。探头把登月舱拖过来紧紧地跟指挥舱接在一起，12个锁扣"砰"的一声一次性就位，在两个航天器之间形成一层气封，硬对接也已完成。柯林斯在指挥舱模拟装置里练习了数百个小时的对接，然后在太空中花了8分钟完成。

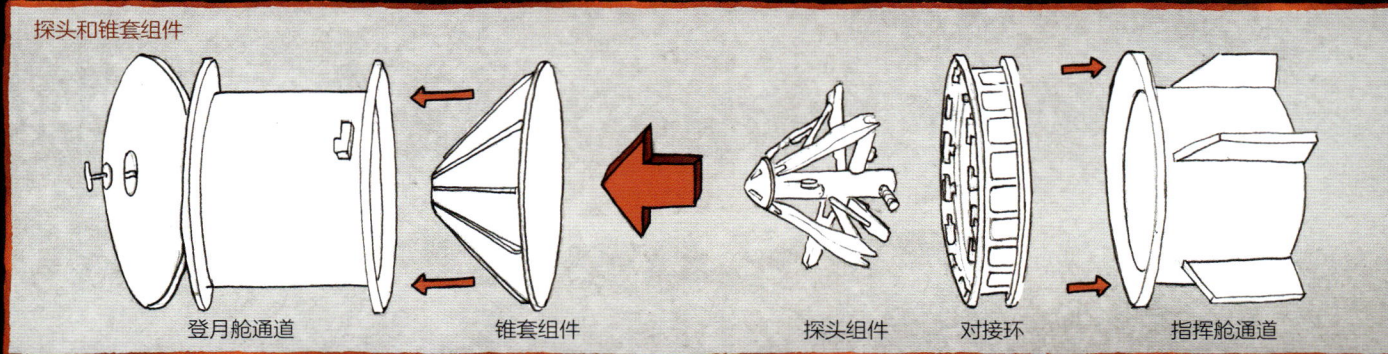

探头和锥套组件

登月舱通道	锥套组件	探头组件	对接环	指挥舱通道

地面使用时间	004:16:38
	时 分 秒
距离地球	24140 km
速度	17542 km/h

阿姆斯特朗："休斯敦，我们已准备好弹出登月舱。"

麦克坎德雷斯："收到，一切正常，可以弹出。"

一小时后，宇航员们从火箭的第三级中拖出了登月舱，继续他们的登月之旅。第三级最终会落入围绕太阳的轨道。

登月之旅

地面使用时间	005:28:00
	时 分 秒
距离地球	42487km
速度	13905km/h

中途修正

　　柯林斯利用导航系统观星来确定飞船的位置，类似早期的探险者们在船上用六分仪定位。通过阿波罗制导计算机上的52号程序，他发现测量数据略有偏差，于是敲击DSKY，在界面中输入了新的数值来重新校准惯性平台。

柯林斯：*"之前的30号恒星看上去恰好在六分仪的中间。"*

麦克坎德雷斯：*"休斯敦收到。"*

导航

　　阿波罗制导计算机是根据飞行前一晚37颗恒星的确切位置进行编程的。宇航员可以用指挥舱中的六分仪来测量某一颗恒星和地球地平线及月球地平线之间的角度，从而得到准确的关于他们在太空中所处位置的测量数据。因为惯性平台的轴承会因为摩擦力而略微偏移，所以整个任务过程中要进行多次这样的校准测量。

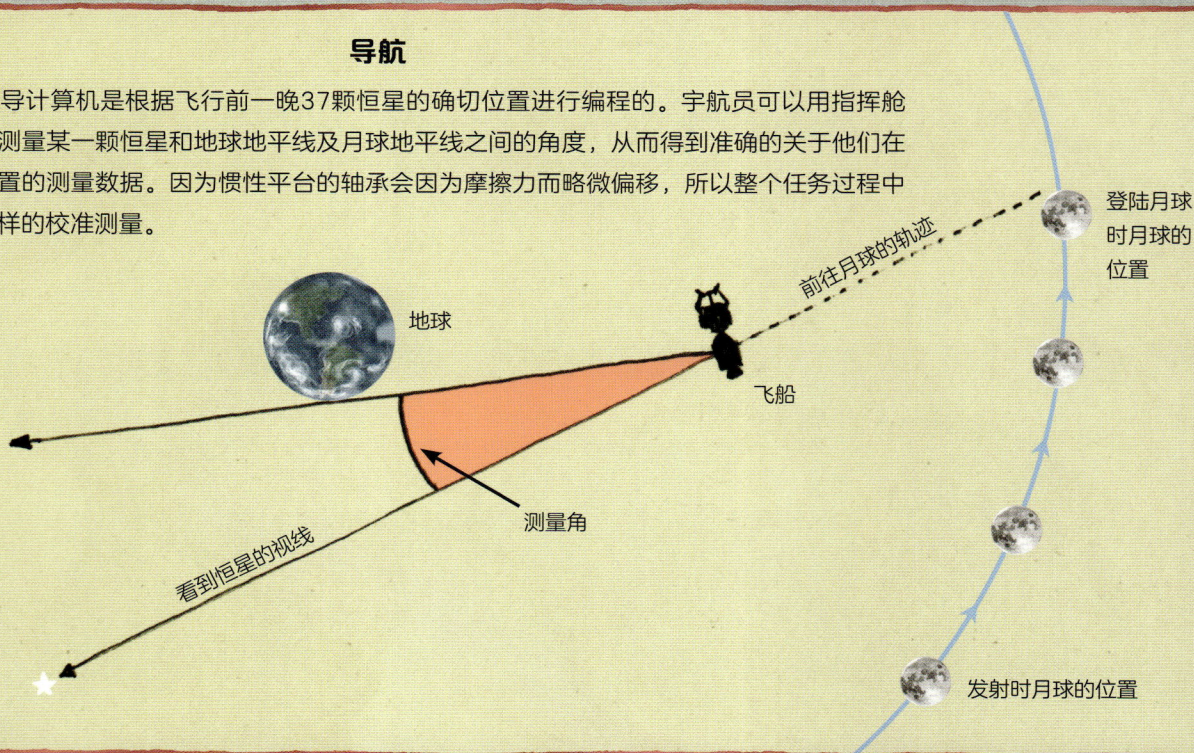

前往月球的轨迹

登陆月球时月球的位置

地球

飞船

测量角

看到恒星的视线

发射时月球的位置

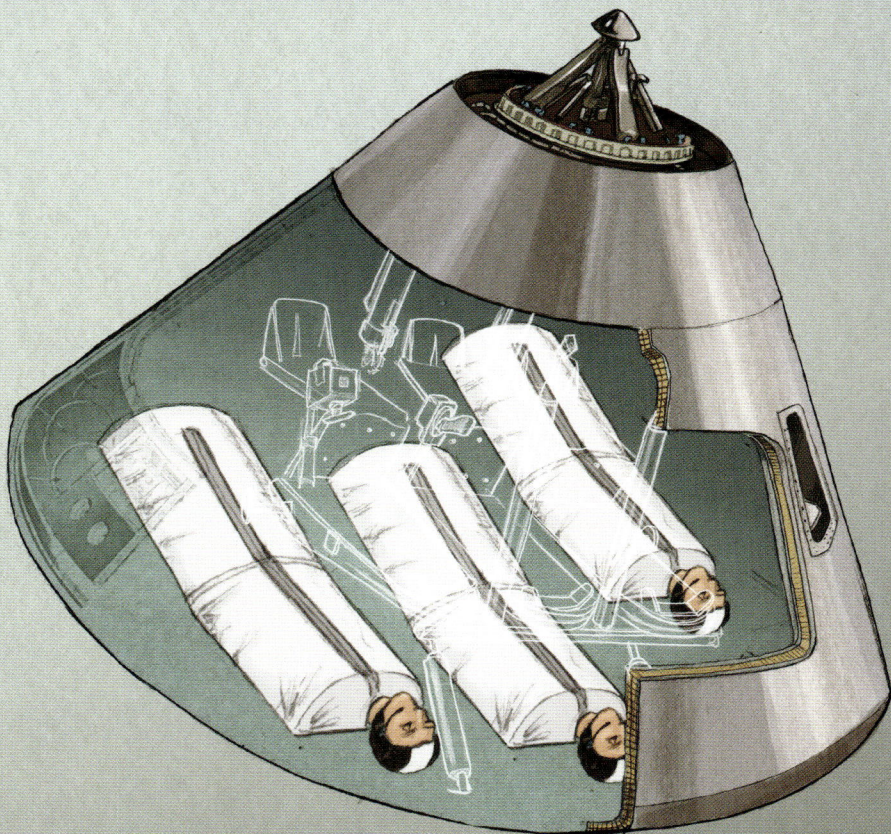

地面使用时间	011:20:00
	时　分　秒
距离地球	102998km
速度	8690km/h

干了几小时"杂事儿"后——包括检查系统、和地面控制中心一起解决设备问题以及享用晚餐——乘组终于安顿下来，可以休息了。根据生物医学传感器的数据，柯林斯是第一个睡着的，一个小时之后，三人都睡着了。

1969年7月17日

地面使用时间	027:17:09
	时　分　秒
距离地球	196823km
速度	5633km/h

奥尔德林路过指挥舱窗口的时候看到地球变得越来越小。接下来两天，乘组将继续向月球滑行，而地球将会小到用大拇指就能盖住。

进入月球轨道

1969年7月19日

地面使用时间	075:30:46
	时 分 秒
距离地球	1555km
速度	7144km/h

麦克坎德雷斯： *"阿波罗11号，这里是休斯敦。一切正常，可以进入月球轨道。完毕。"*

随着阿波罗11号离月球越来越近，宇航员知道，他们即将开始任务中不确定性更高的一步：进入月球轨道。

月球引力很快就会把飞船拉到月球背面，到时跟地面控制中心的通信会中断。在那儿，乘组会进行一次发动机点火，使他们减速到足以被拉进环绕月球的轨道中。

这一步不能出任何纰漏。如果点火时间太久，他们就会撞到月球上；而如果发动机点火失败，他们就会绕过月球，开始落回地球。

在飞船来到月球另一面重新建立通信之前，地面控制中心将无法得知点火成功与否。

这是一段焦灼的等待。

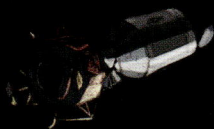

地面使用时间	075:59:11
	时 分 秒

NASA已经计算过，第一次进入月球轨道的发动机点火会让飞船进入月球上方一个169.2海里乘61海里（313.3千米乘113千米）的椭圆形轨道。点火后，奥尔德林检查了一下数据，发现他们就在目标轨道内几百米的位置。

奥尔德林： *"快看！快看！169.9乘60.9！"*

柯林斯： *"真漂亮，干得真漂亮！"*

地面使用时间	076:15:00
	时 分 秒
绕月速度	6013km/h

休斯敦和乘组重新建立了通信。

麦克坎德雷斯： *"阿波罗11号，阿波罗11号，这里是休斯敦。可以听到吗？完毕。"*

奥尔德林： *"是的！听得很清楚，休斯敦。LOI-1点火一切正常，情况看上去不错。"*

柯林斯： *"可以说，几乎完美！"*

麦克坎德雷斯： *"收到。我们收到了你们的点火状态报告，遥测显示飞船一切正常。"*

奥尔德林： *"收到。我们这儿一切顺利。"*

进入环绕月球的圆形轨道需要点火两次。第一次点火叫作LOI-1，会让飞船进入一个椭圆形的轨道。绕轨道两周后，第二次点火LOI-2会让飞船进入月球上方直径104.6千米的圆形轨道中。

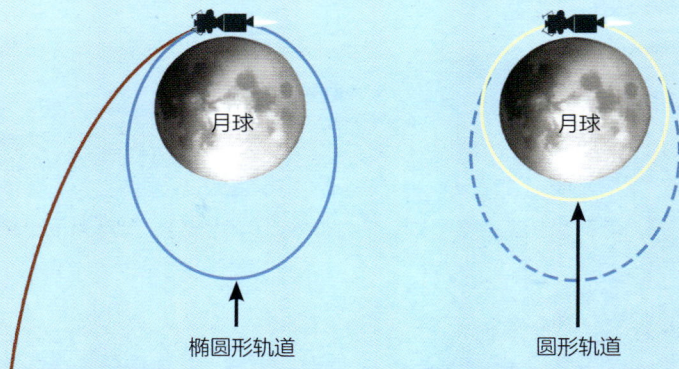

LOI-1（进入月球轨道第一次点火）

LOI-2（进入月球轨道第二次点火）

月球

月球

椭圆形轨道

圆形轨道

地面使用时间	081:24:00
	时 分 秒

过去的三天里，地面控制中心的控制员已经轮流值了几次班。现在值班的是吉恩·克兰兹和他的白色小组。宇航通信员换成了宇航员查理·杜克。

杜克：*"阿波罗11号，你们好。我们想知道你们是否已经准备进入登月舱。完毕。"*

阿姆斯特朗：*"指挥服务舱舱门已打开，探头和推套已拆除并妥善安置。现在我们正准备开启登月舱舱门。"*

奥尔德林和阿姆斯特朗飘浮着通过从指挥舱进入登月舱的通道。接下来几个小时，他们要确认登月舱内一切就绪，可以带他们登陆月球表面。

尽管奥尔德林的头衔是登月舱驾驶员，但负责驾驶登月舱"鹰"的其实是阿姆斯特朗（指令长）。奥尔德林的工作将是报出关键数据——高度、燃料水平和下降速度。

下降到月球

1969年7月20日

地面使用时间	100:12:00
	时 分 秒

"鹰"（登月舱）从"哥伦比亚号"（指挥舱）上分离出来。阿姆斯特朗和奥尔德林在登陆月球前最后检查了一遍所有系统。

人类过去从未登陆过月球，这也将是这次任务最复杂也最危险的一部分。

现在，柯林斯一个人待在"哥伦比亚号"上。同事们下降到月球表面期间，他将继续绕月运行。

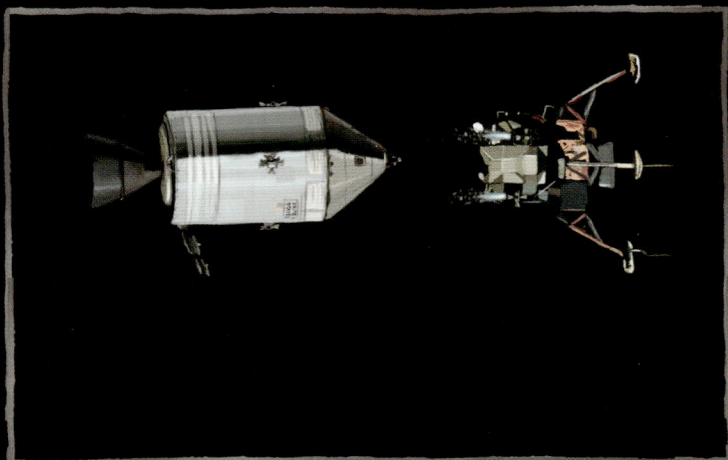

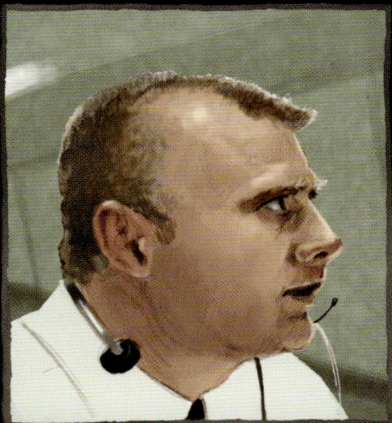

2小时21分钟后，吉恩·克兰兹绕地面控制中心的操控室转了一圈，向控制员收集是否可以进行动力下降的意见。所有人的回答都是"正常！"。

> **克兰兹：** "宇航通信员，准备进行动力下降。"

> **杜克：** "鹰，这里是休斯敦。可以进行动力下降。"

地面控制中心刚刚对阿姆斯特朗和奥尔德林下达了指令，对"鹰"未经测试过的下降发动机进行点火，登月舱开始有控制地"降落"到月球表面。每一个人都清楚，在接下来的12分钟，他们要么降落，要么中止，要么坠毁。

地面使用时间	102:33:11
	时 分 秒

> **阿姆斯特朗：** "点火。"

地面使用时间	102:38:26
	时 分 秒

1202警报

动力下降开始后不到六分钟，宇航员的耳机里突然响起了一项程序警报。

奥尔德林察看了DKSY，显示1202。奥尔德林和阿姆斯特朗都不知道是哪里出了问题。

> **阿姆斯特朗：** "请告知1202程序警报的含义。"

回到地面控制中心，26岁的控制员史蒂夫·贝尔斯正在负责监控登月舱的制导计算机。贝尔斯以前是这里的暑期实习生。现在，要由贝尔斯来决定是中止还是继续。两位宇航员的生命，还有整个任务的成败一下子交到了他的手中。

在马萨诸塞州的麻省理工学院，编写月球登陆期间登月舱制导程序的唐·艾尔斯正监控着任务进程，他屏住了呼吸。他知道1202警报的意思是计算机过载，但他不知道计算机为什么会过载。之前，为了确保程序没有问题，他做过很多次模拟，但没有一次模拟发生过这种问题。好在，艾尔斯和同事设计的这个系统会优先考虑最重要的事——确保登月舱处于正确的飞行路径中——其他的一切都会忽略。

两周前，在跟另一组宇航员进行月球登陆模拟时，曾经出现过一次类似的1201警报。贝尔斯给乘组下达的指令是"中止"。之后，贝尔斯和他的团队整理出了一份清单，列出了所有可能发生的警报及其含义。

地面使用时间	102:38:42
	时 分 秒

24岁的杰克·加曼是为贝尔斯提供后援支持的一位控制员。此时他抓起这份清单（他桌上就有一份），扫了一眼。

加曼（对贝尔斯说）： "这是执行溢出警报。只要警报不再次响起，就没问题。"

听到加曼的话后，贝尔斯传达了指令。

贝尔斯： "飞行乘组，警报属于正常情况，你们可以继续。"

这个决定传达给了阿姆斯特朗和奥尔德林，于是他们继续下降到月球。整个过程不到30秒——虽然对乘组而言可能是度秒如年，但是由于多年的演练、测试和投入，这一切实际上发生得迅雷不及掩耳。

地面使用时间 102:41:10
时 分 秒

高度 2133.6m

在下降的大部分时间里，为了让雷达系统可以对准月球表面，"鹰"的窗口都是朝下的。在到达2133.6米高的时候，计算机会让"鹰"向前倾斜。现在，阿姆斯特朗可以看到前方的着陆区域了。

地面使用时间 102:42:06
时 分 秒

杜克： "鹰，这里是休斯敦。一切正常，可以着陆。完毕。"

吉恩·克兰兹在地面控制中心统计关于着陆状态的意见。所有控制员的答复都是"正常！"。

*任务之后，杰克·加曼和史蒂夫·贝尔斯因为他们在着陆时的表现受到了嘉奖。

阿姆斯特朗： *"这里好崎岖。"*

看着窗外，阿姆斯特朗意识到，计算机将把他们降落在一个足球场大小的陨石坑附近的巨砾原上。奥尔德林是唯一能看到阿姆斯特朗所见的人。阿姆斯特朗必须快速做出决定：是赶紧停下，在下面这片看不清的区域着陆，还是消耗更多燃料飞过这片区域。

阿姆斯特朗： *"我会……"*

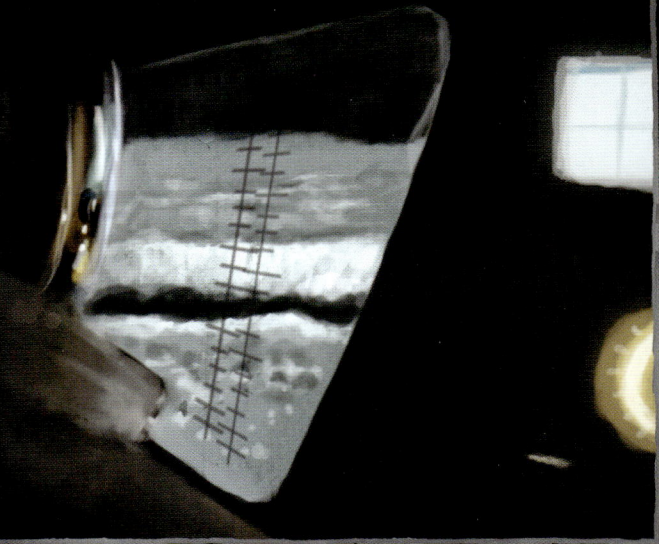

地面使用时间	102:43:17
	时 分 秒
高度	152.4m
燃料剩余时间	167s

阿姆斯特朗用操纵杆控制住登月舱的高度，然后飞过了巨石场和陨石坑，将"鹰"倾斜到一个几乎垂直的位置，以保持前进的速度。

奥尔德林持续报告着高度、下降速度和前进动力。阿姆斯特朗扫视一圈月球表面，想找一个平滑的地方降落。

与此同时，在地面控制中心，吉恩·克兰兹和团队其他人都屏住了呼吸。

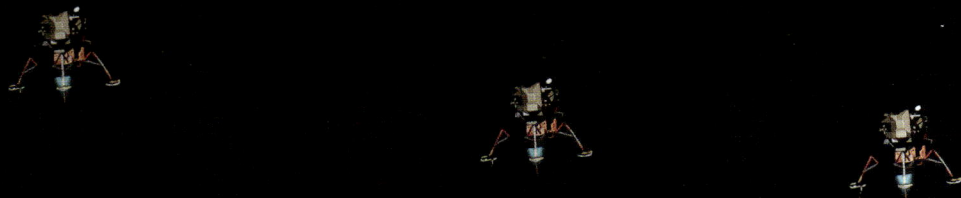

登月舱的高度未按比例绘制

地面使用时间	102:44:06
	时 分 秒
高度	67m
燃料剩余时间	120s

阿姆斯特朗："好的，这里……看上去不错。"

奥尔德林："好我看到那里有影子。"

地面使用时间	102:45:02
	时 分 秒
高度	22.8m
燃料剩余时间	60s

杜克："60秒。"

宇航通信员查理·杜克告知乘组他们的燃料只够维持60秒。他们现在已经离月球表面太近，无法安全中止了。他们只能落地！

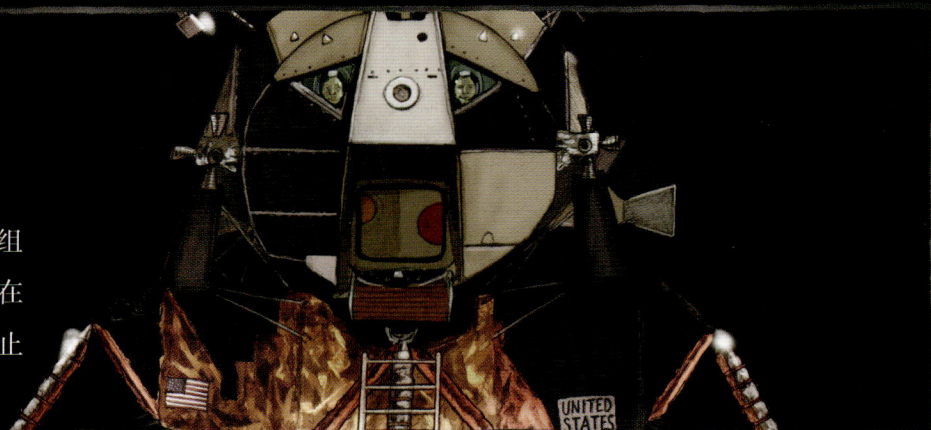

地面使用时间	102:45:17
	时 分 秒
高度	12m
燃料剩余时间	45s

奥尔德林："还剩12米……已经扬起尘埃。"

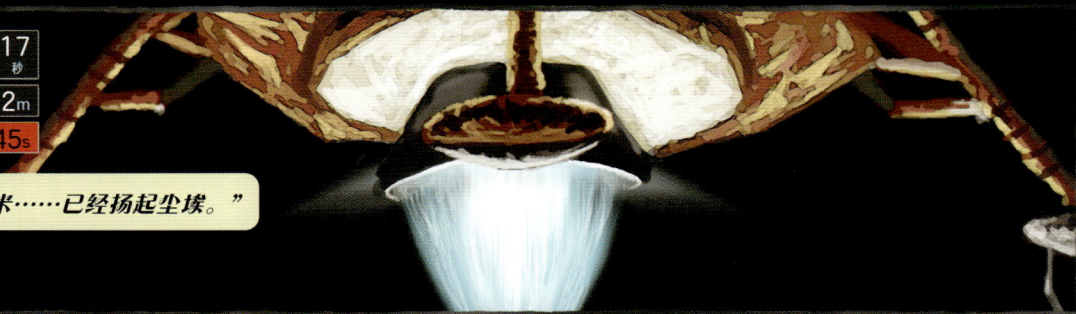

地面使用时间	102:45:40
	时 分 秒
高度	1.5m
燃料剩余时间	22s

一个着陆架支架的探针已经接触到了月球表面，触发了仪表盘上的指示灯亮起。

奥尔德林："接触灯亮起。"

地面使用时间	102:45:43
	时 分 秒

阿姆斯特朗："关闭发动机。"

随着"鹰"落地，尘埃颗粒急速扬起，又消失在地平线上。这一切都发生在深沉的寂静和完全的静默之中。

阿姆斯特朗："休斯敦，这里是静海基地。'鹰'落地了。"

杜克："收到。静……静海基地。地面收到。这里大家已经要缺氧了。现在我们又能呼吸了。谢天谢地。"

在"哥伦比亚号"上绕月飞行的迈克尔·柯林斯对自己笑了笑。

219

人类漫步月球

1969年7月20日

地面使用时间	109:24:12
	时 分 秒

　　穿戴上生命保障背包、特殊面罩和登月靴并为登月舱减压后，阿姆斯特朗和奥尔德林打开了舱门。阿姆斯特朗爬到门廊上。他拉动一个把手，里面就是模块化设备储存系统。把它翻下来，里面就是他们的登月工具和一个电视摄像机。

　　在登月舱内部，奥尔德林按动开关，打开了摄像机。现在，全世界都可以见证这一历史性的时刻了。

> **阿姆斯特朗：** *"好的，现在我即将走下登月舱。"*

　　这一刻就要来了。

　　这就是来自地球的人类第一次驻足另一个世界。距离约翰·F.肯尼迪总统做出"美国应当前往月球"的决定才过去八年多。八年的艰苦奋斗。八年的设计、建造和测试。工程师、缝纫女工、木工、医生、科学家、数学家和技术人员共四十万人没日没夜地工作，每个人都各司其职，为的就是这一刻。

> **阿姆斯特朗：** *"这是个人的一小步，却是人类的一大步。"*

阿波罗登月电视摄像机

1964年，电视直播摄像机还是181千克重的庞然大物，属于新奇的机器。当时NASA委托位于马里兰州巴尔的摩的西屋电气公司造一台特殊的摄像机，供宇航员在月球表面使用。这台摄像机必须又小又轻，还要能承受太空中的极端环境。

西屋公司的工程师斯坦利·"斯坦"·里巴被安排负责这个项目。里巴和他团队的工程师花了四年的时间完成。最终的产品叫作"阿波罗登月电视摄像机"，只有3.3千克重。

一开始，宇航员和NASA管理层都觉得带一台摄像机去月球会增加负担，太麻烦了，但克里斯·克拉夫特和麦克斯·费吉特认为，用自己辛苦挣来的钱为这一历史性任务买单的美国纳税人有权见证这个过程。尼尔·阿姆斯特朗也同意。于是，斯坦·里巴的登月电视摄像机也登上了月球。

斯坦·里巴手持阿波罗登月电视摄像机

接收来自月球的电视信号

接下来就轮到26岁的NASA工程师理查德·纳夫兹格来解决电视信号接收的问题了，他要想办法把月球上的电视信号传回地球并传到家家户户的电视机上。他面临的最大挑战就是：月球上的电视信号每秒只有10帧，要在电视上转播，就要转换成每秒快到30帧。纳夫兹格准备了一台特殊的机器来转换图像，但他也不知道这个系统能不能行得通，因为他不可能用月球传来的信号做测试。在全世界的注视下，这次播出要么惨遭失败，要么就是大获成功。

1969年7月20日，全世界的人们目不转睛地看着电视，等待着见证尼尔·阿姆斯特朗爬下梯子。纳夫兹格坐在地面控制中心，紧张地看着房间前面的屏幕。

在奥尔德林按下按钮，打开摄像机的短短三秒后，地球上的每个人都看到了来自月球的电视直播。

阿波罗电视信号的三秒之旅

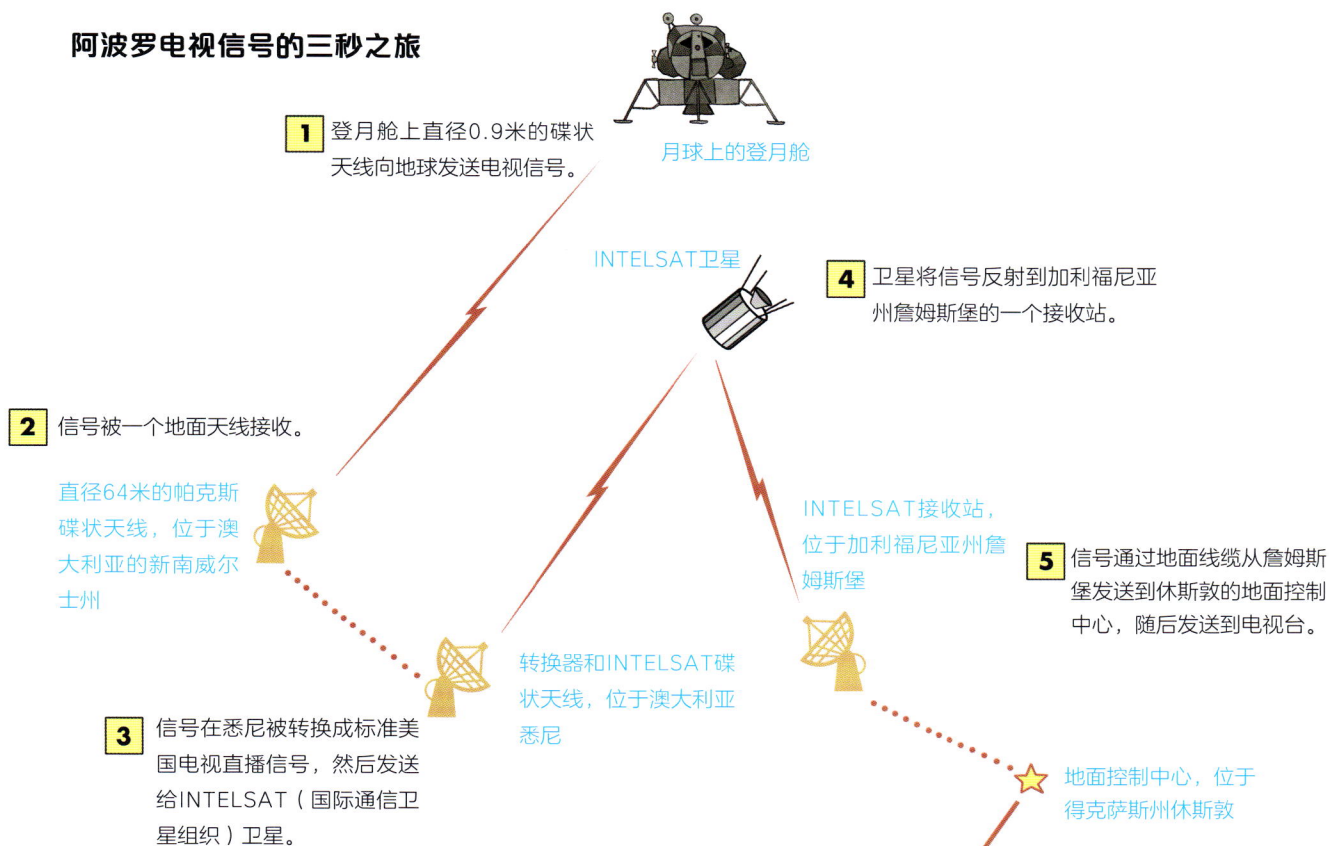

月球上的登月舱

1 登月舱上直径0.9米的碟状天线向地球发送电视信号。

INTELSAT卫星

4 卫星将信号反射到加利福尼亚州詹姆斯堡的一个接收站。

2 信号被一个地面天线接收。

直径64米的帕克斯碟状天线，位于澳大利亚的新南威尔士州

INTELSAT接收站，位于加利福尼亚州詹姆斯堡

5 信号通过地面线缆从詹姆斯堡发送到休斯敦的地面控制中心，随后发送到电视台。

转换器和INTELSAT碟状天线，位于澳大利亚悉尼

3 信号在悉尼被转换成标准美国电视直播信号，然后发送给INTELSAT（国际通信卫星组织）卫星。

地面控制中心，位于得克萨斯州休斯敦

"来自月球的现场直播"

3 8万千米之外的地球上，预计有五亿三千万人通过电视直播观看了整个月球出舱活动。

美国几乎家家户户都观看了尼尔·阿姆斯特朗在月球上踏出的第一步。

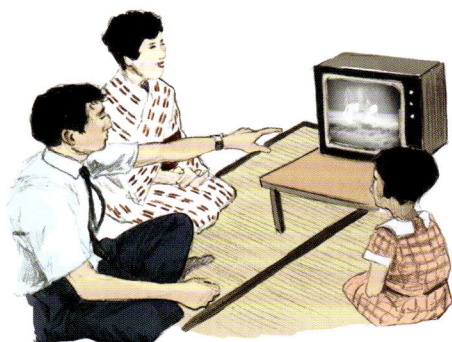

一户日本家庭在东京的家中收看直播。

月球漫步的画面投影在伦敦特拉法尔加广场的一个巨型屏上。

教皇保罗六世在位于罗马的梵蒂冈收看直播。

漫步月球

在月球上，阿姆斯特朗和奥尔德林还有工作要做。

他们千里迢迢来到月球，不可能不带点东西回去用于科学研究。美国人想要了解更多关于月球的信息：它是哪儿来的？多大年纪了？月球上有生命吗？（考虑到月球上极其恶劣的环境，科学家认为不太可能。但不管怎么样，他们还是需要确认。）

地面使用时间	109:34:09
	时 分 秒

阿姆斯特朗任务清单中的第一件事就是取一些月球上的岩石和土壤的样本，放到绑在他大腿上的一个特定的袋子里。这些样本叫作应急样本。如果月球漫步需要立即中止，至少他还采集到了月球表面上的一小块月壤。他拍了几张照片，并且把他看到的情况传回了地面控制中心。

地面使用时间	109:43:10
	时 分 秒

现在，奥尔德林也爬下了梯子，加入了阿姆斯特朗。

奥尔德林： *"好美。"*

阿姆斯特朗： *"可不是吗，多么壮观。"*

奥尔德林： *"壮观而荒凉。"*

地面使用时间	110:03:20
	时 分 秒

奥尔德林搭建起来的第一个实验器材是太阳风收集器——一片用来收集太阳发射出的带电粒子的铝箔薄片。月球漫步结束时，奥尔德林会把它打包带回家，让科学家对太阳风的组成有更多了解——因为太阳风会由于地球磁场发生偏移，所以这个实验在地球上是做不了的。

地面使用时间　110:07:38
时　分　秒

阿姆斯特朗和奥尔德林一起插上了美国国旗，又在不久之后接听了总统理查德·M.尼克松的电话。

地面使用时间　110:08:53
时　分　秒

此刻仍然独自在指挥舱中环绕月球飞行的迈克尔·柯林斯接通了地面控制中心，了解出舱活动的最新进展。

柯林斯： "……进展如何？"

麦克坎德雷斯： "收到。出舱活动非常顺利。我想他们现在正在插国旗。"

柯林斯： "太棒了！"

麦克坎德雷斯： "我想你大概是唯一一个看不到电视直播这个场景的人了。"

柯林斯： "没事，我一点也不介意。"

奥尔德林和阿姆斯特朗还在月球上搭建了其他实验装置，其中一项使用了地震仪（一种可以检测"月震"，帮助科学家了解月球内部结构的仪器）。这个装置极其敏感，连宇航员走远时的脚步都能检测到。

另一项实验用到了激光测距后向反射镜（LRRR）。这是一面精密的镜子，可以将地球发出的一束强大的激光束反射回去。奥尔德林搭建完这个装置90分钟后，加利福尼亚州汉密尔顿山上利克天文台的天文学家们将一束激光对准了NASA告知他们的后向反射镜的准确位置。激光束反射回来，于是，有史以来，我们第一次有了一种可以准确测量地球和月球间距离的方法。

激光测距后向反射镜是唯一至今仍然在用的阿波罗实验装置。它显示，月球正在以每年约3.8厘米的速度远离地球。

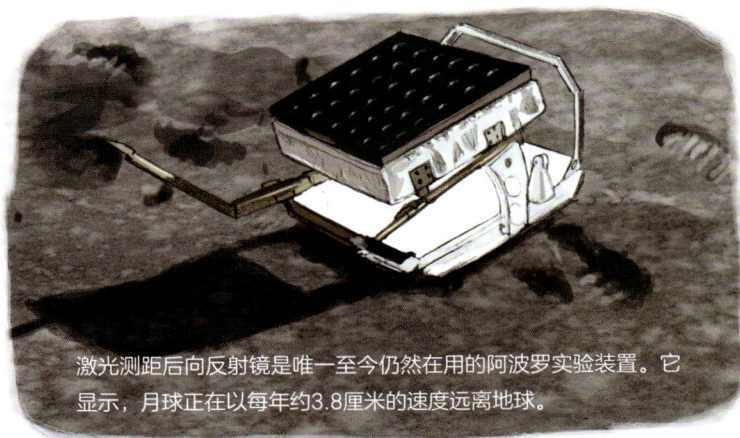

地面使用时间　111:25:04
时　分　秒

在月球上待了不到2小时之后，宇航员们已经完成了清单中所有的任务。奥尔德林率先重新爬上梯子，十分钟后阿姆斯特朗紧随其后。他们收集了将近22.7千克岩石和尘埃带回地球。

1969年7月21日

现在阿姆斯特朗和奥尔德林该休息了，如果他们能睡着的话。但在休息前，他们必须摆脱所有不必要的装备，为回到月球轨道的行程减重。一袋袋的垃圾、登月靴、生命保障背包、摄像机、月球上用的工具，以及其他任何他们不再需要的东西都被扔出舱门，永远地留在了月球上。

他们还会留下些其他东西：下降级某条腿上的一块铭牌将会留在那里；除此以外，还有一个小包裹，里面有四件东西，一块纪念在阿波罗1号火灾中丧生的宇航员格里森、怀特和查菲的贴布，两块纪念苏联宇航员弗拉基米尔·科马洛夫（因一次飞船降落伞失灵而丧生）和尤里·加加林（第一个进入太空的人类，后来因飞机失事丧生）的勋章，最后是一根小小的黄金橄榄枝，跟乘组从月球返回后送给他们妻子的橄榄枝是一样的。

登月舱里又冷又吵，灯光又亮。对于今天发生的一切，宇航员们太过兴奋，根本睡不安稳。阿姆斯特朗躺在上升发动机盖上，腿架在一个临时做的吊床上，奥尔德林干脆蜷缩在地上。一开始，他们都戴着头盔，以防吸入他们带进登月舱的月球尘埃，但后来还是觉得戴着头盔实在太不舒服了。

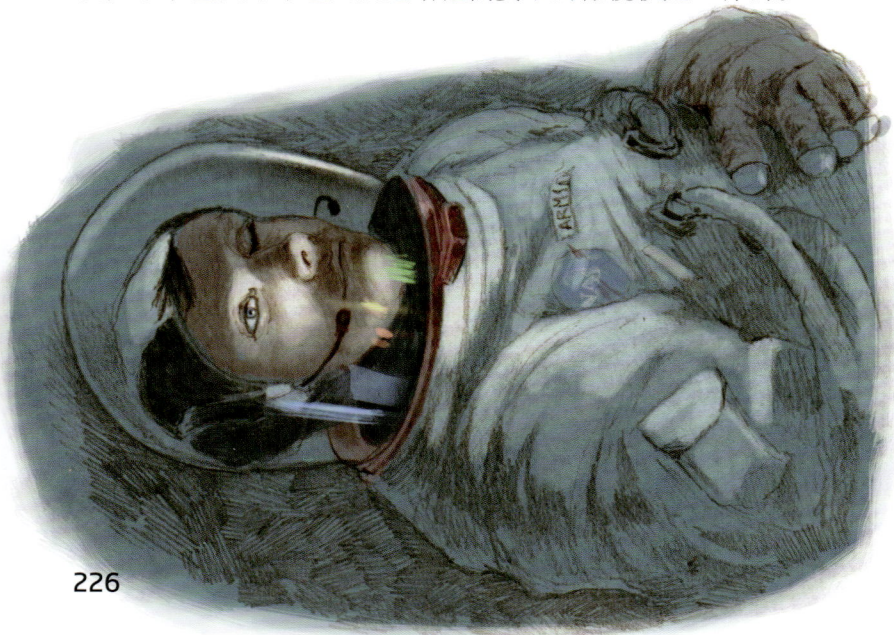

地面使用时间 124:22:02 时 分 秒

宇航员登陆月球21小时37分钟后，他们点燃了从来没有测试过的上升发动机。与此同时，火焰也切断了上升级和下降级之间的连接，奥尔德林和阿姆斯特朗带着他们珍贵的"货物"从月球表面起飞。

"鹰"和"哥伦比亚号"团聚

"**鹰**"和正在绕月的"哥伦比亚号"要通过历时三个半小时的"月球轨道交会"团聚。阿姆斯特朗、奥尔德林和柯林斯都在模拟装置和双子星座计划期间在地球轨道上演练过这个过程，但现在，他们第一次要在月球轨道上完成这个动作。

"鹰"从月球表面发射时进入了一个17.7千米乘87千米的椭圆形绕月轨道。当它绕月球运行到一半时，在最高点上，阿姆斯特朗和奥尔德林会再次点燃发动机，进入一条直径长87千米的圆形轨道。现在，他们进入了与柯林斯相距仅24千米的非常相似的轨道中。

在这条轨道上，阿姆斯特朗和奥尔德林对发动机进行几次小规模点火，就可以升高到柯林斯在"哥伦比亚号"上的高度。

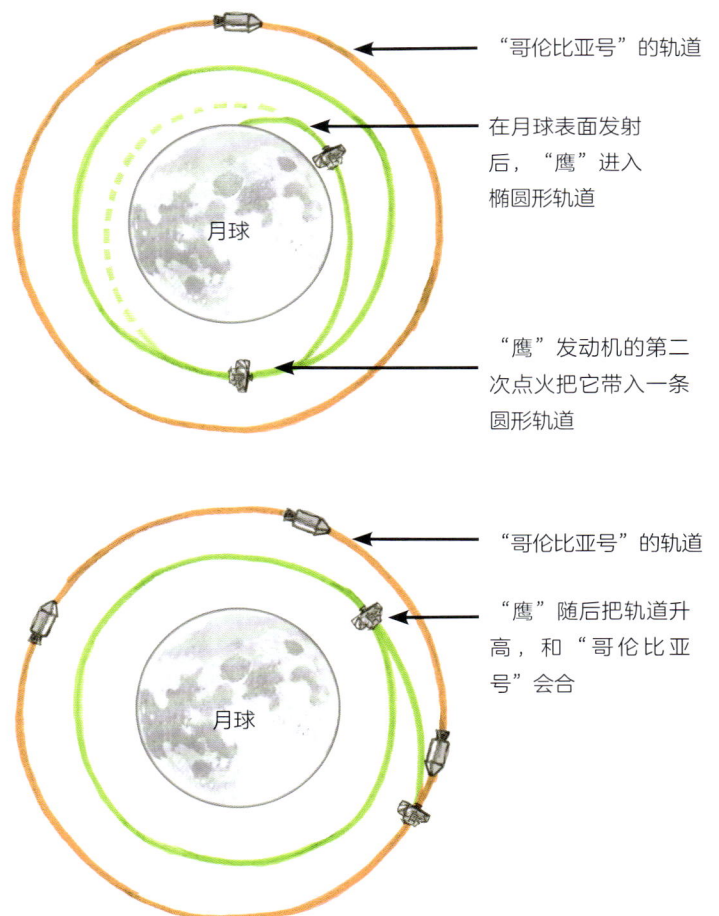

"哥伦比亚号"的轨道

在月球表面发射后，"鹰"进入椭圆形轨道

"鹰"发动机的第二次点火把它带入一条圆形轨道

"哥伦比亚号"的轨道

"鹰"随后把轨道升高，和"哥伦比亚号"会合

现在，"鹰"就在"哥伦比亚号"前面一点点，二者共同绕月飞行。柯林斯进行了最后一步操作，让两艘飞船对接，他也和同伴们会合。

地面使用时间　　129:05:27
时 分 秒

在检查过密封性良好之后，柯林斯移除了锥套和探头组件，两艘飞船之间形成了一条通道。见到两位风尘仆仆的宇航员递过他们探险得回的"宝物"，包括几盒无价的月球岩石和土壤，照片胶卷以及各种各样的设备，柯林斯高兴不已。

奥尔德林（对柯林斯说）： *"准备接好这些价值连城的盒子吧。"*

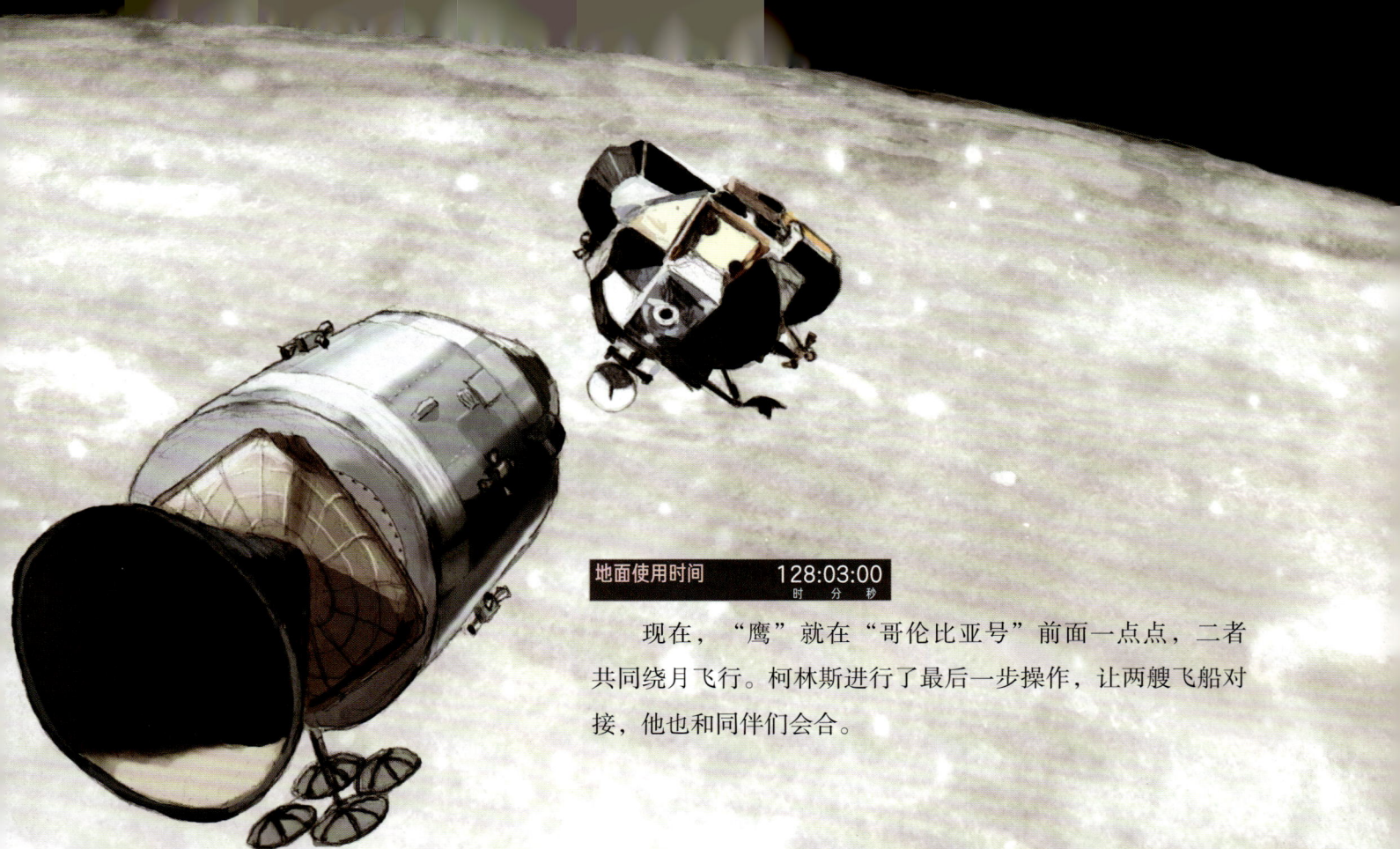

地面使用时间　　130:11:05
时 分 秒

大家回到"哥伦比亚号"并且转移完所有东西之后，就要丢弃"鹰"，跟它说再见了。登月舱最后会坠回月球。

柯林斯： *"它走了，它真的很棒。"*

现在，是时候启程回家了。

在收到地面控制中心所有必要的数据之后，飞船将再一次滑入毫无无线电信号的月球背面。宇航员点燃了服务舱推进系统发动机，进入落回地球的轨道。如果一切顺利，回家的旅途只要三天不到。

1969年7月23日

地面使用时间	177:34:44
	时 分 秒
距离地球	146450.3km

42个小时过去了。从窗口看出去，地球越来越大。阿波罗11号的宇航员马上就要到家了。在他们最后的太空电视直播中，迈克尔·柯林斯感谢了所有参与这个项目、帮助他们的飞行取得圆满成功的人。

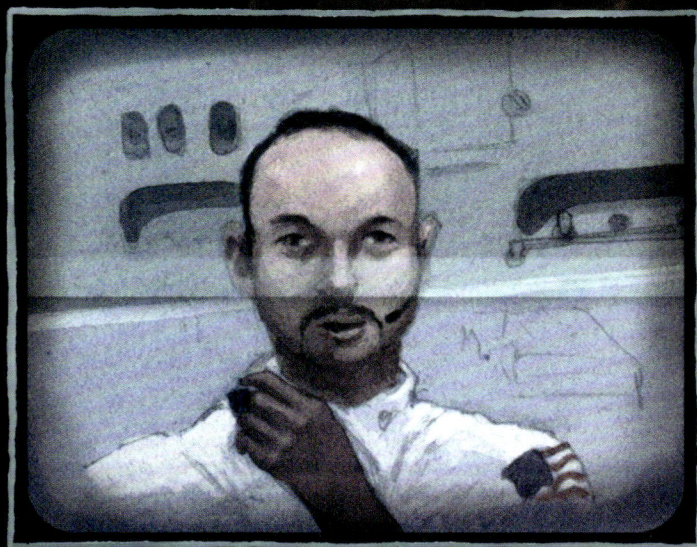

柯林斯："这次行动就像是潜水艇的潜望镜。大家看到的是我们三个人，但在表象之下还有千千万万其他人。对这些人，我想说一句，多谢。"

重新进入大气层

1969年7月24日

地面使用时间	194:49:12
	时　分　秒
距离地球	3218.7km
速度	33796km/h

　　乘组抛弃了服务舱。过去八天，服务舱很好地满足了宇航员们的需求，为"哥伦比亚号"提供了燃料、电力、氧气和水，但为了安全地重新进入大气层，必须减重。旅程最后的三十分钟，就靠指挥舱及其经过精心设计的隔热罩来保护乘组。

地面使用时间	195:03:01
	时　分　秒
距离地球	1480.6km
速度	36210km/h

　　柯林斯操纵着指挥舱，使它的钝端先撞击大气层。这样产生的阻力足以把速度从极高的40233.6千米/时降到515千米/时。此时宇航通信员罗纳德·E."罗恩"·埃万斯对阿波罗11号的乘组说了一些鼓励的话。

　　埃万斯："你们马上就要成功了。在我们看来，你们简直棒极了。"

　　阿姆斯特朗："一会儿见。"

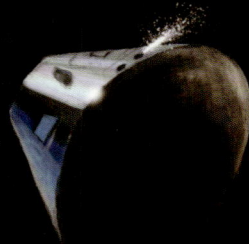

地面使用时间	195:03:34
	时 分 秒
距离地球	120.7km
速度	40233.6km/h

在大约121.92千米的高度，指挥舱开始进入大气层，这个过程产生的热能会完全切断与地面的无线电通信。

现在，地面控制中心能做的，只有等待并祈祷隔热罩能在没有信号的四分多钟里发挥它的作用。

三名宇航员现在正处于322米高的火焰尖端，他们下方的空气压缩形成的冲击波不断积聚着热能，火花从他们的窗前呼啸而过，但隔热罩发挥了作用。

指挥舱在越来越厚的大气层中减速，越来越强的重力把宇航员重重地压在他们的座位上。

埃万斯： *"阿波罗11号，休斯敦正在通过高级测距仪器飞机寻找你们。"*

没有应答。

埃万斯： *"阿波罗11号，休斯敦正在通过高级测距仪器飞机寻找你们。待命。完毕。"*

没有应答。

埃万斯： *"阿波罗11号。正在等待你们提交DSKY读数。完毕。"*

没有应答。

回收舰： *"阿波罗11号，阿波罗11号。这里是大黄蜂，这里是大黄蜂。完毕。"*

一片寂静。

溅落和救援

阿姆斯特朗：“你好，大黄蜂。这里是阿波罗11号，收到你的信息，很响亮，很清楚。我们的位置是13，39；169，15。”

稳定减速伞、引导伞和主降落伞依次打开。

在太空中穿梭了将近160万千米之后，阿波罗11号溅落在南太平洋温暖的海水中。三名宇航员到家了。

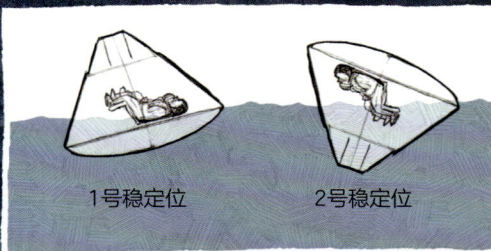

触水后，指挥舱就会底朝天反过来，形成“2号稳定位”。柯林斯按下一个按钮，给三个漂浮袋充气，指挥舱就会翻转过来，形成“1号稳定位”。

指挥舱在1.8米高的海浪中上下起伏，海军海豹突击队的约翰·沃尔夫勒姆从回收点上方的救援直升机上跳下，游到指挥舱前，透过窗户往里看。阿姆斯特朗向他竖起了大拇指，沃尔夫勒姆把消息传回上方的直升机。接下来，他在指挥舱上装了一个海锚。海锚就像一顶水下降落伞，可以稳定指挥舱。又有两名水下援救员从直升机上跳下，帮沃尔夫勒姆一起在指挥舱底座上装了一个环状漂浮袋，防止打开舱门后指挥舱下沉。

1号稳定位　　2号稳定位

NAVY 64

月球上的虫

尽管概率微乎其微，但还是有人担心宇航员可能会带回月球上的细菌，感染地球，所以NASA对阿波罗11号乘组采取了许多谨慎的预防措施。

出舱前，阿姆斯特朗、奥尔德林和柯林斯都穿上了生物隔离服（BIG）。上了救生筏之后，他们又互相用强力消毒剂刷洗对方的衣服。一张叫作"比利·普网"（以其发明者比利·普的名字命名）的特殊网把宇航员一个个打捞到等待中的救援直升机上。

漂浮袋

比利·普网

环状漂浮袋

穿着生物隔离服的宇航员

约翰·沃尔夫勒姆（生于1948年）
海军水下援救员

7月24日凌晨2点，当20岁的约翰·沃尔夫勒姆在大黄蜂号的铺位上醒来时，他心里想的不是自己在历史上的地位，不是自己即将是返回的宇航员们看到的第一张脸，他更关心母亲能不能在电视上认出他来。为了确保母亲能认出他，他在潜水服的裤腿和胸前贴上了花朵贴纸。

沃尔夫勒姆出生于威斯康星州的阿特金森堡，小小年纪就开始游泳。高中一毕业，他就加入海军，成为水下爆破组（UDT）的一名蛙人，还参加过越南战争。回国后，沃尔夫勒姆自愿协助NASA援救返回的阿波罗号宇航员。他也是组内游泳最快的。他知道自己会是飞船溅落后第一个下水的人。

地面控制中心的人们看到乘组安全地上了"大黄蜂号",纷纷抽起雪茄,挥舞着美国国旗,相互祝贺。

宇航员们下了直升机,直接上了一辆叫作移动隔离设施(MQF)的房车。这辆车虽然小,但和指挥舱比起来简直就是一座宫殿了。脱下又热又难受的生物隔离服后,他们松了好大一口气。

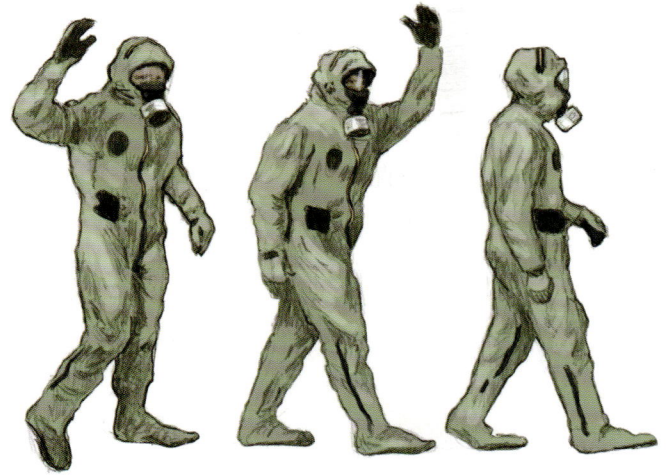

尼克松总统慰问了阿姆斯特朗、奥尔德林和柯林斯,感谢这个世界有他们三人,进行了这场充满勇气的冒险。

接下来的三天,宇航员就要以移动隔离设施为家了。但他们并不孤独,陪伴他们的有NASA工程师约翰·平崎和飞行医生威廉·卡彭特。

卡彭特负责乘组的健康,平崎是移动隔离设施的技术员,同时还负责月球岩石的运输和指挥舱的消毒。他可以通过移动隔离设施上一段向外的塑料通道进入指挥舱消毒,装着月球岩石的真空密封箱则通过转移锁运送到位于休斯敦的月球接收室(LRL)。唯一还留在移动隔离设施上的月球样本是阿姆斯特朗在月球表面最初几分钟里收集的一小袋尘埃和鹅卵石大小的岩石,现在装在一个用贝塔布制成的小袋子里。平崎快速打开这个袋子,瞟了一眼应急样本袋。他成了地球上第一个看到月球样本的人。

平崎(左)和卡彭特(右)在移动隔离设施的乘组休息室里

移动隔离设施

移动隔离设施由美国标准公司的子公司梅尔帕（Melpar）建造，是一台经过改装的清风房车，用于防止细菌逃逸。

泵和风扇会让内部的气压低于外部的压强，因此可能受到污染的空气就不会逃逸出来。乘组通过转移锁接收食品药品等物资，也可以将装着月岩的盒子送出来。转移锁的两边都有门，中间留出了空间让物品通过。一旦转移锁里放了东西，这个空间就会灌满消毒液，随后消毒液被排出，保证没有细菌出来。另外还有一条塑料转移通道让平崎和乘组成员可以进入指挥舱。

移动隔离设施会一直留在"大黄蜂号"上，直到到达檀香山港口。随后，移动隔离设施会被装载到一架C-141飞机的货舱上，带着平崎、卡彭特和宇航员前往月球接收室。

移动隔离设施相关数据	
高度	2.62m
长度	10.7m
质量（空载时）	5670kg
制造商	梅尔帕

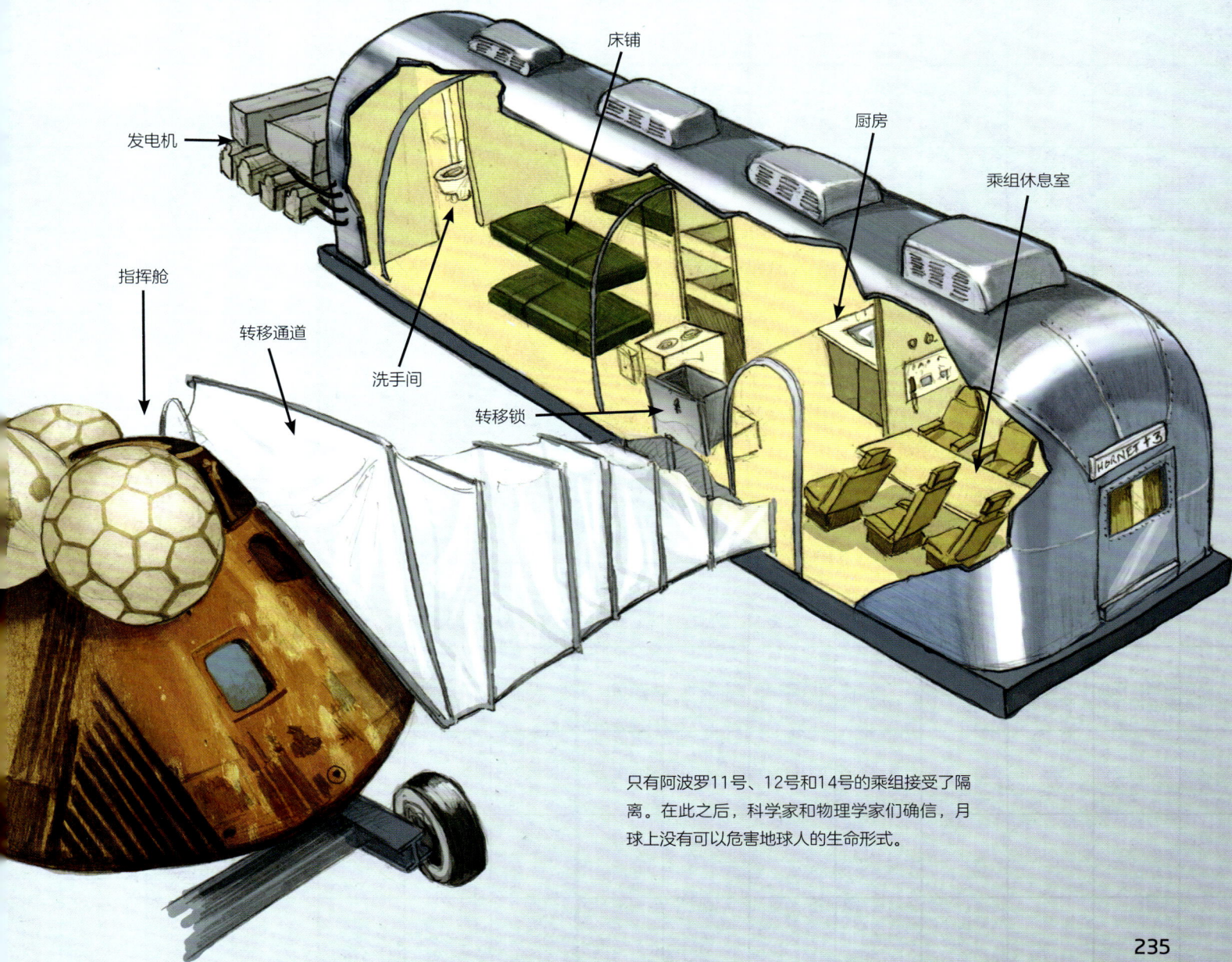

发电机
床铺
厨房
乘组休息室
指挥舱
转移通道
洗手间
转移锁

只有阿波罗11号、12号和14号的乘组接受了隔离。在此之后，科学家和物理学家们确信，月球上没有可以危害地球人的生命形式。

月球接收室

在移动隔离设施里生活了三天后，阿姆斯特朗、奥尔德林和柯林斯终于可以进入月球接收室的乘组接收区了。他们还要在这里隔离两周，不过这里的空间要大多了。在距离登陆月球整整21天之后，他们才能离开。

在这里，他们每个人都有自己的卧室，还能去健身房、办公室、休息区以及餐厅。这一次，他们不用再为食物补水了。最棒的是，他们能用上真正的厕所了！

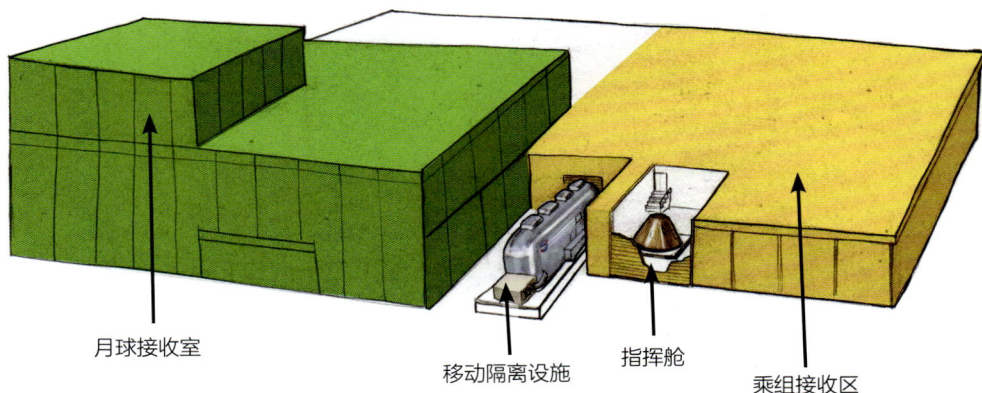

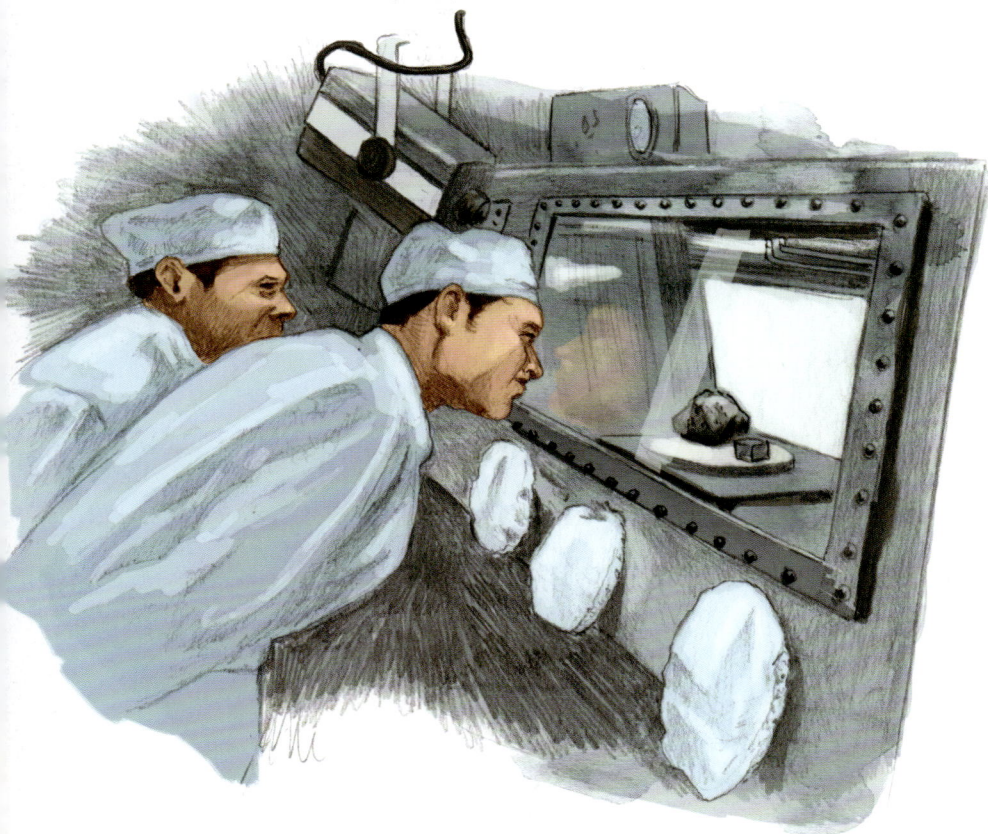

月球接收室　　移动隔离设施　　指挥舱　　乘组接收区

月球样本实验室里，100多名科学家兴奋不已，即刻开始工作。为了防止直接暴露在地球大气中，月球岩石存放在了真空环境中。科学家们对月球岩石进行研究、拍摄和测试，探索月球上的辐射以及可能存在的生命形式。

从现在起50天后，这些岩石中的一部分还将被送往精心挑选出来的一批来自9个国家的142名科学家那里进行进一步实验。关于月球历史，关于我们的太阳系，他们将会研究出什么新成果呢？

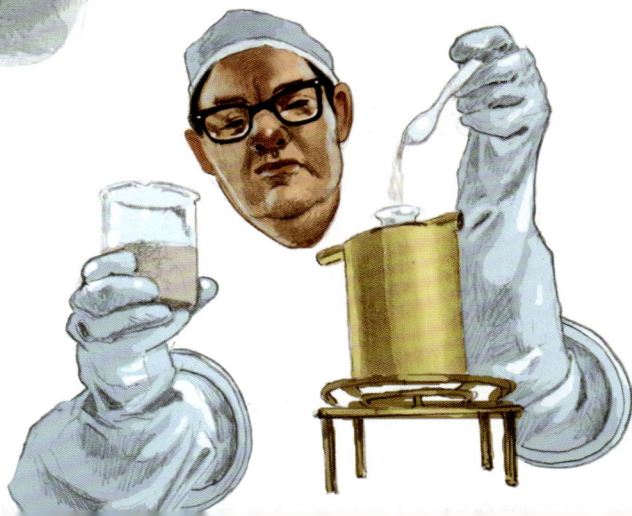

世界巡回

1969年9月29日

在结束隔离大约一个半月之后，三人携妻子开启了一场全球友好巡回。37天里，他们访问了24个国家，与数百万人见面。

巡回期间他们遇到的人当中，没有人说"你们美国人成功了"！相反，大家说的都是："我们成功了！我们登上了月球！"

这已经不再是两个世界超级大国之间的竞赛，而是全人类实现了一次巨大的飞跃。

阿波罗11号之后

人类已经到达过月球并且安全地返回了地球。肯尼迪总统"在这个十年结束之前实现人类登月"的目标实现了。

突然间，月球似乎不一样了。人类已经到过那儿，可以谈起月球上是怎样的。他们在月球上漫步、插下旗帜，甚至还带回了月球碎片。

阿波罗计划一共有六次载人登月，其中五次成功登陆了月球表面。任务的时间越来越长，完成的科学探索也越来越多。最后三次任务中，宇航员还带上了月球车，能够在月球表面探索更远的距离。

然而，美国人在阿波罗11号之后很快就失去了对登月任务的兴趣。太空旅行不再是"新"闻；阿波罗计划也在成功之后沦为自身的牺牲品。NASA大幅削减预算，原来计划的最后两次任务也被取消。

1972年12月14日，阿波罗17号的指令长宇航员尤金·塞尔南离开月球表面，成为踏上过月球表面的十二个人中的最后一位。

自那以后，再没有人到过月球。

尾声

阿波罗计划应该被铭记，不仅仅是因为在那一刻，我们人类勇敢地挣脱了地球家园的束缚，前往探索另一个世界，更因为在那一刻，我们团结在一起，做了一件被认为是不可能的事情。我们把24个人类送到了离地球那么远的地方，远到他们能用肉眼看到整个地球。据他们说，地球看上去是那么脆弱，就像圣诞树上的一个挂件，飘浮在太空无边无际的黑暗之中。他们看不到国家的边界，也看不到墙——他们只能看到一个美丽的绿洲，上面承载着他们认识的每一个人、他们去过的每一个地方，以及有记载的每一段人类历史。

四十多万人不知疲倦地向着把人类送往月球的目标而努力，他们中每一个人的妻子、丈夫、伴侣和家人也因此为阿波罗计划做出了自己的牺牲。

尼尔·阿姆斯特朗和巴兹·奥尔德林登上月球漫步的时候，我才两岁。我父亲说，当时全家都在看电视直播，而我就站在电视旁边的游戏围栏里。我已经不记得登月了，但是我会经常思考这件事。我抬头望向明月，一想到人类曾经到过那儿，心中就感到无比神奇。我会想，我们会不会再次回到月球——或者说，我们还会去到哪里。

阿波罗计划最让我着迷的地方就是人们为了实现目标的坚毅、决心和努力——以及整个计划展现出来的人们解决问题的思路、组织、科学以及十足的智慧。

未来五百年，当人们回顾阿波罗计划的时候，会不会觉得这是人类最伟大的成就之一？还是仅仅是迈向未知的一小步？

会有什么全新的宏大想法能再一次把几十万人团结到一起，共同实现一个目标吗？而你，现在正在读着这本书的你，会不会也成为其中的一员？

阿波罗计划载人任务

阿波罗7号

任务信息

发射日期：1968年10月11日

时长：10天20小时

目标：载人指挥服务舱试飞

乘组成员

指令长：小沃尔特·M."沃利"·希拉

指挥舱驾驶员：唐·F.艾西尔

登月舱驾驶员：R.沃尔特·坎宁安

这是阿波罗1号大火事件后的首次载人任务。阿波罗7号通过一枚稍小的土星IB号运载火箭发射，任务目标是在近地轨道测试经过重新设计的全新指挥舱。所有系统完美运行。阿波罗7号宇航员使用一台美国无线电公司（RCA）的电视摄像机转播了他们在太空中的这个小家的景象。

阿波罗8号

任务信息

发射日期：1968年12月21日

时长：6天3小时

目标：月球轨道

乘组成员

指令长：弗兰克·博尔曼

指挥舱驾驶员：小詹姆斯·"吉姆"·A.洛弗尔

登月舱驾驶员：威廉·A."比尔"·安德斯

阿波罗8号本来计划是一次登月舱的地球轨道试飞。然而，当时飞船还未准备就绪。NASA经过计算后决定承担风险，向前迈出一大步，把乘组送往环绕月球的轨道。这不仅是第一次使用土星五号发射的载人任务，也是人类第一次大胆挣脱了地球的重力。

阿波罗9号

任务信息

发射日期：1969年3月3日

时长：10天1小时

目标：登月舱试飞

乘组成员

指令长：詹姆斯·A.麦克迪维特

指挥舱驾驶员：大卫·R.斯科特

登月舱驾驶员：拉塞尔·L."拉斯特"·施韦卡特

在这次持续10天的地球轨道任务中，麦克迪维特和施韦卡特测试了登月舱上的各种不同系统，并驾驶着登月舱飞到了距离指挥服务舱100多千米远的地方，而在此期间，斯科特则在指挥服务舱上进行着自己的测试。

阿波罗10号

任务信息

发射日期：1969年5月18日

时长：8天

目标：登月舱月球轨道测试

乘组成员

指令长：托马斯·P."汤姆"·斯塔福德

指挥舱驾驶员：约翰·W.杨

登月舱驾驶员：尤金·"吉恩"·塞尔南

斯塔福德和塞尔南驾驶着登月舱下降到了距离月球表面15240米的高度。阿波罗10号是阿波罗11号的一次"带妆彩排"。除了月球登陆，阿波罗10号的乘组执行了登月任务的每一个步骤。

阿波罗11号

任务信息

发射日期：1969年7月16日

时长：8天3小时

目标：月球登陆

乘组成员

指令长：尼尔·A.阿姆斯特朗

指挥舱驾驶员：迈克尔·"迈克"·柯林斯

登月舱驾驶员：小埃德温·E."巴兹"·奥尔德林

阿波罗11号是人类第一次驻足月球。宇航员插上了美国国旗，还收集了月球岩石。短短两个半小时后，奥尔德林和阿姆斯特朗就返回了登月舱内部。这是一次短暂的访问，也标志着不到12年前由斯普特尼克打响的一场太空竞赛来到了终点线。

阿波罗12号

任务信息

发射日期：1969年11月14日

时长：10天4小时

目标：精准月球登陆

乘组成员

指令长：小查尔斯·P."彼得"·康拉德

指挥舱驾驶员：小理查德·F.戈尔登

登月舱驾驶员：艾伦·L.比恩

阿波罗12号的任务目标之一就是要精确地降落在一个特定的位置上。在发射后的一分钟内，闪电两次击中火箭，导致飞船上的仪器进入脱机状态，任务中止。地面控制人员指示乘组切换到备用电源。仪器单元没有受到闪电的影响，继续发挥作用将飞船送入轨道。三天后，康拉德和比恩登上了月球，距离他们的目标位置不到190米（他们的目标位置为一台勘测者所在位置，见第40页）。

阿波罗13号

任务信息

发射日期：1970年4月11日

时长：5天22小时

目标：首次以科考为目的的月球任务

乘组成员

指令长：小詹姆斯·"吉姆"·A.洛弗尔

指挥舱驾驶员：小约翰·L."杰克"·斯威格特

登月舱驾驶员：小弗莱德·W.海斯

飞行两天后，飞船距离地球约321868.8千米，一次氧气贮箱爆炸把这次登月任务变成了营救任务。原来为两位宇航员在里面存活24小时而准备的登月舱，一时之间成了三位乘组成员的救生舱。电力和生命保障系统都已经突破了极限，为了让宇航员们活着回来，地面控制中心克服了万难。四天后，乘组安全地在太平洋溅落。由于在乘组营救方面取得的经验，阿波罗13号被认为是NASA最成功的任务之一。

阿波罗14号

任务信息

发射日期：1971年1月31日

时长：9天

目标：以科考为目的的月球任务

乘组成员

指令长：小艾伦·B.谢泼德

指挥舱驾驶员：斯图尔特·A.鲁萨

登月舱驾驶员：艾德加·D.米歇尔

阿波罗14号是延续阿波罗13号的一次科考登月任务。在谢泼德和米歇尔要对登月舱的下降发动机进行点火的两小时前，两人发现了一个会导致飞船中止的电路故障。麻省理工学院的唐·艾尔斯手忙脚乱地编写了一个软件，告诉计算机无视该电路。这段软件程序是通过语音传送给乘组的，米歇尔将它手动输入了计算机。补救措施发挥了作用，谢泼德和米歇尔成功降落在月球上一个叫作弗拉·毛罗高地的区域，这里也是原来阿波罗13号的目的地。

阿波罗15号

任务信息

发射日期：1971年7月26日

时长：12天7小时

目标：首次延长科考任务

乘组成员

指令长：大卫·R.斯科特

指挥舱驾驶员：阿尔弗莱德·M."沃尔"·沃登

登月舱驾驶员：詹姆斯·B."吉姆"·欧文

斯科特和欧文进行了三次共18个小时的出舱活动，在一个叫作哈德利月溪的区域探索月球表面。作为第一批驾驶新型月球车的宇航员，他们可以探索的月球表面范围要大得多，因此也可以做更多实验、收集更广泛的月壤样本。而在上面绕月球轨道的沃登则使用着服务舱里全新的"科学仪器舱（SIM）"，同时拍摄照片。当他拍摄的照片为阿波罗17号确定了着陆场时，可以说他在地质学家法鲁克·埃尔-巴兹那儿接受的大量训练值了！

阿波罗16号

任务信息

发射日期：1972年4月16日

时长：11天1小时

目标：延长科考任务

乘组成员

指令长：约翰·W.杨

指挥舱驾驶员：托马斯·K."肯"·马丁利二世

登月舱驾驶员：小查尔斯·M."查理"·杜克

阿波罗16号的目的地是月球中心区域，叫作笛卡尔高地。乘组在月球表面和月球轨道上都进行了更多科学研究。正如沃登在阿波罗15号任务中那样，马丁利在距地球278417千米的地方执行了一次深空出舱活动，取回了服务舱高清照相机的胶片罐。

阿波罗17号

任务信息

发射日期：1972年12月7日

时长：12天13小时

目标：延长科考任务

乘组成员

指令长：尤金·"吉恩"·塞尔南

指挥舱驾驶员：罗纳德·E."罗恩"·埃文斯

登月舱驾驶员：哈里森·H."杰克"·施密特

最后一次阿波罗任务也是持续时间最久的一次。塞尔南和施密特（后者是第一位科学家宇航员）在月球上待了三天，驾驶着他们的月球车在陶拉斯-利特罗山谷中穿行了35.4千米。乘组带了109千克的月球土壤和岩石样本回到地球。塞尔南是最后一个在月球上行走的人。

关于本书研究过程的一点说明

阿波罗任务也许是人类有史以来纪录最为详尽的一个事件。多年来，我一直很喜欢阅读相关资料，了解美国人为了把人类送上月球所付出的各种努力。渐渐地，我开始觉得，阿波罗的故事也许是向孩子们展示科学和解决问题思路的最好的故事。我父亲是一名科学家，他酷爱数学，喜欢解决问题。作为他的儿子，我想这正是一本我想写的书。

随着研究开始，我的挑战是要解释清楚阿波罗飞船/土星号火箭的每一个部分是如何运作以及如何建造的。我想要介绍那些为阿波罗计划的成功做出贡献的幕后英雄，我想要展现他们是如何运用最基础的科学原理以及他们的聪明才智解决一个又一个问题的。

幸运的是，如今，网络上有海量的信息。只要稍微搜寻一下，就几乎能找到关于阿波罗飞船/土星号火箭任何部分的大量数据。不过，其中大多数内容都是工程师写给工程师看的。我需要提取这些信息，让所有人都能理解，于是，我决定去寻找阿波罗计划的部分相关人员来帮助我。

作者与詹姆斯·欧文的阿波罗宇航服合照

唐·雷克正在解释生命保障背包的内部工作原理

我在写作和构思关于登月舱上的生命保障系统的时候，有很多地方我自己也不理解。我知道在康涅狄格州的温莎洛克斯有一家公司过去参与了这部分的建造。于是我想，如果能找到在那儿工作的人，也许他们可以解释给我听。在网上搜索了一阵之后，我找到了一个叫作"红脸博士"的人，他曾经在学校里做过航天计划的讲座。"红脸博士"真名叫唐·雷克，是一名82岁的工程师，曾经在汉密尔顿标准公司工作过，参与建造了登月舱的生命保障系统。在毫无提前计划的情况下，我联系了唐，告诉他我正在写的这本书。他邀请我去他工作的新英格兰航空博物馆。我问："什么时候呢？"他说："不如明天？"

第二天，我和唐在一起待了一整天，观察了一件真正的阿波罗宇航服，还看到了当年登月舱上使用过的生命保障系统，唐解释了每一个泵、每一个阀门以及它们的作用。之后，他还邀请我去他家，向我展示了阿波罗飞船上各种各样神奇的物件。短短几分钟，他家的餐桌上就铺满了头盔、食品袋、尿袋，还有一件液体冷却服。唐说："过来帮我一下。"于是我们俩就从他的衣柜里拖出了一套真正的生命保障背包。

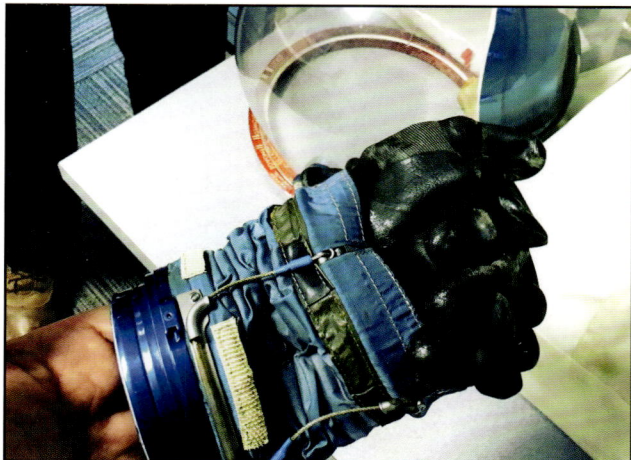
作者拿着一个阿波罗加压宇航服的手套

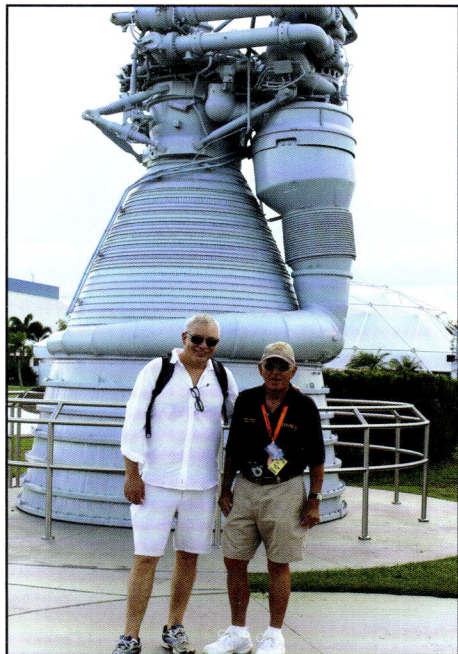
作者与斯蒂芬·科斯特在一台F-1发动机前的合影

接下来的一年，我们俩会互通电话，或通过邮件交流，他的知识和专业对于我理解相关问题的帮助比我能找到的任何书籍、资料或视频都要大。我着迷了。

当我需要寻找更多关于降落伞的资料时，我找到了当年设计降落伞的查尔斯·劳瑞。当我需要对阿波罗制导计算机有更深入了解的时候，我能和唐·艾尔斯聊一聊——当年正是他编写了让人类登上月球的软件。我能联系到的工程师越来越多，在我开始写这本书的二稿时，遇到问题的时候，我已经有将近30名工程师可以联系，从F-1发动机到宇航服，再到他们究竟是如何把电视信号从月球上发送回来的……各种问题，都有专家解答。（关于曾经投入时间帮助我，并与我分享自己的专业知识的全部阿波罗计划相关人员，请见第244页的致谢。）

没有这些无私指点我的阿波罗工作人员，就没有今天的这本书。他们个人的故事从各个方面让这本书变得更加丰富。能够记录这些独一无二的罕见时刻，我感到非常自豪。

关于插画的一些话

阿波罗计划几乎每一个方面都被记录在了各种照片、图画以及蓝图中。你可能会问，既然如此，为什么还要费劲在这本书里把这一切都从头开始画成插画呢？主要是因为，这样我就能让这个故事和这些概念对读者而言更通俗易懂。创作这些插画也让我能够控制和提取信息，留下刚刚好的信息量，让读者能够理解这些概念，而不是被淹没在一堆不必要的细节里。另外，考虑到有各种不同类型的信息要展现，用一种统一的风格把它们呈现出来也比一堆杂乱无章的照片、图表和蓝图更美观。

作者与乔安·摩根的合影

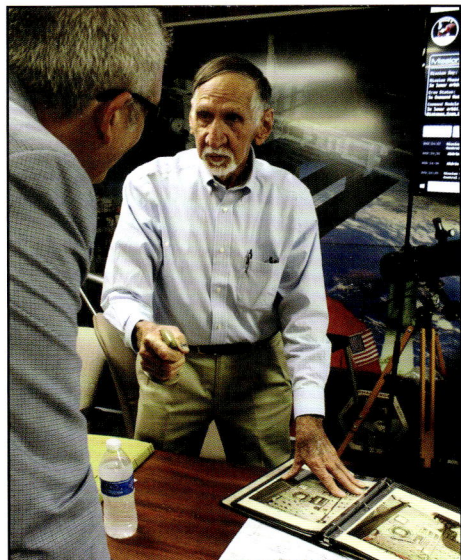
与鲍勃·皮尔森一起讨论登月舱训练

本书中的许多插画都是基于NASA的历史照片和图表创作的，照片大都是黑白的。我通过研究找到了部分东西原本的颜色。但有时候，我也只能尽力一猜，或是选择最能清楚地解释所展现的想法的颜色。

最后，我想说，我创作的这本书，无论是小时候的我，还是成年后的我，都会喜欢。希望你也会喜欢。

致谢

《人类是如何登上月球的》整本书的想法来自我了不起的妻子海莉。在创作本书的过程中，她给我的支持和鼓励是我不断向前的动力。

感谢在本书成书过程中给予我支持的企鹅兰登书屋的每一位。感谢从一开始就对这个项目充满信心的芭芭拉·马库斯。感谢我的编辑艾米丽·伊斯顿在成书过程中给予我的耐心和指导。她的建议既改善了这本书的内容，也优化了这本书的结构。感谢我的美术指导艾普丽尔·沃德，这本书每一页的设计都有她的功劳。也感谢我认真负责的文字编辑伊丽莎白·约翰逊。

感谢我的朋友莎琳·诺文博和布莱恩·弗洛卡，在我的阿波罗之旅中，他们以睿智的建议、专业的知识和诚挚的热情助了我一臂之力。

特别感谢我的经纪人，也是我真心的朋友罗布·韦斯巴赫，感谢他信任我和我那些总看起来不可能的雄心勃勃的想法。

我也获得了来自前阿波罗工程师们极大的帮助。他们花时间回答我的问题并分享了他们的故事。没有他们的投入，就不可能有这本书。充满无限活力的斯蒂芬·科斯特带我和家人参观了肯尼迪航天中心，还让我们进到了一般人进不去的地方。感谢唐·雷克让我接触到了阿波罗15号宇航员詹姆斯·欧文的宇航服以及很多其他阿波罗时期的物件。感激乔安·摩根邀请我和妻子一起参加阿波罗女性的五十周年纪念活动。李·索利德和萨韦里奥·"桑尼"·莫里亚耐心讲解火箭发动机的建造和测试，这是极其宝贵的。感谢唐·艾尔斯对于阿波罗制导计算机内部工作原理优雅的解释，也感谢他帮忙审阅了相关章节早期的书稿。关于溅落和回收部分的细节，我要感谢查尔斯·劳瑞和约翰·沃尔夫勒姆。感谢弗雷德·沃伦、哈维·勒布朗、法鲁克·埃尔-巴兹博士、唐·阿拉比安、安·D. 蒙哥马利、拉蒙·L. 阿隆索、理查德·L. 纳夫兹格、詹姆斯·W. 麦克巴伦二世、罗伯特·皮尔森、尤金·F. 克兰兹、卡尔·兰德尔·格林、吉姆·摩根以及艾克·雷杰尔。感谢以上各位通过电子邮件、电话或是面对面解答关于阿波罗系统各种各样的问题。

阿波罗历史学家安德鲁·柴金和乔纳森·H. 沃德也花时间阅读了本书早期的书稿，帮我修正了一些细节，感谢你们。同样感谢W. 戴维·伍兹解答我关于土星五号飞行轨迹和速度的问题。

最后，我要感谢我挚爱的家人。阿拉娅，你对阅读的热爱一直激励着我。抱歉，作为父亲，我一直以来都那么忙，我会补偿你的。爸爸，您一直是我的灵感来源，作为您的儿子，我很自豪。妈妈，您总是让我喜笑颜开（放心，我不会上太空的）。海莉，我对你的爱，就像从地球到月球，再从月球回到地球那么多。

信息来源

书籍

Bilstein, Roger E. *Stages to Saturn: A Technological History of the Apollo/Saturn Launch Vehicles.* Washington, D.C.: NASA, 2013.

Chaikin, Andrew. *A Man on the Moon: The Voyages of the Apollo Astronauts.* New York: Penguin, 1994.

Cortright, Edgar M. *Apollo: Expeditions to the Moon.* Washington, D.C.: NASA Scientific and Technical Information Office, 1975.

De Monchaux, Nicholas. *Spacesuit: Fashioning Apollo.* Cambridge, MA: The MIT Press, 2011.

Fish, Bob. *Hornet Plus Three: The Story of the Apollo 11 Recovery.* Reno, NV: Creative Minds Press, 2009.

Gray, Mike. *Angle of Attack: Harrison Storms and the Race to the Moon.* New York: Penguin, 1992.

Kluger, Jeffrey. *Apollo 8: The Thrilling Story of the First Mission to the Moon.* New York: Henry Holt, 2017.

Kraft, Chris. *Flight: My Life in Mission Control.* New York: Penguin, 2001.

Lovell, Jim, and Jeffrey Kluger. *Lost Moon: The Perilous Voyage of Apollo 13.* New York: Houghton Mifflin, 1994.

Murray, Charles, and Catherine Bly Cox. *Apollo: The Race to the Moon.* New York: Simon and Schuster, 1989.

Otfinoski, Steven. *Rockets.* New York: Marshall Cavendish Benchmark, 2007.

Paul, Richard, and Steven Moss. *We Could Not Fail: The First African Americans in the Space Program.* Austin, TX: University of Texas Press, 2015.

Riley, Christopher, and Philip Dolling. *NASA Apollo 11: Owners' Workshop Manual.* Somerset, UK: Haynes Publishing, 2009.

Shetterly, Margot Lee. *Hidden Figures.* New York: HarperCollins, 2016.

Ward, Jonathan H. *Rocket Ranch: The Nuts and Bolts of the Apollo Moon Program at Kennedy Space Center.* New York/London: Springer Praxis, 2015.

Watkins, Billy. *Apollo Moon Missions: The Unsung Heroes.* Westport, CT: Praeger, 2005.

Wolfram, John. *Splashdown: The Rescue of a Navy Frogman.* Atlanta, GA: BookLogix, 2012.

Woods, W. David. *How Apollo Flew to the Moon.* New York/London: Springer Praxis, 2008.

Woods, W. David. *NASA Saturn V: Owners' Workshop Manual.* Somerset, UK: Haynes Publishing, 2016.

纪录片

Copp, Duncan, Nick Davidson, and Christopher Riley, dirs. *Moon Machines.* UK: Dox Productions, 2008. bit.ly/2OKxBOu. A six-part documentary series on project Apollo, from the viewpoint of the designers and engineers.

Gray, Mark, prod. *Apollo 11: Men on the Moon.* Atlanta, GA: Spacecraft Films/NASA, 2007. 3-Disc Collector's Edition. Over ten hours of documentary footage from NASA covering the Apollo 11 mission.

Kamecke, Theo, dir. *Moonwalk One.* USA: Francis Thompson, 1970. journeyman.tv/film/6712/moonwalk-one Documentary film giving an in-depth and profound look at the Apollo 11 mission to the Moon.

Miller, Todd Douglas, dir. *Apollo 11.* Atlanta, GA: CNN Films, 2019. Blue-ray Disc 1080p HD. Documentary film featuring rare large-format film footage of the Apollo 11 mission from liftoff to splashdown.

MIT Science Reporter. Boston, MA: MIT/WGBH Boston. infinitehistory.mit.edu/collection/slice-mit-science-reporter Hosted by John Fitch, this series of documentary videos contains several episodes on the Apollo missions with engineers explaining different aspects of what they are building.

网站

The author consulted these websites numerous times throughout the research process. For this reason, we have not provided specific access dates for these entries.

history.nasa.gov/afj
  Apollo Flight Journal: written transcripts of communications between ground and crew from all the Apollo missions

history.nasa.gov/alsj
  Apollo Lunar Surface Journal: written transcripts of the lunar surface operations conducted by the six pairs of astronauts who landed on the Moon

apolloinrealtime.org
  Apollo in Real Time: a real-time journey through the Apollo missions with thousands of hours of audio from both the spacecraft and mission control, mission control film footage, and all onboard film footage from the spacecrafts

wehackthemoon.com
  Hack the Moon: an extensive website covering the people and the technology that Draper Laboratories developed for the space program, as well as the mission overviews that reveal how all their efforts came together

historycollection.jsc.nasa.gov/JSCHistoryPortal/history/oral_histories/oral_histories.htm
  JSC Oral History Project: interviews with managers, engineers, technicians, doctors, astronauts, and other employees of NASA and aerospace contractors

history.nasa.gov
  NASA history: the main hub for a vast and extensive collection of historical documents, images, and other resources, organized by NASA centers throughout the United States

flickr.com/photos/projectapolloarchive/albums
  Project Apollo Archive: a collection of photos from the Apollo missions

https://3d.si.edu/object/3d/command-module-apollo-11:d8c63e8a-4ebc-11ea-b77f-2e728ce88125
  Smithsonian 3D: an interactive 3D model of the interior of the Apollo 11 Command Module

访问过的地点

American Space Museum and Space Walk of Fame. Titusville, FL, July 2019. Met with Apollo engineers Lee Solid, Ike Rigell, Carl R. Green, and Robert Pearson. spacewalkoffame.org

Explorers Club, The. New York, NY, March 2019. Visited space collection and personally met with Apollo astronauts Michael Collins, Fred Haise, Rusty Schweickart, and Walt Cunningham during ECAD 2019. explorers.org

Jet Propulsion Laboratory. La Cañada Flintridge, CA, July 2017 and June 2018. jpl.nasa.gov

JFK Presidential Library and Museum. Boston, MA, May 2019. Visited space race collection. jfklibrary.org

Kennedy Space Center. Merritt Island, FL, May 2017. Guided tour by Apollo engineer Stephen Coester, July 2019. kennedyspacecenter.com

National Air and Space Museum. Washington, D.C., September 2017. airandspace.si.edu

New England Air Museum. Windsor Locks, CT. Guided tour by Apollo engineer Donald Rethke, who provided special access to Jim Irwin's Apollo spacesuit, as well as the rest of their Apollo artifacts, December 2018. neam.org

Pima Air & Space Museum. Tucson, AZ, November 2019. pimaair.org

San Diego Air & Space Museum. San Diego, CA, January 2018. sandiegoairandspace.org

Sotheby's Space Exploration Collection. New York, NY, July 2017. sothebys.com/en/auctions/2017/space-exploration-n09759.html

USS Hornet Sea, Air, & Space Museum. Alameda, CA, March 2019. uss-hornet.org

采访过的阿波罗计划相关人员

Alonso, Ramon L. (Apollo Guidance Computer Designer, Draper Lab at MIT), telephone interview with author, October 2019.

Arabian, Don (Chief, Test Division, Apollo Spacecraft Program, NASA at JSC), telephone and in-person interviews with author, May 2019 and July 2019.

Coester, Stephen (Systems Engineer, Boeing at KSC), in-person interview with author, July 2019.

El-Baz, Farouk (Geologist, Bellcomm, Inc.), telephone interview with author, April 2019.

Eyles, Don (Software Engineer, Draper Lab at MIT), telephone interview with author, May 2019.

LeBlanc, Harvey (Design Engineer, North American Aviation), telephone interviews with author, December 2018.

Lowry, Charles H. (Parachute Systems Design Engineer, North American Aviation at Downey), telephone interview with author, May 2019.

McBarron, James W., II. (Spacesuit Systems Specialist, NASA and ILC), telephone interviews with author, February 2020.

Montgomery, Ann D. (Flight Crew Equipment Engineer, NASA at KSC), telephone interview with author, May 2019.

Morea, Saverio "Sonny" (Project Manager for the F-1 and J-2 Engines, NASA at MSFC), telephone interview with author, March 2019.

Morgan, JoAnn H. (Communications Specialist, NASA at KSC), telephone and in-person interviews with author, April 2019 and July 2019.

Nafzger, Richard L. (Team Lead and Engineer, NASA at Goddard Space Flight Center), telephone interview with author, June 2019.

Rethke, Donald (Life Support Systems Engineer, Hamilton Standard), in-person interview with author, December 2018.

Solid, Lee (Lead Engineer, Rocketdyne at KSC), in-person and telephone interviews with author, July 2019 and August 2019.

Warrender, Fred (Chief Facilities Project Engineer, Boeing), in-person interview with author, August 2018.

Wolfram, John (Navy Seal, Apollo 11 Rescue Team), telephone interview with author, March 2019.

采访过的作者

haikin, Andrew (author of *A Man on the Moon: The Voyages of the Apollo Astronauts*), in-person interview with author, February 2019. andrewchaikin.com

Ward, Jonathan (author of *Rocket Ranch* and *Countdown to a Moon Launch*), telephone interview with author, January 2019. jonathanhward.com

推荐阅读

Chaikin, Andrew, with Victoria Kohl. *Mission Control, This Is Apollo.* New York: Viking, 2009.

Cruddas, Sarah. *The Space Race: The Journey to the Moon and Beyond.* New York: DK, 2019.

Floca, Brian. *Moonshot: The Flight of Apollo 11.* New York: Atheneum Books for Young Readers, 2009.

Pohlen, Jerome. *The Apollo Missions for Kids: The People and Engineering Behind the Race to the Moon.* Chicago:

Chicago Review Press, 2019.

Shetterly, Margot Lee. *Hidden Figures: Young Readers' Edition.* New York: HarperCollins, 2016.

Sparrow, Giles. *Spaceflight: The Complete Story from Sputnik to Curiosity* (2nd edition). New York: DK, 2019.

Thimmesh, Catherine. *Team Moon: How 400,000 People Landed Apollo 11 on the Moon.* New York: Houghton Mifflin Books for Children, 2006.

想了解更多信息，请访问 HowWeGotToTheMoon.com。

阿波罗计划的常用缩略语

AGC：阿波罗制导计算机

BIG：生物隔离服

Caltech：加州理工学院

CAPCOM：宇航通信员

CDR：指令长

CM：指挥舱

CMP：指挥舱驾驶员

CO_2：二氧化碳

CSM：指挥服务舱

DSKY：显示和键盘

ECS：环境控制系统

EDS：应急检测系统

EOR：地球轨道交会

EVA：出舱活动

FCS：粪便控制系统

G：重力

H_2O：水

IBM：国际商业机器公司

ILC：国际乳胶公司

INTELSAT：国际通信卫星组织

ISDD：宇航服内部饮水装置

ITMG：集成式防热防微陨石服

IU：仪器单元

JPL：喷气推进实验室

KSC：肯尼迪航天中心

LCC：发射控制中心

LCG：液体冷却服

LET：发射逃逸塔

LH_2：液氢

LiOH：氢氧化锂

LLTV：登月训练车

LM：登月舱

LMP：登月舱驾驶员

LOI：进入月球轨道

LOR：月球轨道交会

LOX：液氧

LRL：月球接收室

LRRR：激光测距后向反射镜

LRV：月球巡回车

LUT：发射脐带塔

LVDC：运载火箭数字计算机

MALLAR：载人月球登陆和返回

MER：任务评估室

MESA：模块化设备储存系统

MIT：麻省理工学院

MOCR：任务操作控制室

MQF：移动隔离设施

MSFN：载人航天飞行网

MSOB：载人飞船操作大楼

MSS：移动式服务塔

NACA：美国国家航空咨询委员会

NASA：美国国家航空航天局

NDEA：国防教育法

O_2：氧气

OPS：氧净化系统

PGA：宇航服加压组件

PLSS：便携式生命保障系统

PTC：被动热控

RCA：美国无线电公司

RCS：反作用控制系统

RCU：远程控制单元

RP-1：1号精炼煤油（一说1号火箭推进剂）

S-IC：土星号火箭第一级

S-II：土星号火箭第二级

S-IVB：土星号火箭第三级

SIM：科学仪器舱

SM：服务舱

SPS：服务舱推进系统

TLI：进入地月转移轨道

TRW：汤普森·拉莫·伍尔德里奇公司

UCTA：尿液收集和传输装置

UDT：水下爆破组

VAB：航天器装配大楼

约翰·罗科是《纽约时报》畅销书作家兼插画家，曾创作多部广受赞誉的童书，包括凯迪克银奖作品《停电以后》，入选美国国家图书奖长名单的《人类是如何登上月球的》，以及《飓风》《大暴雪》《孩子，我们对太阳系的认识真的错了！》等。罗科也曾为雷克·莱尔顿的全球畅销书"波西·杰克逊"系列绘制插画。在创作童书之前，约翰·罗科曾担任动画电影《怪物史莱克》的前期艺术指导，也曾长期担任华特迪士尼幻想工程的创意总监。如果不做童书，他想成为一名NASA工程师，他希望这本书就如同他递交的一份申请。罗科和妻子、女儿以及一群很需要照顾的小动物一起生活在罗德岛。了解更多关于他的信息，请访问roccoart.com。

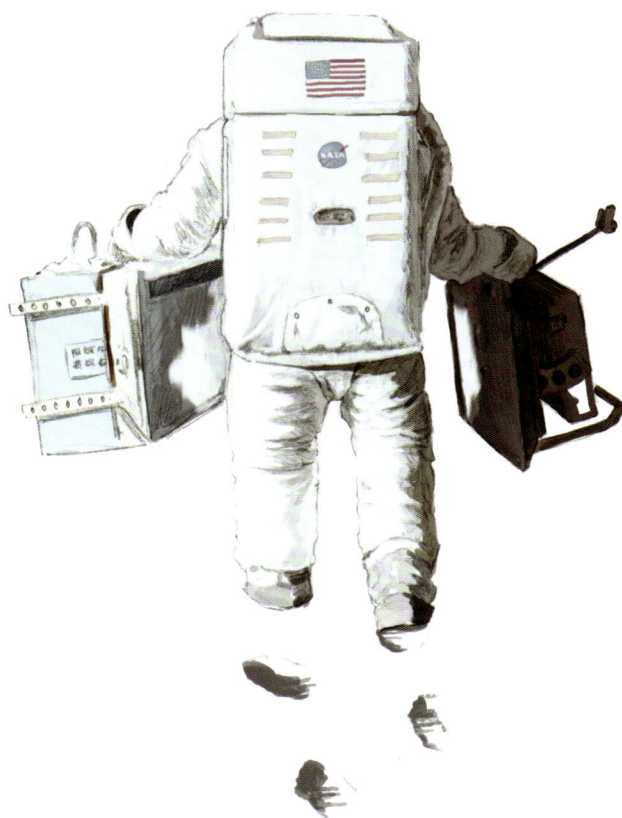

阿波罗计划月球着陆点

雨海

暑湾

风暴洋

阿波罗12号
登陆风暴洋
1969年11月19日

阿波罗14号
登陆弗拉·毛罗高地
1971年2月5日

云海

湿海